《小世界》中浪漫传奇的原型研究

Prototypical Studies of Romance in the *Small World*

李利敏　著

科 学 出 版 社
北 京

内 容 简 介

本书从读者角度出发，研究戴维·洛奇的代表作《小世界》中浪漫传奇的原型意义建构过程，揭示原型在小说中的文体效果和审美价值。本书在综合运用近年来认知诗学在原型范畴理论方面取得的最新研究成果的基础上，用扩展了的“作为脚本的原型模型”“作为图式的原型模型”“作为框架的原型模型”展示读者是如何从认知的角度对小说中浪漫传奇的结构原型、人物原型和情景原型进行意义整合和重构的。本书深入读者思维，探究叙事小说文本意义的生成规律，将文学研究与认知科学研究成果相结合，是文学认知研究的有益尝试。

本书适合从事中外文学研究领域、认知语言学研究领域和文体学研究领域的研究者、教师及研究生使用，也适合对洛奇小说感兴趣的普通读者阅读。

图书在版编目（CIP）数据

《小世界》中浪漫传奇的原型研究 / 李利敏著. —北京：科学出版社，2021.11

ISBN 978-7-03-070359-0

Ⅰ. ①小…　Ⅱ. ①李…　Ⅲ. ①小说研究-英国-现代　Ⅳ. ①I561.074

中国版本图书馆 CIP 数据核字（2021）第 221812 号

责任编辑：杨 英 宋 丽 / 责任校对：贾伟娟
责任印制：李 彤 / 封面设计：蓝正设计

科学出版社 出版
北京东黄城根北街 16 号
邮政编码：100717
http://www.sciencep.com

北京建宏印刷有限公司 印刷

科学出版社发行　各地新华书店经销

*

2021 年 11 月第 一 版　开本：720×1000　1/16
2021 年 11 月第一次印刷　印张：15 1/2
字数：320 000

定价：98.00 元

（如有印装质量问题，我社负责调换）

本书系教育部人文社会科学研究青年基金项目“认知诗学视阈下《小世界》中浪漫传奇的原型研究”（15YJC752016）和中央高校基本科研业务资助项目“戴维·洛奇小说的‘对话性’研究”（3102020WGYCX03）的结项成果，由“西北工业大学第二十期专著出版基金”资助出版。

序　　言

——描写阐释视角领先

利敏同志的专著《〈小世界〉中浪漫传奇的原型研究》即将由科学出版社正式出版，真是可喜可贺。我应邀作序，感到十分荣幸。该著作从认知诗学的视角，对英国著名作家戴维·洛奇的代表作《小世界：学者浪漫传奇》（*Small World: An Academic Romance*，1984）中的浪漫传奇结构形式进行了新的描写，并据此对小说的主题经典内容给出了新的阐释，可以说是对语言文体学和文学批评都做出了新的贡献。

20 世纪 40 年代以后发生的认知革命引发了许多学科的认知转向，其中就包括语言学和文学。认知诗学作为一门新兴学科，其发展得益于认知语言学、认知心理学、认知科学等相关学科的兴起和发展。认知诗学是以色列学者鲁汶·楚尔（Reuven Tsur）在其著作《走向认知诗学理论》（*Toward a Theory of Cognitive Poetics*，1992）一书中提出的；随后英国学者彼得·斯托克维尔（Peter Stockwell）出版了《认知诗学导论》（*Cognitive Poetics: An Introduction*，2002），其姐妹篇——乔安娜·盖文斯（Joanna Gavins）和吉拉德·斯丁（Gerard Steen）主编的《认知诗学实践》（*Cognitive Poetics in Practice*，2003）也随后出版。上述三本书从理论和实践层面为认知诗学的发展和国际传播奠定了坚实的基础。认知诗学进入中国学界是从刘立华和刘世生发表《语言·认知·诗学——〈认知诗学实践〉评介》（2006）开始的。近十几年来，中国的认知诗学研究涌现出一批在理论建构和实践应用方面的成果，同时也仍有不少可以继续深入挖掘的空间。本书的出版，在一定意义上，呈现了认知诗学对浪漫传奇这一文类较为全面细致和系统深入的研究。

目前，学界比较接受的一种说法是，认知诗学是跨学科视野下对文学的认知研究，是隶属于文学批评的一个分支。诗学是研究的核心，认知是一种方法。认知诗学主要是借用或融合认知科学、认知心理学、认知语言学、叙事学等相关学科的理论和方法，研究文学作品的认知特点和规律、阅读行为及认知情感和审美，并对文学作品提出新的阐释，或对原有理论进行修正和完善。从这个意义上来讲，利敏的这部专著很好地体现了上述研究目的。

总体而言，这部专著的作者从读者角度出发，以认知语言学中的原型范畴理论（Prototype Theory）为出发点，融合结构主义叙事学理论、文学批评中的原型和认知语言学中的原型范畴理论，抽象出浪漫传奇中的三个原型——结构原型、人物原型和情景原型，揭示这些原型背后的原型范畴特征，并运用比较的方法分析读者是如何对戴维·洛奇的代表作《小世界：学者浪漫传奇》中浪漫传奇的原型意义进行建构的，展示读者大脑中文本意义的生成过程，分析三种原型对小说文体效果、主题意义和审美价值的作用和功能。利敏同志在清华大学读博期间，我作为导师，同她从文体学视角对该项课题进行了深入研究。利敏同志后来又在西南大学和英国谢菲尔德大学分别与文旭教授和盖文斯教授从文学批评视角对课题进行了后续研究。

本人认为，该研究成果已经成熟，具有以下三点特别贡献。

第一，研究视角新颖，理论框架清晰。认知诗学是一门新兴学科，学科内部的很多理论还有待发展和完善。在西方，原型范畴理论禁锢于认知语言学的研究领域，国内现有认知诗学研究也是将原型范畴理论应用于对诗歌的分析。作者将原型范畴理论创造性地运用于长篇叙事文学的研究，选取《小世界》这一具有典型浪漫传奇文类特征的文本进行研究，创建了“作为脚本的原型模型”“作为图式的原型模型”“作为框架的原型模型”，分析了小说中的结构、人物和情景。研究分类合理，结构清晰，构建的模型能很好地研究程式化文学作品，具有较大的学术价值。

第二，研究问题明确，解释合理可信。英国当代著名作家戴维·洛奇的《小世界：学者浪漫传奇》一经出版，就深受世界读者喜爱。文学批评界常用“雅俗共赏”一词来评价这部作品，但批评家为何给出“雅俗共赏”这一评价的原因尚未在认知层面得到解释。同时，对照该小说 20 世纪 80 年代出版时的西方世界，以及“高雅文学”与“通俗文学”之间冲突剧烈，《小世界：学者浪漫传奇》又是如何创造了一种突破“高雅文学”与“通俗文学”之间界限的文学形式呢？它是如何在沿袭英国文学伟大传统和深远历史的基础上，达到文学的革新和创新目的的呢？作者将这些问题作为研究出发点，从古典浪漫传奇的传统谈起，提取出三个古典浪漫传奇叙事中的核心要素，然后向读者展示如何根据文本内容建构、更新并重构学者浪漫传奇叙事，从认知角度揭示了作品“雅俗共赏”的理据，回答了作品如何突破文学形式及达到文学上的革新的方法。

第三，开辟了新的文学认知批评空间，对文学作品做出了新的阐释。通过认知层面的分析，作者得出《小世界：学者浪漫传奇》用巧合、多个并置的平等追寻结构与传统的唯一主次等级追寻结构之间的冲突，以及珀斯的三个爱情追寻脚本等策略让读者产生认知上的不一致，达到幽默和反讽的效果，并借此表达人的生存意义在于追寻过程而非结果。

综上所述，作者将结构主义叙事学、认知语言学、文学批评、认知诗学的理论进行了融通，用于研究《小世界：学者浪漫传奇》的意义是如何让读者对浪漫传奇原型进行理解和建构的，其理论模型对研究程式化文学作品具有一定参考和借鉴价值，其研究结论进一步深化了学界对《小世界：学者浪漫传奇》的理解，其研究方法体现了当下学术的多元融通走向。我认为，该书不仅会对有志于从事认知诗学的研究者有所启发，也会对从事文学研究、语言学研究和文体学研究的读者有所帮助。同时，利敏同志不知疲倦的革命干劲和学术热情、跨学科的研究方法及持之以恒的探索精神也会给年轻学者的发展以极大的启发和借鉴。

是为序。

刘世生

2021 年 11 月 12 日

于清华大学荷清苑

前　言

本书从读者角度出发，研究戴维·洛奇（David Lodge，1935—　）的代表作《小世界：学者浪漫传奇》（*Small World: An Academic Romance*，1984，后文简称《小世界》）中浪漫传奇的原型意义建构过程。目前国内外对《小世界》的研究，或是从文学批评角度分析小说的主题和属性，或是从文体学角度分析小说的语言特征和叙事结构。笔者认为，前者的研究没有充分地考虑读者对浪漫传奇原型的理解和认知；后者的研究因数量太少，对古典浪漫传奇的深层结构、人物性格特征和环境功能尚未深刻挖掘。基于上述认识，本书在综合运用近年来认知诗学在原型范畴理论方面取得的最新研究成果的基础上，深入探讨读者是如何从认知的角度对小说中的原型进行重塑和整合的这一问题。

认知诗学中的原型范畴理论主要用于揭示文学作品的意义。认知语言学理论中的原型范畴理论主要用于揭示词汇与句法的意义，并未扩展至对文学文本的分析。雷蒙德·W. 吉布斯（Raymond W. Gibbs）将原型范畴理论首先运用于对文学作品的分析，提出了“作为脚本的原型对文本的理解”的观点（Gibbs 2003）。依据原型是一种抽象图式的思想，在充分考量原型范畴理论和脚本理论、图式理论和框架理论的相同认知机制基础上，本书提出了“脚本连续体”模型并用它分析了小说中的结构原型；在改进盖伊·库克（Guy Cook）的“图式的话语效果”模型（Cook 1994）基础上提出了“动态构建人物性格图式”模型，并用它分析了小说中的人物原型，受到凯瑟琳·埃莫特（Catherine Emmott）“语境框架”理论（Contextual Frame Theory，Emmott 1994，1997）的启发，提出了“原型框架”和“凸显框架”模型，并用它们分析了小说中的情景原型。由于意义建构是人类复杂的认知过程，因此本书交叉使用自上而下与自下而上的研究方法。笔者的上述模型对分析高度程式化的文学作品和影视作品（如婚姻爱情剧）均具有突出的应用价值。

通过分析，本书得出以下结论：①《小世界》创造性地应用多重结构代替传统浪漫传奇中的单一结构，实现了叙事结构的多元化，小说应用冲突与巧合取代古典传奇中的冲突，实现了结构中主要活动要素的扩展；②小说通过本身建构和传奇原型人物性格投射的双重作用实现了对人物性格的异质性刻画；③小说成功地实现了对古典传奇原型背景的升华性继承，让读者在熟悉与新奇之间体会到了文学作品的张力；④小说从结构、人物和背景方面成功地体现了重生的主题。

总之，本书以认知诗学中的原型理论为基础，构建了三个原型分析模型，并成功地应用它们对戴维·洛奇的作品《小世界》中的结构、人物和背景进行了全面的分析，在挖掘主题意义的基础上充分揭示了原型对建构小说意义和人类认知的重要作用。

目　录

图 目 录

表 目 录

第1章 绪　论

1.1 引　言

认知诗学为文学研究提供了新的分析方法，运用认知诗学的相关概念可以解释文学语篇中意义产生的动态过程。本书以英国当代作家戴维·洛奇的代表作《小世界》为语料，在对古典浪漫传奇进行分析的基础上，从认知诗学角度出发，结合文学批评和认知语言学理论对“原型”的研究，探究小说中浪漫传奇“原型”在读者头脑中产生意义的过程和审美效果。

从古希腊开始，哲学和科学一直设法依据事物的本质认识并定义它们。亚里士多德（Aristotle）宣称依据事物属性（attributes）进行的定义都是基于偶然的发现，但这样的例子却数不胜数。原型范畴（prototype）这一概念是在人们探索事物本质和人类原初状态时产生的，原型范畴中的属性是根据巧合发现的事物特质。也就是说，人类最初探究认知世界的方法和知识是通过诸如各种偶然性和原型范畴化之类的方法获得的。本书写作的目的也是继续探究人类认识世界的方式。事实上，人类从未停止找寻理解世界的方式。

阅读小说是探究世界的一种方式，尽管小说中是虚拟化的现实社会，但小说提供给人们一个完全不同于日常经验的崭新视角来理解事物。有些小说刻意与诸多文学作品产生联系，形成宏大的互文网络。这些互文网络经常以名称、意象、隐喻和典故等来体现其关联性，这无疑增加了读者在建构文本意义时的认知难度，但同时也增添了读者阅读的趣味性和挑战性。此类阅读犹如读者、作者和文本之间的文字游戏，《小世界》就属此类。

小说开篇，作者洛奇就引用小说家詹姆斯·乔伊斯（James Joyce）的话——“嘘！当心！一片回声之地！”——来提醒每位读者注意小说中所出现的不同声音。事实上，从小说题目中读者就会有所察觉，因为副标题中的“浪漫传奇”一词会提醒读者想到很多有关这一文类的相关知识。在看到题目后，读者有可能也会产生一些猜测，比如：这是一个浪漫的爱情故事吗？这是一个有关中世纪骑士为荣誉或为圣杯而战的故事吗？还是说这是描写学者哪方面故事的小说？

毫无疑问，如果作家本人在浪漫传奇、文学批评、文学史方面没有广博的知识，那么他是不可能创作出这样一部作品的。据笔者统计，《小世界》共与其他48本小说产生了关联，并且，小说引用T. S. 艾略特（T. S. Eliot）的《荒原》（*The Waste Land* 1922）中“四月是最残忍的季节”一句开篇。以一本小说为向导来接触并了解48本相关作品，这对于读者而言不仅是一次文学的冒险，也是一次如何使故事生成意义的挑战。小说含义在诸多文学作品之间的“穿越”中得到深化，而能够成功构建小说意义是欣赏其艺术及审美价值的关键。

对于读者而言，建构《小世界》文本意义的过程是一个“双重解码”过程，也就是说，作者在写作中同时使用互文反讽和隐含元叙述这两种技巧。这一概念是建筑学家查尔斯·詹克斯（Charles Jencks）首次提出的，对于詹克斯而言，后现代主义建筑“至少同时在两个层面上表达自身”（Jencks 2002：32）[①]：一方面，对于少数建筑家而言，他们更关心具体建筑的内涵意义；另一方面，他们则关注建筑展示给大众或当地居民的意义。詹克斯进一步定义说：“后现代主义建筑或艺术作品是以少数精英为对象的，偶尔也会面对大众。针对前者，它使用了‘高层次’编码，对于后者，它使用了大众解码。”（Jencks 2002：36）可以看出，一部好的作品是能够满足不同层次读者需要的作品。针对大众读者，文学可以作为一种消遣娱乐；而对于那些知识渊博的读者而言，在阅读过程中他们已经与作者达成了某种默契，阅读对他们来说是一种挑战，他们穿梭于不同作品之间，再结合文本本身，建构甚至重构作品的深层含义。因此，双重解码不是贵族化的噱头，它是作者表达对读者智慧和善意的一种尊重。

许多人的传统观点是，理解精心布局而又情节复杂的长篇文学作品是一个自然的、看似自动的认知过程。然而，认知诗学研究表明，即使是最短小的作品，尤其是那些后现代主义作品，也需要相当复杂的语言和认知操作。此外，“无论是语言还是心理过程（或两者兼而有之），人类为了相互理解，对不同的概念结构都进行了命名，如脚本（scripts）、图式（schemata）、心理和认知模型（mental and cognitive models）、框架（frames）、心理空间（mental spaces）和概念框架（conceptual frames），以及世界理论（worlds theories）”（Gavins 2007：3）。文学作品可被看作一种认知的产物，是人类用来帮助、增强或改善认知的方式之一。从认知角度来说，它们可以被当作一种基本的认知禀赋来探究。莱斯利·杰弗里

① 本书中的外文引文，如无特别说明，均为笔者遵照外文原文进行的自译。

斯（Lesley Jeffries）提出文学理解所需要的是“一种意义模型，它的两级是人类对文本最共通的一般理解和基于个人经验的最个性化的理解”（Jeffries 2001：341）。意义生成过程是认知诗学关注的主要问题之一。

因此，伴随着20世纪认知科学的发展，认知诗学作为一门新兴的、处于发展中的新的文学研究范式，涉及运用认知语言学、心理学、历史、文化等方面的理论、知识分析和阐释文学文本，并依此进行批判性实践。在欧洲，特别是在英国，认知诗学与读者反应批评和文体学密切相关，有着深厚的语言学基础。因此，认知诗学适合于对文学文本进行细致的语言分析，它强调语境在意义创造中所起的重要作用。因为它关注读者如何处理文本语言，所以它与认知语言学有着密切的关系。目前应用于语篇分析的成熟理论有指示语理论、语篇世界理论、图式理论、脚本理论及其在语篇意义理解中的作用。

1.2　戴维·洛奇简介

小说家约翰·福尔斯（John Fowles）曾说：“一个人不可能同时成为小说家和文学评论家。”（转引自Onega 1989：59）他认为批评家的知识在不知不觉中会操纵小说家的创作。然而，福尔斯的文学批评意识和其他诸多此类著名双栖人物的出现，表明这两种职业是可以完全兼容的。此外，福尔斯本人也承认英国文坛有两个例外：一个是马尔科姆·布拉德伯里（Malcolm Bradbury），另一个则是戴维·洛奇。

戴维·洛奇，1935年生于伦敦，是当代著名的学者、小说家和文学评论家。洛奇1967年获伯明翰大学博士学位,1960年至1987年在伯明翰大学英语系任教。1987年，他提前退休，专心从事写作。他是伯明翰大学现代英国文学荣誉教授、英国皇家文学学会（Royal Society of Literature）会员，并以其突出的文学贡献获得大不列颠帝国勋章和法国文艺骑士勋章。截至2019年11月，洛奇共出版了14部长篇小说、1部短篇小说和一些短篇故事、15部文学批评作品。他先后获得了十项大奖，如白面包奖，并多次入围英国布克奖。他的作品被翻译成17种语言，他的小说主题主要是自我发现之旅。

洛奇的小说被贴上了许多不同的标签，而其中最引人注目的当属“学院派小说”。当洛奇的小说出版后，特别是在《好工作》（*Nice Work* 1988）出版后，评论家们称《换位》（*Changing Places* 1975）、《小世界》（1984）和《好工作》

为“校园三部曲”。也有人认为洛奇的小说是“问题小说”[①]（Lodge 1971：22），还有人因为其创作的内容中包含天主教因素将其归为“天主教作家”。诸如此类的标签还有“现代主义小说”“后现代主义小说”“现实主义小说”等等，从中可见其小说在创作内容、写作技巧等方面的多变性。除了创作小说之外，洛奇还出版了很多文学批评方面的书籍，如《十字路口的小说家》（*The Novelist at the Crossroads* 1971）、《小说的艺术》（*The Art of Fiction* 1992）等。这些标签和诸多文学评论著作一方面引起了读者的兴趣，另一方面又激起读者极大的好奇心，大家情不自禁想要去探索为何洛奇的小说会引起如此多的争论，以及小说与理论之间的联系等。

事实上，这些标签都适合描述洛奇的小说，但都只涵盖了小说的部分特征。洛奇的“校园三部曲”主要讲述教授们的校园生活。由于其小说具有非常吸引人的情节和浪漫的人物，因此深受读者喜爱，并因此被冠以“流行小说家”的称号。而“问题小说”的叫法更多是出于政治上的考量，而非是从文学角度出发进行的命名。“问题小说”主要是描绘第二次世界大战（简称“二战”）后社会冲突方面的文学作品。在《十字路口的小说家》一书中，洛奇探讨了英国小说家在现代主义和实验主义兴起后，英国传统现实主义小说所面临的困境。这关系到不同小说家所选择的写作风格及其写作取向。此阶段的小说家在尝试不同的风格和主题，因而被冠以不同的称谓也是在情理之中。

1.2.1 戴维·洛奇作品的文体特点

作为英语文学教授，洛奇在文学史、文学作品阅读和文学理论方面的广博、深入和全面都无须赘述；作为作家，他自觉而巧妙地将不同文学思想融为自成一派的文学创作理念，借用不同写作技巧——如讽刺、文学典故等，形成了独树一帜的个人风格。他的小说是知识、智慧、技巧和实验的结晶，正如洛奇所说：“我是一个有强烈自我意识的小说家。在我写作的过程中，对自己文本的要求与我批评其他小说家文本的要求是完全相同的。”（王菊丽 2005：2）这充分体现了他的创作思想。

洛奇在创作中有意识地运用了不同的叙事和语言技巧。他的小说主题相对稳定，但是风格多样。自出版小说《大英博物馆的倒塌》（*The British Museum Is Falling Down* 1965）开始，他就逐渐找到了自己独特的主题、技巧和兴趣。之后，

① “问题小说将小说创作所提出的美学和哲学问题本身写进小说，让读者分享这些问题。”见罗贻荣编译：《戴维·洛奇文论选集》，北京：中国社会科学出版社，2018 年：前言第 4 页。

他创作的所有小说都把大学生活和天主教问题交织在一起。洛奇的小说风格多样，独具特色。洛奇说："我不是用一种风格在写作，而是用多种风格在写作，因为不同风格不仅代表着不同兴趣和想法之间的冲突，有时候不同风格本身存在的冲突更加突出。"（罗贻荣 2010：2）从中也可以看出，相较于其他作家，洛奇对语言的看重绝非一般。

洛奇对小说语言的特别关注使其有别于其他作家。在《小说的语言：英语小说批评与语言分析论文集》（*The Language of Fiction: Essays in Criticism and Verbal Analysis of the English Novel*）一书中，他写道："小说家的媒介是语言，无论他做什么，作为小说家，他都是在语言中和通过语言来做的。"（Lodge 1966：xiii）此外，洛奇还不止一次地宣称他"对形式主义批评比对意识形态批评更感兴趣"（Lodge 1981：x），从其文学批评著作《小说的语言》到《巴赫金之后：小说与批评论文集》（*After Bakhtin: Essays on Fiction and Criticism* 1990）来看，他的所有批评都可归为形式主义批评范畴。这些书更注重对文学形式、体系、结构等问题的探索，将审美形式和技巧置于比小说内容更重要的位置。布拉德伯里和其他评论家对洛奇的评价是：作为一个批评家，洛奇更偏爱语言分析而非人文价值，偏爱"魔鬼的形式"而非"忏悔的倾诉"（R. A. Morace & R. Morace 1989：130），这类似于伯纳德·伯贡齐（Bernard Bergonzi）的说法："作为小说家，洛奇的责任感之核心是对形式的关注，以及他作为评论家的兴趣。"（Bergonzi 1995：59）

在过去的40年里，洛奇一直在寻找一种合适的小说诗学。洛奇运用新批评的方法，企图寻求以语言为中心的、能够像解读和评价抒情诗一样的、可有效运用于小说的批评方法。然而，洛奇在《小说的语言》（2015）第二版的"后记"中承认，这一努力并没有完全成功。虽然对小说的解读和评价不能完全依靠语言，但语言的自觉性对于小说家来说还是非常重要的。此外，理论时期的结构主义、解构主义、女性主义、拉康主义精神分析、新马克思主义、文化研究、应用语言学等都对洛奇的写作方式产生了影响。他阅读了罗曼·雅各布森（Roman Jakobson）和克劳德·列维–施特劳斯（Claude Levi-Strauss）、维克托·什克洛夫斯基（Victor Shklovsky）和鲍里斯·托马舍夫斯基（Boris Tomashevsky）、茨维坦·托多罗夫（Tzvetan Todorov）、罗兰·巴特（Roland Barthes）以及米哈伊尔·巴赫金（Mikhail Bakhtin）的著作，洛奇自称自己是结构主义者。综上所述，相比小说的内容和思想，洛奇更注重对文学内部的形式、体系、结构等要素的探索，更注重文学的审美形式和技巧，这也是本书分析《小世界》的初衷和理由。

1.2.2 《小世界》的文本特点

在洛奇所有的小说中，《小世界》无疑是最受欢迎的作品。小说于 1984 年入围当代英语小说界最高奖项——布克奖，并于 1988 年改编成电视连续剧，获得英国皇家电视协会 1989 年最佳电视连续剧奖。自出版以来，《小世界》引起了文坛的广泛关注。首先，《小世界》有一个完整的结构。乔尔·卡纳罗（Joel Conarroe）在《纽约时报》书评中写道：“（《小世界》是）一部涓涓细流的暗指小说，它模仿了浪漫传奇这一体裁的风格特征——巧合、奇迹、追寻。《小世界》充满了对当时各种流行的文学批评理论的滑稽模仿，成为除了《洛丽塔》（*Lolita* 1955）和《微暗的火》（*Pale Fire* 1962）之外，英语世界里唯一一部描述 20 世纪 80 年代从班戈到伯克利的包括几乎所有文学教授的作品。”（Conarroe 1989：2）小说本身的意义远远不止其表面标榜的对文学怪人的滑稽讽刺，它是精心布局的、半寓言式的有关爱情、学术和生活的故事，也是一部非常具有批判性的有关各种文学理论的入门书，它对那些自以为是的理论追随者们进行了各式各样的嘲讽，从而让人思考理论的真正意义和功用。

其次，《小世界》的主题具有多面性。在《小世界》中译本的“导言”中，洛奇谈道，写作这本小说是“想象、描述和交织在诸多不同层次的感觉网络中——通俗的、修辞的、道德的、心理的、社会的、历史的等等——的艰苦工作”（洛奇 1992：74）。《小世界》可以被看作一部讲述各种学者轶事的小说，可以被视为一部教导人们向善的宗教小说，也可被看作一部后现代主义的理论著作，还可以被看作对 20 世纪 60 年代西方世界文坛现状的记录——各种文学批评流派涌现，与之并存的还有学术批评、文学作品的创作和文学类纸质媒体节目之间的相互交叉、互相影响。它的多面性等待具有不同学术背景的读者去挖掘。

第三，《小世界》是语言的狂欢节。当罗贻荣（2010：2）问洛奇《小世界》到底是后现代主义小说还是现实主义小说时，洛奇回答：“基本上我觉得我属于英国小说传统，主要还是现实主义的。因此，小说的目的是创造生活的幻觉，小说让生活在这个社会中的人们用一种可接受的方式来反映并认识这个社会。但是，我也注意到最近有些人对传统现实主义手法的批评，因此，在某些时候我使用了后现代主义的手法，以此来说明现实主义是诸多写作传统中的一种。……我是具有后现代主义思想的现实主义者。”

《小世界》不止一次地给读者呈现了有关“浪漫传奇”的不同面貌，它带给读者的是一次有关浪漫传奇这一文类的巡演。小说中提到的浪漫传奇作品有十多部，其中就有在世界文学殿堂中举足轻重的《仙后》（*The Faerie Queene* 1590）、《圣阿格尼丝之夜》（*The Eve of St Agnes* 1820）、《荒原》等。就浪漫传奇这一文类而言，《小世界》为其他浪漫传奇小说提供了一个狂欢的场所，也为读者提供了一次体验浪漫冒险的机会。这也是一次回到英国中世纪文学和不同文学批评流派的旅程。

《小世界》里塑造的男性人物与其他浪漫传奇小说相比，没有绝对的恶人出现，但是人性中坏的一面在不同人物身上都有所体现。这些“坏”在本意上都不是伤害别人，仅仅是出于个人性格上的缺陷，如有的人抛弃怀孕的情人，有的人欺骗妻子，有的人利用书评打击竞争对手，还有的人剽窃别人的论文等。所有这些“恶行”的发生并不是出于某种邪恶的意图，而是出于人类的易错性。小说中所刻画的男性形象没有一个是无情的，但也没有一个是美德方面的典范。但是，小说中描写的女性形象与其他浪漫传奇小说中相比，在许多方面都胜人一筹。小说中的女性并不是泾渭分明的“恶魔–天使”二元对立的浪漫传奇女性原型，而是塑造了许多带有强烈女权意识、令人印象深刻的、具有明确生活目标的女性，这一独特性值得我们全面且深入地研究。

《小世界》自出版以来就受到各界人士的广泛关注。目前大多数的研究都集中在探讨其主题上，也有为数不多的研究从文学批评的角度来研究小说语言的文体特征和精心设计的叙事结构，但对小说语言和结构的研究还不足以说明小说的独特性。本书主要是从认知诗学的角度，从浪漫传奇中的不同原型类型入手，考察读者对小说主题、人物、情景的认知过程，在此基础上挖掘小说更深层次的主题和审美价值。

1.2.3　《小世界》的故事梗概

《小世界》入围了英国最负盛名、报酬最高的文学奖——布克奖，意味着它已跻身英国官方高级文学作品之列。《小世界》是洛奇最长的小说之一，也是他情节最复杂的小说之一。在《换位》中，故事还仅限于两个地点和两个主要人物；到了《小世界》，故事一下子就变成了几十个人在全球的各种学术冒险。小说记录了诸多教授穿梭于全球不同学术会议期间发生的各种轶事，趣味横生，令人忍俊不禁。这些会议的举办国家包括英国、土耳其、瑞士、日本、韩国、德国、希腊、以色列和美国等。

小说以一场在英国卢米奇（Rummidge）举办的组织欠妥、出席人数不多的英语教学会议拉开序幕。菲利普·史沃娄（Philip Swallow）是《换位》一书中的主角，在《小世界》中，他已经晋升为教授，现在担任卢米奇大学英语系主任一职；莫里斯·扎普（Morris Zapp）——《换位》中的另一主角——也从美国专程飞来做主旨演讲。《换位》最后的开放式结局在《小世界》中得到了解答，菲利普仍和妻子希拉莉·史沃娄（Hilary Swallow）在一起，而黛丝莉（Desiree）却和扎普离婚了。在小说开篇，天真和具有理想主义情怀的珀斯·麦加里格尔（Persse McGarrigle）出现了，他可以被视为这部模仿浪漫传奇作品的男主人公。小说中一位极其普通的年轻学者解释“麦加里格尔”这个姓氏的意思是“超级英勇的儿子”（son of super-valour）（洛奇 1984：9）。

虽然《小世界》的情节众多且相互交织，但归根结底它还是以古典浪漫传奇中的追寻为主题展开的叙事。小说中重点描写了两个追寻目标：一个是珀斯对美丽、聪明和难以捕捉踪迹的安吉莉卡·帕布斯特（Angelica Pabst）的追寻；另一个是诸多知名教授对联合国教科文组织主席这一轻松、高薪且享有国际声望的学术圣杯的追逐。除此之外还有菲利普对刺激生活的追寻、作家们渴望找到创作灵感的追求、希拉莉对个人价值实现途径的追寻等。归根结底，不论这些人追寻的目标到底是什么，最终还是个人对自我存在意义的追寻。联合国教科文组织的主席候选人代表着不同的文学理论批评流派：自由人文主义、结构主义、读者接受理论、新马克思主义、后结构主义等（令人惊讶的是，女性主义并没有在小说中出现）。在各自的追寻过程中，这些人总是能够碰面，并因此再发生一些事情推进情节的发展。小说结尾时珀斯找到了安吉莉卡，并无意间问了她一个问题，治愈了联合国教科文组织主席这一学界卫冕之王亚瑟·金费舍（Arthur Kingfisher）的身体功能退化之病，并使其重获学术灵感。同时，珀斯也无意间揭示了孪生姐妹安吉莉卡和莉莉·帕布斯特（Lily Pabst）的身世之谜，原来一直活跃于各个学术会议的牛津大学退休女教授、终生未婚的西比尔·梅登小姐（Miss Sybil Maiden）是她们的亲生母亲，而亚瑟则是她们的亲生父亲。伴随着亲人相认，整个学术界也随着亚瑟的痊愈而再次焕发生机，而亚瑟随后又宣布自己将继续担任联合国教科文组织主席一职，此时小说达到了高潮，所有人都欣喜异常，学术“小世界”也在亚瑟的痊愈中恢复了往日的生机勃勃，小说最终在狂欢中落幕。虽然珀斯最终并没有赢得安吉莉卡的爱，但是他突然发现机场的那个女孩谢丽尔·萨默比（Cheryl Summerbee）喜欢他，于是他开始了追寻萨默比的新旅程。

评论家莱斯利·费德勒（Leslie Fiedler）最早提出“为了生存，小说必须回归到最初的集体主义民间伦理的大众化形式，这种民间伦理可以‘弥合’有教养的、少数受宠爱者的艺术观念……和另一种‘无教养的’亚艺术之间的鸿沟”（转引自 Waugh 1984：68）。《小世界》糅合各种文学理论、诗句、会议论文，以追求典雅爱情、性、名利和金钱等为目标；通过俚语、广告语等大众语言和诗句、典故等高雅语言的描写，表现以世俗为目的的神圣主题，它展示了一场由人物、理论、文学作品、语言和叙事共同参与、相互作用并相互影响的文体的狂欢、思想的狂欢、作品的狂欢和结构的狂欢，并由此给读者带来全方位的狂欢。

1.3 本书的研究内容及章节安排

本书主要研究以下四个方面的内容。

首先是对浪漫传奇这一文类的整体研究。本书将《小世界》置于现代浪漫传奇阶段，同时对浪漫传奇这一文类最繁荣的中古世纪的传奇作品进行归纳、总结和提取，再借助结构主义叙事学和原型-神话批评的研究方法，抽象出浪漫传奇文类中的三个不可或缺的文学元素——结构、人物和情景，以及它们各自包含的核心要素。

其次是“原型”的跨界研究。本书所谓的跨界指外语学科内部的跨界，即让文学中的原型概念和认知语言学中的原型范畴理论产生关联，并在此基础上又使得脚本理论、图式理论和框架理论与原型范畴理论建立二次联系，从而将上述概念（理论）归类为认知诗学视域下的原型理论及其拓展。这一理论联系为后续理论模型建构和文本分析提供了坚实的理论依据。

再次是认知诗学视域下的原型理论模型建构。依据浪漫传奇文类和原型理论的研究成果，建构能分析读者识解《小世界》中浪漫传奇原型意义的理论模型，即“作为脚本的原型模型”“作为图式的原型模型”“作为框架的原型模型”。

最后是用“作为脚本的原型模型”来建（重）构《小世界》中的结构原型意义，用“作为图式的原型模型”来建（重）构《小世界》中的人物原型意义，用“作为框架的原型模型”来建（重）构《小世界》中的情景原型意义，揭示读者对《小世界》文本意义的建（重）构在多大程度上依赖浪漫传奇原型，在文本意义和思维认知发生冲突时幽默、反讽效果的认知理据，以及小说主题意义的多层次建构和阐释。

全书共分 7 章。

第 1 章对英国当代学院派作家洛奇及其代表作《小世界》的文体特点做一简要回顾，介绍了本书的研究内容、研究意义和研究方法，以及本书的章节安排。

第 2 章主要对洛奇的作品和《小世界》的国内外研究现状进行了批判性回顾，以及对浪漫传奇这一文类的国内外研究进行了批判性回顾。虽然目前国内外对《小世界》的研究众多，但是主要集中在文学批评角度，多是对小说主题、人物或作品的后现代主义或现代主义属性的探讨。对小说的语言和叙事结构进行的研究不是很多，但恰恰是小说语言本身和精心谋划的叙事结构使得作品与其他小说不同。因此，笔者认为，从认知角度研究小说的语言和结构，探讨读者识解学者浪漫传奇的意义和认知过程，并深入挖掘古典浪漫传奇的叙事结构、人物性格特征和环境功能与小说文体、主题及审美之间的关系和影响，会让读者对《小世界》这部作品有更加全面和透彻的理解。

第 3 章的主要内容为认知诗学视域下的原型范畴理论模型建构及其理论依据。该章首先将文学以及语言学中的原型置于一起，分析刻板形象（arthetype）/原型（archetype）与原型范畴（prototype）的异同，然后以认知语言学中的原型范畴理论为基础，将框架理论、脚本理论和图式理论与原型范畴理论进行对比，最终以对比异同的方式明晰相似概念间的特点和侧重点，为后续的原型理论模型建构提供很好的理论依据。其次，该章在分析古典浪漫传奇的定义、历史、分类、内容和文体演变基础上，借用结构主义叙事学理论，归纳提炼出古典浪漫传奇中的三种原型（结构原型、人物原型和情景原型）及它们的特征，并依托三种原型的划分，确定本书的基本研究框架是认知诗学视域下读者对《小世界》中结构、人物和情景原型的意义生成和建（重）构认知。

第 4 章是对《小世界》中学者浪漫传奇的结构脚本研究。认知诗学研究的重点之一就是读者。本书基于读者熟知浪漫传奇这一叙事文类的叙事规约为假设前提，系统探讨读者在构建《小世界》文本意义过程中的相关认知行为和意义识解。研究者对《小世界》中学者浪漫传奇的结构脚本进行研究，需要对古典浪漫传奇，如《珀西瓦尔：圣杯的故事》（*Percival: The Story of Holy Grail*，后文简称《珀西瓦尔》）文本较为熟识，同时也要有能力识别《小世界》中的古典浪漫传奇结构原型，在此基础上才能够运用所建构的“作为脚本的原型模型”分析不同人物的不同追寻脚本及其意义。

4.1 节探讨了叙事规约和心智的关系。4.2 节建构了读者认知下的《小世界》中的古典浪漫传奇原型脚本。4.3 节对读者认知下的《小世界》中的学者浪漫传奇原型脚本进行分析，提取小说中有关追寻过程的描写，包括珀斯追寻爱情的过程、各个教授使出浑身解数追寻联合国教科文组织主席一职的过程、菲利普教授想通过追求刺激爱情来达到追寻生命强度的过程，以及其他人追寻各种不同目标的过程。4.4 节对构建学者浪漫传奇追寻脚本的核心事件——巧合进行分析研究。4.5 节按照“脚本连续体”模型中各脚本的特征（如“强标记脚本”指新奇事件，“无标记脚本”指原型事件）展示《小世界》中不同人物的追寻轨迹，重构文本意义。这里的研究指出珀斯的追寻属于“强标记脚本”，因为小说中建构了三个追寻地图：①珀斯自己的追寻轨迹；②安吉莉卡为珀斯设计的追寻轨迹；③读者根据古典浪漫传奇结构原型建构的追寻轨迹。菲利普教授的追寻轨迹和教授们对联合国教科文组织主席一职的追寻轨迹属于“中标记脚本”（不经常发生的事件）；其他人的追寻轨迹属于“弱标记脚本”（部分原型事件）。4.6 节得出，《小世界》

在叙事事件上多次改变古典浪漫传奇结构原型中的成分，是对浪漫传奇这一体裁的发展创新，并且证明“脚本连续体”模型很适合分析高度模式化的文学作品的叙事结构。

第 5 章是对《小世界》中学者浪漫传奇的人物图式研究。该章先回顾了文学作品中人物塑造的模式（直接定义、间接展示、言语表征和思维表征），然后重点强调了“作为图式的原型”模型的动态性和循环性。接下来是读者建构的古典浪漫传奇中的人物原型、《小世界》中的人物原型的性格特征塑造，以及读者对上述人物原型的重构及意义揭示。

该章研究发现《小世界》中的安吉莉卡和莉莉就是古典浪漫传奇中的王后（或公主）原型，对其的意义生成过程经历了“图式保存”（在原有知识基础上增加细节）、“图式破坏”（破坏原有知识体系）和“图式重构”（建立新的图式）三个阶段；珀斯就是古典浪漫传奇中的圣杯骑士珀西瓦尔的原型，扎普教授对应古典浪漫传奇中的贡献者原型，对他们的意义生成过程也经历了“图式保存”“图式破坏”“图式重构”三个阶段；菲利普教授对应古典浪漫传奇中禁不住诱惑的骑士原型，罗宾・邓普西（Robin Dempsey）教授对应的是头大无脑的骑士原型，鲁迪亚德・帕金森（Rudyard Parkinson）教授和齐格弗里德・冯・图尔皮茨（Siegfried von Turpitz）教授对应的是阴险的、不诚实的恶棍原型，金舍费尔对应的是受伤的国王原型。对这些人物性格特征的意义建构过程就是“图式强化”（对原有知识的固化），因为他们的性格特征不管是在古典浪漫传奇里还是在《小世界》里都毫无变化。该章 5.6 节总结本章，验证并阐发了人物性格特征的图式重构模型非常适合于分析人物的性格特征形成过程的观点。

第 6 章是对《小世界》中学者浪漫传奇的情景框架研究。该章首先对“原型情景框架”和“凸显情景框架”进行了定义和区分，然后根据文本内容，展示读者建构古典浪漫传奇情景框架的意义，并按照上述框架标准分析了《小世界》中有关情景描写的语料，指出情景框架的象征意义、深化主题和增强反讽效果。

第 7 章为本书结论部分，总结了本书研究取得的主要成果，分析了本书研究存在的不足，并对认知诗学的读者研究前景做了展望。

第2章　戴维·洛奇研究

第1章绪论部分简要介绍了本书选择《小世界》进行研究的原因。本章对洛奇的文学批评理论和小说，特别是《小世界》的相关研究进行了批判性的回顾。通过本书对相关研究的详细考察，读者将对《小世界》的研究有一个整体认识，并在此基础上洞悉研究盲点及有待完善或深入的研究问题。

2.1　洛奇作品概览

戴维·洛奇既是一位杰出的小说家，又是一位文学批评家。到2019年11月，洛奇共出版小说15部、文学批评作品15部。在EBSCO、ProQuest、JSTOR、CNKI和其他数据库中有许多文章、书评和专著都致力于研究他的作品。在这些关于洛奇的研究中，很大一部分讨论的是他的文学理论或是对他个人情况的概述，如爱德华·T.惠勒（Edward T. Wheeler），或者是书评，如乔尔·卡纳罗（Joel Conarroe）、斯科特·斯托塞尔（Scott Stossel）[①]、安东尼·奎因（Anthony Quinn）、哈里特·沃夫（Harriet Waugh），其余的都是对其小说的文学评论。

在洛奇的所有小说中，《小世界》是最著名的一部。从1984年到2020年，EBSCO、ProQuest、JSTOR、CNKI等数据库数据显示，国内外关于《小世界》的研究文章和硕博士论文约有108篇。国外有关洛奇小说方面的评论、书评和硕博士论文共46篇，其中23篇是关于《小世界》的，占总数的50%。就国内而言，自1992年《小世界》的第一个中译本在中国出版以来，《小世界》的研究数量逐年增加。从1992年到2020年底，国内对洛奇所有小说进行研究的文章总数为307

---

① 在评论《治疗》一书时，斯托塞尔对洛奇的小说和职业做了一个总体的回顾，并讨论了洛奇小说中反复出现的主题和后现代手法。

篇，其中共有 85 篇文章和硕博士论文研究《小世界》，约占总数的 28%，这些研究从不同方面探讨了《小世界》。

2.2　洛奇研究与《小世界》

国内学界一般从小说创作和文学理论的角度全面研究戴维·洛奇，但大多数著述都包含对《小世界》的分析。例如，2011 年欧荣的专著《“双重意识”——英国作家戴维·洛奇研究》对戴维·洛奇进行了全面研究，书中对洛奇小说的主题意义、写作艺术、批评理论进行了梳理和评述，分析其小说创作与小说理论之间的一致性和不一致性，探讨洛奇在宗教信仰、文学创作、文学批评中对各种危机所持的“双重意识”，并从对话小说角度分析了《小世界》；而欧荣的另一篇论文《戴维·洛奇作品中的“危机母题”研究》（2007）则把《小世界》看作一部体现文学批评理论危机的作品。王菊丽在《对话中的建构之旅：戴维·洛奇校园小说的建构模式研究》（2008a）中对洛奇的卢米奇“校园三部曲”进行了分析。从追寻母题、空间性和互文性方面探讨了卢米奇“校园三部曲”——《小世界》《换位》《好工作》。李雪在其博士论文《戴维·洛奇重要小说中三种现代写作方式研究》（“Three Modes of Modern Writing in David Lodge’s Major Fiction”2008）中分析了《小世界》的后现代主义特征，如元小说、互文性和不同文学批评理论的狂欢化，并认为这些特征是用来讽刺当代学术界和社会的。罗贻荣在其博士论文《戴维·洛奇对话小说理论与创作实践》（2009b）中认为，洛奇的“对话小说”是巴赫金“复调小说”理论在其理论批评和文学创作中的补充。他写道：“对话造就了戴维·洛奇在英国文坛独树一帜的小说创作风格，甚至成就了他迄今为止最著名的、最有创造性的小说——《小世界》。”

另外还有对洛奇进行专章研究的著作，其研究重点是把洛奇作为二战后的英国校园小说家进行介绍和分析，如瞿世镜等主编的《当代英国小说》（1998）把洛奇与马尔科姆·布拉德伯里共同放在名为“校园小说”的小节下进行专题介绍，全面而具体地分析了洛奇从第一部小说《电影迷》（*The Pitcuregoers*，1960）到 1995 年的《治疗》（*Therapy*）之间的所有小说，同时也涉及其间创作的学术著作及几部剧作。2005 年译林出版社出版的由侯维瑞、李维屏著的《英国小说史》也把洛奇与布拉德伯里一起置放在“校园小说”的标题下先后评介。2004 年天津人民出版社出版的马凌所著的《后现代主义中的学院派小说家》，为洛奇专设一章，介绍其理论和作品，其中从滑稽模仿和拼凑角度分析了《小世界》。2006 年中国社会科学出版社推出高继海主编的《英国小说名家名著评析》两卷本，评述了英国学院派小说家代表洛奇与布拉德伯里。在评介洛奇时，这本书主要集中研究《换位》和《小世界》这两部校园小说。

2.3 对《小世界》单部作品的研究

戴维·洛奇本身就是一位非常有争议的作家，其作品经常会被贴上“校园小说”“问题小说”“流行小说”等诸如此类的标签，再加上洛奇本人在写作风格上融合了各种不同的技巧，因此学界对其作品的定位显得尤其困难，《小世界》就是其中典型的一例。《小世界》在结构上模仿古典浪漫传奇，在内容上借助各种学术研讨会描写学者们的学术与人生，并借助书中学者之口谈论后现代主义时期的各种文学理论思潮（结构主义、解构主义、新马克思主义、接受美学等），在故事讲述上采用历时与共时并进，在语言上有引用、对话、反讽等，它本身就像一个万花筒，无论从哪个角度看都是一幅精彩的画面。这些客观存在使得中国学界对《小世界》的关注就多于对洛奇其他作品的关注。

2.3.1 《小世界》的体裁研究

有关《小世界》争论的热点之一就是其体裁。自小说出版以来，许多评论家和学者都纷纷撰文关注其小说中的现实主义、现代主义或后现代主义[①]成分。

2.3.1.1 《小世界》的后现代主义研究

绝大多数人都认为《小世界》是一部后现代主义小说。中国最早将《小世界》归为后现代主义作品的是王逢振先生。在 1992 年罗贻荣翻译的《小世界》中译本前言中，王逢振（1992：3）指出：“《小世界》是一部典型的后现代主义小说。”

① 广义上说，后现代主义是指从二战到现在的一系列文化发展。后现代世界观反映了后资本主义的多民族形式，它将新的文化观念、新的传播方式和表现方式引入世界经济文化体系。在文学界，学者和批评家几乎都认为后现代主义与 20 世纪 60 年代结构主义和后结构主义思维方式的兴起有着密切的联系，后现代主义继续对传统现实主义进行现代主义的批判，并与现代主义一样致力于创新，却以自己的方法来实现这些目的。代表性的后现代主义手法包括不确定性、互文性、去中心化、戏仿、元小说等。

自此以后，这就成为一个热议的话题。

在弗雷德里克 · M. 霍姆斯（Frederick M. Holmes）的文章《作为发现者的读者——戴维 · 洛奇的〈小世界〉》（“The Reader as Discoverer in David Lodge's *Small World*” 1990）中，他将《小世界》作为后现代主义作品加以分析。霍姆斯分析了洛奇如何将珀斯追寻理想爱人的无尽之旅和读者寻找《小世界》统一主题意义的意义识解之旅架构成小说的平行叙事结构。闫艳的《〈小世界〉是一部后现代主义力作》（2003）从“去中心化”“开放式结尾”“表征危机或语言游戏”来说明《小世界》的后现代特性。有些文章分析《小世界》的后现代主义特征，如中国最早介绍《小世界》并分析它的后现代主义特征的是申慧辉的《曲高未必和寡——谈戴维 · 洛奇和他的〈小世界〉》一文，刊登于 1991 年的《文艺报》；周波在《〈小世界〉的后现代解读》（2011）一文中从拼贴、戏仿、平行结构、解构等方面谈论该作品的后现代特点；仲文娜（2009）分析了《小世界》的叙事结构的不确定性（反线性叙事、反宏大叙事和小说结尾的不确定性）、创作方法的多元性（现实主义文学的外貌描写、现代主义文学的蒙太奇式剪接与拼贴、偶然性的运用）和话语游戏（能指和所指的分离、意义的不在场）等后现代特征；刘百峰（2011）试图结合文本分析互文性、戏仿、拼贴、反讽、复调、狂欢化、语义的不确定性、开放式结尾这些后现代手法在小说中的具体运用；李雪（2008）认为互文性、元小说和狂欢化精神的运用就体现了后现代主义的特点。也有论文分析《小世界》的后现代主题，如杨莹莹（2009）通过《小世界》中的情节、人物以及主题的戏拟来揭示后现代主义小说中的悲剧观；余丹（2008）从解构、多元和戏拟三个方面分析戴维 · 洛奇的小说《小世界》的后现代主题。还有文章从小说人物入手分析《小世界》文本中的后现代理论，如在陆建德主编的《现实主义之后：写实与实验》一书中谈及《小世界》，指出小说人物语言的言论内容是后现代主义批评的话题，但小说综合考虑形式和内容，是否属于后现代主义作品还值得商榷；张辉等（2011）以《小世界》中莫里斯 · 扎普所主张的后结构主义理论为线索，探讨洛奇如何在借用扎普之口讨论后结构主义理论的同时，采用后现代主义的技巧实现其讽刺目的。

在理查德 · 泰德（Richard Todd）的文章《后现代主义在英国小说中的呈现：风格与自我》（“The Presence of Postmodernism in British Fiction: Aspects of Style and Selfhood”）中，泰德认为后现代主义在英国小说中以事物两极的方式呈现：一端是使用元小说和互文技巧，另一端是使用戏仿（Todd 1986）。洛奇的小说《大英博物馆的倒塌》《换位》《小世界》都很好地展示了他从现实主义走向更为复杂的创作的历程。马克 · S. 麦克劳德（Mark S. Macleod）的论文《英国小说中的四部启示录元小说》（“Apocalyptic Metafiction in Four British Novels” 1993）中就收入了洛奇的《小世界》。马克认为，启示录元小说反映了人类利益的中心问题，同时它暗示了强制性文本强加给现实的临时性和虚幻性。马克着重于主题和本体论的联系，探讨启示录元小说与现实主义和反讽的关系。马克用自我指涉性来说明《小世界》是元小说。

由于《小世界》的副标题是“学者浪漫传奇”，因此有些人重点分析《小世界》对古典浪漫传奇体裁的戏仿。李静和王菊丽（2007）从人物形象、情节和主题三方面入手，考察分析《小世界》对传奇文学的戏仿；付凤菊（2007）从广义戏仿和狭义戏仿的角度论述《小世界》戏仿文本所包含的批评性本质；吴立平（1993）认为洛奇通过戏仿进一步挖掘了“骑士罗曼司”和“学者罗曼司”的共同之处，即荒芜和拯救；丁兆国（2010）指出小说借用浪漫传奇是便于组织叙事结构和制造诸多巧合，他同时发现《小世界》是对当代诸多文学批评理论的戏仿；马道珍（2008a）通过分析小说结尾和其违反圣杯追寻叙事的文本事实，得出《小世界》是反浪漫传奇小说的结论。

2.3.1.2　《小世界》是现实主义、现代主义还是新现实主义？

一些学者把《小世界》看作现实主义、现代主义和后现代主义的混合体。在马晓明的论文《〈小世界〉的解读策略》（2002：摘要）中，作者认为《小世界》“是一本以现实主义为主体兼具现代主义、后现代主义特点的复合型小说的结论，并应用雅各布森关于隐喻、转喻的理论验证了这一结论”。杨莹莹（2010）运用现实主义视角解读《小世界》，认为这是一部具有后现代主义特征的现实主义小说。马海英（2009）认为《小世界》是结合了现实主义和实验性的写作。王菊丽（2005：摘要）在她的论文中总结道：“洛奇的校园小说虽然具有很多后现代主义的文学特征，但不应该被认定为后现代主义小说。他的校园小说是对后现代语境中现实主义叙事话语的丰富，是洛奇以小说的形式语言对后现代社会的矛盾心态的揭示。”许福芦（1996）认为《小世界》是对后现代主义和现实主义的解构，它呈现的是瞬间的意义。

还有学者研究《小世界》的现实主义写作手法。王真真和王菊丽（2006）从全知视角、外部人物刻画和用喜剧方式揭示严肃主题三方面解读《小世界》中写作技巧的现实主义特征。张国富（2009）从叙事、人物塑造、情节构思方面入手，分析了洛奇在《小世界》创作上大胆采用现实主义传统的叙事策略、人物塑造、情节构思手法，实现了对后现代小说创作模式的有力反驳，充分肯定了现实主义。丁兆国（2010）从《小世界》中的戏拟分析出它兼具喜剧性和元小说两种功能，从表面看来它类似于后现代主义小说技巧，但所表现的是传统现实主义小说的自由人文主义精神和对后学理论反人文主义倾向的批判意识，认为《小世界》是一部新现实主义作品。

2.3.2　《小世界》的主题研究

主题是文学作品中讨论最多的话题。《小世界》的主题也引起了诸多学者的关注。由于大多数评论家认为《小世界》是一部后现代主义小说，因而讨论最多的就是小说中的社会与文学批评的荒芜。欧荣在其博士论文《戴维·洛奇作品中的“危机”母题研究》（2007）中认为《小世界》的主题是表现文学理论批评的危机。在《论〈小世界〉的追寻母题及其变异——一个体裁批评视角的阐释》一文中，王菊丽（2008b）认为小说中每个人都在寻找自己的圣杯。赵琳娅（2011）论述《小世界》是通俗与高雅两种语言碰撞的主题。徐建纲（2010）从女性婚姻和爱情的关系角度分析《小世界》。彭欢（2011：摘要）认为，“戴维·洛奇给读者呈现了一个充满符号意义和符号价值的世界，在消费主义的影响下，研讨会被去神圣化，消费主义影响下的‘小世界’充斥着金钱、名利为主导的社会意识形态和符号象征意义”。

一些评论家把《小世界》当作一本文学理论专著，讨论其中的文学理论。约书亚·福润德（Joshua Friend）在《每一次解码都是另一种编码：莫里斯·扎普的后结构主义对后现代世界的含义》（“Every Decoding Is Another Encoding: Morris Zapp's Poststructural Implications on Our Postmodern World” 1996）一文中探讨了扎普所代表的后结构主义思想，并重申了意义的延异[①]。张辉等（2011）认为洛奇讽刺了整个学术界，批判了后结构主义理论中意义的不确定性和生命的荒芜。余丹（2009）将《小世界》的主题看作意义的丢失和重获。杨济彧和吴立平在其《多重译码：游乐于〈小世界〉话语的张力场》（1992）一文中，从文化层和意蕴层两个层面分析《小世界》所包含的雅俗共赏的话语成分，揭示其爱情与事业、沉沦与拯救的主题。尹雅莉和李福莉（2010：78）认为，“在小说中，洛奇利用自己渊博的文学理论知识建构了多层主题，包括学术主题、罗曼司主题和朝圣主题”。张荣升和马爱华（2009）看到了《小世界》中所融合的高雅文化（文学理论）和通俗文化（小册子、日常对话等）。马道珍的《从对立走向共融——评〈小世界〉中的二元结构》（2008b）一文分析了东西方两种文化的对峙和交融、荒芜和救赎。齐格弗里德·默斯（Siegfried Mews）在《教授小说：戴维·洛奇的〈小世界〉》（“The Professor's Novel: David Lodge's *Small World*” 1989：726）一文中把《小世

① 强调语言形成过程中丢失的、被压制的意义，是一种意义的不在场或推迟的在场。

界》看作一部全球校园小说。在分析了珀斯、扎普、齐格弗里德等几个人物之后，他的结论是：洛奇意图用伪装成浪漫传奇的校园小说讽刺和喜剧化学术界，同时对文学研究、学术批评制度本身提出严肃质疑。洛奇是一个“摇篮天主教徒”①，他的宗教倾向在他的小说创作中表现得淋漓尽致。一些学者研究洛奇小说中的天主教主题。伯贡齐（Bergonzi 1995）提炼了洛奇小说中的宗教元素。张艳蕊（2010）的博士论文中收录了洛奇的六部天主教小说，主要探讨了其中的宗教事实、宗教原型和宗教意识。珀金·J. 罗素（Perkin J. Russell）的《戴维·洛奇的朝圣之旅》（“The Pilgrimages of David Lodge” 2008）追溯了洛奇在几部小说中对传统天主教宗教旅行的再现到对这一概念的隐喻性扩展，揭示了小说的朝圣母题。在彼得·约翰·奥马利（Peter John O'Malley）的论文《尽你所能：戴维·洛奇小说中的肉欲和天主教意识》（“'As Far as You Can Go': Carnality and the Catholic Conscience in David Lodge's Fiction” 2006）中，奥马利认为《小世界》是狂欢的天主教小说。奥马利用珀斯、安吉莉卡、莫里斯和菲利普的肉欲举例说明洛奇的天主教意识：从被动接受教会教义和反抗教会教义到最后成为宗教教义践行者的演变。徐谙律（2011）也探究了《小世界》中的宗教含义。

一些评论家把《小世界》当作校园小说来研究。约翰·法威尔（John Fawell）在《教授的环球旅行：戴维·洛奇的现代文学批评家浪漫传奇》（“The Globe-Trotting Professor: David Lodge's Romance of the Modern Literary Critic” 1996）一文中写到，《小世界》的教授们要么追寻文学理论的意义，要么追寻爱情的意义，但他们无一从追寻中得到启发或精神焕发。金品卓（2010）在其论文《评戴维·洛奇作品〈小世界〉中知识分子形象》中揭示了知识分子的虚伪。马修·H. G. 富勒蒂（Matthew H. G. Fullerty）在他的论文《英美学术小说中的“罗曼教授”：喜剧校园、悲剧自我》（“The British and American Academic Novel the 'Professorromane': The Comic Campus, the Tragic Self” 2008）中，着重论述了学术小说的主要特点，并为这种经常被批评为不严肃和自我放纵的小说正名，论证其作为一种体裁所表达的严肃意义。作者将《小世界》归类为一个享乐主义的游乐场般的校园喜剧。

人物有助于深化小说主题。人物是叙事中不可或缺的因素，一些学者对《小世界》中的知识分子进行了审视。李静（2007）使用诺斯罗普·弗莱（Northrop Frye）的浪漫主义和现实主义人物理论来解读《小世界》中的人物形象，发现珀

---

① 伯纳德·伯贡齐在其文章《天主教徒的问题》（“Catholic Questions”）一文中将“摇篮天主教徒”阐释为他们家庭所信仰的是天主教，因此作者自出生就要跟随家庭的信仰，除了少数上流社会的“老牌天主教徒”，剩下的是工人阶级或中下层阶级，有很多是爱尔兰移民的后裔（Bergonzi 1995：29）。他们的受教育程度和对未来的期望都不高，更少有人从事文学创作。来自这样的背景的年轻人利用英国政府新出台的免费受教育机会，在社会上会慢慢远离天主教。长期以来，爱尔兰作家就是这样，其中最著名的是詹姆斯·乔伊斯。

斯属于浪漫式人物，扎普和菲利普则属于现实式人物。马凤春（2010）、金品卓（2010）从人物外部描写和人物对话方面论述《小世界》中人物形象的单一，揭示文本中知识分子们对名与利的追逐。

2.3.3　《小世界》的文体研究

与对小说体裁和主题的研究相比，对小说文体特征的研究相对较少。现有关文体方面的研究主要是从文学批评的角度来探讨互文性、反讽性和对话性，只有个别文章聚焦小说的语言特征。

2.3.3.1　《小世界》的写作技巧研究

很多论文从文学批评的角度分析《小世界》的写作技巧。互文性一直是《小世界》的一个研究热点，大多数人把互文性作为后现代主义的一个典型特征来分析，但是也有学者分析互文性的写作技巧，如尹雅莉（2006）、陈研（2008）、梅丽华（2010）、耿程程（2007）、刘萍（2004）、赵秀丽和杨艾璐（2009）就从戏仿、暗指、直接引用、平行结构、滑稽模仿等写作技巧出发，分析《小世界》的互文特征；曾华（2008）从经典叙事学家热拉尔 · 热奈特（Gérard Genette）的广义文本理论出发讨论《小世界》与罗曼司体裁的互文性，着重分析这部小说对罗曼司体裁的揶揄与反叛，并且试图找出这种揶揄与反叛的深层原因。

反讽也是研究《小世界》的一个侧面。苏晖（2002：91）从书名、开头和情节结构的典故反讽三方面来论述，认为理解反讽有助于读者“把握作家高超的写作技艺和深刻的睿智”；李增（2005：91）以《小世界》为例，具体发掘“狂欢化反讽是如何通过戏仿、对话与对位得以实现的”；徐琳和王维佳（2010）从语言反讽、人物反讽、情景反讽和典故反讽四方面分析《小世界》；李婷（2009）则从言语反讽、戏剧反讽和情景反讽来分析《小世界》。

用巴赫金理论分析《小世界》也是一种趋势。在《马尔科姆 · 布拉德伯里和戴维 · 洛奇的对话小说》（“The Dialogic Novels of Malcolm Bradbury and David Lodge” 1989）一文中，作者运用巴赫金的几种理论，研究洛奇的《换位》和《小世界》。罗贻荣（2009b）在其论文《戴维 · 洛奇对话小说理论与创作实践》中对巴赫金的复调、对话性和狂欢化精神做了全面分析。罗贻荣认为，因为《小世界》中存在讽刺、双重话语和狂欢化，因而它是对话性的。张恩华（2000）从语言形式的正反同体性、荒芜与拯救的主题意蕴、对中古骑士传奇的戏仿和情节、人物特征的复调和空间形式论述其狂欢化精神。余丹（2009）通过分析《小世界》中的场景、人物和语言，指出小说语言具有典型的英式幽默。

2.3.3.2　《小世界》的语言特征研究

截至 2019 年 6 月底，国内只有两篇文章聚焦《小世界》的语言本身。王敏和林俐（2010）通过小说中的幽默对话探讨会话含义和语用预设关系；梅丽华（2010）从词汇特征、修辞手段、语境与衔接这三个层次切入，对该小说的语言进行多方位的透视，探讨作家如何通过语言选择来表达作品的主题意蕴，实现其美学价值。

2.3.4　《小世界》的叙事研究

对《小世界》的叙事分析是一个较独特的视角。托马斯·多伊尔·桑特（Thomas Doyle Sant）的《戴维·洛奇：叙事价值》（“David Lodge: Narrative Values” 2005）一文中强调洛奇小说中的精神价值、教育价值和伦理价值。刘骥（2011）认为小说在叙事上的成功很大程度上得益于作者对聚焦的灵活运用，文章从人物刻画、情节设计和主题表现等方面对《小世界》所体现的复杂聚焦手段进行了分析。马道珍（2009）认为小说运用了“展示”与“讲述”、叙述者和人物、内部聚焦和外部聚焦等手法，成功地刻画了一部学者浪漫传奇。安杨（2013）运用空间叙事理论论述了洛奇运用娴熟的叙事视角所创造出的空间艺术效果。

以上是对《小世界》研究的总体回顾。从以上研究我们可以发现，学界对《小世界》的研究在其体裁属性方面最为全面。为了更好地说明该小说的后现代特征，对后现代写作技巧的研究是学者们研究的重点。除此之外，对小说的研究重点还有主题、对浪漫传奇结构的戏仿和反讽的语言。这些研究让我们更好地掌握了《小世界》的体裁、语言、写作技巧、主题、人物和叙事技巧，也理清了后续的研究方向。

2.4　浪漫传奇研究状况概述

2.4.1　国内对浪漫传奇的研究状况概述

国内对浪漫传奇的研究也大致分为四类。第一类是对浪漫传奇的整体研究。肖明翰的《英语文学传统之形成：中世纪英语文学研究》（下册）（2009）设专章对浪漫传奇进行了全面的研究，研究内容包括浪漫传奇的性质、骑士精神与宫廷爱情、中古英语浪漫传奇的发展、亚瑟王浪漫传奇和三部《亚瑟王之死》。戚咏梅和吴瑾瑾（2010：69）认为“中世纪浪漫传奇是一种高度模式化的文学创作体裁”。第二类是对浪漫传奇的发展研究。例如，胡琳（2007）从历时角度对浪漫传奇的文体演变进行了梳理。第三类是对浪漫传奇中的情景、骑士精神、爱情等各成分的研究。例如，周玉军（2000）对浪漫传奇中特有的成分（如大海、冒险等）进行了研究；张立光等（2009）研究了中古浪漫传奇中的爱情与价值取向。第四类是对浪漫传奇中最受欢迎的亚瑟王传奇的研究。例如，肖明翰（2008）研究了中世纪浪漫传奇的性质与中古英语亚瑟王传奇之发展；吴静（2012）综述了亚瑟王传奇在英国文学中的发展。

2.4.2　国外对浪漫传奇的研究状况概述

目前国外对浪漫传奇的研究大致可以分为四类。第一类是对浪漫传奇体裁界定的研究。浪漫传奇不管是在发源、题材、内容上，还是在形式上，都非常丰富，很难给它下一个确切的定义。纳撒尼尔·霍桑（Nathaniel Hawthorne）最先阐述了浪漫传奇和小说之间的关系，指出浪漫传奇是“位于真实世界和幻境之间，现实和想象可以交会的中间地带”（Hawthorne 1962：37）；C. 克罗夫特（C. Croft）认为浪漫传奇是一个“模糊性”的体裁（Croft 2002：35）。第二类是对浪漫传奇叙事结构的研究。弗莱（2006：269）认为浪漫传奇情节的主要成分是“冒险”；罗伯塔·L. 克鲁格（Roberta L. Krueger）认为浪漫传奇故事具有持久吸引力的原因是“浪漫传奇的叙事在新的语境中特强的适应能力”（Krueger 2000：4）。第三类是对浪漫传奇内容的研究。该类研究数量最多。学界公认浪漫传奇正典系列中存在三大主题（寻找圣杯、兰斯洛特与亚瑟王的王后桂妮维亚之间的爱情，以及亚瑟王之死），并且这三大主题对中古英语亚瑟王传奇的发展产生了重大影响。第四类是对浪漫传奇中人物、环境等各成分的研究。弗莱（2006）、W. R. J. 巴伦（W. R. J. Barron 1987）和 A. R. H. 蒙克里夫（A. R. H.Moncrieff 2007）对浪漫传奇中的人物进行了研究。弗莱（1957：33）将浪漫传奇中的英雄定义为“超越其他人以及周围环境”的人。以上对浪漫传奇的研究为后续研究奠定了坚实的基础，但是由于研究者们局限在文学批评理论范围内，并且太过关注浪漫传奇的内容，因此很少关注到浪漫传奇的体裁主题、叙事结构和情景隐含意义所具有的跨文化性和跨时空性。

2.5 目前研究存在的不足

以上对《小世界》的研究比较深入、全面，但也存在一些问题。第一，研究内容过于集中在体裁方面，且很多研究的深度有待加强。就国内而言，80%以上的研究集中在区分小说是后现代作品、现代作品还是现实作品方面。为了论证《小世界》的后现代主义性，众多研究集中探讨了其后现代写作技巧，如互文性、戏仿性、反讽性、复调性等。还有一些文章揭示了它的后现代主题，或通过对人物对话的考察来论证其后现代特征。有些论文则聚焦于小说的现实主义写作技巧。此类研究的目的是确定《小世界》的体裁，不可否认小说中的确存在诸多后现代特征，但是，对于小说的研究，一方面，我们很难用某种“主义”为其盖棺定论，以免忽视其多元化的艺术特征；另一方面，小说是对古典浪漫传奇的戏仿，但是很少有研究关注小说是如何戏仿古典浪漫传奇的。

第二，以往研究主要是基于后现代文学批评理论。我们注意到，学者们更倾向于用后结构理论来分析《小世界》，而《小世界》本身的多主题、多元写作风格和嵌入式、多角度叙事很难用一种理论解释清楚。因此，对小说进行全面且深入的研究应该是我们后续需要努力的方向。例如，互文性是以往研究中的一个热点问题，但很少有人从读者角度分析读者反应，揭示读者理解小说的结构、特点和情境的认知过程和诸种认知努力。

第三，很少有研究关注《小世界》的叙事结构和语言技巧。洛奇本身是一位具有强烈自觉意识的作家，加之他退休前一直在伯明翰大学教授文体学，因此如果对其作品的文体和叙事进行研究，必然会有巨大收获和惊喜。20 世纪 80 年代后现代思潮对中国读者接受《小世界》产生了巨大影响，学者们几乎自然地将《小世界》归为后现代主义作品，并运用后现代理论分析其语言和叙事的后现代主义特征。随着时间的推移，大家对后现代理论的热情逐渐消退，学界也开始重新审视《小世界》的本质和写作技巧。近年来，刘骥（2011）等试着分析《小世界》的叙事结构和语言风格，这是有益的尝试，但在这方面的研究应该更加深入、细致和全面。

第四，由于目前国内对《小世界》的研究大都是以中译本为研究对象，而研究者很多都从事比较文学和世界文学研究。由于受到译文和自身知识结构的限制，研究者们很难把握原文中所表现的语言特色和叙事技巧。虽然也有少数学者尝试从叙事层面和语言层面分析《小世界》，但也仅限于浅尝辄止。对《小世界》原著的语言特色和叙事技巧的分析是目前我国研究的一个薄弱点。

第五，国内外有关《小世界》的研究很多（表 2-1、表 2-2），但是缺乏对浪漫传奇与《小世界》的关系的全面考察，研究比较简单，缺乏系统性；当前研究只是观察到《小世界》与浪漫传奇体裁有关系，而对两者之间如何相关、怎样相关没有展开深入论述；传统研究也没有构建能够展示《小世界》文本意义动态生成的理论模式，理论阐释度不足。虽然《小世界》与浪漫传奇存在相生关系，但是这种关系必须通过跨界的“原型”理论才能得到更好的解释，实现文学与语言学的真正跨界，融合认知语言学中的“原型范畴理论”和文学批评中的“原型”理论，并应用于《小世界》的文本分析过程中，成为《小世界》与浪漫传奇原型研究的一个趋势与必然方向。因此，本书将以原著为对象，基于现有研究基础，继续深入挖掘《小世界》独特的文本特征和叙事技巧。本书主要运用认知诗学中的一些理论探讨读者对小说中的浪漫传奇的结构原型、人物原型和情景原型的重构。

表 2-1　国外《小世界》研究一览表（截至 2020 年 12 月底）　单位：篇/部

序号	发表年份	《小世界》论文数量/洛奇其他作品论文数量	《小世界》（硕士、博士）学位论文和专著数量	总计
1	1984	1/0	0	1
2	1985	0/2	0	2
3	1987	0/0	1（博士论文）	1
4	1988	1（《小世界》电视剧评论）/0	0	1
5	1989	1/2	0	3
6	1990	1/1	0	2
7	1991	1/1	0	2
8	1993	1/0	1（硕士论文）	2
9	1994	0/0	1（硕士论文）	1
10	1995	0/2	0	2
11	1996	2/0	0	2
12	1997	0/2	1（博士论文）	3
13	1998	0/0	1（博士论文）	1
14	2002	0/0	1（博士论文）	1
15	2005	0/1	1（博士论文）	2
16	2006	0/0	1（硕士论文）	1
17	2010	0/1	0	1
18	2011	0/2	1（博士论文）	3

续表

序号	发表年份	《小世界》论文数量/洛奇其他作品论文数量	《小世界》（硕士、博士）学位论文和专著数量	总计
19	2012	1/1	0	2
20	2013	0/2	1（博士论文）	3
21	2014	0/1	1（专著）	2
22	2015	1/2	0	3
23	2016	1/1	0	2
24	2018	0/1	0	1
25	2019	0/0	2（专著中章节）	2
26	2020	0/0	0	0
总计	36年	11/22	13	46

表 2-2　国内《小世界》研究一览表（截至 2020 年 12 月底）　　单位：篇

序号	发表年份	《小世界》论文数量/洛奇其他作品论文数量	《小世界》（硕士）学位论文数量/洛奇其他作品硕士论文数量	《小世界》（博士）学位论文数量	总计
1	1992	1/0	0	0	1
2	1993	2/0	0	0	2
3	1994	0/1	0	0	1
4	1996	0/3	0	0	3
5	1998	1/0	0	0	1
6	1999	2/3	0	0	5
7	2000	0/1	0	0	1
8	2001	1/3	0	0	4
9	2002	1/2	1/1	0	5
10	2003	1/6	0/1	0	8
11	2004	1/2	0	0	3
12	2005	0/9	0	1	10
13	2006	2/2	1/3	0	8
14	2007	4/11	2/6	1	24
15	2008	6/12	2/7	1	28
16	2009	5/12	4/2	1	24
17	2010	9/16	3/5	1	34
18	2011	11/18	1/1	0	31
19	2012	4/16	0	0	20

续表

序号	发表年份	《小世界》论文数量/洛奇其他作品论文数量	《小世界》（硕士）学位论文数量/洛奇其他作品硕士论文数量	《小世界》（博士）学位论文数量	总计
20	2013	3/5	2/7	0	17
21	2014	0/9	0/3	0	12
22	2015	0/7	0/4	0	11
23	2016	1/11	0/3	1	16
24	2017	2/5	1/3	1	12
25	2018	2/5	0/5	0	12
26	2019	0/5	0/0	0	5
27	2020	2/6	0/2	0	10
总计	29 年	61/170	17/53	7	308

第3章 认知诗学视域下的原型范畴模型

如本书第2章所述，虽然目前国内外对浪漫传奇和《小世界》均有诸多研究，且取得了相当不错的研究成果，但是随着社会的发展，人们越来越倾向于探究读者的内心与认知，而在这方面的研究尚有待填补。本章首先对学界在不同领域出现的同一个术语——“原型”进行了梳理，指出它们之间的异同以及后续可以综合使用的依据。其次，本章就古典浪漫传奇进行了结构主义叙事学角度的分析和归纳，提取出在这一体裁中普遍存在并将继续存在下去的结构原型、人物原型和情景原型。再次，本章就认知诗学以及认知诗学视域下的原型理论进行了陈述、归类和反思，指出认知语言学中的原型范畴理论与脚本理论、图式理论和框架理论之间的联系。最后，本章依据吉布斯对原型范畴理论的理解，进一步将认知诗学中的原型范畴理论扩展到包含脚本理论和框架理论的延展理论，并在此基础上建构了“作为脚本的原型模型”“作为图式的原型模型”“作为框架的原型模型”，分别用于分析和识解《小世界》中浪漫传奇的结构、人物和情景的意义，从而展示读者的意义生成过程。

3.1 什么是原型？

原型（archetype）、刻板形象（stereotype）和原型范畴（prototype）是三个相似的概念，但原型和刻板印象主要用于文学批评领域，原型范畴则更多用在认知语言学领域。这三个概念经常出现在语言学和文学批评语篇中，它们有相似之处，有时人们甚至互用它们，但是它们的侧重点各不相同，因而对它们的正确认识将有助于我们更准确地使用它们。在文学领域里，人们有时候会混淆刻板印象与原型。原型提供构建意象的基础并允许其有变幻莫测的形式；刻板印象却把所有成员划分为一组，并且贴上相似性标签，一旦形成，很难改变。原型就其本身而言仅仅是一种形式或一种观念，但是其具体的表现形式和其观念的表达形式却因为不同年代和不同国家差异很大；相比较而言，刻板印象却显得单调和毫无生机。神话中出现的具有代表性的母亲的原型形象，比如德墨忒尔（Demeter）、（身披长袍站立的）自由女神雕像或冥王之妻珀耳塞福涅（Persephone）等，她们融合了母亲、女神、女儿、大地、少女等形象，从而具有了创造性特征。这个原型形象同时映射了女儿的死亡和与冥王哈德斯（Hades）的结合。在雕像、珀耳塞福涅和德墨忒尔三者的结合中，它成为具有复活和新生意义的春天原型。而在埃及死而复生的那类复活神中，奥西里斯[①]（Osiris）是个刻板形象。在阿比陀斯[②]（Abydos）盛大的神秘剧中，年年表演他受折磨、死亡和再生的过程。同样，女巫作为一个刻板形象，其个性特征却很少发生改变。简言之，原型是一种抽象的形式，拥有不同的形式；刻板形象却是由某些特征聚集在一起的固定的人物形象，很难发生改变。

相较而言，原型涵盖面太广、意义太多样，以至于没有一个人能够给它下一个确切的定义。直到现在，原型依然是一个处于不断发展中的概念。这是因为原型不仅涉及文学，还涉及心理学、神学、哲学、宗教、人类学等不同学科。

不同学科对原型的定义各有不同。在宗教领域，原型相当于“上帝形象”或上帝之光（Jung 1999）。在哲学领域，柏拉图论述原型就是理念，伊曼努尔·康德（Immanuel Kant）则认为原型是“图式”（康德 1960）。在心理学领域，卡尔·古斯塔夫·荣格（Carl Gustav Jung）将原型归为深层心理结构，即“集体无意识”（荣格 2011）。在文学领域，弗莱将原型具体化为诸如叙事结构、主题、形象、意象等“构筑用的块料”（转引自吴持哲 1997）。此后对原型的研究更多就集中在文学领域，原型就随之变成相对固定的生成性元素，可以衍生出很多不同变体的母题。M. H. 艾布拉姆斯（M. H. Abrams）在《文学术语表》（*A Glossary of Literary Terms*）中将原型定义为反复出现的叙事结构、行动方式、性格类型、主题和形象（Abrams 2004）。叶舒宪（2005）认为原型就是相对固定的信息单位，作为一种生成性的“结构素”，不断促成新的作品诞生。原型一直处于不断发展变化之中，由最初的抽象、神秘的无形之物逐渐变为可以附加于某物之上的具有象征意义的不同意象等。

从原型的性质切入，研究者会发现原型正在经历一场去神圣化的过程。从柏拉图到中世纪宗教哲学，原型一直作为理想的形式处于高位，与至高无上的“神”

① 奥西里斯，埃及太阳神，掌管光明、农业、洪水等。他到外地旅行，回到埃及后，被弟弟赛特杀死，身体被切成 14 块，撒在尼罗河中，后被他妻子救活，并与儿子荷鲁斯一起打垮赛特。

② 阿比陀斯是埃及地名，位于尼罗河西岸，那里有奥西里斯的神庙。

无二，它衍生一切，创造万物。到了康德、荣格那里，原型转身变为一种承上启下的中介物。康德用“图式”连接“范畴”和“现象”；荣格用“集体无意识”解释“原型”与“具体表象”之间的关系和意义。到了弗莱这里，原型直接变为构成文学活动的“块料”，距离传统的原型概念的抽象性差之甚远，变得愈加具体和实在。“它已变为有理性掺杂其中、有程式可以捕捉的概念，其指向是具体的文学现象。”（杨丽娟 2004：19-20）弗莱认为，在抽象层面上，文学自身就是一个独立的体系，并依照一定的模式进行生产；在实践层面上，原型理论转而变成一种好操作的文学分析方法，并成为分析很多具体文学现象的手段。

从与原型相似的几个概念来看，它虽然与仪式、母题和意象存在某种程度的重合，却比它们形式更多样、内涵更丰富。仪式是一种带有目的性的具体行为或活动，每一个仪式行为都蕴含着丰富的文化信息。原型是詹姆斯·乔治·弗雷泽（James George Frazer）最早通过仪式活动发现的，但它却不是具体行为，而是比仪式更抽象、更富概括性的概念。母题是一个故事中不能再分的最简单、最基本的情节。研究者在对民间故事进行研究时，将母题当作叙事中的最小单元。也就是说，母题一旦确定，基本上不存在变化，因此它是稳定的。众所周知，原型可以通过置换变形不断重获生命力，它是发展变化的。从这一点上看，原型与母题是不一样的。意象作为原型的中介物，是将不同外在形象和意义内涵[①]相结合，消除多义性和变异性等心理因素的约定俗成的表达形式。

从原型的内容来看，经典的原型有死亡与再生原型、阿尼玛（Anima）原型、阿多尼斯（Adonis）原型、曼荼罗（Mandala）原型等。通过阿多尼斯神话在世界各地存在的广泛性，弗雷泽在《金枝》（*The Golden Bough*）中向我们展示了死亡与再生这一最基本的原型。阿尼玛通常被定义为附着于男性身上的一种潜意识，此潜意识中包含了男性的全部女性心理倾向。因为阿尼玛是极具女性魅力与智慧的化身，也有人认为阿尼玛不仅代表性诱惑，而且拥有古老的智慧。它可以化身为母亲、爱人，也可以是女巫、坟墓等。阿尼玛的两面性注定了它外在形象的多样性。阿多尼斯原型指的就是心理上为婴儿的永恒男孩（西格尔 2008），一个没有自我、渴望得到保护、与女性合一的男孩。彼得·潘（Peter Pan）和德国电影《铁皮鼓》中长不大的男孩都是这一原型的代表。曼荼罗在梵语中有“圆圈”之意，用在宗教仪式上的曼荼罗是一种代表冥想的工具。由于人们将其看作个人内心中对立各方新的综合或非理性的结合，所以曼荼罗可以被画成一个包含各种物质或形状的圆圈。比如在曼荼罗内部画上象征母亲子宫的玫瑰、象征重生的莲花或象

① 这些意义内涵可以来自以下几个方面：某物在一部作品中所具有的意义、某物在某位作者笔下所设定的意义、某物在文学传统中所逐渐形成的意义、某物对于特定群体/文化而言所具有的意义、某物对于某民族乃至世界人民而言所具有的意义。

征无意识的蛇等。后世以不同原型为基础，在创作中不断赋予原型新的形象或意义，使其获得一次次重生。

从原型的定义、性质、相似概念和内容来看，我们可以总结出以下几点：首先，原型是作为一个抽象范畴存在的，具有高度概括性和图式性，以抽象范畴发挥作用，其外在形象可以通过无数个不同具体实在物表现；其次，原型是人们将信仰、情感和认知世界结合起来的综合体，是与仪式、母题和意象紧密联系但又高于它们的心理表征，会在无意识领域对人们产生巨大影响；最后，原型的表达从来都不是直接的，而是通过象征，因此原型具有神秘性、模糊性、多义性、丰富性和可塑性。

3.1.1　认知语言学中的原型范畴理论

一般来说，"认知语言学是一种分析自然语言的方法，它把语言作为组织、处理和传递信息的工具。从方法论上讲，对语言范畴中概念和经验基础的分析是认知语言学中最重要的"（Geeraerts 1997：7）。从更严格的意义上说，认知语言学是一门将认知方法应用于语言的认知科学。此外，林书武（1999：1）根据《劳特利奇语言与语言学词典》（*Routledge Dictionary of Language and Linguistics* 1996）中认知语言学的词条，指出元型分为形式主义学派和意义学派两大流派。元型理论是意义学派的基本理论之一。而近年来有越来越多的学者注意到认知语言学中的原型理论与文学批评中的原型表述一样，这样容易引起混淆，因此在邵军航和杨波翻译的德克·盖拉茨（Dirk Geeraerts）主编的《认知语言学基础》（*Cognitive Linguistics: Basic Readings*）一书中改用了"元型"（盖拉茨 2012：154），而本书为了突出其认知属性，故将其称为原型范畴理论。

"认知"一词指的是在我们与世界接触中起关键作用的中间信息结构。认知语言学认为，我们与世界的互动是通过大脑中的信息结构来实现的。从上面的定义中我们可以看出，认知语言学关注的是自然语言作为一种组织、处理和向人类大脑传递存在信息的手段。根据盖拉茨的观点，认知语言学有三个基本特征："语义学在语言分析中的首要地位、语言意义的百科全书性和语言意义的透视性"（Geeraerts 1997：8）。意义建构是认知诗学首要关注的问题，以上所有陈述都说明了意义的建构依赖于百科全书式的知识和立场观点。

认知语言学中的原型理论全称是原型范畴理论，常简称为原型理论或元型理论，是认知语言学中重要的理论基石之一。由于语言范畴在认知语言学中占有重要地位，因此我们首先要考察语言单位的范畴化。范畴化从三个不同的角度进行了系统的研究：它“分别采取了范畴的内部结构，把几个单独的范畴组合成连贯的、更大的心理模型概念结构，以及形式和意义的关系；而范畴的内部结构主要用元型理论来研究”（Geeraerts 1997：9）。

古希腊哲学家亚里士多德提出的“经典范畴说”是建立在二元论基础之上的，范畴成员与非范畴成员有明确的边界区分，且范畴内部成员地位平等（Ungerer & Schmid 2008）。亚氏学说统治学界长达两千年左右，直到路德维希·约瑟夫·约翰·维特根斯坦（Ludwig Josef Johann Wittgenstein）于 1953 年提出“家族相似性”学说（Ungerer & Schmid 2008）才让学者认识到亚氏“经典范畴说”的不足，“家族相似性”强调范畴内成员所具有的相似性，且它们的地位是不平等的。埃利诺·H. 罗施（Eleanor H. Rosch）受到维特根斯坦启发，于 20 世纪 70 年代正式提出了“原型范畴论”（Rosch 1973）。

罗施所建立的原型范畴吸收范畴内部成员的不平等特征，将“原型”和“非原型”成员都囊括在内（Rosch 1973），但人们在建立或理解一个范畴时的“认知参照点”通常是“原型”（Ungerer & Schmid 2008：18），因此在人类认知过程中具有基础性作用的是“原型”。但是这样的话罗施的原型范畴内的“非原型”就得不到很好的解释。罗纳德·W. 兰盖克（Ronald W. Langacker）和约翰·泰勒（John Taylor）认为罗施所说的原型范畴主要指的是原型样本，他们将位于原型范畴的边缘成员和原型成员统称为“图式”（schema）（Taylor 1989）。

中国学者王寅（2013：21）按照上述两种观点，将原型细分为“范畴内具体的、原型的、样本性的代表，具有无标记性”的原型样本范畴论（原型 1）和“不指某一具体的样本，而指基于范畴各成员抽象出的概括性图式表征（schematic representation）”的原型图式范畴论（原型 2）。原型 1 较具体，且与乔治·莱考夫（George Lakoff）所说的以一个原型样本为中心向四周辐射开来的“辐射性范畴”（radial category）基本一致（Lakoff 1987），在此的原型就是一个“认知参照物”，范畴的建立与确定都以其为中心，它具有辐射性且无明确边界。原型 2 较抽象，在弗雷德里克·温格瑞尔（Friedrich Ungerer）和汉斯·J. 施密特（Hans J. Schmid）那里就是“心智表征”（mental representation）（Ungerer & Schmid 2008），在莱考夫（Lakoff 1987）那里就是由众多单个认知模型所抽象得来的概念综合体——“理想化认知模型”（Idealized Cognitive Model，ICM）。

对原型范畴概念的细化和区分对原型研究很有必要且意义重大。多年来学界一直对原型呈一种介于两者之间的模糊认识，且大多数人都更倾向于“原型样本范畴论”，但“原型样本范畴论”关注的是一个横切面上的东西，解释力明显不足；而王寅针对原型范畴所做的区分，特别是“原型图式范畴论”这一抽象且涵盖面广的理解将有利于我们以后的应用。

下面来通过图例具体阐发兰盖克和泰勒的原型观。兰盖克（Langacker 1987：371）首先明确区分了“原型”和“图式”这两个术语。他说：“原型是一个范畴的原型实例，其他成员基于感知与原型相似而被纳入同一范畴……图式是一种抽象特征的描写，可完全与范畴所定义的所有成员兼容。”也就是说，原型就是原型示例，图式是一个原型范畴内所有抽象特征的集合体。兰盖克（Langacker 1987：371）还进一步指出：“图式是人们通过不太精确的描写和不太强调同一性，去除差异点，从不同结构中抽象出来的共性。”兰盖克的思想可用图 3-1 表示。

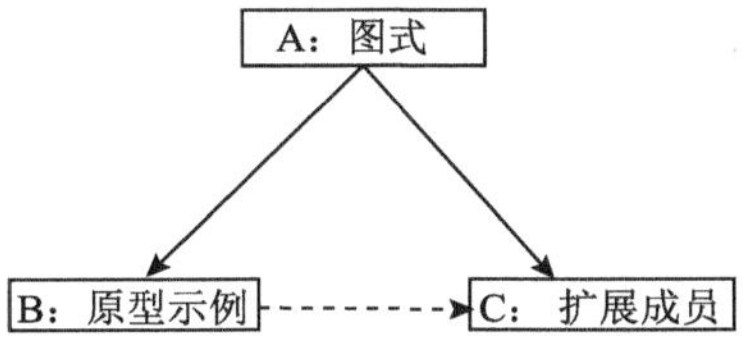

图 3-1　兰盖克的原型图式范畴单向观（王寅　2013：22）

图 3-1 中，A、B、C 都是范畴内成员，箭头表示它们之间的关系。B 是这个范畴内的原型示例，辨识程度最高，可作为认知参照点，所需的认知努力最小。原型示例 B 与扩展成员 C 都产生于抽象图式 A，因此用实线箭头表示。虚线箭头表明 C 不仅来自 A，并且受到 B 的影响。C 的受影响程度与扩展程度成反比，C 的扩展度越大，其受到的影响就越小，创新性（置换变形）就越强，C 的认知加工所需要付出的努力就越多。

兰盖克在研究原型范畴时只考虑到了图式对原型示例和扩展成员的影响，没有考虑到原型示例和扩展成员会反过来影响和调整本来的图式结构。泰勒的研究弥补了这一缺陷。

从图 3-2 可以看出，一方面抽象图式 A 统领原型示例 B 和扩展成员 C，人们通常需要以抽象图式 A 为基础识别具体示例；另一方面，抽象图式 A 是在对若干 B 和 C 的用法中概括出来的。C 不仅直接以 A 为基础性的参照，而且会受到 B 的影响，同时 C 又会反过来影响 B。

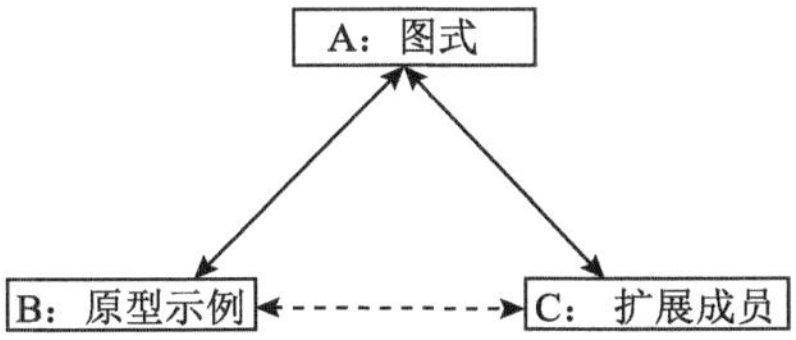

图 3-2　泰勒的原型图式范畴双向观（王寅　2013：23）

事实上，扩展成员需要的参照因素会越来越多，因此扩展成员也会不断增加，反过来会影响原本的原型图式、原型示例和其他扩展成员，因此原型图式范畴的内部基本上处于逐渐增加、扩展、调整甚至废除先前原型属性的动态、循环过程中。

王寅（2013）认为，原型“图式范畴论”具有很强的解释力，具有普适性，可用于分析语言的各个层面，因为原型样本仅仅是停留于一个横切面上，是静态的原型示例；原型图式是一个立体的、循环的、历时的原型范畴的抽象表征。这里所说的原型图式范畴论是在原型范畴内活动的概念，扩展成员也是在原型范畴可接受范围内的置换变形或颠覆。过度的扩展就会造成重新范畴化，那它就变成另一个范畴所讨论的对象了（图 3-3）。

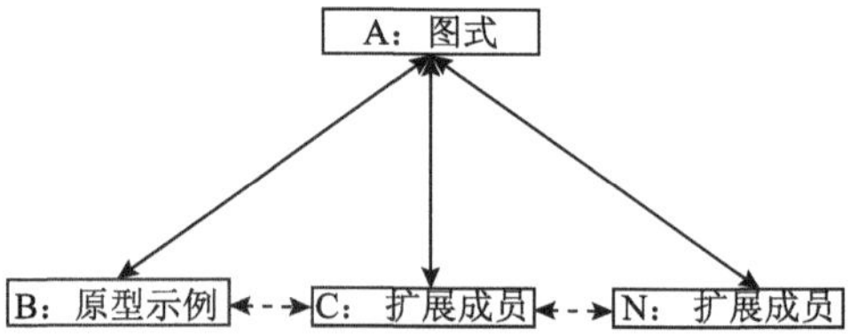

图 3-3　原型图式范畴观（王寅 2013：23）

简而言之，西方的原型范畴理论经历了亚里士多德的经典范畴论阶段、罗施的原型范畴论阶段，以及兰盖克和泰勒的原型图式范畴论阶段。原型理论具有“结构性、多产性和跨学科性”（李利敏 2014：71），而根据王寅（2013：20）的论述，“‘图式范畴论’适用于语言研究的各个层面，具有很强的解释力”。

有时，新术语的出现是在重复旧的想法，有些“新瓶装旧酒”之嫌。在某种程度上，“图式”“脚本”“框架”是可以互换的，因为它们有内在重叠之处。在意义建构过程中，这三个术语有着相同的工作机制（原型或原型性），但它们的侧重点不同。框架、脚本和图式都关注人类认知的信息处理，它们是不同的认知模式。认知模型包括框架、场景、认知域和互动网络。图式包括场景和脚本。框架是脚本的基础。根据原型中的家族相似性，所有这些概念都有联系。在认知语言学中，它们要么处理单个单词，要么处理一个句型，要么处理一个场景，要么大量存储信息。由于它们在某种程度上都与原型有联系，因此最好将它们搁置在一起，进行一次全面的比较研究。

3.1.2　认知语言学中的框架

如若将框架理论看作认知心理层面的研究方法，框架则被认为是个体处理和构建信息的方法。这一心理层面的研究主要来自“参照框架理论（frames of reference）以及 Kahneman 和 Tversky 的预期理论（prospect theory）”（张建丽和孙启耀 2011：71）。

“框架”这一术语最早属于心理学概念，“首先由人类学家 Bateson 在人类学中使用”（马伟林 2007：18）。之后，美国学者马文·明斯基（Marvin Minsky）在 1975 年将此概念引入计算心理学，并在其论文《表征知识的框架》（“A Framework for Representing Knowledge”）中提出了“框架理论”。他将框架理论定义为“代表某一固定情景的事实结构……认为框架是静态的，涵盖面非常广”（转引自马伟林 2007：18）。

明斯基认为框架是有组织的知识束（Minsky 1975：174）。根据中国学者张建丽和孙启耀（2011：70）的研究，“一方面，框架按主题或者序列方式对记忆中的经验加以组织……另一方面，框架又对新的对象或者情景作出预期。在性质上，框架是一种表征概念或者情景的心理结构”。

20 世纪 70 年代，查尔斯·菲尔墨（Charles Fillmore）将框架引入语言学，并在此基础上发展了其著名的“商业交易”框架。菲尔墨对“框架”进行了三次定义。第一次他将这个术语定义为“任何语言选择系统——最简单的情况是单词集合，但也包括对语法规则或语言类别的选择，这些规则或类别可以与场景的原型实例联系起来”（Fillmore 1975：124）。随后，在 1985 年，菲尔墨提出框架是“知识的具体统一框架或经验的连贯图式”（Fillmore 1985：223），并在 1992 年声称框架是“认知结构……其知识是由文字编码的概念所预设的”（Fillmore & Atkins 1992：75）。

从这些定义中，我们可以得出这样的结论：框架代表了关于特定的和经常重复出现的情况的知识和信念。至于动词结构的基本从句模式，“它们的原型意义很可能是建立在代表反复发生的事件的基本经验的框架中”（Ungerer & Schmid 2008：217）。框架可以为认知语境提供背景，并与认知范畴相关联。正如温格瑞尔和施密特（Ungerer & Schmid 2008：252）所言，“框架是作为与反复出现的情况相关的知识结构模式呈现的。在语言上，这些模式反映在动词之间的词汇关系和从句的句法中”。

框架表现为知识的结构模式，代表语言词汇关系。然而，日常生活要复杂得多，明斯基（Minsky 1975：156）在研究人类大脑中的知识表征时提出，人们大脑中有关推理、语言、记忆和感知的“块”（chunks）应该更大且更结构化，并且它们与有关事实内容和程序内容的“块“必须更紧密地联系在一起，才可以更快且更有效地解释心智活动。明斯基在《表征知识的框架》一文中，将框架分为四类：表层句法框架（surface syntactic frames）、表层语义框架（surface semantic frames）、主题框架（thematic frames）和叙事框架（narrative frames）。表层语义框架与菲尔墨的“格框架”（case frame）一致，叙事框架与罗杰·沙克（Roger Schank）和罗伯特·阿伯森（Robert Abelson）的脚本概念相同。

框架是一种心智表征，心智上的相关信息可以分为两类：一类是定义性的和描述性的，另一类是程序性的。前者属于陈述性信息，后者属于操作方法方面的信息（张建丽和孙启耀 2011）。20 世纪 80 年代以来，框架理论在语篇分析领域得到了广泛的应用。韩晓玲和陈中华（2003）总结了三种比较有影响力的框架观，即概念框架观、情景框架观和社会文化框架观。此外，埃莫特发展了她的“语境框架”理论，用以探讨人物与社会秩序之间的关系（Emmott 1997）。

特恩·A. 范迪克（Teun A. van Dijk）是概念框架观的代表人物。根据他的观点，框架被用来描述记忆中复杂的概念语义结构（van Dijk 1977，1980a）。书籍、椅子、建筑、愤怒、痛苦、讲座等原型知识都是以概念形式组织起来的，这就是概念知识。框架就是这种知识的代表。

布鲁塞尔大学的保罗·韦斯（Paul Werth）提出了情景框架观。他认为框架是情景中最低的抽象形式，框架与情景之间存在着一种包容关系（Werth 1984）。框架的作用是对情景中的连接元素进行分类和排序。例如：

> There was a fisherman on the bank of a river setting up his equipment. He took a gentle out of the bait-tin and carefully fixed it on the hook. He flexed the rod, and when he was satisfied with his cast, he set down on the stool and bit into a sandwich.（韩晓玲和陈中华 2003：2）

这一段话建构的情景的最低形式是一个框架，即“渔夫”（fisherman）、“河岸”（bank）、“装备”（equipment）、“鱼饵”（gentle）、“鱼竿”（rod）、“钩子”（hook）、“凳子”（stool）是由框架组织起来的认知对象。情景框架观的核心是情景。韦斯认为，在认知意义上，情景是话语中的概念背景。背景是由各种对象、动作、过程和关系构成的。情景实际上是一种可以用预设来表达的语义结构。任何话语都处于情景之中，我们可以称之为现实世界；任何话语都是关于情景的，我们可以称之为特定世界。

在图 3-4 中，右栏的每一项都是语义域，左边的每一项都是认知域，右边的项目包括左边的项目。

在语篇分析领域中的最后一个框架观被称为社会文化框架观。社会文化框架观（van Dijk 1980b；Maughan et al. 1996）的观点是：一种框架可能由于社会和文化差异而与另一种框架不同。其理论基础是：①在认知心理学中，知识表征虽然在社会文化背景上存在一定差异，却具有一定的社会文化规约。②在社会认知中，知识包括个人知识和社会知识。社会知识是规约性的，个人知识是具体的，它们有可能会重叠，但并非等价物。在相同的条件下，理解相同会产生相同的预测。③框架的功能是对具有相同社会文化知识的某一群体进行预测。

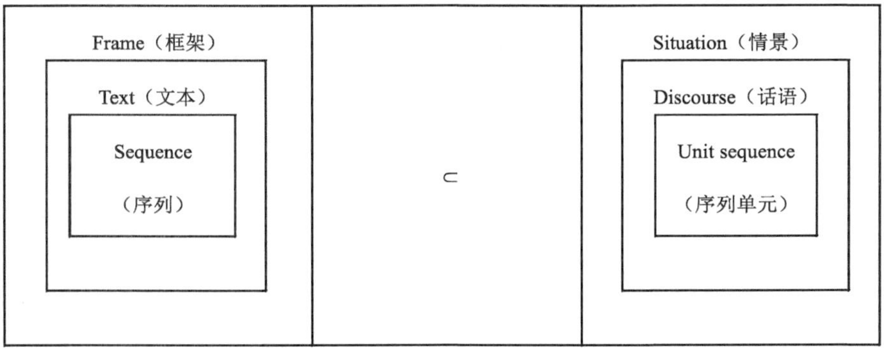

图 3-4　框架关系（Werth 1984：6）

埃莫特的语境框架观（Hall & Emmott 1994；Emmott 1997）也与社会因素有关。该观点强调了“故事理解通常是如何依赖于物理环境中共同存在的假设以及对邻近性的社会后果的推断”（Emmott 2003：296）。语境框架观指出，“故事的语言媒介通常只在特定的句子中呈现语境的片段，因此读者必须使用一种被称为‘语境框架’的认知表征‘填充’剩余的细节。‘上下文框架’存储了关于哪些字符在哪个位置同时出现的信息”（Emmott 2003：303-304）。埃莫特的语境框架观侧重于社会关系和物理空间，它是一种基于隐喻、反讽并置或特定情境的框架观。

埃莫特的语境框架观的核心概念之一是“语境”，特别是小说（或叙事）语境。根据埃莫特（Emmott 1997：vi）的定义：“通过‘上下文’，叙事塑造了一群在特定物理空间、特定时间聚集在一起的读者/参与者。因此，这类语境是虚构（或非虚构）世界的一部分，由文本创造，并在读者的头脑中再现出来。这与作者和读者所栖居的现实世界不同。”

埃莫特（Emmott 1997：104）称“语境框架是一种关于当前语境信息的心理储存，是基于文本信息和文本中做出的推论建立起来的”。有两个条件——绑定和启动——对建构和激活头脑中的小说语境至关重要。绑定是用来建立情节的。埃莫特（Emmott 1997）认为读者在记忆中存储的任何有关地点的详细信息都是以模拟真实地点的方式进行的。埃莫特将存储在人们心理表征中的语境信息称为语境框架，语境框架是有关叙事中与情节有关的人物、地点和事件的集合体，而对具体的哪个人物和地点的细节是不关注的。绑定意味着使读者头脑中的语境框架和文本中的虚构信息结合，启动（priming）则是指吸引读者注意力并使之成为读者关注焦点的语境框架。

在形成语境连续体时，埃莫特区分了框架文本和非框架文本。框架文本指“在特定语境下描述一系列事件的文本，它的特点是读者必须通过心理框架在一个相当长的文本中持续监控同一语境”（Emmott 1997：237）；相比之下，非框架文本指的是“事件以总结方式或以主要行动的背景呈现”的语境（Emmott 1997：236）。

从以上的语篇分析框架观来看，框架是一个不断变化的概念，它既可以被看作某个物体或事件约定俗成的情景，也可以被看作对当前语境的一种心理储存。然而，本书主要是从认知诗学的角度对框架进行探讨，因此对框架概念的分析是从心理表征角度切入的。无论是在语义学上还是在语篇分析中，框架理论的基本特征都保持不变。框架理论是人类认识世界的一种方法，它为语言和语篇中词语的存在提供了背景知识和参照知识，把我们的经验知识和语言结构联系起来。每个框架都是由一组框架元素组成的，其中包括参与者和道具等概念角色。菲尔墨著名的“商业交易框架”就是最好的例子之一。框架理论的特点是：①框架是由复杂的层级关系建立起来的；②框架是一个认知术语，而不是语义术语；③框架包含情景，也是关于情景的。

3.1.3 认知语言学中的脚本

从探究“知识的本质是什么以及如何使用知识”这一问题（Schank & Abelson 1988：1）开始，专门研究人工智能的专家沙克和社会心理学家阿伯森合著了《脚本、计划、目标和理解：对人类知识结构的探究》（*Scripts, Plans, Goals and Understanding: An Inquiry into Human Knowledge Structures* 1988）一书。书中定义“脚本为一种在特定上下文中描述适当事件序列的结构。一个脚本是由空位（slots）和关于什么可以填充这些空位的要求组成的”（Schank & Abelson 1988：41）。

脚本是认知科学中最重要的概念之一，也与框架存在联系。根据陈安玲（2007：25）的理解，“脚本（script）作为一种认知模式的变体（variety）缘于框架（frame）概念的延伸。当框架间的关联延伸超过了单个句子、伸向更大的语言和认知单位时，便出现了一种更宽的框架概念模式——脚本认知模式”。脚本是“专门为反复出现的事件序列设计的知识结构”（Ungerer & Schmid 2008：214），尤其是那些由因果链连接的较大事件序列构成的认知模型。

框架和脚本的共同点是：①在框架的结构下发生的事件序列，例如，“在图书馆”是一个框架，那么这一框架下所发生的事件顺序是“进图书馆”—“咨询”—“借书”—“找地方看书”—“略读”—“跳读”等；②任何事件或动作都必须与框架有逻辑联系，例如，“叫服务员”与“在餐馆”有联系；③脚本和框架一样也植根于社会文化背景。

尽管框架与脚本之间有共同点，但脚本是一种脱离框架的、独立的知识结构。尤金·夏尔尼亚克（Eugene Charniak）、沙克和阿伯森明确指出了它们的不同。框架主要是对某个主题数据结构的存储关系，它是静态的，不能反映经验。脚本强调在感知过程中的操作经验，是动态的、情节化的知识。脚本是另一种描述常规化的顺序的结构。作为认知模式的一种变体，脚本适用于更大的语境。脚本以真实经验为基础，描述的是那些有因果关系的、经常重复出现的事件序列。这些事件序列通常植根于人类的大脑中，却多以隐性知识结构的形式出现在文本中。这些隐性结构在文本理解的过程中被激活，并成为文本理解过程中最有用的知识补充。

具体而言，脚本“描述了特定文本中事件的适当序列……一种预先确定的、定型的（stereotyped）行为序列”（Schank & Abelson 1988：41）。脚本是人生经历的缩影，是一种知识结构。人们的头脑中存储的脚本越多，人们就会更容易、更快地认识这个世界。

沙克和阿伯森关于餐馆脚本的经典论述（Schank & Abelson 1988）意义深远。它假设餐馆用餐的某些环节是可预测的，因此有时即使没有明确说明某些信息，人们依旧可以根据脚本结构推断出来。而且，沙克和阿伯森还对脚本进行了区分，根据脚本情景的不同分类出两种脚本：情景脚本和个人脚本。情景脚本以“有明确目标（顾客就餐、餐馆赚钱）的制度化公共情景为特征，即程式化了的社会互动”；个人脚本则“只存在于主要行动者的头脑中。它由一系列可能达成预期目标的行动组成”（Schank & Abelson 1988：61）。例如，马屁精、扒手、间谍、妒妇等都是具有强烈个性化特征的个人脚本。盖伊·库克在上述脚本的基础上又增加了一个“工具脚本”（Cook 1994），他认为点烟、开车、煎蛋等有强烈执行性和动作性的时间序列都是工具脚本。

后来，阿伯森（Abelson 1976）区分了人类记忆中存在的两类脚本，即弱脚本（weak script）和强脚本（strong script）。“弱脚本是指对他人或自己的有意识行为的期望，却没有明确这些行为的具体顺序。强脚本指的是不仅对事件的发生有期望，还对事件的推进顺序有预测。强脚本主要指向定型的和约定俗成的场景。”（Dennis & Peter 1984：451）

事实上，情景脚本与框架有一些重叠。框架是反复出现的情景，而情景脚本是制度化的公共场景。两者的共同点是它们都是存在于人们头脑中并在现实生活中经常使用的场景；不同点则在于反复出现的情景不一定是制度化的，但制度化的场景必然是反复出现的情景。从这个意义上讲，情景脚本包含框架。

根据人类理解事物的认知过程，陈安玲（2007）认为文字既可以描述日常事件，也可以描述偏离事件，日常事件有“无标记脚本”（普通事件）和“标记脚本”（偏离事件）之分。如何通过激活脚本知识结构来理解书面语/口语的语篇意义，尤其是如何借助信息传递和语境推理来理解那些有标记的语篇意义，是本书研究的重点。

例如，读者一看到“小李在餐馆美美地吃了一顿”这句话，相关信息就自动出现在读者的头脑里（表 3-1）。

表 3-1　餐馆脚本

序列	阶段	事件
1	进餐馆	进餐馆—找座位—坐下
2	点餐	要菜单—看菜单—点餐
3	吃饭	喝（茶）水—等餐—用餐
4	买单	叫服务员买单—买单
5	离开	离开餐馆

知识结构是以图式序列的形式储存在人的大脑里，一旦一个环节被激活，相应其他序列也就被激活，因此上面的句子不必提及“进餐馆”或“点餐”，读者就完全可以理解意思，因为“餐馆”一词足以激活我们在餐馆就餐的系列知识结构。这就是一个没有标记的常规脚本，它很容易被整个图式的任何一个环节所激活，且不需要改变先前的图式结构。另一种标记脚本则在文学作品中大量出现，它主要是用于达到幽默或出人意料的文学效果。例如：

(The doctor smiled as he entered the room.)
Doctor: “You look much better today.”
Patient: “Yes. I followed the directions on your medicine bottle.”
Doctor: “What are they?”
Patient: “Keep the bottle tightly corked.” (转引自邹幸居 2009：29)

这是一个医院脚本。当出现“医生”（doctor）一词时，读者会立即激活医院脚本，包括“告诉医生症状”—“医生诊断”—“做检查”—“开处方”—“拿药”—“吃药”这一事件序列。如果谈话按常规脚本发展，那就一点也不新奇了。然而，当患者回答为何身体会越来越好时，他说“按照医嘱把药瓶拧紧”，就产生了意想不到的幽默效果。因为我们都知道只有听从医生的建议才能康复，而患者不吃任何药，身体却更好了，这一结果会让读者忍俊不禁。这一对话打破了我们的日常认知期待，无疑属于标记脚本。它偏离了日常的事件顺序，颠覆了人们正常的生活体验。标记脚本经常用于文学作品中，《小世界》中使用颇多。这些标记脚本是如何打乱常规浪漫传奇结构的？标记性文字的使用能达到什么样的文学效果？这些问题将在第 5 章进行讨论。

从以上讨论可以得出，首先，脚本是基于知识和个人经验的。它是日常事件的心理表征，是储存在记忆中的常识或世界知识。其次，脚本的结构是由一系列事件组成的。再次，脚本可以预测尚未发生的事件。脚本中的事件是按时间关系组织的，触发一个事件就可以激活整个知识网络，因此，如果是常规的脚本（或事件顺序），那就很容易预测接下来会发生什么。最后，脚本虽是个性化的，却与文化联系紧密。不同的人可能有不同的生活经历，形成不同的心理表征，因此，脚本也会因人而异。相反，任何一种文化都是由其特定的文化脚本构成的，同一文化下的一群人应该具有相似的经历，因此会呈现出相同的脚本思维表征。

至于脚本的工作机制，库克认为它有许多“方式”（tracks）和“空位”（slots），每个脚本都有一个“基本前提和结果倾向”（Cook 1994：81）。从以上的分类我们可以得出，脚本是一种特定的知识。不管脚本内容是关于事件发生的情景还是关于事件的报告，它都主要依赖于个人经历。“脚本的显著特点是这些空位是由相当具体的实体和实例化事件构成的。”（Cook 1994：81）

脚本理论具有图式特征。首先，脚本中的许多原型功能和原型情景都具有范畴特征。丹尼斯・A. 焦亚（Dennis A. Gioia）和皮特・P. 普尔（Peter P. Poole）声明“脚本假设为具有原型性。也就是说，适用于特定情景的个人行为知识和行为序列被归入‘原型’或通用脚本（原型脚本）范畴内，它代表一种原型化的范畴情景类型”（Gioia & Poole 1984：449）。

其次，脚本中的顺序事件（也可称为原型事件）之间的关系，从逻辑角度讲是基于概率、趋势或必然性的，但脚本理论与图式理论不同。图式是一种基于概念关系的知识结构，表现的是知识的内在关系；脚本理论是情节知识结构，它表现为一种惯例化的知识。脚本理论是以知识为基础的，是一个“自上而下”的操作方式（Schank & Abelson 1988）。人们对现实中不同类型的事物、文学中的不同体裁有一个归纳总结。在阅读的过程中，人们会利用自己以前对某一体裁的相关知识来填补阅读中的空白，并建构自己对当前文本的理解和阐释方式。

最后，脚本以原型的方式保存在记忆中。“原型由一组抽象的典型特征组成，并用这些特征定义一个范畴的内部成员。”（Cantor & Mischel 1977，1979；Tsujimoto 1978）“原型脚本”（protoscript）指适用于一类场景的通用脚本，它通常会以一个新的场景的形式出现，但是它与以前的经验脚本在核心特点上相同，这本身就暗示了与原型的比较过程。在这种情况下，人们就可以凭借原型脚本知识对此进行识解（Dennis & Peter 1984）。

关于对语篇的阐释，脚本是人们经常使用的认知模型之一，因为脚本以人们最熟悉的知识作为理解新事物的基础。脚本中的常规事件序列是语篇中一种常规化的知识形式，其隐含知识在阐释过程中很容易被激活。语篇中的大多数脚本模式都是无标记的。然而，由于人们生活在不同的文化中，有着不同的生活经历，因此脚本也不可能完全相同。新奇事件必然由标记脚本构成，尤其是文学的功能之一就是供人娱乐、给人惊喜、让人觉得出其不意等。这些情感只能通过文学内容、结构形式等的偏离而产生，因此标记脚本的定义即为对常规事件序列的偏离。而且，对标记脚本的意义识解不是自上而下的认知过程，而是在自上而下和自下而上的交互过程中产生的。

3.1.4 认知语言学中的图式

根据唐纳德·J. 里奇尔（Donald J. Richgels）的定义，“图式是由认知心理学家建构的概念，它是用于人们记忆和学习的一种理论结构。图式对那些想要理解事物特征的人特别有用，因为理解是一个学习过程，其中先验知识起着重要作用。一个图式可以被看作一个知识结构，或被看作一个人将一个给定主题的所有知识联系起来的系统。以图式形式组织起来的先验知识反过来会影响新知识的形式和内容”（Richgels 1982：54）。

直到 20 世纪 70 年代，图式理论被应用到人工智能领域，才重新焕发出生命力。20 世纪 70 年代和 80 年代，认知科学对图式理论的研究主要用来解释人类大脑在日常生活中是如何协调思维与行动的关系，并成功执行大脑指令的。从那时起，图式理论就开始作为一种揭示人类信息加工和理解过程的理论被应用于包括认知语言学在内的各个领域。“图式理论已经被应用到文学研究中，最显著的是库克（Cook 1994）和塞米诺（Semino 1997）的研究”（Culpeper 2009：128），而且在此方面的应用和创新还在继续。

在进入图式的具体定义之前，我们有必要对图式有一个大致的了解。人们倾向于认为认知图式是认知心理学家弗雷德里克·C. 巴特利特（Frederic C. Bartlett）在其早期著作《记忆：实验与社会心理学研究》（*Remembering: A Study in Experimental and Social Psychology* 1932）中首次提出的。巴特利特认为图式是对过去经验和反应的灵活组织（Bartlett 1932）。在此基础上，他提出了一种可以用来分析人类阅读过程的图式。巴特利特和 W. J. 道灵（W. J. Dowling）发现“记忆不是永远不变的重复或背诵；记忆是一种对虚构的再组织或建构”（Bartlett & Dowling 1980：213）。人工智能专家 D. E. 鲁梅尔哈特（D. E. Rumelhart）认为“图式是一种互动的知识结构，或是一种层级性地储存在人头脑中的认知知识块”（Rumelhart 1980：33-58）。H. G. 威多森（H. G. Widdowson）认为图式是人类头脑中存储的对先前事件和信息的抽象化的知识结构。它属于长期记忆，一旦出现相关的新信息时，记忆中的知识结构就得到了激活（Widdowson 1983）。库克（Cook 1994）进一步说明图式不仅是预先存储在大脑中的知识（或背景知识），而且这些知识是有关人们对世界认识的知识。迈克尔・W. 艾森克（Michael W. Eysenck）和马克・T. 基恩（Mark T. Keane）认为图式是组织人们感知世界的内在结构（Eysenck & Keane 1990）。尽管这些定义的侧重点不同，但它们都指出了图式的两个基本特征：①它是一种存储在人们记忆中的以过去经验为基础的知识结构；②它是一种存在于已有知识和新信息之间的互动过程，并且每一个意义的建构都包含对世界的认识。然而，在语篇分析中，图式主要指的是长期记忆。

根据艾森克和基恩（Eysenck & Keane 2000：352）的理解，“图式一词用来指关于世界、事件、人和行为的完整的知识块”。图式理论是对记忆的总的理解。图式是范畴成员中的共享属性，它是一个有机的结构。

图式理论的组织属性和知识存储能力帮助人们理解事物。罗伯特・S. 怀尔（Robert S. Wyer）和小托马斯・K. 斯鲁尔（Thomas K. Srull, Jr.）写道：

> 然而，研究结果周期性地提醒我们，完整的知识结构所具有的强有力的组织特性对信息的存储和检索有着相当大的影响。组织结构体现了所涉及知识的逻辑属性。这样的组织属性最好用图式结构来表示。另一方面，为了提供一个有用的信息处理理论，需要更详细地说明有关存储和检索机制的图式方法，以及图式之间的相互关系的本质。（Wyer & Srull 1994：47）

简言之，“图式是一组结构化的概念；通常，它涉及一般知识，可用于表示事件、事件序列、戒律、情景、关系甚至对象”（Eysenck & Keane 1990：275）。“图式是一种高阶的认知结构，每一种结构都由一组特定的变量或空位组成，它们与一系列概念或次图式原型相关。”（Culpeper 2000：295）图式是一种接收和传递数据的信息系统，它是自下而上和自上而下之间的交互工作。外部信息只有在被认知系统理解并接纳时才有意义。激活一个图式时，人们会筛选出与图式相关的信息来预测后面的信息内容。对新信息的预测是图式理论的主要特征之一。

由于图式理论是关于事件序列的，新信息的预测也就必须与事件相关。怀尔和斯鲁尔（Wyer & Srull 1994：79-80）总结了以下几种类型的信息处理：完全复制假设（所有图式定义的事件概念都被复制到表征中）、部分复制假设（将那些实际提到的事件的图式实例化保留在表征中）、无复制假设（如果信息可以根据先验知识推断出来，在表征中不体现）和选择性复制假设（事件需要聚焦在与图式无关的所发生的事件上）。这些假设为人们如何在短时间内理解新事物提供了一个合理的解释。

图式理论与原型理论有一定的联系。在人类的认知中，人们根据先验知识来理解世界。有时新的体验完全符合人们的原型认知，但有时也会不符合。当新的信息与原型事件不同时，人们必须要调整适应。如前一节所述，原型理论是动态的，它可以整合新的实例事实，形成一个新的原型。然而，在文学和日常生活中，单一图式并不多见，更经常出现的是多重图式。多重图式与其他图式并存或依赖其他图式。例如，如果服务员告诉你餐馆没有你点的菜，并向你推荐了一道你根本没听过的菜名时，你可能一时不知如何是好。图式理论解释了各种图式组合或图式破坏的认知过程。

然而，图式理论和许多新术语一样，也有缺点。比如有可能新术语在重复旧思想，或新术语是对原有术语的重新定义。“与‘图式’概念类似的新术语有明斯基（Minsky 1975）的‘框架’（frame），也有‘全球概念’、‘场景’（scenarios）、‘百科全书条目’等。”（Cook 1994：20）为了弄清图式所包含的所有意义，库克将图式分为“世界图式”“文本图式”“语言图式”三个分条目，他认为文学是一种话语偏离（Cook 1994）。实际上，作者、人物和读者在阅读中都经历了图式保存、图式强化、图式毁坏和图式更新（图式破坏、图式构建、图式连接）这些图式次类的认知建构过程。

同时，不同的学者从不同的角度对图式进行了分类。帕梅拉·弗洛伊德（Pamela Floyd）和帕特里夏·L. 卡雷尔（Patricia L. Carrell）把图式分为内容图式（关于世界的背景知识）和形式图式（关于修辞的背景知识）（Floyd & Carrell 1989）。库克将图式分为世界图式、文本图式和语言图式。克莱尔·克拉姆契（Claire Kramsch）在她的专著中借用了菲尔墨对图式的理解，即文本图式、体裁图式和内容图式。

如上所述，借助图式理论在人工智能中的广泛应用，图式理论重获新生，但还存在一个问题：“不管是语篇分析还是人工智能都倾向于将图式看作附加给文本的静态表征，而忽视了某些文本可能反作用于解释它们的图式，从而使这些图式发生根本性的改变。”（Cook 1994：181）因此，库克在总结了有关图式的不同研究之后，提出了“文学性一方面是语言与文本结构形式的动态互动，另一方面是对世界的图式表征，其总体目标是改变读者的图式”（Cook 1994：182）。

彼得·斯托克维尔（Peter Stockwell）对认知过程如何将新的感官经验和信息

数据融入大脑图式有一个基本的描述。他将多重图式进一步细化为“图式增加（accretion）—向图式中添加新的事实、图式调整（tuning）—改变图式中的事实或关系，以及图式重组（restructuring）—创建新的图式”（Stockwell 2002：79）。

涉及对文学的意义建构，图式理论表明许多文学和电影作品都热衷于调整或重组图式。因为概念的意义不完全依赖于文字，也依赖于由文字暗示的图式意义，所以它们合力给日常交际和阅读增加了丰富而复杂的意义。艺术的价值在于将我们熟悉的日常生活变得陌生而新奇，诸如小说中的心理活动不仅针对的是人物和作家，也意在读者身上所产生的效果。

从社会认知的四个假设到语篇再到认知诗学，图式理论是一个可以保存、强化和更新的语境/上下文（context）。如何区分上下文是否更新？这就需要人们在头脑中有一个与上下文意义相关的、先前存在的原型模式或观点，在此基础上才可以发现两者的不同。

3.1.5　反思

框架、脚本和图式是相似的概念，它们都是人类用来认识世界的方式。它们的共同点是从人们现有的知识中观察和认识世界，根据过去的经验和背景信息预测世界。但是三个概念由于关注的视角不同，因此也就有差异。明斯基（Minsky 1975）用“框架”来描述与陈规定型的情景相关的事物；沙克和阿伯森（Schank & Abelson 1988）用“脚本”来规定事件的相对模式化序列；艾森克和基恩（Eysenck & Keane 2000：352）将“图式定义为用来指关于世界、事件、人和行为的整合的知识块”。看起来似乎图式概念就包含了框架和脚本的一些内容，但对于陈规定型的情景和反复发生的事件，还是框架理论和脚本理论具有更强的解释力。总的说来，框架是关于特定和经常重复出现的情景的知识和信念；脚本是一个知识结构链，强调动作的事件序列；图式是范畴成员中的共享属性，是一个有机的结构。

浪漫传奇作为文学史上最古老的体裁之一，已经形成了较固定的叙事结构和主题。熟知这一体裁的读者一旦读到此类叙事，相关的陈规定型的事件、人物和情景就会被激活。学术浪漫传奇是在古典浪漫传奇基础上产生的，当人们阅读《小世界》并进行意义建构时，先前头脑中关于浪漫传奇的知识就会被激活、调整和更新。新的意义如何在原有知识结构基础上重新建构和生成是本书的主要研究内容。

但为什么意义生成过程与原型有关呢？自从原型理论吸收了语义范畴，并用开放的、具有原型成员的集合属性代替分散特征以来，原型理论就变得越来越重要。原型理论认为，可以归为某一特定类别的成员通常就属于这一范畴。莫妮卡·弗鲁德尼克（Monika Fludernik）和格蕾塔·奥尔森（Greta Olson）举例说明了这一点：在“鸟”这一范畴内，明显是“黑鸟比鹅更具有典型特征。这样的原型与框架和脚本相关。也就是说，将静态和动态的重复场景存储于大脑中，便于检索”（Fludernik & Olson 2011：18）。

> 例如，当框架是“花园”时，“黑鸟”就是原型的最佳选择；而在晚餐场景中，鹅显然是更符合原型特征的。因此，在晚餐背景下所说的“鸟”这个词与花园框架下对“鸟”的理解就截然不同。（Fludernik & Olson 2011：18）

由此可见，原型理论支持建构主义的立场，因为听者会将可能的指称与他刚刚听到的信息联系起来。在建构过程中，框架、脚本和图式都是动态的识解，只不过三者的侧重点不同。

3.2 什么是浪漫传奇？

浪漫传奇的形式千变万化，但是不论其如何变身，人们总是能够在它的形式中发现史诗和悲剧的元素。在浪漫传奇漫长的发展过程中，它的严肃性逐渐被娱乐元素所取代。浪漫传奇是从史诗演变而来的一种文学体裁，是 12 世纪欧洲社会、思想和精神方面的巨大变革带来的产物。它记录了世俗和宗教生活的巨大变化。这种变化已经从强调忍耐世间痛苦转变为将生活视为“寻求自我的旅行”：一个人“从迷失在人群中，除去那些被称为乖僻的性格特征，到有意识地将自己的经验用于新发现的自由之地的自我精神成长之旅”（Vinaver 1971：2）。此外，12 世纪的中世纪浪漫传奇是“哥特式”元素的始源，如巨人和魔术师、森林和魔法城堡。

“浪漫传奇”一词出现在中世纪早期，是源于拉丁语中的日常用语，与书面拉丁语不同。enromancier、romancar、romanz 等词是指用日常语言写书或翻译，这些书后来被称为 romanz、roman、romanzo。渐渐地，浪漫传奇就成为一个术语，用以区分拉丁文学或用拉丁语写出的作品与用通俗语言写出的具有宫廷爱情、冒险和奇特想象的通俗文学。在最初形成之际，浪漫传奇的独特之处就在于其主题是有关宫廷或贵族的，而语言又是能够为大众所理解的通俗语言。

作为一种新兴的文学体裁，浪漫传奇最早出现在 11 世纪的法国，后来在逐渐发展中形成了内容不一的法兰西浪漫传奇叙事、罗马浪漫传奇叙事和不列颠浪漫传奇叙事，即亚瑟王传奇。

在这三种描写浪漫传奇的题材中，最受欢迎的是亚瑟王传奇。亚瑟王传奇是在 12 世纪中叶出现并在 13 世纪末受到广泛欢迎的浪漫传奇，它一直流行到文艺复兴时期（14 世纪到 17 世纪），以至于有文学史家将这一段时间称为浪漫传奇时代。尤其是亚瑟王传奇，它不仅包括人们追求的理想骑士精神、典雅爱情理想，还有诸多想象因素夹杂其中的冒险奇幻场景，以至于让读者产生欲罢不能的阅读欲望，长期受到人们欢迎。

其中比较有名的“不列颠系统”传奇故事有《朗斯洛》（*Lancelot* 1165），它是 12 世纪的法国诗人克雷蒂安・德・特鲁瓦（Chrétien de Troyes）创作的一系列浪漫传奇作品中最有名的一部，因为朗斯洛是亚瑟王圆桌骑士中的第一名圆桌骑士，所以他是一个重要人物。《朗斯洛》因其对“典雅爱情”中细腻心理的描写而成为浪漫传奇故事中的一个楷模。

亚瑟王传奇故事有三大类。第一类如《高文爵士和绿色骑士》（*Sir Gawain and the Green Knight* 13 世纪末），涉及对年轻骑士的道德测试。第二类如德国诗人戈特弗里德・冯・斯特拉斯堡（Gottfried von Strassburg）的《特里斯坦与伊索尔特》（*Tristan und Isolt* 1210），描述了激情与责任之间的冲突。第三类以浪漫传奇形式的《珀西瓦尔》或法国诗人特鲁瓦的《圣杯故事》（*Perceval ou le Conte du Graal* 1190）为代表，关注的是寻找圣杯。总体而言，浪漫传奇通常强调冒险和超自然元素。除此之外，《小世界》的很多灵感来自《珀西瓦尔》①。

珀西瓦尔是追求爱情的英雄。一位无助的老国王统治着一个荒芜的王国。由于海怪作恶，一个又一个年轻美貌的女子被献祭给海怪，直到命运落到国王的女儿身上。这时，英雄来了，杀死了恶龙，迎娶公主，继承了恢复生机的王国。

珀西瓦尔首次出现是在特鲁瓦未完成的《珀西瓦尔》中。这个未完成的故事激起了一系列的“续集”，其中的第三个（约 1230 年）续集由一位名叫曼埃西尔（Manessier）的作家创作，言称珀西瓦尔找到了圣杯。帕西瓦尔②是受伤的渔王——费

---

① 作为一种体裁，浪漫传奇有不同的版本。《珀西瓦尔》仅是其中之一。为了便于后续的文本分析，本书将《珀西瓦尔》归为古典浪漫传奇，将《小世界》归为学者浪漫传奇。在众多的浪漫传奇故事中，《珀西瓦尔》可谓是最古老的版本。《小世界》主要讲述了一群学者在全球各地参加学术会议。因为《小世界》是基于《珀西瓦尔》故事而来，所以两者之间渊源颇深，而浪漫传奇的背景知识为后续小说文本意义的建构提供了认知基础和保障。

② 《珀西瓦尔》或《帕齐瓦尔》的故事始于虚构的西方叙事，它由于受到基督教观念和凯尔特人浪漫传奇的影响而调整发展。在 12 世纪，这一类型的叙事在特鲁瓦和沃尔夫拉姆笔下发展到了一个无可比拟的制高点，新英文版的沃尔夫拉姆的《帕齐瓦尔》（*Parzival*）的译者将其称为西欧文学中第一个表现“英雄内心发展”的故事。在转向基督教寓言的过程中，这种叙述经历了许多变化，包括为圣杯创造了一个特定的基督教背景，帕齐瓦尔逐渐取代高文爵士成为英雄。

舍尔国王（King Fisher）的客人，作家沃尔夫拉姆·冯·埃申巴赫（Wolfram von Eschenbach）称之为安福尔塔斯，但特鲁瓦没有对其命名。在渔王的城堡里，帕西瓦尔看到了圣杯却没有发问，因为有人告诉他问太多问题是不礼貌的。因此，在沃尔夫拉姆的故事中，安福尔塔斯的痛苦就是他没有问任何人他看到的东西有什么重要意义。这个错误所带来的后果是灾难性的，因为问了这个问题就可以治愈国王。

《珀西瓦尔》为后世文学提供了无限的灵感。诸多文学经典，如卢多维科·阿里奥斯托（Ludovico Ariosto）的《疯狂的奥兰多》（*Orlando Furioso*）、埃德蒙·斯宾塞（Edmund Spenser）的《仙后》（*The Faerie Queene*）、T. S. 艾略特（T. S. Eliot）的《荒原》（*The Waste Land*）等，都不同程度受到它的启发和影响，这些作品都有战斗和追求。根据《文学术语手册》所称：

> 浪漫传奇（或中世纪传奇）是12世纪在法国出现并发展的一种叙事，之后传播到其他国家，而且取代了早期的史诗和英雄主义形式。（“浪漫传奇”最先指的是用法语写成的作品，是从拉丁语演变为日常语言的一种作品。）浪漫传奇的标准情节就是一位骑士为了获得女士的芳心而承担追寻的责任；最常见的主题就是典雅爱情，常常伴随着理想的骑士精神——勇气、忠诚、荣誉、对对手的仁慈和优雅的举止；浪漫传奇的趣味性就在于其中有许多的奇迹。（Abrams 2004：34-35）

从定义中，我们可以发现浪漫传奇包括人物（骑士、女士、怪物或巨龙）、行为（伴随着争斗的追寻）和主题（典雅之爱）。浪漫传奇歌颂的是诸如勇气、忠诚和荣誉等人类所具有的优良品质。浪漫传奇通过一些魔幻力量和漂亮景致使读者感到愉悦。

虽然浪漫传奇在12世纪就发展了起来，但是其核心因素并未发生改变，追寻仍然是浪漫传奇的主要行为，爱情是其主题，荒原恢复富饶仍是其主要情景。这些因素构成了浪漫传奇的结构、人物和情景。

为了对不同时期的浪漫传奇作品进行比较研究，本书按时间顺序将浪漫传奇分为三个发展阶段：15世纪之前的古典浪漫传奇作品、16—18世纪的中期浪漫传奇作品、19世纪至今的全盛期现代浪漫传奇作品。

吉利安·比尔（Gillian Beer）在研究英国的浪漫传奇文学史的过程中发现，这一体裁有两个主要的转折点：第一次发生在1612年，托马斯·谢尔顿（Thomas Shelton）出版了《堂吉诃德》（*Don Quixote*）的英译本；第二次是浪漫传奇的复兴，带来了浪漫主义时期作家对浪漫传奇这一古老体裁的自觉研究（Beer 1970）。这两个与浪漫传奇有关的事件标志着浪漫传奇进入一个新时期，即中期浪漫传奇时期。一方面，它暗示着浪漫传奇成为一种过去的、久远的类型；另一方面，它建立了一个专属于男性的、永久的浪漫传奇世界，一个充满想象和幻想的世界。以艾略特的《荒原》为代表的是全盛期现代浪漫传奇的开端。此后的作品开始戏仿以前浪漫传奇的体裁、作品中的人物和主题。

然而，无论浪漫传奇如何改头换面，其结构、人物和情景总是存在的。为了对浪漫传奇和《小世界》有一个更加清晰的认识，本书有必要先抽象出古典浪漫传奇中存在的三个浪漫传奇原型，以便开展进一步研究。

3.2.1　古典浪漫传奇中的结构原型

“叙事结构”是叙事学中的一个术语。1969 年，茨维坦·托多洛夫（Tzvetan Todorov）首次在其《〈十日谈〉语法》（*Grammaire du Decameron*）一书中造了一个法语词 narratologie（英语 narratology，意为叙事学）。随后，诸如克劳德·布雷蒙（Claude Bremond）、A. J. 格雷马斯（A. J. Greimas）等研究者运用符号学原理，分析单个故事，研究个人叙事信息。

随着弗拉基米尔·普洛普（Vladimir Propp）的《民间故事形态》（*Morphology of the Folktale*）一书的出版，学者们对不同文学体裁运用结构分析的研究日益增多。普洛普研究民间故事的方法对民俗学家、语言学家、人类学家、文学批评家和文体学家产生了巨大的影响。普洛普在《民间故事形态》中搜集了 100 个俄国民间故事，并把它们简化为 31 种功能。对这 31 种功能的不同排列组合可以产生不同的故事。而且，普洛普还研究了这些民间故事的预设功能。这些功能指的是从不同故事文本中选取的许多不同的共同特征。按照普洛普的定义，“功能指的是一个人物的行为在整个行为过程中的重要性”（Propp 1968：21）。

罗兰·巴特是结构主义叙事学的支持者，他总结了格雷马斯和托多洛夫的理论，并在他们的基础上形成自己的叙事理论。巴特认为对叙事结构的分析必须采用演绎法。巴特坚持叙事文本有三个描写层：功能层（与普洛普的功能一致）、行为层（巴特指的是“人物”而非格雷马斯的“行动素”）和叙事层（等同于“话语”或“素材的特定组合”）。这三层是密不可分的，功能层只有在人物的行为过程中才有意义，而行为层也只有在被叙述的过程中才能获得意义。

在巴特的定义中，功能是最小的叙事单位。功能是获取连贯的方式，而非仅仅表示靠位置或临近关系构成的因果逻辑。“任何功能的‘灵魂’都是其本身，是种子一样的特质，它可以让功能播种叙事。”（Barthes 1975：244）

巴特认为叙事的中心是“核心”（nuclei），因为“核心”定义叙事并且给叙事提供叙事结构。核心是一组以非常稳定的关系构成的组合。具体而言，核心是在一种体裁中固定不变的存在。“催化剂”（catalyses）可以以不同形态变化出现，但是它永远不可能改变核心结构。标记指的就是叙述中的人物，它可以在改变整个情节的情况下丝毫不影响核心结构。信息素给叙述提供时间和空间等背景信息。

巴特关注的是叙事内容，而西摩·查特曼（Seymour Chatman）研究的则是叙事技巧。查特曼延续了巴特对“核心”和“催化剂”的区分，但在他的分析中，他似乎更喜欢用“内核”（kernels）结构和“卫星”（satellites）结构。“内核”结构指的是故事情节中的主要事件。查特曼说：“内核结构就是由事件指定的方向给出叙事障碍的时刻。内核结构的删减必然会损害叙事的逻辑。”（Chatman 1980：53）而卫星结构是次要的情节事件，对卫星结构的删减只会影响叙事的长度，而不会影响其逻辑。结构主义叙事学的优点就是它给文学作品提供了一个深层结构，它可以使阅读变得简单，不同的功能也会让文本分析更加清楚明了。

但是，结构主义叙事学对后来研究最大的影响还在于其方法论。结构主义叙事学更多关注的是从句子层面到话语层面的语言描述和解释能力，而涉及句子层面以外的因素时，如会话含义、话语中的照应、交谈中的话轮转换规则等，结构主义叙事学就望尘莫及了。这也说明结构主义叙事学有其使用的文学体裁和分析对象，它还是比较适用于分析民间故事或与民间故事相似的文学体裁作品。上文提出，浪漫传奇是由民间语言转变而成的一种文学体裁，与民间故事相似，具有相对稳定的内核结构，是完全可以用结构主义叙事学的方法来分析研究的。

弗莱对浪漫传奇有过全面、深入的研究。在其《批评的解剖》（*Anatomy of Criticism*）一书中，弗莱总结了文学作品中存在的四种叙事体裁：喜剧、浪漫传奇、悲剧和讽刺剧。这四种叙事体裁取代神话的四种要素，与四季循环相呼应。春天的代表是喜剧，夏天的代表是浪漫传奇，秋天的代表是悲剧，冬天的代表则是讽刺剧。并且，这四种叙事体裁都有独自的原型主题。喜剧的主题是伴随着发现英雄的相认情节；浪漫传奇的主题是神奇的冒险所代表的冲突；悲剧的主题是灾难，通常以主人公的死亡为结局；讽刺剧是关于毫无结果的英雄主义。这四种原型主题有时候会抽取部分内容相融合。例如，浪漫传奇有时也会伴随着死亡。弗莱认为，旅途上的冒险和危险、生死之战、英雄的成功或英雄身份的确认都是在追寻过程中的行动，因此可以说，浪漫传奇的叙事结构是不断产生冲突。

霍华德·菲尔佩林（Howard Felperin）说：“不管浪漫传奇究竟是什么，它首先是一个关于成功的故事，一个不可思议的关于克服各式各样困难险阻的成功故事。”（Felperin 1972：10）专门从事研究叙事结局的 J. M. 伦茨（J. M. Lenz）将所有的故事按照是否满足读者的期待分为“上升式结局”（美满式结局）和“下降式结局”（灾难式结局）两种。“上升式结局”主要包括“获救、复活、婚礼、最终的救赎”等，而“下降式结局”主要包括“失败、摧毁、死亡、最终的诅咒”等。同时，他说：“（浪漫）传奇之所以是传奇，就必然是以上升式结局来结束整个故事，只有这种正面意义的结局才能巩固作品所传递的意识形态。”（Lenz 1986：4）

根据以上对浪漫传奇的理解，有几点是相同的：第一，浪漫传奇的主题是追寻；第二，浪漫传奇的主要行动是斗争；第三，战斗的结果必须是主人公取得胜利。借用结构主义叙事学的术语，本书可以归纳出以上三点是浪漫传奇的“内核”，任何形式的传奇都必须有以上三点，缺一不可，但是浪漫传奇可以在追寻的形式、人物的性格特征、情景设计等卫星结构上进行调整和改变。

由于《珀西瓦尔》是在所有浪漫传奇中最为广泛流传的一个，因此有必要对其做简要的回顾。珀西瓦尔是在以追寻为主题的浪漫传奇中出现的一位英雄人物。在一片由一位无能的国王所统治的土地上，一个海怪（巨龙）使土地荒芜，为了保持国家繁荣、土地肥沃，国王每年需要向海怪进贡年轻貌美的女子，最后这个命运落到公主的身上。国王悬赏救公主者可以迎娶公主并统治这个国家，很多英雄好汉尝试这一任务，却都以失败告终。正在这时，英雄出现，杀死了巨龙，救出公主，与公主结婚并统治这个国家。

不管是俄国的民间故事还是浪漫传奇，或是《珀西瓦尔》，故事的开端都是有人打破某种和谐或造成某种不平衡，而造成不平衡的原因总是因为缺少某物。接下来就是为了回归和谐、恢复平衡所进行的寻找所缺之物，追寻的主题也就随之出现。追寻的行为都是由欲望驱使的，因此古典浪漫传奇的深层叙事结构或结构原型就总结为“不平衡→缺乏→追寻→斗争→胜利→（又一轮的）不平衡……”这样一个循环往复、没有尽头的行动串。如果用一个表格来表示浪漫传奇的结构原型，就如表 3-2 所示。

表 3-2　古典浪漫传奇的结构原型

名称	顺序	阶段	事件
不平衡	1	抢劫	怪物出现→抢走最珍贵的东西（通常是一位貌美的公主）
缺乏	2	缺乏	“圣杯”丢失→国家土地变得荒芜
追寻	3	寻找	很多人自告奋勇找回“圣杯”却失败→英雄出现并去寻找

续表

名称	顺序	阶段	事件
斗争	4	战斗	英雄开始旅途→途中遭遇各种困难→找到怪物→战斗→失败→获得超能力帮助，得到宝物同时失去某物→再战
胜利	5	获胜	杀死怪物→救回公主，认出“圣杯”→国家土地变得富饶→获得荣誉（通常成为国王，与公主结婚）
（又一轮的）不平衡……	6	抢劫	怪物出现→抢走最珍贵的东西（通常是一位貌美的公主）

浪漫传奇的叙事是对上述深层结构（结构原型）的循环，而上述结构也就成为浪漫传奇的结构原型。一般而言，所有文学作品都有开端、过程、高潮和结尾，但是不同的情节结构安排会造就不同的故事。因此，文学的魅力就在于对那些“卫星”结构（次要结构）的操控。学者浪漫传奇本身就是对古典浪漫传奇的某种打破，因此它会更加利用对次要结构的操控来制造新奇，同时学者浪漫传奇也会利用读者对古典浪漫传奇事件的知识来指导自己重构小说意义。对相似原型事件的回忆为读者理解这部小说、预测这部小说的结局提供了很大支持。如果读者的预测与文本情节发展相悖，那会产生什么样的文学效果?

3.2.2 古典浪漫传奇中的人物原型

人物是文学作品中最重要的构成要素之一，很多学者曾对人物进行研究，如亚里士多德和爱德华·摩根·福斯特（Edward Morgan Forster）。而浪漫传奇中的人物是更加细化的一类，对它进行研究的人数不多。弗莱对浪漫传奇人物的分析主要集中在传奇英雄的心理发展变化上。在《批评的解剖》中，弗莱指出，小说和浪漫传奇的根本区别在于对人物的刻画。浪漫传奇的作者并不在意是否创造“真实的人”，相反，他们描绘的常常是可以归结为某种心理原型的模式化的人物。并且，弗莱认为，英雄的成熟需要以下六个不可或缺的条件：

（1）英雄神秘的身世；

（2）英雄年轻时单纯的生活；

（3）永恒的追寻主题；

（4）单纯世界中的生活与动武经历的融合；

（5）对上述经历经过思考，想回归田园诗般生活的观点；

（6）结束冒险，由动武变为沉思。

弗莱认为英雄成熟的过程反映了叙事的进度，而且英雄神秘的身世是英雄的一个不变特征。同时，英雄在浪漫传奇中也分为成长型和不成长型。正如美国具有浪漫传奇色彩的小说故意塑造片面化、扁平化的人物性格特征，并通过片面化人物特征凸显人物参与的事件的惊心动魄，以此赋予故事以象征意义，最终展示文学作品想要表达的文化中的矛盾与冲突。

功能是由行为和人物组成的。人物在浪漫传奇中扮演着重要的角色。普洛普从俄国民间故事中抽象出的七种人物类型并不是为一种特定的文学体裁使用的。弗莱对浪漫传奇中人物的分析很有用，但是他仅仅是从心理层面分析的，而且也仅仅用来反映英雄的性格特征，对于其他人物没有帮助。本书在融合普洛普和弗莱的研究成果的基础上，根据浪漫传奇的追寻主题，总结出以下五个浪漫传奇中的人物原型：

（1）恶棍（通常由怪兽或巨龙承担）；

（2）公主（代表失去的宝物或圣杯）；

（3）骑士（有英雄和伪英雄）；

（4）国王（统治一片荒芜的土地）；

（5）贡献者。

浪漫传奇是在中世纪兴起的一种文学体裁，主要是关于骑士（英雄）的故事，像亚瑟王传奇。虽然不同浪漫传奇中的人物特征会有所不同，但是由于传奇是一种古老又比较稳定的体裁，因此其中出现的主要人物基本是不变的。而且，这些人物以原型的形式不断地出现、接受改变，增加了阅读的趣味性。

“恶棍”（villian）指的就是（在一部电影、小说或戏剧中），一个人物的恶行或不良动机。并且，这些恶行对情节发展至关重要。浪漫传奇中的恶棍通常是巨龙或怪兽，它们是造成土地贫瘠的罪魁祸首。它们要求国王每年给它们进贡东西（通常为年轻美貌的女子），当再没有东西可以进贡时，它们就会掳走公主或王后。它们凶恶残暴，无恶不作，却又武艺高强。恶棍是浪漫传奇中不可缺少的人物原型，如果没有恶棍，就不会引起国家的混乱，整个故事也就不存在了。

骑士是在中世纪文学中最受欢迎的一个人物。骑士经常与理想的骑士精神相联系。骑士们发誓要有信仰、忠诚、勇敢和爱惜荣誉，加上后来骑士文学对骑士尽情美化，因此骑士们都年轻英俊、知书达理，既会击剑，又对自己崇拜的贵妇人百般体贴。在他们的身上既有阳刚之气，又有阴柔之美。骑士精神的内涵除“忠君、护教、行侠”的职业道德之外，还包含有文雅知礼、爱惜荣誉、辅助弱小的行为规范等（张立光等 2009）。浪漫传奇中的骑士拥有上述特点，并且在杀死巨龙后，以英雄的形象回归，获得公主的青睐，与公主结婚，成为国王。

浪漫传奇往往伴随着爱情故事，因此女主人公往往占有十分重要的位置。女主人公一般是公主或王后，她们年轻貌美、心地善良、纯洁可爱，但是她们却往往遭受被掳走的厄运。

国王在浪漫传奇中总是被塑造成无能的人，他们或者没有能力保护自己的女儿或妻子，或者没有能力保护圣杯，从而致使亲人被掳、国家贫瘠。国王的无能要么通过他们自身的身体残疾来表现，要么体现在其年老体迈上。例如，艾略特的《荒原》中贯穿了亚瑟王传奇中寻找圣杯的故事，诗人借圣杯的第二守护者"渔王"的衰老，映射出国家的荒芜，从而派英雄寻找圣杯，向人们呈现了一个惊慌、恐惧、贫乏、需要圣杯拯救的"荒原"景象。

贡献者在浪漫传奇中也是不可缺少的人物原型。他们在浪漫传奇中类似于先知式的人物，或给骑士提供预言，或给予骑士某种帮助，或赠送某种神器帮助骑士杀死巨龙，拯救国家。没有贡献者这类人物原型，骑士就很难成功斩杀巨龙。综上所述，如果以表格形式来归纳这些人物原型及其性格特征，便如表 3-3 所示。

表 3-3　古典浪漫传奇中的人物原型及性格特征

人物原型	性格特征
恶棍	狡诈、恶毒、凶残、武艺高强
圣杯骑士珀西瓦尔	神秘的身世、诚实、勇敢、单纯、坚毅、文雅知礼
其他骑士	愚蠢、虚伪、犹豫不决
公主/王后	美丽、纯洁、高贵
国王	无能、身体残疾、年迈体衰
贡献者	慷慨、善良

以上这些就是浪漫传奇中的人物原型及其原型性格特征。巴伦曾经说过浪漫传奇中的人物是"类型"化的人物（Barron 1987）；蒙克利夫也指出，"浪漫传奇中的人物过于黑白分明，歹徒十恶不赦，英雄则完美无缺"（Moncrieff 2007：12）。虽然后来有批评家批评浪漫传奇中的人物过于类型化和模式化，但是如果可以对不同的浪漫传奇作品进行分析，我们会发现事实并非如此。对任何一个人物原型的任何一个性格特征的改变都会引起整个叙事结构、叙事长度等的改变，造就一个完全不同的故事。不同时期浪漫传奇中的人物在性格方面都是不同的，都带有其时代社会的特征，都反映了当时的历史背景，只不过决定情节发展的人物原型的功能保持不变。

3.2.3　古典浪漫传奇中的情景原型

最早的浪漫传奇是以散文和韵文叙事形式出现的，特别是在 19 世纪，浪漫传奇运用遥远的或具有神话色彩的时空作为背景，并且强调冒险和超自然因素。在浪漫传奇中反复出现的情景有：荒原、城堡、天气、圣杯、骑士神秘的出生背景、种种冒险等。如果概括总结的话，浪漫传奇中的原型可以分为虚幻情景原型、气候情景原型、物品情景原型、（冒险）场景情景原型。浪漫传奇中的情景都是具有一些特定功能的，它或是为了突出骑士的英勇而故意凸显环境的恶劣，或是为了突出骑士的忠诚而突出种种诱惑等。

约翰·史蒂文斯（John Stevens）就虚幻情景原型进行过研究，他曾经将浪漫传奇中的虚幻因素划分为三类（Stevens 1973）。其一，纯粹的无法解释的神秘主义因素，如无人驾驶的大船、会说话的动物等，它们充当的角色类似于先知，可以预测未来。其二，魔幻因素，如擅长魔法的中世纪的巫婆和术士制造和控制虚幻神奇的事件，摩根和梅林就是浪漫传奇中两个著名的魔法师，这个因素经常出现在中世纪的浪漫传奇中，而现当代的浪漫传奇中这一原型不是很突出。其三，神奇或者说“神迹”因素，即指由上帝运用超自然能力干预整个事件，但是神奇因素在浪漫传奇中除了在“圣杯”传奇中大量使用之外，在世俗传奇中并不多见。这些虚幻情景原型不仅可以让故事引人入胜，增加可读性，更可以凸显追寻过程中的艰辛和危险，塑造完美的骑士形象。

气候情景原型一般是为了衬托人物的改变或人物的内心世界。情景通常具有移情功能，作者通常借用声音、气候、环境等变化来映射或烘托人物的内心活动或状态。例如，在《高文爵士和绿色骑士》中，当高文爵士内心不安时，就会出现低压的乌云、凛冽的寒风和冰霜雨雪等；而在洛奇的《小世界》中，当现代版渔王亚瑟没有繁衍能力时，大地一片凄冷，毫无生机，而当亚瑟恢复男性特征时，冬天的天气竟然如春天一般温暖。

物品情景原型在浪漫传奇中更多指的是与圣杯、荒原等相联系的物品。例如在《珀西瓦尔》中，珀西瓦尔发现了一个破旧的城堡像国王的残剑。城堡在《珀西瓦尔》中代表的就是圣杯，残剑代表的就是受伤或无能的国王，这是一个颇具原型特征的情景原型。这些物品情景原型可以激活读者原有的有关浪漫传奇的知识，使其在阅读过程中感受到浪漫传奇所带来的张力。

（冒险）场景情景原型是浪漫传奇中最重要的也是作者着力描写的一类情景，因为冒险情景不仅可以衬托骑士的武艺高强、对追寻目标的坚决等优点，也可以对不同人物的性格塑造起到一定作用，而且还在一定程度上决定叙事的长度。总之，（冒险）场景情景原型在浪漫传奇中会决定叙事的长度，帮助塑造浪漫传奇中人物的性格，唤起读者的熟悉感，是浪漫传奇中不可或缺的原型之一。

3.3 什么是认知诗学？

认知诗学是在 20 世纪 70 年代受认知革命的影响发展而来的对文学研究的新范式。要了解认知诗学，首先要对认知科学的发展有个大致了解。认知科学是 20 世纪 40 年代后发展起来的新的交叉学科，它包括了神经科学、语言学、心理学、人类学、心智哲学、人工智能、生物学和社会学。保罗·萨伽德（Paul Thagard）曾说："认知科学是对心智（mind）和智能（intelligence）的跨学科的研究。"（转引自何辉斌 2016：19）张淑华等指出："认知科学旨在研究人脑和心智的工作原理及其发展机制，研究内容包括知觉、学习、记忆、推理、语言理解、知识获得、注意、情感和意识等高级心理现象……其中认知心理学、人工智能和神经生理学是认知科学的核心学科。"（转引自何辉斌 2016：19）认知科学具有"跨学科""科学的方法论""研究人类智力"三大特点（熊沐清 2015：1）。认知科学在 20 世纪经历了 3 次大的发展：①20 世纪 50 年代认知科学取代行为主义的"信息"发展；②20 世纪 70 年代对"大脑"即人类智力的研究；③临近 21 世纪时在进化理论方面的研究。这些发展浪潮引发了认知革命。

认知革命为诸多学科提供了灵感和养料，随之在多个学科中发生了认知转向。卡尔·莱德尔迈尔（Karl Leidlmair）指出"语言作为认知的主要工具，开始成为各种研究（包括发展研究）的焦点"（Leidlmair 2009：181）之后，越来越多的研究人员意识到了语言是心智表征的重要工具，研究语言在某种意义上就是研究认知。受认知革命影响，文学研究领域也开始了文学批评的认知转向。按照中国学者熊沐清（2015）的理解，认知文学研究有广义和狭义之分，广义的认知文学研究包括认知诗学、认知修辞学、认知文体学、认知文化研究；狭义的认知文学研究与认知诗学是平行关系。两者的区别是：认知诗学以英国为主，是包括欧陆学者在内的以语言学理论为支撑的、按照传统文体学方法对文学语言的批评研究；狭义的认知文学研究则以美国为主，主要依靠各种文学批评理论，如新历史主义、女性主义、新马克思主义等对文学文本进行的侧重社会–文化方面的阐释。

1984 年，特拉维夫学派学者鲁汶·楚尔（Reuven Tsur）在其论文《什么是认知诗学？》（"What Is Cognitive Poetics?"）中最早提出"认知诗学"这一术语，随后在《走向认知诗学的理论》（*Toward a Theory of Cognitive Poetics* 1992）一书中将这一思想进行系统阐发。该专著借鉴了认知语言学、心理学和文学批评的研究成果，探讨读者对诗歌的节奏、韵律的感知，阐述"诗性语言如何受人类信息处理过程限制又如何被这一过程影响”（张进和张同德 2019：66）。随着近几十年的发展，认知诗学早已不再禁锢于诗歌一隅，已经扩展到文学叙事、广告、绘本、有声图像等多个领域研究，以此来重新考察文学的情感和审美效果。楚尔一再强调认知诗学是借用认知科学的工具来进行的文学研究，本质上是跨学科的。认知诗学与认知语言学也不一样，虽然研究认知主要是研究概念化，但是认知语言学关注的核心是语言，而认知诗学关注的核心却是情感、读者反应、审美。认知诗学是借用语言概念化的认知理据来解释、发现语言是如何生成意义并传达情感的，以及这些意义和情感对读者产生的影响和效果。

而英国倡导认知诗学研究的斯托克维尔认为，认知诗学研究者不仅使用文学文本作为数据来解释认知语言学和心理学的新成就，还针对文学研究的一些中心问题运用认知方法“对大众的文学阅读和文学作品分析活动进行全面的重新评估”（Mullany & Stockwell 2010：7）。也有学者认为，“认知诗学是文学研究领域中一门相对新兴的学科，指从认知语言学和心理学角度理解和分析文学文本的批判性实践”（Middeke et al. 2012：248）。认知诗学是文学的跨学科研究，主要以认知语言学理论概念来解释、研究文学话题，并试图从认知视角对文学研究有所贡献。斯托克维尔进一步指出，“认知诗学本质上不是一个框架，而是一种思考文学的方式”（Stockwell 2010：7）。由此可以看出，认知诗学研究目前以及以后的两个走向就是以认知诗学为本体的对认知诗学理论、方法本身进行的研究，以及将认知诗学作为一种研究文学的视角，挖掘文学作品中认知的一面。

3.3.1　认知诗学的开端

乔治·莱考夫和马克·约翰逊（Mark Johnson）的经典著作《我们赖以生存的隐喻》（*Metaphors We Live By* 1980）为认知文学的研究奠定了基础。与之前普遍认为的“隐喻”仅是一种修辞手段，主要运用于诗歌这一概念不同，莱考夫和约翰逊则认为隐喻是一种无处不在的认知机制。正如莱考夫在他的文章《当代隐喻理论》（“The Contemporary Theory of Metaphor”）中所言，“隐喻的轨迹不在语言中，而在人们将一个心理域与另一个心理域概念化的方式中”（Lakoff 1993：267）。例如，“他正处在人生的十字路口”或“她没有生活方向”这些表达显示了将“人生”隐喻概念化为“旅途”。莱考夫和约翰逊将这些表达称为“隐喻性语言表达”，并认为它们表现了潜在的概念隐喻，其中的“目标域”（人生）与“源域”（旅程）相对应。目标域是如“生、死”之类的抽象概念，而源域则是更具体的概念，如“金钱、战争”（我们常把人生理解为旅行，把思想理解为金钱，把争论理解为战争）。

概念隐喻是高度惯例化的，这意味着它们深深地扎根于我们的头脑中，几乎是无意识且自动工作的。概念隐喻是由我们在日常生活中的思维和行为方式塑造的；它们也渗透到我们的文化创作中，如文学作品。莱考夫和马克·特纳（Mark Turner）在他们的著作《不仅是冰冷的理性：诗歌隐喻实用指南》（*More Than Cool Reason: A Field Guide to Poetic Metaphor* 1989）中展示了文学文本中普遍存在的概念隐喻。他们认为文学作品中复杂的概念隐喻是基本的日常隐喻的组合。尽管诗歌以新的方式表达自己，但它们仍然使用人类最基本的概念。

3.3.2 认知诗学的发展

如果说"认知诗学"这一术语是楚尔提出的，那将其作为一种新的文学研究范式主要得益于斯托克维尔（Stockwell 2002）的《认知诗学导论》（*Cognitive Poetics: An Introduction*），以及乔安娜·盖文斯（Joanna Gavins）和吉拉德·斯丁（Gerard Steen）主编的《认知诗学实践》（*Cognitive Poetics in Practice*，2003）。2009 年，格尔特·布朗（Geert Brône）和杰伦·范代尔（Jeroen Vandaele）主编的《认知诗学：目标、成就和空白》（*Cognitive Poetics: Goals, Gains and Gaps*）对认知诗学的发展做了一个简要总结，明确了认知诗学的研究领域、研究目标和研究方法，并指出了今后的研究方向。伊莎贝尔·詹（Isabel Jaén）和朱利安·J. 西蒙（ Julien J. Simon 在《认知文学研究：当前主题及新的方向》（*Cognitive Literary Studies: Current Themes and New Directions*，2012）的导论中将认知诗学视为认知文学研究中最先出现的一种研究范式，并且在 21 世纪的头 10 年中稳步前进。认知诗学的繁荣发展可以从诸多手册中均专章撰写"认知诗学"窥探一二，如玛格丽特·H. 弗里曼（Margaret H. Freeman）在《牛津认知语言学手册》（*The Oxford Handbook of Cognitive Linguistics* 2007）一书的第 45 章中专门探讨"文学研究的认知语言学方法：认知诗学的研究现状"。

随着研究者对认知诗学的深入研究，认知诗学更多地是从认知心理学中汲取经验，以研究阅读效果、情感和审美为主要目标。然而，在短短几十年的发展过程中，该领域的研究者表现出真正多学科研究的意愿和倾向。认知诗学方面的研究成果体现出要全面理解文学阅读，就需要与多个学科有深度交融，其中以语言学和心理学为核心，同时包括文学批评理论、话语分析、社会学理论、人类学和历史研究、神经科学、医学研究、美学、伦理学和哲学等。大多数从事认知诗学研究的人员认为，在语言学和心理学范围内对文学阅读的系统分析是必不可少的。

认知诗学中存在几个不同的研究维度。最早的、具有开创性的研究是在隐喻或概念整合方面，主要集中在人们对隐喻的概念的理解和人们的语言能力上。当认知语言学家探索概念隐喻的工作原理时发现，用基本理论解释文学文本中使用的一些表达性的、诗意的或创新性的隐喻会出现问题。一些创造性的文学语言更喜欢用有趣的偏离和非常规的陌生化，它们并不是用熟悉的术语来阐释不熟悉的概念；此外，一些艺术性的隐喻以持续存在于读者生活中的方式影响着那些人们非常熟悉的隐喻域；最令人困惑的是，一些文学隐喻似乎有了自己的生命，超越了源域对它们的基本解释映射。

概念整合理论很好地解释了上述现象和语言特征。简言之，该理论提出，将一组输入的信息归纳后产生一个“整合空间”，一种读者用来将各种逻辑、文本肌理和与由隐喻引发的结果组合形成的心理表征。例如，在微观的文体学层面，西奥多·罗特克（Theodore Roethke）的那句“我知道铅笔那不可阻挡的悲伤”（Roethke 2001）中就有三个主要的输入空间（不可阻挡的动作、人类情感和作者的工具）融合在一起，产生了一种难以用其他方式表达的丰富而完整的情感意义。在更微观的层面上，玛格丽特·阿特伍德（Margaret Atwood）的小说《使女的故事》（*The Handmaid's Tale* 1985）一方面在主题上借用寓言和类比的象征意义早已超过了政治宣言的总和，另一方面则在形式上是一个黑暗的奇幻叙事（Fauconnier & Turner 1998）。

另一个相较有一些历史的认知诗学维度是由分析文学作品时涉及的各种“世界”理论框架构成的。传统的“可能世界”逻辑来自语用学和语言哲学，它主要作为一种手段来理解小说投射的丰富性。事实上，概念整合理论中的心理“空间”概念在某种程度上受益于此“世界”概念。这个理论在研究与现实（“现实的可能世界”）有分歧的主题的长篇散文小说方面尤其富有成效，如科幻小说体裁、幻想、魔幻现实主义、梦幻、寓言和童话（Deci & Ryan 1991；Ronen 1994；Semino et al. 1997）。

以这种方式整合文本和语境的还有“图式理论”，它借鉴了康德的哲学和人工智能著作中的心理图式概念。在该理论框架下，人们共同的文化背景知识框架为语言输入提供了一个丰富的语境，语言输入总是在一定程度上决定着读者的情感。在文学研究中，学者们可用这一概念解释读者和人物知识的不匹配，并作为探索文学性概念本身的一种手段（Cook 1994）。

从“世界”理论传统中发展出来的最新理论是“文本世界理论”，这是一种认知诗学的话语处理方法，已被成功地应用于不同文本类型，包括文学文本。文本世界理论提供了一种在阅读文学文本时考察读者的图式知识部分是如何被激活的分析方法。该理论对跟踪读者的理解过程和理解读者的参与度和同情特别有用（Emmott 1997；Werth 1999；Gavins 2007）。

认知诗学中的其他著作涉及对文体肌理的具体分析，借鉴了认知语法和心理语言学中的图形与背景理论（Langacker 1987；van Peer 1986）、意象图式，以及心理学中的指示转换等（Duchan，Bruder & Hewitt 1995）。如果说之前对认知诗学的批评焦点是处理认知和文体之间的关系如何实现的话，那上述研究就是对此类批评的直接回应。当然，概念模式的语言学实现途径是新领域中最紧迫的事情。认知诗学正在通过文本肌理的概念（Stockwell 2008）对其感兴趣的读者移情、情感和美学领域进行研究，并与政治伦理和批判性话语分析等相关领域建立联系（Johnson & Lakoff 2002；Finney & O'Halloran 2003）。认知诗学作为一个尚未确立其范式的新的跨学科研究，在可预见的未来，将继续进行扩张性的发展。

3.3.3 读者的概念

认知诗学认为阅读是一种自然的进化过程，而非一种有别于其他人类能力的诡计。因此，认知诗学对日常（即非专业的、非学术的）读者的阅读方式特别感兴趣，它将日常语言中想象力的自然创造力与文学语境中人为操控的语言创造力的特殊方式联系起来。意义是在阅读过程中自然产生的，它不是最终的分类。认知诗学研究者们一直在研究文学阅读过程中意义是如何被建构和处理的。和文学作品的文本组织一样，读者的个人经历和社会环境对意义建构也同等重要。因此，认知诗学研究有助于人类语言加工和心智研究，也有助于文学和艺术方面的研究。

本书同意以下假设：文学文本没有固定的终极意义或价值，没有哪一个意义是完全正确的。文学的意义和价值是通过读者与文本的互动而创造的。因此，在阐述认知诗学中的读者概念之前，我们有必要先回顾一下学界有关读者的研究。虽然在很长一段时间里，读者这一群体一直受到忽视，但是随着主体性的回归，文学批评界对读者的讨论一度非常热烈。比如，读者反应批评一度是 20 世纪 60 年代文学批评中的一个主要批评流派。在读者反应批评流派中，影响最大的两个学派是以汉斯–罗伯特·姚斯（Hans-Robert Jauss）和沃尔夫冈·伊瑟尔（Wolfgang Iser）为代表的“德国接受美学”学派，以及以斯坦利·费什（Stanley Fish）、诺曼·霍兰德（Norman Holland）和大卫·布莱奇（David Bleich）为代表的“读者反应批评”学派。读者反应批评中的读者观不再将读者视为被动的接受者，他们被赋予了一定的特征，发挥着特殊的功能。读者反应批评强调读者与文本的综合、读者的创造性作用、读者对文本的贡献和读者阅读文本的反应。

其实，早在艾布拉姆斯的著作《镜与灯》（*The Mirror and Lamp* 1953）中就有对读者的研究。该书提出了文学批评的四个基本要素：宇宙、作品、艺术家和观众。沃克·吉布森（Walker Gibson）在 20 世纪 50 年代提出了“模拟读者”（mock reader），指那些倾听并同意虚构作者观点的人。或者说，“模拟读者”指的是那些扮演小说角色的真实读者，因为他们真的愿意体验阅读此故事带给他们的享受。此类读者标志着人们首次将批评的注意力从文本转移到读者身上，并为阅读理论建立了一种读者阐释模式。伊瑟尔（Iser 1974）是第一个提出“隐含读者”（implied reader）概念的学者，以此来强调读者的创造力。他认为文本只有在被阅读时才有生命，即文学作品的意义依赖于读者的参与。因此，读者和文本不再被视为分割的独立存在，它们是通过隐含读者形成的有机整体。文学意义是读者与文本互动的产物。姚斯（Jauss 1982）则用“历史读者”（historical reader）概念来强调对文学作品的历史理解和解读。这意味着读者对一部作品的历史理解依赖于对期待视野的重构，而对期待视野的重构又需要对历史受众的重构。乔纳森·卡勒（Jonathan Culler）用“理想读者”（ideal reader）来指那些已经拥有文学惯例或已将文学惯例内化了的人，对文学惯例的掌握使他们能够进行被其他读者接受的文学阅读，因为这些惯例构成了文学制度的本身（Culler 1975）。斯坦利·费什（Fish 1982）提出了“知识型读者”（informed reader）这一概念。知识型读者指在文本的线性处理过程中，当他从一个词阅读到下一个词时，他会投射、期望和纠正自己的理解。知识型读者具有三种显著的能力：文本语言组织能力、语义理解能力和文学鉴赏能力。诺曼·霍兰德的“交易型读者”（transactive reader）通过“防御—期待—幻想—转型”等环节（Holland 1976）在阅读过程中对其阅读身份进行再造。实际上，读者和文本共享交易性的体验。文本犹如刺激物，从读者那里引出各种过去的经验、想法和思想。同时，读者通过选择、限制和排序与读者信息一致的方式来塑造文本的意义。通过交易性处理，读者和文本都产生了新的意义。文本也可以被定义为在阅读和阐释过程中发生并创造的事件（或文学经验）。

阅读《小世界》的文本时，必然会产生不同类型的读者，其中应该既有对浪漫小说体裁有深入了解的理想读者或知识型读者，也应该有对浪漫传奇体裁一无所知或稍具此类知识的真实读者。对于浪漫传奇小说的读者而言，正如福勒所说：“浪漫传奇的发展说明读者不是被动的……这些读者仍是积极的、具有批判性的思想者，他们拒绝作家把他们在社会中的形象从作品中抹去。”（Fowler 1991：174）浪漫传奇中出现的那些幻想和奇迹，是读者用来逃避和遐想之地，他们不会也不可能信以为真。从这个意义上讲，浪漫传奇的读者不是被动读者。从识解文本意义的角度来讲，理想读者或知识型读者所建构出的文本意义肯定要比一无所知或稍具此类知识的真实读者更加丰富、深入和多元。

3.3.4　认知诗学中的原型范畴

认知诗学主要研究文学作品，原型范畴的意义在认知诗学中得到了扩展。许多学者从读者的角度研究阅读过程和文本的意义生成过程。在斯托克维尔的一个实验中，他发现“那些对科幻小说有着丰富阅读经验的读者往往会给科幻小说这种体裁添加更多的内容，并从那些被其他读者归类为幻想、恐怖、神话、后现代主义、超现实主义等体裁的小说中看到科幻元素，而缺乏经验的读者会将科幻小说局限于怪物、飞碟和雷枪”（Stockwell 2002：34）。经验丰富的读者和经验不足的读者的区别就在于前者具有科幻小说原型范畴方面的图式知识，后者则缺乏这种知识。吉布斯（Gibbs 2003：27）进一步提出：“与普遍的看法相反，原型范畴不是普遍经验的固定心理表征，而是动态的、创造性的结构组合。原型范畴是以直接的、个体的文本内容为基础进行建立的。”

与认知语言学家不同，吉布斯用原型范畴来说明阅读过程和读者头脑中意义的生成。在认知语言学中，原型范畴只是在词的范畴化中被合法化，尽管它是动态的，也将一些范畴内的外围意义词划入原型范畴内，但它还是仅限于词汇学范围。吉布斯将原型范畴扩展到解释读者在阅读文学作品过程中的意义生成过程。吉布斯在使用“动态意义建构中的原型范畴”时有以下隐含意义。

第一，吉布斯将原型范畴设定为在一定核心意义基础上的动态建构。2003 年，吉布斯在《动态意义识解中的原型范畴》（“Prototypes in Dynamic Meaning Construal”）一文中首先肯定了原型范畴是在核心成员属性特征基础上的向外扩散，但他更强调在阅读过程中，对一个文本的理解是基于原型范畴与不同知识结构相互作用的结果。

第二，吉布斯指出这些与原型范畴相互作用的知识结构主要是与原型范畴有关的百科全书式的知识，如关于体裁的知识、关于相关环境的知识、关于某一具体事件的相关知识等，这些对构建有意义的阐释至关重要。

由此可以看出，吉布斯声称“原型范畴不是抽象的、预先存在的概念结构，最好将其理解为意义识解的产物”（Gibbs 2003：38），是指在静态与动态共存状态下的原型范畴。有鉴于此，本书中原型范畴的意义生成包含两个层面的意思：首先，原型范畴是指在人们头脑中长期储存的抽象的、概念化的知识；其次，原型范畴这一抽象概念化知识不是一成不变的，它会随着文本内容对知识进行动态建构。

阅读本身就是文本与读者之间的一种积极活动。文本可以通过不断强化最初的印象来鼓励读者遵从首要效应（primacy effect），但总的来说，文本引导读者修正或替换原有的猜测。“然后，文学文本会利用‘权力’的首要效应。但通常情况下，文本建立了一个机制来反对首要效应，然后就产生了所谓的‘就近效应’（recency effect）。”（Perry 1979：57）

上面一段话是关于读者的阅读过程。原始猜想（original conjectures）类似于我们所说的文学经典的原型范畴。例如，当我们读侦探小说时，读者通常的期望是：小说开篇即言明有人被杀，然后一个有经验的侦探出现了，最后他通过追踪线索逮捕了凶手。可以说“杀戮→侦查→逮捕”是侦探小说的静态原型范畴。然而，如果故事不是这样讲述的，而是说凶手成功逃脱，从此过上了幸福的生活，那么读者就必须将其原型范畴调整为“杀戮→侦查→逃跑→幸福生活”，而被调整的原型范畴就称为重构原型范畴，因为它是基于当前的阅读文本生成的。梅纳凯姆·佩里（Menakhem Perry）归纳出的这两类信息构成，最能代表原型范畴理论的两个层次。

> 信息的逐步整合通常需要对文本模式的早期部分进行追溯。这种再议可以采取两种形式之一：①进一步利用过去的文本，在不违背或取消过去的意义或效果的情况下对其进行强化或发展；②重新审视过去那些修正、变形或拒绝其以前意义或效果的文本。第一种形式的回顾性重建只涉及附加模式，它保持了文本的一致性，因此只要可能就是最好的形式；第二种形式会导致整个模式重组，并经常会引发惊喜或震惊。（Perry 1979：59-60）

从这段话中我们可以看出，第一类是静态原型范畴，第二类是重构原型范畴，且第二类对读者产生的影响更大。那么重构的原型意义是如何产生的？该问题在以下部分将得到解释。

3.4　原型范畴模型：识解《小世界》中浪漫传奇的原型意义

正如上面的定义所说，浪漫传奇包括结构、人物和情景。行动是由结构组织的，人物还是人物，情景包括冒险场景、魔法力量等。《小世界》的副标题是“学者浪漫传奇”，因此可以将其看作浪漫传奇的一个分支，也可以说是对浪漫传奇的某种偏离。但是，无论人们如何看待《小世界》的体裁，结构、人物和情景这三个基本要素是不变的。因此，本书在重构读者对学者浪漫传奇的意义的过程中必须包含上述要素。

浪漫传奇中的结构原型指叙事作品中由相对稳定的叙事序列构成的常规化事件序列。人物原型是指人们在漫长的文学史中所获得的关于原型事件、人物和行为的完整知识块。这些人物形象在不同的文学作品中反复出现，获得了更加丰富的性格属性。情景原型主要是指浪漫传奇作品中反复出现的场景描写。申丹（2009）认为，小说艺术既取决于语言的选择，也取决于叙事技巧的选择。如前所述，《小世界》的独特之处在于它有意用浪漫传奇结构来组织了一群教授的狂欢。

对语篇的解读，尤其是对文学作品的解读，是语言认知的一个基本过程。在这一过程中，除了对词汇、句法结构、词义的解码外，最重要的是激活语篇或文学作品的隐性知识结构。知识结构的激活是本书的研究重点，它与原型范畴理论有着密切的关系。纵观有关原型范畴理论方面的文献，我们可以发现原型范畴理论是从日常经验中抽象出来的一个事物。认知语言学家认为原型范畴是广义经验的固定心理表征。在认知诗学中，吉布斯反对原型范畴理论的固定性。他坚信"原型范畴理论是动态的、创造性的组合结构，基本上是建立在直接的、个体的语境之上的"（Gavins & Steen 2003：27）。在认知叙事学中，虽然没有原型范畴的概念，但叙事规约在某种程度上具有与原型范畴理论相同的功能意义。大卫·赫尔曼（David Herman）主张"可以将体裁重新描写为脚本使用的模式"（Herman 1997：1054）。实际上，认知叙事学是建立在对不同既定体裁的共识基础上的，只有作者在创作中遵循叙事规约，书中人物的言行举止也符合日常生活的规约，读者才能在阅读中根据叙事规约产生相应的认知预设、期待、满足或生气。

事实上，原型范畴理论的三个分支各有侧重。认知语言学主要运用原型范畴理论来解释词汇学和语法如何反映人类的认知，它是基于语言范畴的。当读者遇到"单身汉"这个词时，他们会立刻想到有关这个词的一些特点，如人类、男性、成人和从未结婚。在认知诗学中，吉布斯主要研究文学作品阅读的意义生成过程。原型范畴理论已经扩展到对文学作品的解读。他强调原型范畴理论的动态结构，但并没有说明结构到底是什么。在认知叙事学中，他们认为一种体裁有一种叙事规约，但他们也没有抽象出不同体裁的叙事规约到底是什么。

本书选取了浪漫传奇这一特定文学体裁的作品《小世界》为研究对象，对它的研究是以具有这一体裁的原型范畴理论知识为基础的。要研究文学作品，有两个关键因素，即情节和人物，但在浪漫传奇体裁中，情景也是不可或缺的因素。因此，对浪漫传奇的原型研究须包括三方面内容：情节、人物和情景。

情节包括动作和事件。艾布拉姆斯（Abrams & Hogg 1999：224）称"戏剧或叙事作品中的情节是由其事件和行为构成的，因为这些事件和行为是为了达到特定的艺术和情感效果而呈现和排序的"。而本书主要关注的是浪漫传奇中行为的静态序列，可以称为结构。

本书中的原型范畴理论是指从文学经典中抽象出来的稳定的心理表征。它可以是静态的，也可以是动态的。当原型范畴是心理表征时，它是静态的；当它遇到新的文学文本时，它就是在动态的意义建构中生成的新的原型范畴。

为了建构《小世界》的文本意义，本书着重探讨了小说的结构、人物和情景。《小世界》的结构脚本与古典浪漫传奇（或原型浪漫结构）有什么不同？在《小世界》里，刻板人物是否和古典浪漫传奇中的人物具有一样的性格特征？如果不同，他们是如何偏离古典浪漫传奇中的那些固定刻板形象的呢？情景框架在《小世界》中的作用是什么？通过以上对原型范畴理论、框架理论、脚本理论和图式理论的比较和阐述，我们认为框架理论是一种情景原型，脚本理论是结构原型，图式理论是人物原型，而它们全都是原型范畴理论的下属概念。这四种理论有着相同的认知机制，但侧重点各有不同。浪漫传奇作为一种体裁，具有相对稳定的叙事结构、人物性格特征和情景。吉布斯扩展了原型范畴理论，发展出一个作为脚本的原型范畴理论。沿此思路，基于图式、框架与脚本具有相同的认知机制，我们可以进一步扩展作为图式的原型范畴理论和作为框架的原型范畴理论，并用它们来揭示在读者阅读文学作品时，文本意义是如何在其头脑中生成的。

每个读者都是个性化的存在，有其文化和个人经历的共性和特殊性，因此即使对于同一文本，读者也会有不同的理解和解读。但是我们同样不能否认，“观众（或读者）也共享许多东西——如概念系统、社会实践、常识、话语类型”（Turner 1987：4）。因此，“我们不仅可以从具体的文本特征入手研究叙事结构、人物等，还可以从读者理解角度来研究读者共享的阐释策略”（Rabinowitz 1987：1）。

如图 3-5 所示，读者对叙事小说的心理反应是依据自己的个人经历生成的一个叙事世界。这一虚拟世界使读者在心理上跨越了现实世界与叙事世界的界限。而本书研究的重点是叙事文本对原型范畴的核心——人物、结构、情景——的意义的生成方式和结果。

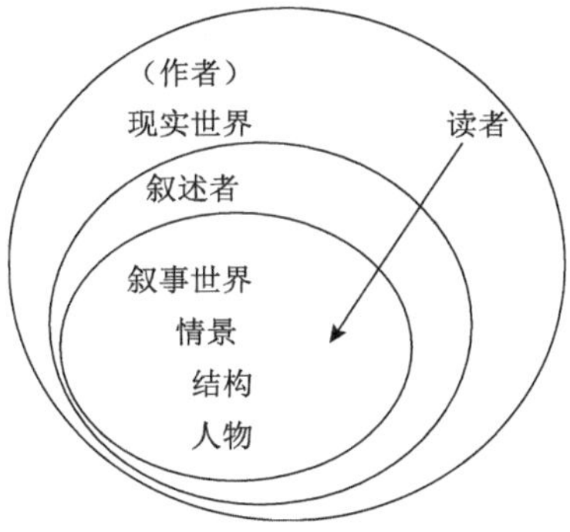

图 3-5　阅读体验是一次身临其境的旅程（Dannenberg 2008：24）

本书将文学原型分成结构原型、人物原型和情景原型三类。与认知叙事学中的叙事规约一样，本书的结构原型指构成叙事小说的相对稳定序列的相对稳定的、抽象的、确定的动作。人物原型指虚构人物在漫长的文学历史演变中所获得的相对不变的内在性格特征。情景原型主要指浪漫传奇小说中的地点、天气等表述。情景原型具有象征意义，可以加速或延迟动作的发生。这些原型都是动态的、建构性的概念，借助原型范畴理论可以很好地揭示在读者阅读中的文本意义的动态生成过程，以及基于此动态过程建构或重构的文本意义。

3.4.1 建构识解《小世界》中结构原型意义的脚本模型

在人们阅读文学作品的时候，他们会或多或少地激活自己对作品中描述的事件的个人认知，这种知识就被称为脚本。脚本和概念隐喻一直被视为原型表征。但吉布斯（Gibbs 2003：32）认为，“这两个理论概念都不是在文本理解过程中激活预先存在的概念结构，而是在动态意义识解中创造出来的”。

为了理解一个文本，读者在阅读过程中，首先会在潜意识中寻找与目标文本相匹配或相关度高的脚本，并且知道如何调整原有脚本，使它适应当前的上下文。“许多研究表明，在一套行为序列没有进行完全表述时，读者会自动找出与脚本相关的合适行为序列进行补充。另有实验也表明，事先激活基于脚本的知识，可为读者提供了一组高度可用的因果关系链，并促进阅读过程中句与句之间的衔接、连贯及意义整合。”（Gibbs 2003：33-34）

正如以前在许多阅读理解中所应用的那样，脚本概念只适用于自动和无意识的信息处理。吉布斯（Gibbs 2003：34）指出，“基于脚本，理解叙事的一个困难在于，这些分类往往过于僵化，无法适应那些与正常预期不同的叙事偏离”。为了解决这一问题，人们使用了两种高级的处理机制，以便在阅读文本的过程中能够在合适的时间内建构出合适的脚本来正确理解文本意义（Schank 1982；Downing 2000）。

沙克和伊达尔戈·唐宁（Hidalgo Downing）提出将信息包称为“主题组织包”（Thematic Organization Packets，TOPs）（Schank 1982；Downing 2000）。主题组织包关注的是抽象概念，它允许人们在不同事件之间建立联系并发现它们之间的相似性。根据吉布斯的研究，“主题组织包不是对抽象原型范畴的静态记忆表征，而是允许读者在理解文本事件时具有创造性的解读能力”（Gibbs 2003：34）。另一种高级处理机制称为“记忆组织包”（Memory Organization Packets，MOPs）。记忆组织包是一种处理结构，它允许人们将新的信息与现有的知识联系起来，从而对未来的事件做出合理的预测（Gibbs 2003：34）。

唐宁认为，“记忆组织包和主题组织包能够在不同的文本之间建立联系”（转引自 Gibbs 2003：34）。这意味着记忆组织包和主题组织包可以在明显不相关的图式之间建立关联。

在阅读过程中，“熟练的读者不可能仅靠激活以脚本形式存在的原型范畴来理解文本。相反，他们会“通过记忆组织包和主题组织包的交互作用”（Gibbs 2003：35）对原型范畴意义进行解读，因此阅读结果反而成为动态意义构建过程的产物。

吉布斯的研究使得原型范畴理论的研究范围扩大了很多。借用“脚本”的概念，吉布斯的原型范畴理论可用来揭示文学作品的理解过程。为了举例说明作为脚本的原型的工作机制，他使用了“记忆组织包”和“主题组织包”概念（Schank 1982；Downing 2000）。然而，记忆组织包和主题组织包却与原型范畴理论相矛盾。此外，由于两个组织包缺乏具体操作过程，因而不能充分解释文学作品的意义建构过程。

因此，在本书中，《小世界》这一学术浪漫传奇的意义阐释并不能通过“记忆组织包”和“主题组织包”来完成。对于重构学术浪漫传奇作品的意义，关键是理解标记脚本，以及标记脚本与无标记脚本在相互作用过程中意义的产生。

脚本指的是由因果链连接的“预先决定的、典型的”大的事件序列。因果关系有几种典型形式：①前一事件的发生引发后一事件；②一个次事件导致下一事件的发生；③多个独立事件共同引起一个事件或一系列事件的发生。因此在建构《小世界》的叙事结构的过程中，小说中的因果关系是笔者关注的重点之一；其次是关注小说中的标记脚本。无标记脚本存储于人们的头脑中，而标记脚本则需要读者进行意义重构。人们首先要找出小说中的标记脚本，然后才是对事件序列进行建构。

本书首先需要建构《小世界》中原型的文本意义。在认知诗学中，吉布斯认为，作为脚本的原型是用于理解文本意义的，要想实现这一点，就必须激活已有的原型知识。在此基础上，加上背景知识与文本提供的新信息之间的交互作用下的认知努力，才可以实现对文本的解读。为了理解《小世界》的脚本（结构）意义，特别是标记脚本的意义，我们需要一个能够处理文学文本的脚本工作模型。根据沙克和阿伯森的研究，脚本指的是“能够对大家都熟悉的情景所描写的具体文本的事件序列进行准确排序的……一个预先确定的、定型的行为序列”（Schank & Abelson 1977：41）。它主要是指行动的顺序，行动构成了小说的结构。因此，作为脚本的原型用来分析叙事小说的情节是相当合理且具有操作性的。

《小世界》在很大程度上颠覆了古典浪漫传奇的结构。标记脚本将着重于展示《小世界》的叙事结构含义的读者认知过程。此外，本书还会对古典浪漫传奇与学者浪漫传奇的结构进行比较，便于在对比中挖掘文本的深意。个人脚本包括一系列能达到预期目标的行动（陈安玲 2007）。如果个人脚本遵循固定的动作序列，期望目标就能达成，这就是无标记脚本；如果个人脚本与固定事件序列不符，它就是标记脚本。标记脚本和无标记脚本的区别在于它们的目标不同。目标不同，脚本的行动顺序必然以不同的方式呈现。个人脚本是对常规事件序列的偏离。

然而，在阅读过程中，标记脚本和无标记脚本是同时存在的，它们是一个连续体的两端。人们在理解文本的过程中不会对所有的动作投入同样的认知精力。一方面，新奇的事件（标记脚本）需要深入的有意识加工来决定采取何种合理的理解程序。这种理解几乎不需要任何脚本处理；另一方面，熟悉或陈规定型的事件（无标记脚本）基本不需要有意识的加工，它们可以被描述为自动脚本处理。在从标记脚本到无标记脚本过渡的过程中，行为和事件需要的主动加工逐渐减少，因为事件变得越来越常规化、重复性和陈规定型化。因此，从标记脚本向无标记脚本过渡的过程最好以脚本发展连续体表示，它的一端为主动认知加工的标记脚本，另一端则是自动处理的无标记脚本。

“作为脚本的原型模型”将用于分析高度程式化的作品中的叙事结构意义。在连续体左侧，“新奇事件”并未完全包含脚本的固定事件序列。然而，由于类似的新奇事件总是重复发生，这一脚本事件就会发现些许规律并开始演化。在传统的或规范的事件中，“脚本是一种启发性的手段，人们用一个相似但略有不同的旧事件序列来理解它”（Dennis & Peter 1984：453）。原型脚本是理解当前语境中事件的基础，并根据具体文本进行调整。最后，在典型事件中，一个图式化的强典型性无标记脚本基本上是在自动认知过程中完成对文本意义的理解的（图 3-6）。

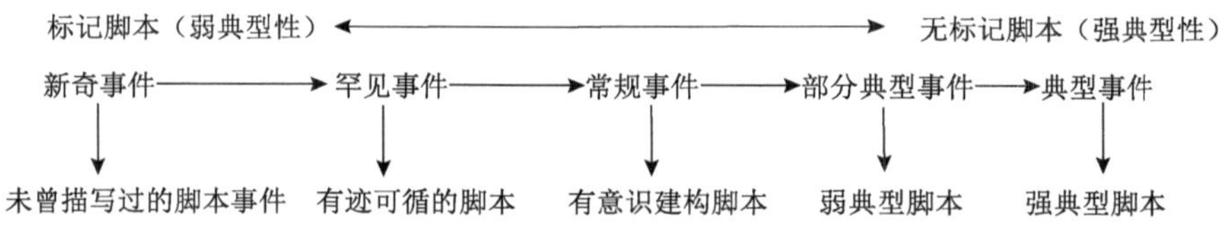

图 3-6　作为脚本的原型模型

3.4.2　建构识解《小世界》中人物原型意义的图式模型

在《脚本、计划、目标和理解：对人类知识结构的探究》（1977）一书中，沙克和阿伯森提出图式的作用是双重的——省略众所周知的事件因果链从而节省时间，或在需要提供事件因果链时将它们展现出来。库克认为该书解释了如何在文本处理中应用各种图式。他提出动态记忆刚好与图式过程相反，它描述了图式是如何被建构和改变的（Cook 1994）。动态记忆是认知研究的核心内容之一。在动态记忆研究中，“沙克意识到图式不能太僵化，图式必须要不断地进行改变和重组”（Cook 1994：188）。

因为沙克坚信图式是不固定的，所以他引入了“记忆组织包”的概念。沙克认为“记忆中的经验是不可记忆的，各个部分是分开储存的。被肢解的部分存储在一个新的图式类别中”（Cook 1994：188）。图式结构会随着个人经历而不断刷新和调整。也就是说，存储于记忆中的抽象概念会与新的信息建立联系，并根据新的信息对现状和未来做出理解及预测。“记忆中的经验”或“现有的期望”可以被看作存在于人们头脑中的典型知识。与原型范畴的“模糊性”特征一样，图式的建构也是一个动态的过程。

记忆组织包的工作机制是“每个记忆组织包中包含若干个与目标相关的‘场景’。脚本是通过组合几个记忆组织包来重构的。通常，建构一个脚本需要三种类型的记忆组织包：个人需求记忆组织包、社会互动记忆组织包和实体记忆组织包。因此，记忆组织包本身不是文本处理图式，而是建构文本处理图式的一种手段”（Cook 1994：188）。

每种理论都有其局限性，图式理论也不例外。首先，图式理论的研究范围不够明晰。怀尔和斯鲁尔指出，“它（图式）缺乏一个充分完善的社会表征理论所必需的具体操作说明。此外，这一术语的定义太过宽泛，以至于人们不知道哪些类型的知识结构是图式化的，以及哪些不是”（Wyer & Srull 1994：47）。其次，图式理论并未区分现实图式与虚构图式之间的异同，图式理论把人们对世界的直接感觉体验和通过语言对（真实的或虚构的）世界的体验视为相同的，但是对图式这一更多依赖概念知识块的表征形式以及语言作为载体的重要性都未言明。尽管有时沙克认识到了词汇选择在建立联系中的作用，或者图式理论在消除回指的歧义中的作用，甚至是对文本结构的作用，但他并没有在任何细节方面发展语言或文本结构在图式中的作用。最后，概念依赖（conceptual dependency）是图式理论中的关键概念之一，它与原型范畴理论既和谐又不和谐。根据库克（Cook 1994：92）的判断，一方面，概念依赖的概念得到了扩展，它由过去常常用来构建复杂的而非单一概念的原型发展为今天典型的或反复出现的概念的组合；另一方面，图式的组成部分是不承认有“模糊性”的离散概念。

本书基于库克（Cook 1994）在《语篇与文学：形式与心智的相互影响》（*Discourse and Literature: The Interplay of Form and Mind*）中的观点，试图进一步发展库克的图式理论来弥补其中的一些不足。首先，本书确定图式指的是边界模糊的、将同一范畴概念内的成员的特征聚集在一起的抽象概念集合。其次，图式是将人们的真实体悟以及类似化的经验归类总结后，以抽象形式储存于人类大脑中的知识块。最后，图式的激活、修正、更新都需要外界的触发、诱因或刺激，这些行为可以是语言层面的，也可以是行为层面的，还可以是社会文化层面的。修正后的图式模型主要用于解读文学作品中的原型人物性格特征在读者头脑中的认知建构过程及意义生成过程。

图式理论在文学阅读中有非常重要的作用，如“用图式理论来重新审视文学性和文学语言”（Stockwell 2002：79）就是图式助力文学的范例之一。图式理论最吸引人的地方是它在文学作品阅读过程中是动态建构的，而非固定不变的理论。沙克认为图式是一种文本与头脑中抽象概念之间的持续、动态互动，并且会将动态更新的过程看作结果，而非沙克理解的以获取某些社会和物质经验为目的的理论。不同于沙克将经验对图式的任何改变看作图式的副产品，库克认为个人获取经验的主要功能就是改变图式组织的结构（Cook 1994：189）。本书也同意库克对图式的这一理解。

以此类推，在文学作品中，对文学文本的理解主要依赖于读者的个人经验。库克将经验分为三类：“没有语言作为中介而直接感知的经验；完全通过语言而来却能代表独立现实的经验；以及只有通过语言才能存在的经验，尽管它给人们一种幻觉，但它在世界上没有任何可对应的社会现实物。”（Cook 1994：190）文学是建立在现实世界基础上的创作艺术，但通过语言传达的虚构世界是依靠语言得以存在的。因此，来自日常生活的经验、来自其他文学作品的只在虚构文本中存在的经验以及个人的经验在建构文本意义中形成合力，共同承担意义的建构和重构责任。

人们阅读文学作品时有着各自不同的目的——要么寻求惊喜或刺激，要么寻找幸福或满足感，要么寻找避难所和暂时的逃离，等等。不同的阅读目的会带给读者不同的文本选择，相应地在阅读过程中就会激活不同的图式。库克将图式分为三个条目，即图式强化（schema reinforcement）、图式保存（schema preservation）和图式毁坏（schema disruption），每个条目下面还有几个相关属性。图式强化指的是“使现有图式比以前更强”的语篇效果（Cook 1994：189），即进一步强调原有图式的原型属性特征，或者是增加更多附属属性让原有图式的原型性更加明显（图 3-7）。图式保存是指“保持原有图式不变”的语篇效果（Cook 1994：192）。有时，语篇所呈现的图式可以“简单地在现有图式基础上进行一定的增加，同时保持其基本结构的完整性”（Cook 1994：192）。这种语篇效果被称为“图式增加”。在库克所划分的三个图式条目中，最需要强调和重视的是“图式毁坏”。

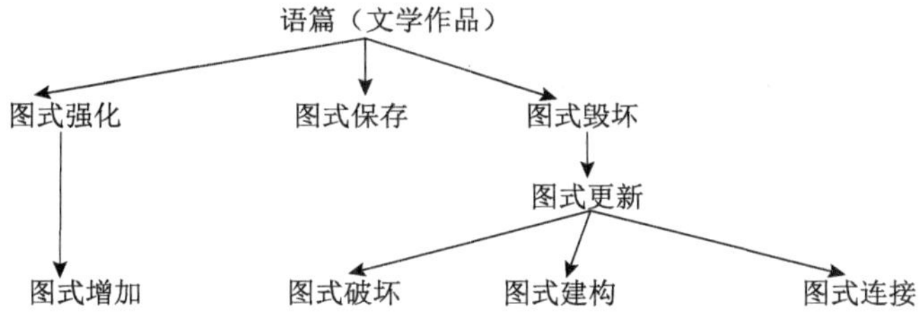

图 3-7　图式的语篇效果（Cook 1994：191）

人们普遍认为，大多数日常话语都是在确认了已有图式基础上的“图式保存”，“如果确认是陈规定型/典型的，那就是图式强化”（Stockwell 2002：79）。无论是意外因素还是不符合常规的序列带来的惊喜都有可能导致“图式毁坏”，并对读者现有的知识结构提出挑战。那么问题就出现了：库克认为“图式毁坏”会导致“图式更新”（schema refreshing），而“图式更新”包括“图式破坏”（schema destroying）、“图式建构”（schema constructing）和“图式连接”（schema connecting）；而斯托克维尔解释说“‘图式破坏’既可以通过‘图式增加’来完成，又可以通过大幅度的‘图式更新’来完成——图式改变相当于调整，就像是将文学概念中的轻微‘陌生化’（defamiliarization）表述为‘再一般化’（re-familiarization）一样”（Stockwell 2002：79）。斯托克维尔（Stockwell 2002：79）认为原型是一个动态意义生成过程。通过进一步吸收库克的术语，斯托克维尔将图式划分为六种：知识重组（knowledge restructuring）、图式保存（schema preservation）、图式强化（schema reinforcement）、图式积累（schema accretion）、图式毁坏（schema disruption）和图式更新（schema refreshment）（Stockwell 2002：79-80）。

文学图式不同于一般的图式，它是一种更高层次的概念结构，它组织人们在文学语境中的阅读方式。库克和斯托克维尔对图式的进一步细分让读者更清楚地理解了文学阅读中文本意义的生成过程，也更加细致化和明晰化。但是，在实际操作中可能会发现，库克的“图式更新”和斯托克维尔的“知识重组”表达的意义基本一致，但都未清楚表达在原有图式信息与新的文本信息不符时“图式增加”、“图式毁坏”与“图式更新”之间的关系。也就是说，在“图式增加”到一定程度进而导致的“图式毁坏”中，会形成新一轮的“图式建构”现象，而“图式建构”产生的下一个认知行为就是“图式重构”（schema restructuring），从而形成一个循环。据笔者理解，这一现象采用“图式重构”会使意义更为明晰一些。实际上，结合两位对图式的理解，可将图式理论用图 3-8 表示。

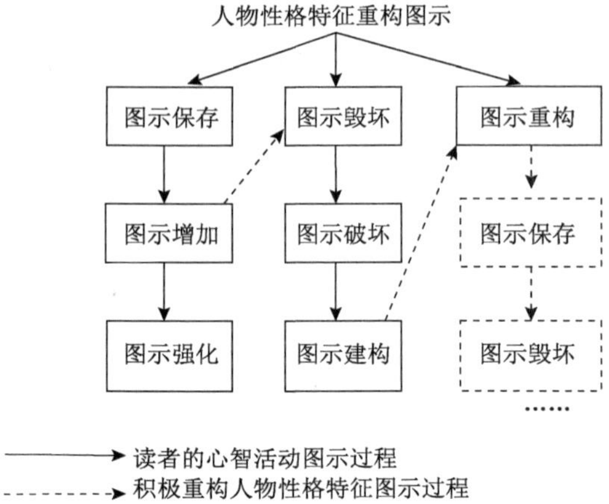

图 3-8　作为图式的原型模型

对“作为图式的原型模型”（图 3-8）的构建尝试是受到库克的“图式的语篇效果”（图 3-7）的启发，通过呈现图式在人的头脑中不同阶段的状态而得以实现，并最终将其运用于分析高度程式化的文学作品中原型人物性格特征的深层意义。“图式保存”“图式毁坏”“图式重构”共同构成一个循环系统。在人类实际认知识解过程中，付出认知努力最小的是“图式保存”；相应而言，“图式重构”所付出的认知努力最大。在读者的具体阅读行为中，当文学作品中的人物性格特征与读者之前头脑中储存的人物图式相似时，会出现“图式保存”的认知过程。随着阅读行为的深入，人物新的性格特征有可能出现，也有可能不出现。当新的人物性格特征不断增加并达到颠覆读者对原型人物形象所形成的抽象图式时，读者的认知加工就会转向“图式毁坏”。一旦读者确定这一人物不同于自己之前建构的人物性格时，就会重新寻找文本证据，切实地破坏原有人物图式知识，建构新的人物性格图式。而读者一旦完成对新类型人物的建构后，识解自然就会走向“图式重构”这一认知过程，即基于原有的人物图式知识而重新建构新的人物性格特征。新的人物图式又会在后续的文学作品中不断经过“保存”得以固化形成新的人物原型，同样也会随着文学的演变，再一次被新的人物形象所解构和重构，因此这是一个无限循环的创作、阅读、建构和重构过程。

在生成文本意义时，上述三个词条会在读者的脑海中互相作用，共同对意义生成进行调整、修正甚至打破。事实上，在阅读一部小说之后，读者一般更倾向将人物做三种类型的划分——好的、坏的、不好不坏的。人们总误认为小说中所刻画的典型人物就反映了社会现实中的某类人物。事实上，典型人物有可能来自现实生活，也可能来自其他文学作品，还可能来自作者的纯粹想象。但无论是哪种类型的人物，都需要读者根据文本在认知中进行建构甚至重构。

若读者头脑中已经储存了与后续阅读内容相关的知识，原型就会在阅读过程中被激活。在这种情况下，阅读行为就变成了一种检验和确认。读者有意识地想找出小说中不同人物的性格特征与他们之前阅读的人物的相似、一致或不同之处。在某些小说中，小说人物与生活在现实世界中的人是一模一样的，或者与其他小说中的人物相同。在这种情况下，读者只需通过“图式保存”来体验“图式强化”这一过程就好。有时，有的作品也会有意在一些典型人物身上加入一些不影响主要情节发展的偏离特征，但是这些细微变化并不会对人物的典型性格特征造成影响，因此依旧称为“图式保存”。但有时在典型人物身上附加的性格特征太过瞩目，导致后者改变了前者的图式模式，这种情况下就会产生“图式毁坏”。在此阶段，原有的典型人物的性格特征会部分改变或完全遭到颠覆。当一部小说在一定程度上打乱了读者心目中对人物形象的已有认识时，就会发生“图式重构”，也称为“新信息建构”。随着时间的推移，新型文学人物逐渐完善，新建构的人物也会逐渐成为一种新的典型人物。当再出现一种新型的人物挑战他时，“作为图式的原型模型”将会再次循环，以此往复。

文学的生命在于创新，而创新意味着颠覆现有秩序，建立新的秩序。“作为图式的原型模型”的最后一个阶段称为“图式重构”。有些人物对于读者来说是全新的，他们是作者有意刻画的新型人物形象，在这种背景下，读者需要对这些新人物的性格特征进行抽象总结，逐步建立新的人物性格特征图式。在漫长的文学史上，这些新人物也终将会成为原型人物，终有一日会陷入读者下一轮的重构循环。

3.4.3　建构识解《小世界》中情景原型意义的框架模型

框架主要应用于认知科学领域和心理学领域，因此对它的讨论也应在此领域内进行。根据框架理论的发展、分类和特点，我们发现框架理论是一个仍在发展中的概念。为了后续分析的需要，本书将“框架”定义为小说世界中的情景语境，以及在情景语境中所产生的象征意义。

本书所指的情景语境不同于埃莫特的“语境框架”，它指的是文学作品中反复出现的情景，如天气描写在浪漫传奇作品中反复出现。当天气恶劣时，伴随着的就是土地的贫瘠和受伤的国王；当天气变得温暖宜人时，读者就会看到有关国王身体正在康复，以及土地转而肥沃等的描述。本书的情景是建立在语境知识基础上的，它仅存在于小说的虚构世界中，毕竟浪漫传奇最重要的特点之一就是奇幻的场景，并嵌入了多重的象征意义。

虽说目前对框架理论的研究涉及方方面面，但也造成了一定的混乱。诸多学者从不同角度对其进行了研究。造成混乱的第一个原因就是对“框架”的指涉不明，导致不同学者用其指代不同事物，意义上也大相径庭。比如，“框架”与“脚本”就不太好区分。明斯基的“叙事框架”与沙克和阿伯森的“脚本”意思相似，并且明斯基的“表层语义框架”等同于菲尔墨的“格框架”，埃莫特的“语境框架”理论包含“脚本”和“图式”。由于“框架”这个概念具有模糊性，框架理论的分类也不是很清楚，因此对框架的划分要么基于知识的表征，要么基于对人类心智活动的解释，要么基于知识的应用，虽然种类众多却意义不明。因此，要想正确使用这一概念，就必须给出一个明确的定义、分类及概念范围。

框架理论作为一种信息建构方法，首次应用于认知心理学领域。本书从认知诗学的角度探讨《小世界》中浪漫传奇原型的意义重构，其中框架理论是重构情景原型意义的工具。在本书中，原型情景框架指的是在古典浪漫传奇中反复出现的典型情景，如城堡、土地、天气等，以及它们所具有的象征意义。情景在浪漫传奇中的主要功能是给主要行动事件提供场景支持。

受埃莫特“语境框架”理论中语境连续性的启发，本书的框架理论将继续沿用框架的连续体，在此基础上，将框架分成原型情景框架和凸显情景框架两类。原型情景框架指的是在不同的浪漫传奇中，以相同的象征意义重现不变的情景。一个情景词一旦出现，如地点或天气，就可以立即激活读者对情景象征意义的认知。与原型情景框架相反，凸显情景框架指的是成为读者关注焦点的特殊情景，它们的主要特征是从未出现过，且与小说主题不符，令人吃惊，如出现在大学校园里的风月场所或是坐落于繁华闹市街区的图书馆等。

3.5 小　　结

如本章 3.2 节所述，古典浪漫传奇在亚瑟王传奇中有三个主要分支：对年轻骑士的道德考验，如高文爵士和绿色骑士；激情与责任之间的冲突，如特里斯坦和伊索尔特；以及寻找圣杯的珀西瓦尔。《小世界》在一定程度上偏离了寻找圣杯的珀西瓦尔叙事。为了深入理解《小世界》的意义，本书在脚本理论、图式理论和框架理论的指导下，对《小世界》中的叙事结构、人物性格特征和情景的象征意义进行了全面考察。

本章首先论证了结构、人物、情景在古典浪漫传奇中的重要性，并对古典浪漫传奇中的结构原型、人物原型和情景原型进行了阐述；然后回顾了认知语言学中的原型、脚本、图式和框架，并对它们进行了比较。认知诗学领域的原型理论进一步将原型扩展到对文学文本的阐释，因此原型可以作为脚本、图式和框架来重建《小世界》的文本意义。首先，本书设计的“作为脚本的原型模型”可用于重新揭示并解读《小世界》中古典浪漫传奇结构原型的意义；其次，本书在综合库克和斯托克维尔对图式理解的基础上，提出了改良的“作为图式的原型模型”，并用于研究高度程式化的作品，如《小世界》文本中的古典浪漫传奇的人物原型在哪些图式重构环节发生了改变，以及对读者认知、作品文学性产生了何种影响等；最后，本书提出了“原型情景框架”和“凸显情景框架”模型来解释小说中情景原型的意义。

认知诗学主要研究阅读和意义生成的过程。将认知诗学理论与结构主义方法相结合，可以有效地探讨这些古典浪漫传奇原型在小说中的意义。下文第 4 章是对《小世界》中浪漫传奇结构原型的分析与识解。

第 4 章　《小世界》中学者浪漫传奇的结构脚本研究

上一章从不同领域对原型、浪漫传奇、认知诗学的定义及特性出发，回顾了原型范畴理论在认知语言学、认知诗学和认知叙事学中的定义和发展，发现原型范畴理论不仅可以从词汇层面反映人类的经验，而且也可以用于对叙事作品的分析和阐释。由于原型范畴理论具有与文学中的原型相同的认知机制，因此它可以借助在人类头脑中形成的不同抽象概念或思维方式来解读叙事作品中的语境和叙事结构意义。关于结构原型，本书借用经典叙事学的一些术语，将结构原型定义为静态的、抽象的、确定的且构成相对稳定的叙事小说结构功能。

在这一章中，笔者首先回顾了有关叙事结构的相关研究，以证明掌握文学作品中的深层结构有助于读者对叙事作品的透彻理解。在此基础上，笔者将沿用第 3 章建立的“作为脚本的原型模型”，重新建构《小世界》中的学者浪漫传奇结构脚本意义。本章的研究路径如下：首先，读者借助文本信息建构古典浪漫传奇的结构原型意义；然后，读者基于小说内容建构学者浪漫传奇的结构脚本意义；最后，读者在前两种意义的互动中，重构《小世界》学者浪漫传奇的结构原型意义。理解一个文学文本需要使用多种脚本，“如果读者没有相关脚本的约定固化结构知识，他们就无法对文本进行最基本的类型判断”（Herman 1997：1048）。尽管 R. A. 巴克（R. A. Buck）、卡勒、伊瑟尔和华莱士·马丁（Wallance Martin）等研究者从文学理论角度对脚本概念进行了研究，但脚本与文学文本之间的相互关系仍需更多的关注。赫尔曼指出，“脚本对文本的塑造、对文本的设计和解读的方式反过来会影响脚本的生产和传播”（Herman 1997：1048）。本章将接着赫尔曼的话题继续研究脚本是如何解读文本并受文本影响的，小说中标记脚本的标记性特征是什么，读者对这些标记脚本的认知加工过程是什么，以及标记脚本的意义、文学性、审美性是什么等问题。在开始分析《小世界》的叙事结构之前，我们有必要对叙事结构研究做一个全面的批评性回顾。

4.1　叙事规约和心智

认知叙事学是叙事学与认知科学相结合的一门交叉学科。本书重点关注的是理想读者在叙事理解过程中普遍规则。近 30 年来，认知已经逐渐发展成为叙事学研究的重要关注点之一。自亨利・詹姆斯（Henry James）以来，心智和感知一直是所有叙事研究的基本特征。莫妮卡・弗洛德尼克和格蕾塔・奥尔森在《叙事学的当前趋势》（*Current Trends in Narratology* 2011）一书的"序言"中直接指出认知叙事学是当今最具活力和最富有成效的研究方向。

在认知叙事学中，研究重点已从口头叙事，尤其是散文叙事中的功能和分类转移到了对叙事引发和探测到的心智过程的追踪或揭示。认知方法不是探究书面作品和将其叙事要素功能理论化的方法，而是直接质疑心智及其功能，并将叙事作为了解心智的手段。叙述中的心智过程是如何被唤起的？赫尔曼认为，文学叙事的认知方法表明，体裁本身就可被重新描述为脚本使用的模式。叙事可以以截然不同的方式将自己固定在存储的世界知识上，不管是为了叙事加工进行的知识激活，还是将其编码为主题。因此，在叙事领域的脚本主要是关于事件序列的（Herman 1997）。

虽然概念隐喻理论（Conceptual Metaphor Theory）和整合理论（Blending Theory）是认知叙事学中两个相对活跃的理论，但弗洛德尼克和奥尔森认为，"原型理论、框架理论和脚本概念在认知叙事学中的影响力超过了概念隐喻理论和整合理论"（Fludernik & Olson 2011：18）。脚本理论可以很好地解决认知叙事学中的热点问题。弗洛德尼克认为，"叙事研究中的认知转向涉及两个基本层面：一方面，它从认知的角度关注人类对行为和事件的感知；另一方面，它分析了通过文本传递的叙事结构，以及这些结构如何遵循基本的认知参数或认知框架"（Fludernik 2008：49）。

对叙事结构的分析可以归为叙事解读。申丹和许德金（Shen & Xu 2007）在《内文本、外文本、互文性：自传与小说的不可靠性》（"Intratextuality, Extratextuality, Intertextuality: Unreliability in Autobiography versus Fiction"）一文中谈到了叙事解读，该文将语境分为叙事语境和社会历史语境两类。后者主要指意识形态方面，如种族、性别、阶级等；前者超越社会认同，指叙事规范。与这两类语境相对应的是两类读者：体裁读者和解读主题意义的读者。后者牵涉到读者的身份、经历等社会因素；前者则要求读者对体裁规范具有相同的认知，即相同的认知预设、认知期待、认知图式和认知框架。简言之，体裁读者需要对某一体裁具有相同的认知规范。也就是说，如果读者有了认知规范，他们就具有了相同的叙事认知能力，就可以在不考虑性别、种族、阶级和所处时期的情况下进行文本叙事。

“叙事文本”是指作家根据一定的写作规则创作的、读者根据各种经验所获得的以世界知识为基础阅读的文本。体裁读者与叙事文本相对应。对于读者而言，理解一部文学作品需要具有一定的背景知识；对于文学作品来说，要想被理解，就必须遵循讲故事的方式。对于读者和作者来说，这两种规则均被称为叙事规范，它们与脚本有着相似的含义。从读者的角度看，脚本既能加快阅读速度、促进理解过程，又可能阻碍理解。如果文本与脚本相同，阅读过程就会流畅而快速；如果文本与脚本不同，阅读过程就会变得困难而缓慢。意义识解主要指发生在违反叙事规约情况下的另一现象。

说起小说的不可靠性，申丹和许德金（Shen & Xu 2007）讨论了两种截然不同的方法，即认知修辞学方法和建构主义方法。认知修辞学方法以一种理想化的方式处理叙述者和隐含作者之间的差距，只关注“隐含”读者或作为“作者”的读者（作为“作者”的读者是批评家们试图闯入的一个位置），而建构主义方法关注的则是真实读者如何通过不同的整合机制来解决文本问题。本书所关注的读者更倾向于建构主义方法下的真实读者。

本书是基于读者已经熟悉浪漫传奇这一体裁叙事规约知识为假设前提的，因为即使读者原本对浪漫传奇一无所知，在打开《小世界》进行阅读活动时，也会随着情节补齐最基本的浪漫传奇知识，因此读者可以将他们先前获取的知识进行调整，以适应小说中文本世界的描述，然后就可以构建对文本的阐释框架，这一框架的建立是读者头脑中先前的叙事规约与当前阅读文本进行互动的结果。已经存在的叙事规约在阅读前会投射出一个总体结构，在此结构的引导下，读者会对即将阅读的文本产生一定的阅读期待。当真实文本出乎读者意料，违反了叙事规约时，读者需要重新调整自己的理解框架，形成新的叙事规约。这是一个循环过程，因为新形成的叙事规约就成为这一体裁叙事的结构原型，并会在未来指导下一篇类似体裁的阅读，并有可能再次进行调整。因此，本书所说的意义阐释是叙事规约与读者阐释框架相结合并互相作用的结果。

在阅读一个文学文本时，人们会根据文本内容，激活相关的体裁知识，以填补阅读过程中产生的空白，使叙事连贯一致。要理解一段叙述，读者必须首先确定什么样的脚本才是相关的，以及它应该如何进行调整修改以适应当前的上下文。许多研究表明，当没有明确告知读者是什么脚本结构时，读者会自动推断出与该脚本系列相关的典型动作。

在后经典叙事学中，赫尔曼提出了两个假设，其中的共时性叙事与认知叙事学密切相关。他认为，“当代文学作品与主流的脚本有多种联系。作者所创作的文本可以对当时的流通脚本或多或少地进行批判和反思。对于叙事，这些脚本变体对应于类型化故事中的一般分类”（Herman 1997：1054）。“文学史创造了一个不断扩大的文本语料库，不同的文本设计既揭示了一直处于变化中的文学概念，又揭示了它在文本处理过程中应该激活多少（和什么类型的）脚本。文学小说形式上的推动力，即构成性的姿态，一直是拒绝脚本的，或至少是以脚本为背景的。在这些脚本中，先前的文本被锁定，新脚本的互补性前景化与叙事观念的变化相匹配”（Herman 1997：1054）。基于脚本的文学文本分析可以重构互文性的概念。此外，认知方法可以潜在地将读者反应理论与共享阅读策略和个人化阅读策略进行对比，因为它将焦点从解释惯例转移到对一般和基本处理机制的解释上。而以《小世界》这一典型现代浪漫传奇改写作品为例，深入挖掘认知的基本处理机制，无疑给认知叙事学研究提供了更加多面的支撑例证。

4.2 读者建构《小世界》中的古典浪漫传奇原型脚本

沙克和阿伯森合著出版的《脚本、计划、目标和理解：对人类知识结构的探究》一书是关于陈规定型知识如何减少许多复杂的处理任务和减少持续消耗方面的基础性研究。该书中最重要的概念之一就是“脚本”，随后赫尔曼将脚本扩大到对叙事作品的研究中。

> 事实上，脚本是一种知识表征，它将一个预期的事件序列存储在记忆中，旨在解释人们如何能够在很少的文本或话语线索的基础上建立对故事的复杂解释。（Herman 2003：10）

人们把“预期的事件顺序”储存在自己的头脑中，使它们能够填补故事的空白。反复出现的事件序列形成了一个脚本，就像存在于人们头脑中的原型。它帮助人们在知道很少信息的情况下对复杂现象进行理解。例如，当一位叙述者提到一个蒙面人拿着一包钱跑出了一家银行时，读者/角色会立即建构出一个抢银行的脚本。因此，脚本在文本处理中扮演着搭建合适支架的角色，但是某些文本也可能在构建和调整脚本方面发挥作用。主流观点认为，语言偏离和结构偏离可能是脚本偏离的副作用或原因，但还不足以用一己之力就破坏脚本[①]。然而，主流观点并未对语言和结构在多大程度上的偏离才不会破坏脚本进行详细说明。在对《小世界》中的结构浪漫传奇脚本进行分析时，我们可以发现，先前固定的浪漫传奇脚本结构已经被修改了。也就是说，脚本结构上的偏离会打乱读者头脑中原有的脚本，虽然不至于破坏整个脚本结构，但是读者在识解过程中的确需要建立一个新的浪漫传奇脚本结构（参见第 3 章图 3-6），付出一定的认知努力。

> 对于托多洛夫来说，叙事原型通常遵循一个轨迹，即从最初的平衡状态，经过一个不平衡的阶段，到一个因中间事件而恢复平衡的终点，尽管并非每一个叙述都会完全按照上述路径进行。（Herman 2003：3）

托多洛夫还研究了叙事中的意外事件或事件链。他试图捕捉故事中的冲突、意外事件来评估故事达到的效果。从这个角度来看，作为一个叙事，一个事件序列必须包含一系列突发事件，以此对初始的平衡状态进行某种程度的显著破坏。杰罗姆·布伦纳（Jerome Bruner）曾经说过："为了成为有价值的故事讲述，一个故事必须是关于如何破坏、违反或偏离一个绝对经典的脚本的。"（Bruner 1991：11）因而我们可以看出，对脚本的破坏是形成叙事价值和阅读趣味的主要元素之一，也是继承传统和创新文化的核心所在，浪漫传奇体裁深知这一规律，因此在人类历史上长盛不衰。

4.2.1 《珀西瓦尔》的脚本结构

要建构《小世界》中结构脚本的意义，我们首先需要对古典浪漫传奇的结构与《小世界》的学术浪漫传奇的结构进行比较，即对无标记脚本和标记脚本进行比较。

在《珀西瓦尔》这一古典浪漫传奇故事中，主人公珀西瓦尔的主要目的是寻找圣杯，按照结构主义叙事学研究方法，这一"追寻"主题的核心结构原型是"追求→冲突→失败/胜利"。上述行为均由骑士珀西瓦尔完成，他十分圣洁，拥有力量和勇气。虽然在最后的关键时刻，他并没向生病的渔王发问，错失了治愈国王、拯救荒芜国土的机会，但他本身追寻圣杯的过程就足以使他成为浪漫传奇故事中的理想英雄。同时，次要结构原型（不属于主要行动序列的事件）也非常重要，

---

① 盖伊·库克（Cook 1994）在其《话语和文学》（*Discourse and Literature*）一书中写道："语言偏离和结构偏离可能是导致图式偏离的原因或副作用，但这并不足以破坏脚本本身"，因为脚本有时等同于图式，所以这句话也可以用来指脚本。

例如在《珀西瓦尔》故事中，珀西瓦尔的出生就是一个谜。《小世界》借用了《珀西瓦尔》的叙事结构，并根据它创造了一个新的学者浪漫传奇。两者之间的异同有哪些呢？对异同之处的进一步明晰有助于我们对文本的深度阐释，而要进一步了解浪漫传奇，弗莱的研究也不容忽视。

弗莱在《批评的解剖》一书中探讨了叙事结构，把西方的文学叙事结构分为四种类型——喜剧（春天的叙事结构）、浪漫传奇（夏天的叙事结构）、悲剧（秋天的叙事结构）、反讽和讽刺（冬天的叙事结构），因为他认为西方的叙事结构从整体上讲是对自然界循环运动的模仿。自然界存在晨午晚夜或者春夏秋冬，而文学叙事结构也可分为四种类型与之相对。在论述到浪漫传奇的叙事结构时，弗莱（2002：226）认为："浪漫故事的情节的基本因素是冒险，也就是说，浪漫故事自然而然地采用一种连续性的和演进性的形式……它最朴素的形式是没有结尾，一个从不发展又不衰老的中心人物经历一个连一个的冒险……而且一旦浪漫故事以文学形式出现，它就趋向于把自己局限于一系列的次要冒险事件之中，最后导向一个主要的或高潮性的冒险，这一主要冒险通常在开始时业已声明，它的完成宣告故事的圆满结束。我们称这种主要冒险为'追寻'（quest），它是文学形式赋予浪漫故事的因素。"完成追寻具有三个主要阶段：危险的旅行及开头的几次无关大局的险遇；生死攸关的搏斗，通常在这场战斗中，主人公与其仇敌必有一死或二人同时丧生；主人公欢庆凯旋。

冒险肯定是有原因的。弗莱（2002：226）接着分析说："浪漫故事的完整形式，无疑是成功的追寻，而这样的完整形式具有三个主要的阶段：危险的旅行和开端性冒险阶段；生死搏斗阶段，通常是主人公或者他的敌人或者两者必须死去的一场战斗；最后是主人公的欢庆阶段。我们可以用希腊术语分别称这三个阶段为'对抗'（agon）或冲突、'生死关头'（pathos）或殊死搏斗，和'承认'（anagnorisis）或发现，即对主人公的承认——主人公明确证明他是一位英雄，即使他在冲突中战死亦复如此。从而，浪漫故事更直接地表现了从搏斗通过仪式上的死点到我们在喜剧中所发现的承认场景整个过程。"

如果按照普洛普在其《民间故事形态》中提出的叙事功能的概念，即用简化的方式，以最小的篇幅涵盖最大限度的内容，来提取浪漫传奇叙事结构主要行动序列，那就是历险探求（冒险）—冲突—失败或成功的循环不息。

4.2.2 读者建构《小世界》中的古典浪漫传奇原型脚本

《小世界》的结构并不是对《珀西瓦尔》的简单继承，而是进行了很多修改。但是，考虑到并非所有的真实读者都熟悉《珀西瓦尔》的叙事结构，或者说并非所有的真实读者都对浪漫传奇这一从中古世纪就开始流行的文体有所了解，《小世界》在文本叙述过程中提供了一些关于浪漫传奇的知识，以便读者能够真正欣赏到这一变形的学者浪漫传奇的结构意义。也只有这样，读者才能更全面地评估小说的文学价值。对《珀西瓦尔》传奇的叙述可以有多种方式，可以以叙事者的口吻提纲挈领地简要叙述故事内容，也可以是附录形式的直接添加，但这些都显得过于直接和不自然。《小世界》的作者洛奇借用小说人物之口，巧妙地通过两个人物的对话，将与《珀西瓦尔》有关的知识呈现给读者。

《小世界》是关于一群学者们的故事，他们来自世界各地，又期望自己的学术思想、学术声誉在世界各地生根发芽。伴随着这群学者的全球学术旅行，各种形式的学术会议、各式各样与学术相关的人物一一出现，他们或严肃，或幽默，或谨小慎微，或激进，不变的却是大家对联合国教科文组织主席一职的渴望。在追求学者心目中的圣杯、个人心目中的圣杯的人生之路上，这群学者遭遇到各种意想不到的突发事件，读者也跟随这群教授的所见所闻所感认知他们的生命厚度，感悟自己的人生。

《小世界》开篇就是在英国卢米奇大学召开的一次学术会议。在这次会议上，备受与会者瞩目的人物之一是安吉莉卡，她正致力于完成浪漫传奇方面的博士论文，剑桥大学的西比尔·梅登教授与男主角珀斯·麦克加里格尔也在讨论有关浪漫传奇的话题。他们的对话内容已经展现了浪漫传奇的概貌。从西比尔·梅登的话中，读者可以知道，浪漫传奇方面的必读书之一就是杰西·韦斯顿小姐（Miss Jessie Weston）的《从仪式到浪漫》（*From Ritual to Romance*），艾略特写作《荒原》在很大程度上也受到这本书的启发。这也就给读者点明了实际上《荒原》也是一种浪漫传奇。梅登小姐继续谈论浪漫传奇，她提到了圣杯和亚瑟王骑士。由于浪漫传奇有很多不同的分支，为了让读者更清楚建构文本的意义，洛奇借梅登小姐之口，将浪漫传奇的范围限定在与圣杯和亚瑟王骑士相关的小说中，而梅登小姐则强调说圣杯的主题是生育。

通过这种叙事方式，普通读者就在头脑中形成了一个初步的浪漫传奇叙事结构：浪漫传奇→圣杯→亚瑟王骑士→生育。然而读者在此并未完全明白自己将要阅读的《小世界》就是基于上述叙事结构发展而来的，但读者只要继续阅读，就会发现小说或是探讨其他的浪漫传奇作品，或是关于小说中人物自己的浪漫传奇故事。不同浪漫传奇类型的信息互相作用，在读者的各种认知努力下共同发力，建构出了新的文本意义。例如，小说中的主要人物之一珀斯也谈到了自己对浪漫传奇的看法，他把浪漫传奇中对圣杯的追求具体化，强调了每个人不同的圣杯追求。对于艾略特来说，圣杯就是“宗教信仰”，而对于其他人来说，圣杯就可能是“名誉”或者“对一个好女人的爱”。读完小说，读者会发现原来在《小世界》

的文本世界里，浪漫传奇的结构孕育出了不同的圣杯追求，如浪漫传奇→女孩圣杯、浪漫传奇→名望圣杯、浪漫传奇→生育圣杯、浪漫传奇→爱情强度圣杯等。对于读者来说，《小世界》中出现的上述浪漫传奇脚本就是在阅读过程中逐渐重建的。

但读者尚不清楚究竟是什么原因让古典浪漫传奇中那块荒芜的土地重新变得肥沃。为了说明生育在爱情中的重要性，梅登小姐在观看儿童哑剧《穿靴子的猫》（*Puss in Boots*）时再次向珀斯提到这一点。

1. "Jessie Weston describes a mumming play performed near Rugby in Warwickshire, of which the *dramatis personae* are Father Christmas, St George, a Turkish Knight, the Knight's mother Moll Finney, a Doctor, Humpty Jack, Beelzebub and Big-Head-and-Little-Wit. What would you make of that?"

"Nothing very much, I'm afraid."

"It's easy!" Miss Maiden cried triumphantly. "St George kills the knight, the mother grieves, the Doctor brings him back to life. It symbolizes the death and rebirth of the crops in winter and summer. It all comes back to the same thing in the end: the life-force endlessly renewing itself. Robin Hood, you know, is connected to the Green Man of medieval legend, who was originally a tree-god or nature spirit."

"But what about this show?"

"Well, **the gouty King is obviously the Fisher King ruling over a sterile land, and the miller's son is the hero who restores its fertility through the magic agency of Puss in Boots, and is rewarded with the hand of the King ruling over**" (*Small World*[①]：36)

在这段引用中，洛奇借梅登小姐之口，讲述了三个与浪漫传奇有关的叙事。梅登小姐先是提到一个在华威郡演出的哑剧，并用一个非常专业的叙事学术语 dramatis personae 来指我们普通读者所说的“人物”。接着梅登小姐对人物角色的罗列也颇有深意，特别是提到的圣乔治（St. George）、骑士（Knight）和莫尔·芬尼（Moll Finney）这几个角色。对于有一定浪漫传奇图式知识、脚本结构知识的读者而言，看到“圣乔治”就会激活头脑中有关圣乔治大战恶龙的相关脚本和图式知识；看到“骑士”和“莫尔·芬尼”更会将这些人物与古典浪漫传奇中的人物联系起来，“莫尔”会不自觉地让读者想到会巫术的巫师或女巫。

不出经验读者所料，梅登小姐也将上述人物与浪漫传奇情节——也就是我们

① 后文引自《小世界》小说中的引文内容都用缩写 *SW* 加页码标明出处。

所称的成规固化的事件序列——联系起来。小说通过“圣乔治杀死骑士，骑士母亲伤心欲绝，巫师让骑士复活”这一系列事件建构了一个典型的古典浪漫传奇的通用叙事模式，也即“无标记脚本”。对于毫无任何浪漫传奇体裁相关知识的普通读者而言，这一补充无疑为后续的文本意义加工提供了支撑，也有意识地增加了读者后续对文本的立体解读。但仅告知读者事件序列并无多大意义，读者更想知道借由成规固化的事件想要表达的主题是什么。梅登小姐继续说道：“死亡与再生犹如大自然的冬季和夏季，本身也是生命力不断更新的循环。”（*SW*：36）所谓的“循环”不仅是浪漫传奇体裁的结构特征——追寻会循环往复的一直继续下去，也是这一体裁的主题——生命的不断延续。

但是，我们都知道浪漫传奇叙事有不同的分支，梅登小姐所说的仅仅是其中之一，还有一类浪漫传奇是以宣扬骑士精神为主要目的的，这一类当属“绿衣骑士”。梅登小姐将侠盗罗宾汉劫富济贫的形象与中世纪“绿衣骑士”关联起来，旨在提醒有心的读者去深入了解有关“绿衣骑士”的故事，同时也是一种善意提醒，因为中世纪的骑士准则中就要求骑士惩恶扬善、保护弱小。

在珀斯不耐烦的敦促下，梅登小姐终于言归正传，说到自己对《穿靴子的猫》的理解。梅登小姐将患痛风的国王看作浪漫传奇中统治一片荒芜土地的“渔王”，“磨坊主的儿子”就是浪漫传奇中那个拯救荒芜、治愈国王疾病的骑士英雄，“穿靴子的猫”就是浪漫传奇中那个拥有魔力并帮助骑士拯救荒芜的帮助者，结局当然是英雄赢得了国王女儿的芳心。读到这里，即使是毫无任何浪漫传奇知识的读者也可以满怀信心地勾勒出一幅完整的浪漫主义结构图：国王失去圣杯导致土地贫瘠→英雄归来→英雄杀妖夺圣杯→治愈国王→土地恢复肥沃→英雄与国王女儿结婚→从此幸福生活→第二轮失去圣杯。有了上述浪漫传奇叙事的“无标记脚本”结构知识，读者在阅读小说的过程中就会遇到多个需要认知加工、调整、重构的地方。这些认知努力不仅让读者在知识方面得到提升，更是让其在阅读过程中收获了快感，并重构出不同于古典浪漫传奇的学者浪漫传奇的文本意义。接下来我们就进入《小世界》结构原型的脚本分析。

4.3 读者建构《小世界》中的学者浪漫传奇原型脚本

经过文本知识的补充，原本对浪漫传奇这一文类一无所知的阅读新手也会成为具有一定浪漫传奇知识的经验读者。此时再看小说标题时，他们的头脑中会激活有关浪漫传奇的结构脚本知识，如对圣杯的追寻、骑士的出现、骑士与怪物之间的战斗以及找到圣杯，这些都属于规定固化的浪漫传奇脚本中的事件序列。在阅读小说的过程中，读者会交替使用两种认知步骤——脚本加固和脚本调整。

可以说，经过一定的修改和再创造，《小世界》成为古典浪漫传奇在当代世界的重生，因而在《小世界》文本中，“标记脚本”应该成为读者关注文本意义重构的核心。但是，由于“标记脚本”的意义是在与“无标记脚本”的相互作用和互动中建构出来的，因此对“无标记脚本”知识的掌握是构建“标记脚本”意义的坚实基础。如图 3-6 所描绘的那样，“作为脚本的原型模型”提供了重复发生事件样本，是代表最惯例化的事件序列，并为所有与此类事件相似的事件的意义建构提供背景知识。从“无标记脚本”到“标记脚本”是读者头脑中形成的抽象的概念化的连续统一体，在两极的过渡中还包括新奇事件、罕见事件、常规事件、部分典型（弱原型）事件和典型（强原型）事件。

安吉莉卡，小说中塑造的女主人公，是一位正在攻读博士学位的研究生，她研究的领域为浪漫传奇，这一身份让她对浪漫传奇的评论听起来颇有权威性和说服力。她说：“我读过几百本浪漫传奇故事，其中包括古典浪漫传奇和中世纪浪漫传奇、文艺复兴时期的浪漫传奇和现代的浪漫传奇、作家赫利奥多鲁斯（Heliodorus）和阿普利厄斯（Apuleius）的作品、克瑞蒂安·德·特鲁瓦（Chretien de Troyes）和马洛里（Mallory）的作品、阿里斯托（Ariosto）和埃德蒙·斯宾塞（Edmund Spenser）的作品，还有约翰·济慈（John Keats）和芭芭拉·卡特兰（Barbara Cartland）的作品。我不需要更多的文本数据，我需要的是能有一个理论来解释这些作品。”（*SW*：24）安吉莉卡首先按照历史发展顺序对浪漫传奇这一体裁各个阶段的代表作品进行了回顾，然后又列举了各个不同时期的代表作家。这难道不是一个历史勾勒图吗？如若有哪个读者对这一体裁感兴趣，完全可以按照这一指引，难保不再出一个浪漫传奇领域的专家呢！这看似玩笑话，其实也正体现了一位学者型作家的创作风格，他们总是将看起来晦涩难懂的文学史、文学理论用幽默诙谐、轻松简明的方式呈现给读者，最终达到教化读者，提升读者鉴赏水平，最终让作品与读者对话的终极目的。既然浪漫传奇在表现形式和内容方面已经发展得如此完备，《小世界》又可以在哪些方面为这一体裁做出贡献呢？实际上，小说借安吉莉卡之口道出了当今学界的危机，即对文学批评理论的需求。现今并无一个合适且有力的理论用于解释诸多文学现象，导致学界看起来一片混乱和喧嚣。

在洛奇的《小世界》中，貌似情节散乱、人物庞多，但在一个个交叉的故事中却仍然保有“浪漫传奇”的基本结构：“历险探求（追寻）—冲突—失败或成功”的循环往复。小说的开头以在卢米奇大学召开的会议为背景，介绍出场人物，这些人物“追寻”的目标物也在他们登场不久后就一一亮相。青年学者珀斯对魅力四射的参会女博士安吉莉卡一见钟情，随后便进入疯狂的追求与寻找中，为此不惜花光自己的积蓄，甚至丢弃自己来之不易的工作。借由其妻子之口，读者得知了卢米奇大学英美文学系主任菲利普·史沃娄教授对刺激生活的追寻，史沃娄教授到全球各国参加学术会议的目的就是追寻他所要的有厚度的生活。洛奇着重刻画的另一位教授是莫里斯·扎普，他不辞辛苦地不肯漏掉一个会议，为的是拿到全球最高的教授工资。在小说第一部分还有很多学者的出现，他们都表现出了明确的追寻目标，这也契合了弗莱所说的“历险探求”。

因此，在《小世界》中，追求圣杯的独奏结构变成了对爱情、名利、生活强度或其他东西进行追寻的多重奏结构。追求不同目标的行为是由不同的人物来完成的，如珀西瓦尔的化身珀斯追求一位美丽的女博士安吉莉卡；扎普教授想成为世界上收入最高的英语教授，尽管他根本不知道拿多少钱才是最高的；史沃娄是英国一所普通大学的普通教授，他追求生活的强度。小说中的其他人物，如作家、教师和计算机程序员，也有各自的目标。在下一部分，我们将看到不同人物的追寻脚本。

4.3.1　追求所爱：追寻脚本之珀斯寻找安吉莉卡

人生在世，真正明白自己毕生为之奋斗的目标的人其实不多，而被社会、环境或他人裹胁，盲目追求所谓成功的人则为数不少。只有那些真正能够区分是自我真正想要的目标还是别人强给的目标之人，才是生活的智者。《小世界》开篇就描绘了一批有明确人生目标的学人，但最后这群人中的大部分却发现他们原本的追求其实并非生活的真正意义所在，从而最终达到自我完善之旅。学术会议新手珀斯想借参加卢米奇大学召开的会议之机提高自己的学术水平，然而在遇到漂亮的安吉莉卡后，珀斯轻易就将自己投身学术事业的目标转为如何能够赢得安吉莉卡的爱。但是，安吉莉卡在拒绝珀斯的初次示爱后就不见了踪影，为了能够赢得安吉莉卡的芳心，珀斯顺着她留下的旅行痕迹一路追寻，期望有朝一日能在哪个学术会议上邂逅心中的女神。为此，他出现在全球不同的学术会议上，并因此成为体验并描写学术小世界中各位学者的生活状态的一个折射镜。在追寻安吉莉卡的过程中，他无意中发现一些令人意想不到的秘密，比如他揭开了安吉莉卡的身世之谜；他找到并惩治了那个欺骗他纯洁的表妹，使其沦为脱衣舞女郎的男子；他揭露了学术界中一位常年戴黑手套、故弄玄虚的学者的真面目，此人剽窃了他的文章且实际上拥有一双健康的手；他无意中问学界“国王”亚瑟的一个问题拯救了他的学术枯竭，因此也拯救了整个学术荒原等。但就是这样一个可以在其他方面都有成就的人，在实现自己的追寻目标方面却是屡遭挫折。

4.3.1.1 寻爱之旅

《小世界》中对珀斯爱上安吉莉卡的描写本身就充满着激情。

2. "I am in love," he **said** aloud... "I am in love!" he **exclaimed**... "I AM IN LOVE!" he *cried*... (*SW*: 16-17)

在这段描写中，仅"我恋爱了"（I am in love）这句话就重复了三次，并且在最后一次重复时全部使用大写字母，这在文体上达到了陌生化的效果，引起了读者的注意。再加上标点符号上由逗号到感叹号的递进，说话者在语气上由意识到一个事实转而发现这是一件不得了的事情，再到最后的惊喜若狂。最后是转述小句中动词的变化：从"大声说"（said aloud）到"大叫"（exclaimed）再到"大喊"（cried），生动再现了主人公当时的兴奋和感情的逐步递进。通过珀斯发现自己爱上安吉莉卡这一事实的描述，读者就可以看出珀斯是一个从未经历过恋爱，在爱情方面纯洁、单纯的年轻人，同时也会怀疑珀斯是否真的爱安吉莉卡，毕竟两人就几面之缘。上述这段描写，很好地将初次陷入爱情中的人的盲目、激情和兴奋表露无遗。

在小说的第一部分，主情节之一就是珀斯对安吉莉卡的追求。为了有更多接触安吉莉卡的机会，珀斯克服了各种困难。在卢米奇大学开会期间，当他听说安吉莉卡会去看戏剧时，他就高价买了一张票，并在没有便车的情况下，徒步走到离得挺远的剧院。他因地制宜，利用卢米奇校园内尚未融化的冬雪给安吉莉卡创作了一首雪地诗。当他再次接受安吉莉卡的邀请，打算晚上去其房间时，他也做了各种准备。对于读者而言，珀斯的上述行为是稀疏平常的男追女脚本，但这个脚本中却充满了各种标记脚本。

意识到自己已经爱上了安吉莉卡后，珀斯就想创造一切机会和心中所爱在一起。当他得知安吉莉卡晚上要去市中心看《李尔王》的戏剧演出后，就立刻改变自己不去看剧的决定，决定前去。安吉莉卡是一位非常漂亮的女性，很多爱慕者都围绕在她身边献殷勤，比如离异的邓普西教授。为了赢得安吉莉卡的芳心，并表现他尊重女性、保护女性的骑士精神，珀斯告知安吉莉卡他也会去剧院，并约安吉莉卡晚上 10 点在卢米奇校园的卢卡斯大楼顶楼见面。

接下来珀斯就要解决票的问题。票早已卖完，巧合的是，一个年轻人想卖掉他的票，因为经典戏剧《李尔王》变成了圣诞哑剧《穿靴子的猫》，没有哪个成年人愿意和孩子们一起欣赏哑剧。珀斯趁此机会高价买到了票，并徒步走到剧院，好不容易进入剧场的珀斯并未如愿看到安吉莉卡，因为安吉莉卡也对更改的剧目不感兴趣，就与邓普西教授在演出开始前离开了剧院。顾不上片刻休息的珀斯也立刻离开剧院，追回到卢米奇校区的卢卡斯大楼。

珀斯在卢卡斯大楼的顶端等着安吉莉卡，只因从楼顶可以看到他专为安吉莉卡创作的雪地诗。珀斯独自在仍然十分寒冷的四月的夜晚等了接近一个小时，突然，他听到电梯爬上竖井的呜呜声。他以为是安吉莉卡，便微笑地期待着。然而，邓普西出现了，他也在寻找安吉莉卡，并好好检查了一番楼顶。当邓普西下楼时，安吉莉卡出现了。在欣赏了珀斯写给自己的诗后，他们聊了一会儿。珀斯上来就指责安吉莉卡没有等他一起看表演，面对珀斯的表现，读者以为不仅是珀斯爱上了安吉莉卡，安吉莉卡也一样爱着珀斯，所以他才会对安吉莉卡有如此直接的质问。然而，从安吉莉卡的回答中，读者打破了之前建构的两人相爱的脚本，进而推测出珀斯的寻爱之旅注定要以失败告终。

3. **"I want to talk about us."**

"Us?"

"Will you marry me, Angelica?"

"Of course not!" she exclaimed, snatching her hand away and laughing incredulously. (*SW*: 39)

这是全小说中仅有的一段关于珀斯和安吉莉卡谈论爱情的对话。虽只相识几天，但是珀斯说他爱安吉莉卡。他向安吉莉卡求婚，却遭到拒绝，因为安吉莉卡把自己的事业作为首要考虑因素。在找到工作安定下来之前，安吉莉卡没有结婚的打算，尤其是她不会嫁给一个刚认识几天的学界新人。但是，珀斯并没有因遭拒绝而放弃，他继续向安吉莉卡表达他的决心和爱，并说他可以和她去任何地方，安吉莉卡仍然坚决地拒绝了他。当珀斯想继续坚持的时候，电梯又响了起来，史沃娄教授出现了。当珀斯把史沃娄教授赶走时，安吉莉卡也不见了。珀斯对安吉莉卡的第一轮追求以失败告终。珀斯需要等待另一个机会再次向安吉莉卡求婚。

然而，安吉莉卡就好像觉察到了珀斯的意图，在整个会议期间她故意避开了珀斯。在酒吧里，珀斯看到安吉莉卡坐在一张已经满员的桌子旁，邓普西教授坐在她旁边。珀斯并未找到机会接近她，并眼睁睁看着安吉莉卡和邓普西一起离开酒吧，扬长而去。

酒吧一别，珀斯就再也没见到安吉莉卡了。他想会议主办方可能会有一些关于安吉莉卡的信息，他查看了相关的“信息栏”，进到“与会者酒吧”，最后他跑去问会议秘书巴斯比（Busby）。巴斯比告诉他，安吉莉卡不是大会的注册会员。她没有让人安排房间，没有人知道她从哪里来，要到哪里去。安吉莉卡消失得无影无踪，未曾留下丝毫痕迹，就像从未出现过一样。小说的第一部分也随着安吉莉卡的离开而落下帷幕。珀斯对安吉莉卡的第一轮追求失败了，但是在这一部分，珀斯对安吉莉卡的追寻脚本仅仅是该小说浪漫传奇的开端。

阅读本身应是一个享受的过程。阅读的乐趣在于有始有终，揭示真相。小说在第一部分给读者留下了多个谜团。最主要的谜团之一是读者不知道珀斯是否能找到安吉莉卡；第二个谜团是安吉莉卡本身，没有人知道有关她的任何信息，如果珀斯不再继续追寻安吉莉卡，此小说的主要情节就无法展开。

小说的第二部分丝毫没有提到安吉莉卡。在这一部分，珀斯回到了他教书的大学。珀斯收到英国皇家文学学院的一封信，信中告知他的诗歌获得“英-爱尔兰诗歌”奖，并有 1000 英镑的奖金。珀斯出席颁奖晚会，并遇到作家罗纳德·弗罗比舍（Ronald Frobisher）。弗罗比舍问他会如何处置这笔钱，珀斯告诉弗罗比舍，他将用这笔钱去寻找一个女孩。

在不知道安吉莉卡住在哪里和她在哪里上学的情况下，珀斯的目标很难实现。在珀斯与弗罗比舍的对话中，有趣的一点是英文中“女孩”（girl）的发音与“圣杯”（grail）的发音很像，因而弗罗比舍错将“寻找一个女孩”听成“寻找圣杯”。这一看似听错的行为，也可以被看作作者对读者的文本暗示。作者暗示读者可以将珀斯对女孩的追寻与古典浪漫传奇中骑士对圣杯的追寻进行类比。同置的结果就是，现代的年轻学者珀斯就与寻找圣杯的古代骑士形成了互文，而他的现代寻爱旅程在读者头脑中的意义建构也就自然在比较中产生了。面对没有留下任何线索的处境，珀斯应该如何找到安吉莉卡？叙述又将如何继续？我们先暂时搁置这一问题，转而看古典浪漫传奇结构原型脚本中的另一个核心要素。

在任何一个浪漫传奇中，追寻的过程总是伴随着冒险。冒险是浪漫传奇的关键行动元素之一，是不可或缺的事件。在《小世界》里，每个人在追寻自己人生目标的过程中，都经历了各种各样的冒险。古典浪漫传奇中的冒险一般是骑士遇到对手或怪物，并与之进行战斗。在《小世界》这样的学者浪漫传奇中，冒险的定义必然会发生些许改变。对于珀斯而言，其追求的“圣杯”是安吉莉卡，那么只要是发生在追寻安吉莉卡路上的突发事件都可看作冒险。按此理解，珀斯的第一次冒险就发生在安吉莉卡邀请他晚上去她卧室的这一过程中。这一事件的结果与珀斯自己对《圣艾格尼丝前夜》（“The Eve of St. Agnes”）这首诗的理解有关。《圣艾格尼丝前夜》是 1819 年济慈以斯宾塞诗节形式创作的一首长诗。这首诗源于一个传说，即如果一个女孩在圣艾格尼丝之夜斋戒，就会在梦中看到她未来丈夫的模样。

这首诗是珀斯最爱的一首诗，他热情地称安吉莉卡为他的玛德琳（Madeline）——《圣艾格尼丝前夜》中的女主人公。根据珀斯对这首诗的理解，我们也可以说在珀斯构建的“圣艾格尼丝前夜”脚本里，玛德琳和普莱罗（Porphyro）终于有情人终成眷属。而在安吉莉卡的脚本里，她重点关注的是普莱罗藏在玛德琳房间的衣橱里，因此安吉莉卡说：“你必须要承担这个风险。”（*SW*：40）珀斯对安吉莉卡提的这个要求很兴奋，因为在他的理解中，安吉莉卡的邀请本身就是一种暗示，暗示她也爱他。但这仅仅是珀斯对这首诗的解读，小说对此并无任何关于安吉莉卡提出这一邀请后的心理描写，读者无从得知安吉莉卡的真实意图，因此这一邀约的意义就成为一个不确定的事件。读者或许会想，安吉莉卡对这首诗的理解与珀斯的“以为”一样吗？为了确定安吉莉卡邀请他到她房间的真正意图，珀斯还专门冲进图书馆再次确认了这首诗的内容。整个过程不仅是珀斯作为当事人对这首诗、对安吉莉卡用意的解读，也是珀斯作为小说虚构故事层面的读者的解读；更为甚者，现实世界中的真实读者在阅读中还要加上她们对作者意图的解读。同时这一文本描写也对文本世界之外的真实读者提出了以下问题：文本的真正意义是什么？它确实存在吗？

经过查阅，珀斯仍然不能确定自己的阐释就是这首诗的真正含义。他不确定玛德琳和普莱罗之间是否发生了关系，但他更倾向于相信他们之间有点什么，因为玛德琳后来成了普莱罗的新娘。整个这一系列事件发生后，珀斯对这首诗的理解可以用以下脚本来表示：玛德琳因思念普莱罗而日渐消瘦→普莱罗瞥见玛德琳→与玛德琳发生关系→二人结婚。济慈是基于传说和迷信创作的《圣艾格尼丝前夜》这首诗，在创作中济慈也并未对情节进行任何改变，因此济慈的描写可视为该诗的原型脚本。但是，在《小世界》中，经过珀斯的阐释，这首诗的脚本已经改变了。

4. This conclusion, however, only pitchforked Persse into **another dilemma. Angelica might be inviting him to become her lover, but she would not allow him to make her his bride, not in the immediate future anyway…** (*SW*: 46)

珀斯把安吉莉卡的邀请理解为一种“邀我做情人却不会嫁给我”的脚本。按此思路，珀斯推论出为了避免安吉莉卡怀孕，他需要提前做些准备。然后珀斯建构的《圣艾格尼丝前夜》的脚本就变成：安吉莉卡的邀请→与安吉莉卡发生关系→成为情人→不结婚→避免怀孕。因为这个脚本不同于济慈的原型脚本，所以它就是“标记脚本”。又因为它在事件序列中只违反了原型脚本的后半部分事件，因此它是“弱标记脚本”。

在“标记脚本”中，最需要关注的事件序列是两个脚本不同的部分，姑且把珀斯建构的脚本称为“避免怀孕”脚本。考虑到两人发生亲密关系后有可能会给安吉莉卡带来不便，因此珀斯非常体贴地提前购买避孕套以防止不必要事情的发生。现实生活中，人们买避孕套时虽会稍显尴尬，却也不是那么难实现，但当这件事情落在珀斯身上的时候，整个过程就变得异常不顺利和有趣。和一个不打算和他结婚的女孩发生点什么，珀斯下意识地有罪恶感，因此他对购买避孕套这件事情非常心虚，因而整个购买过程就显得异常扭捏和放不开。

当珀斯走进药店时，他假装镇定自若，紧张地从嗓子里挤出“杜蕾斯”（Durex）这个单词。这时店员问他要什么型号：是小号、中号还是大号？这个问题打破了珀斯和读者对这一产品的认知，因为他本以为这一产品的尺寸应该都是一样的，但是店员坚持说它有不同的尺寸。读者要理解这一语境，就必须调整之前有关这一产品的所有无标记脚本知识，进而理解成或许产品更新换代，因此有了不同的尺码，然后将原本头脑里关于避孕套的典型特征如“相同尺寸”“薄”等推翻，只有这样才符合逻辑，读者也才能继续阅读后续文本。但这仅仅是读者的猜测，而对这一猜测是否正确目前无人能知。

当珀斯终于拿到商品后，他发现它“出奇的大”，也“非常重”，但此时的珀斯还沉浸在对将要做的这件事的尴尬中，他一把将钱“塞”给店员，逃出了商店，连找零都不要了。读到这里，读者一定和笔者一样好奇，珀斯买的到底是什么样的东西？为什么这么大？为什么用纸袋包着？为什么还这么重？直到“法拉克斯”（Farax）这个品牌进入读者的视线后，大家所有的疑惑才在瞬间得以解开，因为“法拉克斯”是个婴儿尿不湿品牌名称，但是与“杜蕾斯”（Durex）发音相似。这两个南辕北辙、丝毫不搭界的东西就因为相似的发音被置于同一个范畴中，读者所进行的所有脚本调整和认知努力都如闹剧一般。正如第 3 章所述，读者对同一脚本的不同理解可以达到幽默的效果。

店员的脚本显然与珀斯和读者的不同。店员以为珀斯想要买尿不湿，因此她坚持说尿不湿是有尺寸之分的，或许是这个爸爸并不了解，而尺寸可以说是尿不湿的典型特征之一。二人都以为他们在谈论同一件事，但事实并非如此。

这仅是珀斯在准备赴约前的一个准备工作，也可称为一个冒险行为。除此之外，为了赴约，珀斯进行了第二项准备工作——学习男女发生关系的经验。珀斯初涉爱情，丝毫没有经验，为了不在安吉莉卡面前丢脸，他决定去看一部黄色电影学习一些必备知识。爱情已经让珀斯失去理智，或者说是珀斯对安吉莉卡的渴望让他的行为与平时截然不同，甚至有些怪异。他本是一个诚实、纯洁之人，却要到不见光的地方用作弊欺骗的方式偷摸地看黄色电影，他又害怕自己的行为暴露，因此他借用了菲利普·史沃娄的名字。最终珀斯还是无法忍受电影内容，于中途逃离。

虽然珀斯尽力为这次约会做了万全的准备，但无奈阴差阳错，均以失败告终。最后，终于到了珀斯赴约的一刻。在经历了这么多有趣的事情和误会之后，晚上，珀斯去了安吉莉卡的房间。房间并未锁门，一切看起来都与《圣艾格尼丝前夜》中的描述高度一致，包括房间的布置，这更是强化了珀斯对与安吉莉卡发生关系的期待。珀斯顺利进入房间后，发现房间又小又窄，他就按照《圣艾格尼丝前夜》中描写的那样，躲进了衣柜里。珀斯稍稍将衣柜的门拉开一英寸（约 2.5 厘米），便于呼吸和看到外面。随着脚步声的临近，珀斯看到罗宾·邓普西走进了房间；紧接着珀斯就看到邓普西脱下鞋子，褪下裤子、短裤和袜子，直至全身赤裸。这时，珀斯不自觉地咳嗽了几声，被邓普西发现。

原来，安吉莉卡同时约了珀斯和邓普西，唯一有出入的地方是安吉莉卡告诉珀斯的这个房间号码不是她的，而是邓普西的房间。同时，安吉莉卡告诉邓普西她晚上会去他的房间，所以一方面是珀斯满怀希望地赴约，另一方面又是邓普西激动兴奋地等待着。这时，读者才意识到是安吉莉卡捉弄了他们。安吉莉卡小诡计的顺利实施的前提就是珀斯和邓普西对诗歌内容无比熟悉，这一相同的脚本知识是这一事件顺利开展的基础。珀斯对这首诗的理解以及依据这首诗建构的脚本事件序列是对的，唯一有出入的地方是人物不对。出现在房间里的应该是安吉莉卡而不是邓普西。此外，对邓普西细节的描写对应的是《圣艾格尼丝前夜》中对玛德琳动作的描写，读者和珀斯所期待的肯定是安吉莉卡，但是所有一切都由邓普西完全执行，所达到的幽默和讽刺效果可见一斑。从某种意义上讲，洛奇是想借安吉莉卡的行为告诉男性，有时候聪明反被聪明误，原以为自己是猎人的人反而会成为别人手里的猎物。同时这也是女性地位的提升，由原本的女性是男士的玩物反过来变成男人也可以是女性的玩物。

接下来我们再从不同人物对《圣艾格尼丝前夜》的意义建构脚本角度出发进行分析。如果说珀斯建构的《圣艾格尼丝前夜》脚本是“弱标记脚本”（因为只违反了事件序列中的一个动作），那么安吉莉卡对这首诗的脚本建构就是“强标记剧本”，因为她将最主要的人物进行了置换，相应的爱情主题也就变为仿拟和讽刺主题了（表 4-1）。强弱标记脚本之间的碰撞、不同和对比形成了强烈的讽刺效果。只因珀斯和邓普西想占安吉莉卡的便宜，反而被安吉莉卡捉弄。读者在阅读这一轶事片段时，一方面在对珀斯无可奈何却又不得不看邓普西赤裸的身体的尴尬和无奈的情景感到忍俊不禁的同时，也对他们产生了一些同情；另一方面，读者又认为他们理应得到这样的下场，不禁对安吉莉卡如此聪明的处理方式感到兴奋并拍掌叫好。

表 4-1 “圣艾格尼丝前夜”中的标记脚本

<table>
<tr><th>序列</th><th>执行者</th><th>接受者</th></tr>
<tr><td>邀请</td><td>珀斯</td><td>邓普西</td></tr>
<tr><td rowspan="2">行动</td><td>偷偷潜入“安吉莉卡”的房间</td><td>满心欢喜地在自己房间里等安吉莉卡</td></tr>
<tr><td>看到邓普西进入安吉莉卡的房间</td><td>发现珀斯藏在衣柜中，而非安吉莉卡</td></tr>
<tr><td rowspan="2">结果</td><td>猜测安吉莉卡和邓普西有约会</td><td>得知安吉莉卡和珀斯的约会</td></tr>
<tr><td colspan="2">被捉弄</td></tr>
</table>

如果将小说创作当成一场文字编码的话，那么一旦作品完成，读者对作品的阅读就是一场解码游戏。在解码过程中，越是充满冒险、巧合和恶作剧，就越能使脚本更加有趣。文本给读者提供悬念，读者在最后收获惊喜。菲利普・史沃娄就是最好的例子。然而与他相连的不仅是巧合，还有悬念。当读者读到还有一个“菲利普先生”也在和珀斯观看同一部黄色电影时，不禁产生疑惑，更想知道他为何要看这类电影。心头萦绕着这个疑问，读者就继续在文本阅读中寻找答案。而当邓普西出现在珀斯等待安吉莉卡的这个房间里时，读者再回想之前邓普西将菲利普视为死敌的场景，所有的谜团也就解开了。原来另一个“菲利普先生”是邓普西的杰作，他因为和菲利普之前有矛盾，加上菲利普也对安吉莉卡有想法，加深了邓普西对其的憎恨，因而在看电影时将登记名字换作菲利普，施加报复。

4.3.1.2 寻找真爱

珀斯在小说开始不久就认为自己爱上了安吉莉卡，之后就是他千方百计对心中所爱的追寻。当人们还在想珀斯到底应该从哪里开始寻找安吉莉卡时，巧合的事情发生了，珀斯在红灯区闲逛时发现了一张安吉莉卡的宣传海报，在这个被称为“色情大荒原”之地，安吉莉卡的照片无疑让珀斯很震惊，使他“晕眩”。对于一个天真无邪的年轻学者、一个持有婚前应保持纯洁之身观念的天主教徒来说，他无论如何也不能将出现在卢米奇会议上的那个知识渊博、气质出众、美丽动人的女性与照片中的裸体女孩莉莉联系起来，更别说两人还长得一模一样。按照西方文化传统和价值观，社会对女性的要求是德行与美丽并存，并更加看重女性的德行之美。

正如小说中的解构主义教授莫里斯・扎普所讲的“每一次解码都是另一次编码”一样（*SW*：25），对安吉莉卡名字的解码同时就是对“莉莉”这个名字的编码，意义总是根据语境发生改变，你以为你已了解真相，其实真相早已离你而去。

名字也是一样，如果将其看作一个符号，它可能有意义，也可能毫无意义。但对于珀斯来说，“莉莉”这个名字对他而言意义重大。

安吉莉卡最早出现在卢米奇会议上时，她的名牌上就印着“A. L. Pabst”。当她遇见珀斯做自己介绍时，她说自己叫安吉莉卡。珀斯随即问到名牌上的“L”代表什么时，她含糊地不想细说，只评价了一句这是个“愚蠢的、无关紧要的名字”，而在红灯区海报上的女孩的名字是“莉莉”。此时读者便可以将名牌上的缩写字母“L”编码为 Lily。要想再次对这个名字进行解码，珀斯就必须弄清楚这个名字的奥秘。所以当珀斯看到海报照片时就毫不犹豫地说：“我想去那里。”（*SW*：187）珀斯必须确定莉莉是否就是安吉莉卡，但遗憾的是海报中的女孩并没有出场进行演出。演出结束后，珀斯向看门人询问莉莉的踪迹。

从看门人口中，珀斯得知莉莉是个脱衣舞女，她已于几周前离开了俱乐部。此外，看门人评价说莉莉是个很“特别”的女孩，她不仅漂亮，还聪明。这个事实让珀斯更加迷惑不解，因为他不确定为何安吉莉卡要从事这样的工作。与珀斯一同在红灯区闲逛的作家弗罗比舍也感到震惊，因为他不相信珀斯寻找的女孩竟是一位脱衣舞女。而珀斯则强调他追求的女孩是一个受过教育的并且正在攻读博士学位的姑娘。即使她现在是一名脱衣舞女，那也一定是有原因的。作为一个消除堕落、挥洒正义的现代骑士，珀斯认为他有义务将失足女性从“肮脏的生活”中解救出来（*SW*：189）。

但是，珀斯仍然不能相信安吉莉卡是一个脱衣舞女。为了安慰自己，他说：“这并非不可挽回的堕落”，“这仅是一种工作而已”（*SW*：190）。他会找出她为什么选择这份工作的原因。从那时开始，珀斯的追求目标就变成了两个：一个是寻找安吉莉卡；另一个是找到安吉莉卡当脱衣舞女的原因。所有答案只有珀斯找到安吉莉卡之后才能揭晓。而当时留给珀斯的唯一线索就是海报照片和“莉莉”这一名字。莉莉之前工作的俱乐部叫“异域”，珀斯寻找莉莉未果后就再次回到俱乐部，发现俱乐部已经改名为“女孩无限”（*SW*：192）。俱乐部内无一人知道莉莉的下落，但珀斯并没有放弃寻找。他记得安吉莉卡曾经告诉他，她的养父在阿姆斯特丹，于是他决定去那里。

在珀斯动身去阿姆斯特丹之前，他碰巧遇见了扎普教授。在两人的交谈中，珀斯想到了在哪里可以找到安吉莉卡。因为安吉莉卡是个会议狂，她唯一常去的地方就是各种学术会议场所，因此珀斯决定先留下，看看安吉莉卡是否会出现。夜深的时候，扎普带珀斯去了一个比红灯区更特别、更令人震惊的“色情荒原”。正是在这个地方，珀斯透过窗户看到了在房间里的安吉莉卡。眼见为实，此时的珀斯确定了这就是安吉莉卡。如果看到莉莉照片时的珀斯是震惊的、不愿相信的，那么此时看到安吉莉卡本人在此地的现实几乎将他杀死。他一下子变得呆头呆脑，感觉自己快要被淹死了，憋得喘不上气。迷迷糊糊的他差点撞上一辆汽车，此刻的他在脑海里不断闪现的就是“她是个妓女”这句话（*SW*：202）。在珀斯的人生哲学中，如果脱衣舞女尚可被视为一项工作的话，那当妓女显然就不是了。珀斯认为女孩可以通过结婚而非出卖自己来养活自己。在珀斯看来，哪怕看一眼这些女孩都是堕落的象征，更何况自己还曾经对这种女孩心仪过。这一现实完全打碎了珀斯建立的爱情脚本，难怪乎珀斯透过窗户看到安吉莉卡时觉得自己要死了。

此时的珀斯仍没有放弃，他决定亲自问清楚安吉莉卡有关这一切的真相。所以他毫不犹豫地回到安吉莉卡出现的那间屋子，也就是数字为 13 号的房间。出乎所有人意料的是，安吉莉卡仅是在帮朋友看孩子，她并非妓女。此时的珀斯可谓百感交集——希望、解脱和自责纷纷向他涌来，但压倒一切感情的却是喜悦和兴奋。现在，珀斯比以往任何时候都更渴望找到安吉莉卡。他不停地询问安吉莉卡在哪，并不惜给了安吉莉卡的朋友一百磅的钞票，最终珀斯拿到了地址（*SW*:203）。

在珀斯回去找安吉莉卡的路上，有一段话描写了珀斯的急切。他百感交集地“沿着街道奔跑”，并“在人群中穿行”（*SW*：204），并高度赞扬保姆这一职业。珀斯认为做保姆是一种“特别纯洁”“完全靠爱心支撑的职业”，就像一个“还俗的修女”为了上帝的慈爱而这样做一般（*SW*：204）。在珀斯眼里，保姆的工作是如此神圣。转眼间，安吉莉卡在珀斯心里就有两个不同的身份——妓女和修女。一个是受人鄙视、邪恶的代表，另一个是受人尊敬、圣洁的代表。显而易见，两个形象的对比意在对珀斯所谓的“爱情哲学”进行讽刺，社会对女性的枷锁、偏见借由珀斯这一涉世未深、看似纯洁的现代骑士表现出来，更加深刻地让人意识到世界的荒诞。

珀斯的心理活动都是建立在他是安吉莉卡的男朋友这一身份假设基础上的，进而他可以对安吉莉卡的行为做出评论和判断。这时珀斯想要弄清楚的是：如果安吉莉卡既不是保姆也不是妓女，那么她从事的是什么工作呢？此外，有“可信的证据”证明她在照片中是裸体的，因此珀斯仍然认为安吉莉卡应该从事着脱衣舞女郎的职业。珀斯想说服安吉莉卡放弃当脱衣舞女郎，并认为安吉莉卡的这段经历不会影响他对她的感情。珀斯对他与安吉莉卡的未来充满了希望，但当他到达安吉莉卡所在之地时，他看到的另一幅画打消了他的希望。

> 5. On the pillars supporting the entrance canopy there were photographic stills of the performance. In one of them **Angelica, naked, kneeling**, was being mounted from behind by a **hairy young man**, **also naked**, and grinning. **She looked exactly as she had done in what he had**

> **thought, till now, was a hallucination in the Rummidge cinema**. He turned on his heel and walked slowly away.
>
> What did Persse do next? **He got drunk**, of course, like any other **disillusioned lover**. … He had an open return ticket to Heathrow. **Without bothering** to enquire into the availability of flights, he checked out of the pension and took a bus to Schiphol airport. (*SW*: 204-205)

如果之前珀斯还能容忍照片中的裸体天使，那么看到安吉莉卡和另一个裸体男人在一起的照片几乎让他发疯。这时的他才意识到早在卢米奇影院时他就看到过这一幕，当时他把这一影像归为幻觉。现在看来，一切都是真实的，安吉莉卡就是这样一个堕落的女性。

珀斯这一爱情之梦幻灭的人喝醉了，他毫不犹豫地抛弃了安吉莉卡，放弃了对她的追寻，就像《仙后》中的十字骑士放弃了尼娜一般。对比珀斯在寻找安吉莉卡的路上的所思和面对现实时的所为，读者不禁为安吉莉卡喊冤，也为珀斯的脆弱爱情感到唏嘘不已。整个事情从始到终，安吉莉卡都没有出现，所有的阐释、信息都是借珀斯传递给读者的。在珀斯的左右摇摆期间，读者看出珀斯对安吉莉卡的爱情不仅不坚固，而且还充满了自我构建的幻想。同时，珀斯对安吉莉卡从事的不同职业的看法也反映了社会上对女性从事不同职业的看法，一旦女性从事违背男性道德标准的工作或做出违反男性道德标准的行为，女性所面临的唯一命运就是被男性抛弃。这时读者不禁感慨，幸亏安吉莉卡不在场，否则面对如此反复无常的爱人，岂不是要被他折磨得身心俱碎?

在希思罗机场，珀斯再次去了教堂。在教堂里，他写下一张请愿条，上面写着："亲爱的上帝，请让我忘记安吉莉卡。请引导她脱离使她堕落的生活。"（*SW*：205）此时的珀斯将拯救安吉莉卡的责任交到上帝手中，可见他也并非真正的现代骑士，未发挥其保护女性和拯救堕落女性的骑士精神。

4.3.1.3 得知真相

回到学校，珀斯继续着他那常规的生活。在珀斯所在的大学举办的暑期班中，珀斯意外地发现了那个勾引他表妹伯纳黛特·麦克加里格尔（Bernadette McGarrigle）并抛弃她和儿子的男人西德尼·麦克斯韦（Sidney Maxwell）教授。在珀斯和他谈判后，麦克斯韦承认了他的所作所为，并承诺每年支付给他表妹伯纳黛特一笔津贴，让她用于生活和抚养他们的孩子。为了告知表妹伯纳黛特这个好消息，珀斯专程出门找表妹。在伦敦希思罗机场，珀斯将此消息告诉他表妹后，又故地重游，再次想起了安吉莉卡和她那精致迷人的容貌，他还是不能忘记她。

因为还有两个小时下一班飞机才来，所以他决定再去机场教堂看看。

事实上，旧地重游也不能给珀斯留下什么好的回忆。当珀斯再到教堂时，他的请愿条依旧在那里，但上面增加的那个注解差点让他的心脏停止跳动。注释的笔迹是那么的熟悉，一定是安吉莉卡留下的。更重要的是这个注释给珀斯带来的启发是决定性的。注释是斯宾塞的《仙后》中的一句话——“外表可能会误导人”（*SW*：256）。这在珀斯内心中引起轩然大波，安吉莉卡到底想要说什么？这是否意味着那个女孩不是安吉莉卡？那女孩是谁？珀斯迫切需要重读《仙后》，找到这句话的确切意义。

6. “Lily Papps!” Persse shouted joyfully. **“There are two girls, not one. Lily and Angelica! They must be sisters — twins. A modest one and a bold one.”** (*SW*: 259)

这部小说中出现的所有人物以从事英语文学研究的教授为主，兼有一些搞文学创作的作家，因而所有人物的对话内容也都与文学研究相关。珀斯记得有一次安吉莉卡向扎普教授提到了《仙后》中描写的两个女孩。这两个女孩就住在伊甸园一般的美境中，当骑士盖昂爵士路过时，这两位女孩正在喷泉里沐浴。看到前来的男子，一个女孩从水中站起，另一个则深潜到水下。一个女孩朝着盖昂爵士走去，另一个则躲在水里不出去。更重要的是，《仙后》中的“two lily paps”（两个白皙的乳头）这个原本对女性身体的描写在此对于珀斯而言却意义不同。珀斯从中看到了帕布斯特一家有可能有两个女儿，加上 paps 和 Pabst 的读音相似，更是成为绝妙的双关语和文字游戏。《小世界》对《仙后》文本内容的延伸、书中文字的相互指涉，加之小说中珀斯绞尽脑汁的解码、现实世界中读者同样乐此不疲的解读，让不同文学作品、不同世界人物之间发生了联系，在增加文本深度意义的同时，达到启蒙与娱乐兼有的多重效果。

这一诗节帮助珀斯解开了裸体海报的奥秘。还有一个和安吉莉卡长得一模一样的女孩叫莉莉·帕布斯特。珀斯认为她们应该是双胞胎，莉莉大胆开放，安吉莉卡沉稳谦逊。这一真相让珀斯兴奋不已，甚至贸然地亲吻了借给他《仙后》这本书的机场接待员谢莉尔·萨默比。读者应该可以猜到珀斯接下来会怎么做了。对！按照他的逻辑，既然安吉莉卡依旧纯洁无比，他怎会放弃对她的追求呢？

4.3.1.4　再次寻爱

在《小世界》一书中，值得提及的一点是巧合。巧合在所有人的追寻过程中都起着非常重要的作用。可以说，没有巧合，就没有追求脚本。当珀斯再次开启自己的寻爱之旅后，他偶然得知安吉莉卡将飞往瑞士的日内瓦，并会在洛桑停留几日。

文如其名，小说中的世界真的很小。当珀斯到达洛桑时，他遇到了从事叙事学研究的法国教授米歇尔·塔迪厄（Michel Tardieu），才得知原来在洛桑有个学术会议。珀斯很幸运地碰上塔迪厄教授，并从他那里获得了更多有关安吉莉卡的信息。塔迪厄教授对安吉莉卡有一定了解，因为她听了他整整一学期的课。珀斯又是不幸的，因为安吉莉卡虽然参加了洛桑的会议，但会议已经结束，安吉莉卡已然离开了洛桑。看来命运之神依旧没有眷顾珀斯，他虽然追到了洛桑，却并没有与安吉莉卡相见，也不知道她是否会在这个城市停留。珀斯必须去安吉莉卡曾住过的旅馆确认一下。

在珀斯寻找安吉莉卡的途中，出现了诸如“跳起来”和“不耐烦地”这样的描写，显示了珀斯想见到安吉莉卡的迫切心情（*SW*：264）。好在珀斯这一路相随也并非没有收获，至少在这次追寻中珀斯知道了安吉莉卡的养父是个有钱人，在美国泛美航空公司工作。在联系安吉莉卡的养父之前，珀斯还是决定先去酒店看看能否碰上安吉莉卡。

当珀斯到达酒店时，他得到的仍是失望，在追寻途中失望总是与他相伴。安吉莉卡已经在半小时前离开了酒店，她的下一站应该是日内瓦。珀斯赶忙到达火车站，等珀斯冲到车站里面才发现自己走错了站台，而下一班去日内瓦的火车是在六个半小时以后。珀斯别无选择，只好先回到安吉莉卡住的酒店。他想住安吉莉卡住过的那间房间，但房东太太拒绝了他。即便珀斯热诚地对房东太太说他愿意付双倍房钱时，房东太太仍然说没房。相反，当珀斯告诉房东太太这个女孩是他的爱人时，他竟轻而易举地就住进了安吉莉卡曾住过的房间，价格还打了五折。我们不禁感慨这本小说真是为爱而写啊！所有的人都对浪漫爱情有股炙热纯真的天然热爱。而阅读浪漫传奇小说的有趣之处也在于哪怕十分细小的事件都可能给你带来巨大的惊喜。

入住后的珀斯在安吉莉卡的房间里发现了一张写着重要信息的纸条，上面写着安吉莉卡的航班号。更幸运的是，由于技术问题，飞机推迟到第二天早上起飞。如果珀斯抓紧时间，他可能会在飞机上见到安吉莉卡！珀斯毫不犹豫地直接去了机场。此刻的珀斯很兴奋，因为他觉得自己马上就能见到安吉莉卡了。读者也很兴奋，感觉经过如此长且艰难的寻爱之旅，马上就能看到两人重逢的大团圆场面了。但是浪漫传奇之所以成为浪漫传奇，就是因为它总是在你充满期望时给你一个意想不到的 360 度大转弯。

珀斯的确是在飞机起飞前到达了机场，并且他也已经从工作人员那里得知安吉莉卡就在飞机上，他甚至看到了她旁边还有一个空位，但就在珀斯感觉下一秒就能见到安吉莉卡时，他才发现乘坐去美国的飞机需要签证，而珀斯并没有带签证！二人近在咫尺，却无缘相见，这一巧合实在是让人啼笑皆非。浪漫传奇的大起大落再次在小说中得到淋漓尽致的展现。这一结局完全违背了珀斯和读者的期望，是另一个标记脚本，但也正是如此独特的叙事特征给读者带来惊喜和享受。从珀斯在教堂请愿条上看到留言后一路地追寻，到一次次与安吉莉卡失之交臂，读者在啼笑皆非中见证了珀斯寻找安吉莉卡的艰难与滑稽！

4.3.1.5 追踪爱之痕迹

尽管珀斯两次与安吉莉卡失之交臂，但他并不气馁。为了找到安吉莉卡，他专程飞回爱尔兰取了签证，然后再乘飞机到洛杉矶去找安吉莉卡。此时珀斯再也找不到丝毫有关安吉莉卡的信息，他决定去美国拜访一下安吉莉卡的养父。从电话本黄页上，珀斯查到了 27 个人都姓帕布斯特。他逐一给他们打电话，却没有一人说自己有个女儿叫安吉莉卡。生气又烦躁的珀斯一边生气地口出脏话，一边在黄页上找各航空公司总部的电话，没想到他真的借助这一方法找到了帕布斯特先生。通过与帕布斯特先生的秘书通话，珀斯确认了他的猜测，安吉莉卡的确有一个孪生姐妹（*SW*：275）。仅凭一个猜测就能让珀斯如此执着地寻找安吉莉卡，那么真相的到来无疑给予了珀斯更多的能量。听到秘书问他找的是“哪一个女孩”的时候，他“握紧拳头，胜利地挥拳出击”（*SW*：275），庆祝他所爱的女孩依旧是他心目中纯洁的安吉莉卡。

父母总是关心自己的孩子，帕布斯特先生答应与珀斯见面聊聊他的女儿。他们约好在机场见面。下面的对话将揭示小说在前一部分提到的一些秘密，以及一些将会被证明属实的猜测，还有一些未解决的问题也会在对话中找到答案。

> 7. “Yeah, **there were two babies on that KLM flight, twin girls**,” says Hermann Pabst. … **It was in all the papers**, but you would have been too young to remember that.” (*SW*: 277)

安吉莉卡的父亲告诉珀斯他是如何领养这对双胞胎的。赫尔曼·帕布斯特是在飞机的厕所中发现她们的，那时她们还是婴儿。这在当时还登上了新闻头条，所有的报纸都报道了这件事情。如果这两个女孩想找亲生父母，这些新闻已经完整记录了她们被收养的过程。

赫尔曼以一句“你买不到爱”开始了两人的谈话。他后悔自己在教养两个孩子方面采用的方法不对，他给了孩子们所需要的一切物质条件，结果两个孩子最终还是以不同的方式反抗父爱。赫尔曼先说的是莉莉。莉莉在 16 岁时离家出走，她靠演黄色电影为生。这就是为什么珀斯能在电影中看到一个像安吉莉卡的女孩的原因。赫尔曼试图教育她，把她送到最好的女子学院，但她逃去了欧洲后就再也没有回来。珀斯表示他对莉莉一无所知，仅看到过几张照片和一部电影。珀斯最想知道的是有关安吉莉卡的消息，但是赫尔曼却一直说莉莉的堕落，而珀斯根本没有办法纠正他。

为了让赫尔曼尽可能说清楚有关安吉莉卡的信息，珀斯假装自己是一名作家，正想写一本关于同卵双胞胎行为模式的书，他碰巧在英国遇到了安吉莉卡，因此想了解更多关于她的事情。

在养父赫尔曼看来，安吉莉卡从不和男孩约会，每门课都是 A，她一直都在学习。此外，安吉莉卡拒绝用父亲的钱读研究生，仅接受父亲给的“免费乘坐泛美航空公司所有航班”的福利（*SW*：279）。赫尔曼还在继续说着，此时珀斯却在思考是否有可能安吉莉卡还在洛杉矶。珀斯试着向赫尔曼打听安吉莉卡是否还在城里，赫尔曼说她现在正在檀香山参加一个会议，又错失相见！珀斯的追寻还真不是一般艰难，可正是这种艰难才更加突出了浪漫传奇的追寻主题。

对于珀斯而言，与安吉莉卡父亲的会面有三个收获。第一，这次见面证实了珀斯的猜想，澄清了小说的人物关系——有一对长得一模一样的孪生姐妹安吉莉卡和莉莉，而非安吉莉卡有两重身份；第二，它为珀斯的追寻提供了线索；第三，它有助于后续进一步明晰两个女孩的身份特征。

此刻，夏威夷的檀香山正在举办关于体裁的会议。安吉莉卡就在那儿开会，于是珀斯也动身去了夏威夷。虽然珀斯一直在追寻，但他与安吉莉卡的追寻模式似乎一直在重复：珀斯的到来便是安吉莉卡的离去。自从卢米奇会议后，珀斯就再也没见过安吉莉卡。他特别希望听到安吉莉卡的参会论文《喜剧性史诗浪漫传奇——从阿里斯托到拜伦——文学本身的乌托邦梦想》报告（*SW：284*）的报告。毫无疑问，这次他还是来晚了。珀斯四处乱逛，想看看能否碰上安吉莉卡，结果他在海滩上遇到了梅登小姐。珀斯告诉梅登小姐他在找一个“特别的”女孩（*SW*：205）。这是珀斯第一次对别人说安吉莉卡特别。梅登小姐问珀斯：“你是不是为了她长途跋涉、不远万里？”当珀斯给了她肯定的回答后，梅登小姐表示她无法相信这个年轻人会有如此强烈的意愿去寻找一个女孩（*SW*：205）。

当梅登小姐知道珀斯在找的人是安吉莉卡时，她惊呼她几天前才见到过安吉莉卡，当时的安吉莉卡曾深情地提到了“麦克加里格尔”这个姓氏。珀斯听到这个消息时简直无法抑制自己的激动之情。最后，梅登小姐还补充说，安吉莉卡问她“麦克加里格尔”这个姓氏是否更适合自己。听到这些，珀斯“欣喜若狂”，他确信安吉莉卡爱他（*SW*：286）！爱使人甜蜜，爱使人疯狂，爱给人力量。梅登小姐的话给了珀斯无尽的希望和力量。

接着珀斯又给梅登小姐讲了他和安吉莉卡之间发生的事情，特别是关于安吉莉卡对他不辞而别的事情。梅登小姐对此的解释是，从珀斯身边逃走并不意味着安吉莉卡不爱他，也许这是安吉莉卡在接受珀斯求婚之前的一个测试。最后，梅登小姐建议珀斯“永不放弃”（*SW*：285）。这时，珀斯也提到圣杯传奇中的圣杯骑士（Grail Knight）就是从不放弃目标的人，因此，他作为现代寻找心爱之人的骑士也必须继承永不放弃的精神。

故事叙述到这里，即使读者之前对圣杯传奇一无所知，也可以从小说人物所传达的信息中建构出古典浪漫主义的结构原型。此外，为了让读者了解骑士在圣杯传奇中所做的事情，梅登小姐补充道：“他们所要做的就是在适当的时候问一个恰当的问题，但他们通常都会把握不好问问题的时间。”（*SW*：286）这其实是暗示读者，在圣杯传奇中，骑士们往往会任务失败，最终并没有找到圣杯。一旦读者在头脑中建构了这一结构原型，他们一定会猜测珀斯是否会在适当的时候问问题。他真的是学术浪漫传奇中的现代骑士吗？哪个场合才是最佳的呢？什么问题才是正确的问题呢？这里需要拯救的荒芜土地是什么？带着这些问题，读者将继续深入阅读。不过，梅登小姐也提到骑士们都是“笨蛋”，否则他们也不会错过最佳提问时间，并因此无法治愈渔王。这是否也暗示着珀斯也是个“笨蛋”呢？总而言之，在这次的美国之旅中珀斯收获颇丰。珀斯先是弄明白了脱衣舞女郎不是安吉莉卡，而是她的孪生姐妹莉莉；接着珀斯确定了安吉莉卡是爱他的，却在考验他，考验的任务就是要珀斯找到她。爱给人力量和信心，梅登小姐提供的信息更加坚定了珀斯要找到安吉莉卡的决心，他接着问梅登小姐安吉莉卡在哪里。

梅登小姐不太记得安吉莉卡是要去东京还是香港，不过她建议珀斯去东京。两人接着聊天，他们都提到了安吉莉卡有多么与众不同，并一致认为安吉莉卡是在人群中脱颖而出的那个，非常引人注目。“这一评价得到了珀斯热烈的回应”，同时也从另一个侧面表现了珀斯对安吉莉卡的强烈感情（*SW*：286）。不经意间，梅登小姐谈到了安吉莉卡身上的一个显著特征——她的左大腿上有一个胎记，“形状像一个引号”。珀斯脸红地说他不知道，“脸红”再次刻画出了珀斯的纯真。此外，安吉莉卡大腿上的引号形胎记意义重大。由于整个追寻过程中安吉莉卡都没有现身，读者本身就疑惑她到底是一个实实在在的人物，抑或是一个符号。此处大腿上的胎记变相地暗示读者可以将安吉莉卡看作符号化的人物，怪不得她的意义总是让被见过她的人阐释。安吉莉卡身上反映出了 20 世纪 80 年代小说创作领域的符号学、阐释学和解构主义的盛行。珀斯听从梅登小姐建议，前往东京，却发现安吉莉卡仅是从东京中转前往首尔。

事实上，当珀斯去洛桑时，他已经在精打细算如何在奖金的数额内找到安吉莉卡了。而到东京后，珀斯发现自己的奖金已经快用完了，但是，他依然没有找到安吉莉卡，更不能如愿以偿地跟她在一起。此时的珀斯又不可能半途而废放弃自己的目标，他只能一边刷信用卡一边“飞向首尔”（*SW*：297）。首尔依旧没有给人任何喜悦，因为安吉莉卡此刻并没有在首尔。珀斯碰巧遇到塔迪厄教授，他说他记得安吉莉卡要去香港参加另一个会议。珀斯又接着前往香港，也没有找到安吉莉卡。到此为止，珀斯一路从洛桑追到洛杉矶、夏威夷、东京、首尔和香港，完成了从欧洲到北美洲再到亚洲的环球旅行。

小说接下来聚焦的场景是耶路撒冷，珀斯来此找寻安吉莉卡。这里正在进行由扎普举办的关于“批评的未来”的会议，珀斯一看到扎普，就问他安吉莉卡是否在参会。此刻珀斯似乎已经失去了耐心，因为一次次的希望破灭，可惜的是安吉莉卡并未在此会议上注册。珀斯后面说了一些听起来像是在抱怨又像是有点生气的话。他告诉扎普，为了找到安吉莉卡，他去了欧洲、美洲和亚洲。他在亚丁（也门共和国首都）的时候差点渴死；他花光了所有的积蓄，他的信用卡也因为没有按时还款而被冻结，但是他仍然没有“见她一面，哪怕是连她的声音也没有听见”（*SW*：308）。珀斯的追寻可谓十分艰难和折磨人，但是想到珀斯看待妓女的态度时，读者估计就不会那么同情他了，反而会认为他的追寻很具有讽刺意义，因为读者真的怀疑珀斯到底爱的是安吉莉卡的什么，抑或是他希望找到安吉莉卡仅是为了满足自己的执念。扎普建议珀斯去美国现代语言协会（Modern Language Association，MLA）举办的年会上找安吉莉卡，对于这一全球性的最权威的文学类会议，没有一个会议狂想错过。这时珀斯惊呼：“我必须要等那么久吗？”（*SW*：308）这表现他想见到安吉莉卡的迫切性。

4.3.1.6　成功找到“错”的爱人

12月，一万名受过高等教育又雄心勃勃的男男女女参加了在纽约曼哈顿举行的 MLA 年会。这是小说中描写的最后一场也是最重要的会议，也就是这次会议将选出下一任联合国教科文组织主席——相当于学术界国王的职位，也是所有学者梦寐以求的职位。

但对于珀斯而言，他的目标并非什么主席一职，而是找到安吉莉卡。他聆听了安吉莉卡的报告，终于从远处见到了朝思暮想的女孩；更巧的是他又见到了梅登小姐，在两人交谈中，珀斯说其实梅登小姐认识这两个女孩。原来当年是梅登小姐首先在自己搭乘的飞机的洗手间里发现了这对孪生婴儿，随后她们才被现在的养父收养。珀斯边说边将他手里的报纸复印件给了梅登小姐，结果梅登小姐就突然昏倒了。为了照顾晕倒的梅登小姐，珀斯又错过了安吉莉卡。

这一次，小说描述的重点是珀斯为找到安吉莉卡所采取的行动。因为害怕安吉莉卡再次逃脱，珀斯“魂不守舍”地飞奔，一步踏入“电梯”（*SW*：324）。他花了将近一个小时才找到她。此时的安吉莉卡穿着与开会时不同的衣服，梳着不一样的发型，但是珀斯过于兴奋，并未意识到有任何不对，他以为他终于找到了安吉莉卡。此时他心里唯一的想法就是不能让她再从自己身边逃走，因而他根本没想这有可能是莉莉，并非他心中的女孩。

> 8. **This time** there was no hesitation in his actions**. This time** she would not escape**. Without a word, he took her in his arms and kissed her long and passionately.** (*SW*: 324)

文字中对“这次”（this time）的重复强烈显示了珀斯想要抓住安吉莉卡的决心，也让读者再次想起了珀斯曾经去过的地方。只有行动才可表达珀斯此刻的心情，于是他“一言不发”，直接把她搂在怀里，像等待了千年一样开始了那个“漫长而热烈的”吻。接吻后，珀斯表达了再见安吉莉卡的喜悦和兴奋。读者也不由地沉浸在爱人团聚的喜悦中。

珀斯是如此渴望得到安吉莉卡,他用三句话表达了他对她的爱慕之情——“我爱你”“我需要你”“我想要你”（*SW*：324）。珀斯对安吉莉卡的爱显而易见，那安吉莉卡对此有何反应？这时的安吉莉卡一反小说第一部分中的拒绝态度，她直截了当地问：“去你的房间还是我的房间？”（*SW*：324）此刻的读者估计和珀斯还有梅登小姐的猜测一样，安吉莉卡的反应说明珀斯之前的追寻就是安吉莉卡对珀斯的考验，现今珀斯通过测试，因而两人皆大欢喜地走到了一起。

两人在酒店中在一起后，珀斯立即向安吉莉卡求婚，此刻这个女孩却说她不是安吉莉卡而是莉莉。莉莉？怎么可能呢？珀斯瞬间像被人抽打了一般，他趴在莉莉身上，盯着她的脸说：“不要开玩笑。”（*SW*：325）此时的珀斯仍然认为这个女孩就是安吉莉卡。而为了证明自己就是莉莉，她说出了她和安吉莉卡之间的区别。这一部分两人的团聚为小说的高潮，然后突转直下——和珀斯在一起的并非安吉莉卡，而是莉莉。

莉莉说出了两人的差别。安吉莉卡的胎记在左大腿上，而莉莉的则在右大腿上。在夏威夷时，梅登小姐曾提过胎记，此时的珀斯不得不相信跟他在一起的人的确是莉莉。读到此，读者不禁会很失望，有对情节安排本身的不满足，也有对珀斯没有区分爱人的能力的失望，他怎么能认不出自己的爱人呢？这一安排带来了巨大的讽刺效果，不禁让读者怀疑珀斯是否真的爱安吉莉卡。如果爱，怎么可能连人都认错呢？而此时的珀斯丝毫没有认识到自己的错误，他只是在一味地指责莉莉，同时他的内心中充满了羞耻、恼怒和沮丧，因为他这么一个信奉婚前纯真之人竟让莉莉“偷走了不属于她的东西”（*SW*：326）。

相较于珀斯的愤怒和认真，莉莉却是毫不在意，她并不认为珀斯和她之间发生的是一件多么严重的事情。此外，她还说，安吉莉卡并不像珀斯想象的那么纯洁。但当珀斯讽刺她时，她却又沮丧地说她就是安吉莉卡。听到这些，珀斯又跟她言和，并肯定了他们之间的关系。但紧接着“胎记”这一事实让珀斯意识到跟他在一起的女孩就是莉莉。莉莉分析了为什么珀斯会犯下这么愚蠢又明显的错误，那就是珀斯并非真的爱安吉莉卡，他爱的是一个借安吉莉卡编织的梦。如果真爱一个人，哪怕是细微差别也会让爱人警觉，而珀斯却始终没有一丝能辨别安吉莉卡和莉莉之间差别的能力，可见除了珀斯，所有人都看出他并非真的爱安吉莉卡。

此外，安吉莉卡希望莉莉委婉地告诉珀斯，她另有所爱，并已与爱人订婚。安吉莉卡嫁给另一个男人的原因是他可以帮助安吉莉卡找到一份大学的教职，安吉莉卡的未婚夫是哈佛大学一位非常聪明的副教授。最终，珀斯的寻爱之旅应了一句中国的古话——“镜中花，水上月”，意思是如果妄想得到不属于自己的东西，最终只能是一场空。珀斯踏遍全球，原来在追寻的仅是自己编织的一个梦，一场虚幻。这与浪漫传奇主题一致，古典浪漫传奇中的骑士遍布世界寻找所谓的圣杯，而圣杯到底是什么样子他们却不得而知。最终骑士在本该发问的时候沉默，导致追寻圣杯任务失败。珀斯也不能分辨眼前的女孩是安吉莉卡还是莉莉，最终得到了假的安吉莉卡，也就意味着寻找目标失败。

4.3.1.7 当珀斯遇到皮特

整部小说中，珀斯和安吉莉卡共见过两次：第一次是在卢米奇会议上，第二次是在 MLA 年会上。在年会上见面时，安吉莉卡向珀斯介绍了她的未婚夫，与珀斯同姓的皮特。

珀斯第一次见安吉莉卡时就告诉她，他的工作是意外得来的，因为有一个哈佛大学毕业的与他同名的人没有去他目前所在的大学报道，所以他才获得这个工作。同时，读者的第二个谜团也解开了。原来在夏威夷时梅登小姐谈论的安吉莉卡想要嫁的人并非珀斯·麦克加里格尔，而是彼得·麦克加里格尔（Peter McGarrigle）。

读到最后，读者才意识到所有人对梅登小姐有关安吉莉卡的信息解读有误，但这并非梅登小姐的错，因为我们每个人所获得的信息都是片面的，当梅登小姐在夏威夷告诉珀斯安吉莉卡想把自己的姓氏改成麦克加里格尔时，所有人都认为这是安吉莉卡爱珀斯的表现。当时不管是书内人物还是阅读小说的读者都想不到还有一个与珀斯同姓的人，且巧合的是他也爱上了安吉莉卡。这一误导就让珀斯又跑了大半个地球，一直到珀斯误将莉莉当作安吉莉卡。当最终珀斯和读者都被告知安吉莉卡另有所爱时，所有的阅读期待变成脚本重构，因为这才是珀斯寻爱之旅脚本中最大的标记脚本。这一意义重构过程是标记脚本与无标记脚本的冲突和互动构成的，而小说巨大的讽刺和反讽效果也由此得以表现。

4.3.1.8 珀斯第二轮寻爱之旅

浪漫传奇的原型结构脚本就是一轮又一轮的追寻。在《小世界》中，珀斯在小说即将结束时展开了自己的第二轮寻爱之路。面对珀斯对安吉莉卡求爱的失败，小说并未描写任何珀斯的心理活动，而是描写他转而去追求清纯美丽的机场女孩谢莉尔·萨默比这一个对他表现出爱意，还将《仙后》借给他看，并同样坚持婚前童贞的女子。

> 9. “You can indeed,” he said. “**I'm looking for a girl called Cheryl**. Cheryl Summerbee. She works for British Airways. **Can you tell me where I can find her?**” (*SW*: 338)

未知的追求意味着小说的开放式结局。被安吉莉卡拒绝后的珀斯突然意识到机场女孩谢莉尔爱他，他也爱谢莉尔（至于珀斯为何突然就爱上了谢莉尔，读者不得而知，不过这在情节中也不是那么重要），只是因为他的心当时已被安吉莉卡占据了，所以他并没有意识到这一点。现在，他决定追求谢莉尔。同样，这场追求的结果也是不可预测的，就像所有的浪漫传奇结构原型一样，这也是一个循环往复的过程。小说让珀斯再次展开追寻不仅符合浪漫传奇的结构要求，也是对小说情节的结尾嵌入，是主人公与新一轮目标的结合体。

4.3.2 追求联合国教科文组织主席一职

小说中出现的第二个主要追寻目标就是联合国教科文组织主席一职，围绕这一职位产生了许多相关追寻脚本。由于这一追寻与珀斯寻爱之旅是同时进行的，没有主次之分，因而本书将其看成是小说中的第二条平行追寻主线。令人吃惊的是，几乎所有出现在小说中的教授都对联合国教科文组织主席的职位感兴趣，为了得到这个职位，他们几乎无所不用其极。是什么原因让本应潜心钻研、勇攀知识高峰、在象牙塔中生活的教授们争相争夺这一职位呢?

4.3.2.1 齐格弗里德·冯·图尔皮茨对主席一职的追求

小说的第二部分就像一个狂欢节现场，来自世界各地的教授一个个出场。首个得知联合国教科文组织主席一职空缺的学者是德国从事读者反应理论研究的齐格弗里德·冯·图尔皮茨教授，他当时在柏林一所大学任职，他的出场方式是给前任主席亚瑟·金费舍打电话询问这一职位的相关情况，因为亚瑟将是这个职位的首席评审员。作为事先知道这个消息的几位教授之一，齐格弗里德立即采取行动。他打电话给亚瑟的主要目的是奉承亚瑟，希望给亚瑟留下一个好印象，最终让亚瑟在联合国教科文组织主席的评审中给他一个高分。

他们之间的谈话很有趣。为了不显得这个电话很突兀，齐格弗里德必须找一个非常好的话题开始他们的对话。齐格弗里德以一次会议为由，首先表达了对亚瑟未出席会议的遗憾之情；其次他在讲话中运用各种策略，用"非常欣赏""过分谦虚""并非虚假恭维"等表述（*SW*：95）来赞扬亚瑟的接受理论；然后他以尽可能随意的口吻将话题引到联合国教科文组织主席一职评选上，而亚瑟则直接问出"这就是你给我打电话的真正原因吗？"（*SW*：96），齐格弗里德毫无感情地笑了笑，坚持说他是真心希望亚瑟参加他们举办的会议。从这段描写中可以看出齐格弗里德教授挖空心思想要获得这一职位。为了能继续讨论联合国教科文组织主席这一话题，齐格弗里德说出了他打电话的意图："若说我不感兴趣，那就太虚伪了。"（*SW*：96）他强调他给亚瑟的书写了很好的书评，他们是好朋友。我们可以清楚地看到齐格弗里德在谈话中表现出的虚伪和狡猾。

齐格弗里德第二次出现是在阿姆斯特丹举办的会议上，他剽窃了珀斯的论文，并在会上作报告。碰巧珀斯来会场找安吉莉卡，于是当场就指出齐格弗里德抄袭了他的论文。这件丑闻对齐格弗里德竞选联合国教科文组织主席产生了不利影响，但是，像齐格弗里德这样意志坚强的人是不会轻易放弃这个职位的。

在MLA年会上，齐格弗里德是发言人之一。他是读者反应理论的代表人物，他借强调读者在阅读过程中的作用来批判法国结构主义。当他说到"读者"这个词时，他用他那标志性的戴着黑手套的手猛击桌子。没有人知道他为什么在左手上戴一只黑手套，而因为黑手套的存在，他总是给人一种无法探寻的神秘感。有一次，齐格弗里德的第二任妻子要求看他的左手，他告诉妻子，他的第一任妻子在看到他的左手后就死了，从那以后就再也没人要求看他的左手了。

在MLA年会上，当雅克·特克泰尔（Jacques Textel）宣布亚瑟·金费舍将继续担任联合国教科文组织主席时，听众们掌声雷动。似乎房间里的每个人都在拥抱、欢笑、哭泣和喊叫，只有齐格弗里德看起来很生气，只因他所做的一切努力都白费了。

然而，这对于齐格弗里德来说并不是最糟糕的事情。最糟糕的事情是，当他和珀斯握手时，他抽手太快，然后黑手套就被珀斯拽掉了。这时展露在与会代表面前的是一只非常正常也很健康的手。他戴黑手套的目的是制造神秘感，引起人们的兴趣。在两个关键的场合，齐格弗里德的两个致命错误都被珀斯所揭露，齐格弗里德以后再也没有出现在任何国际会议上。

4.3.2.2 米歇尔·塔迪厄对主席一职的追求

在给亚瑟打过电话之后，齐格弗里德又想给亚瑟的秘书雅克·特克泰尔打个电话。但不知什么原因，他拨错了号码，接电话的是法国叙述学家、索邦大学的教授米歇尔·塔迪厄，电话铃响的时候他还在睡觉。在小说中，这两个人其实也是早就认识的，在小说文本世界叙述的前一年秋天的安阿伯会议上，他们俩就在同一个发言小组里。

一通电话将睡得迷迷糊糊的塔迪厄教授弄得清醒无比。他就开始思考到底是什么样重要的事情需要在早上 7：30 就让齐格弗里德给雅克打电话。塔迪厄教授在放下电话之后，就多方打听联合国教科文组织最近发生了些什么事情，结果自然是他也知道了要重选主席这件事情。一通看似巧合的打错电话事件实际上在追寻主席一职这个脚本的事件序列中至关重要。它具有类似扩音器的功能和效果，原本只属于小范围内几个人知道的事情，借由一个电话，慢慢就在学界传开来。只有让更多的人得知这一消息，才会有更多的人参选，相应的各种事件才会层出不穷，从而这一竞选才能真正成为一个学界的狂欢场地。

塔迪厄教授一直到洛桑的叙事学会议时才再次在小说中出现。作为曾经教过安吉莉卡的老师，他给珀斯提供了一些关于安吉莉卡的信息。塔迪厄教授把世界上的人分为两类：第一类是追寻他人或被他人追寻的人；第二类是能够帮助他人或反对他人的人。塔迪厄教授直接告诉珀斯，他反对扎普，因为他们两个都想成为联合国教科文组织的主席，他们是竞争对手。在学术界，看起来教授们都很清楚谁会竞争这个职位，以及他们的竞争对手有哪些人。

4.3.2.3 莫里斯·扎普对主席一职的追求

如果说珀斯的寻爱之旅是《小世界》中最吸引读者的追寻脚本之一，那最幽默的当属扎普的追寻脚本。扎普教授对主席一职的追寻轨迹可以借其对慢跑的看法略窥一二。扎普教授与珀斯是在卢米奇会议上认识的，开会期间扎普也在坚持跑步，偶遇珀斯时，扎普就跑步发表了自己的高论。

10. "This is jogging, Percy, not running. Running is sport. **Jogging is punishment.**" (*SW*: 42)

为了凸显扎普教授疯狂追名逐利的荒谬和讽刺这一现象，上述对话打破了读者之前为慢跑建构的无标记脚本，即慢跑也是一种锻炼身体的运动方式。按照正常的思维，保持健康和锻炼身体完全是个人喜好，因此当珀斯看到扎普教授在慢跑时，他认为扎普教授一定喜欢这项运动，并享受慢跑时的感觉。在这一点上，读者应与珀斯持有相同的脚本。然而，扎普教授的回答让珀斯和读者都感到惊讶。他说“慢跑是一种惩罚”，并且“它让我感觉很糟糕”（*SW*：42）。那么是什么力量驱使他把慢跑当作一种锻炼呢？原来是因为慢跑“现在在美国学术界很流行”（*SW*：42），并且学术界判断成功的标准似乎变成了人们每天走了多少英里[①]。如果说选择锻炼方式都要紧跟流行的话，那么学术研究呢？作者是否讽刺了扎普的盲目跟风？我们只有继续阅读才会找到上述问题的答案。

> 11. “That’s why I keep jogging. To show I’m not on the heap yet. Anyway, my ambitions are not yet satisfied. Before I retire, **I want to be the highest paid Professor of English in the world**.” (*SW*: 42)

珀斯和读者肯定不禁想问，既然慢跑让扎普这么痛苦，他为何还要继续呢？扎普教授说了他把慢跑作为锻炼的最后一个理由。扎普教授以慢跑是一种锻炼的隐喻，来提醒自己他目前还没有在学术界处于领先地位，他的人生目标还没有实现，那就是成为世界上薪资最高的英语教授，而令读者发笑的是，扎普本人也不知道世界上教授的最高薪资是多少。如果将最高的薪资比作扎普追寻的圣杯，那此处的叙述再次与圣杯传奇脚本一致，正如古代骑士没见过圣杯是什么样子一样，扎普也不知道他心目中的“圣杯”——世界上英语教授的最高工资是多少。这一脚本加强了原型结构脚本的事件序列，进一步深化了圣杯在读者心目中的地位和深意。此外，一句陌生化的句子“也许我已经是世界上收入最高的英语教授了，但我却不知道”强化了他追求事物的虚无缥缈性——这与圣杯的象征意义之一相吻合，因为圣杯本也是个不知是否真实存在的物品，也无人知晓圣杯到底是什么样子，从而增强了讽刺效果（*SW*：42）。扎普一出场，就以各种荒诞和搞笑吸引了读者，究其原因是他的所言所为都是标记脚本，而标记脚本与无标记脚本之间的冲突和互动形成了讽刺和幽默的效果。

卢米奇会议结束后，扎普要前往米兰参加另一个会议。在飞往米兰的航班上，扎普遇见了富有的女教授富尔维亚·莫尔加纳（Fulvia Morgana），她是帕多瓦大学从事马克思主义研究的教授。共同的职业给他们带来很多共同话题，扎普问富尔维亚她所开的会议怎么样，富尔维亚因此也就提到了亚瑟。虽然亚瑟可谓真正的学界大佬，但富尔维亚却评价他的报告“糟糕透了”，因为他没有表现出对任

---

① 1英里≈1.6千米。

何文学批评的偏好，也就是说他在文学批评上没有观点。在富尔维亚评论亚瑟的报告内容的时候，出现了一个重要的信息。

> 12. "**Everybody was talking about this UNESCO chair**," said Fulvia. "**Be'ind their 'ands**, naturally."
>
> "What chair is that?" Morris **felt a sudden stab of anxiety**, **cutting through** the warm glow imparted by the whisky and the agreeable happenstance of striking up acquaintance with this glamorous colleague. "**I haven't heard anything about a UNESCO chair**." (*SW*: 120)

以此种方式，扎普成为小说中第三位知道联合国教科文组织主席需要改选的人，他立即表现出了浓烈的兴趣。从他的反应就可以看出他对这个职位非常渴望，扎普"突然感到一阵焦虑"，眼睛里不再是"温暖的光芒"，他觉得这是"令人愉快的巧合"，他想结识这位"魅力四射"的女士。尽管富尔维亚告诉扎普，目前还没有正式公布这个职位空缺，但扎普仍然感到无法忍受自己竟然不知道这件事情，因此扎普极尽所能地向富尔维亚询问这一职位的详细情况。

富尔维亚将其所知告诉了扎普。联合国教科文组织主席一职每年有 10 万美元的免税收入，这是业内最高的薪水。虽然薪水高，但主席并不需要承担任何实质性的工作，它是"一个纯粹概念性的职位"（*SW*：120）。主席还可以自行决定参加任何联合国教科文组织的会议，而费用都由组织承担。此外，主席不需要监督学生、撰写论文和对委员会进行管理。如果主席想写论文，有很多秘书可以为他代劳。有关主席一职的待遇让扎普听的"头晕"（*SW*：121），此刻他在想如果他能当上联合国教科文组织主席，那么他既可拥有金钱又可获得名誉，大家一定会非常妒忌他。就目前而言，有意于这个职位的有齐格弗里德教授和塔迪厄教授。教授们正在想尽一切办法来击垮他们的对手。巧合的是，珀斯发现了齐格弗里德的抄袭，扎普在这件事情上极力帮助珀斯，因此给了齐格弗里德一个不小的打击。扎普很是为这件事高兴，但是很快他的厄运也到来了。

联合国教科文组织主席职位争夺战开始了。如果说揭露齐格弗里德的抄袭是珀斯无意且碰巧的行为，那么鲁迪亚德·帕金森撰写的对扎普一书的批评性极强的书评就属恶意行为。扎普虽想成为联合国教科文组织的主席，但他并没有伤害任何人。帕金森教授作为学界知名且地位很高的教授，他的看法对于其他学者来说至关重要。扎普突然受到了帕金森的强烈批评，这对于他来说是一个意外的灾难；而更意外的是，扎普的好友菲利普·史沃娄教授——这一在学术上并无任何出彩之处之人——的一本小书却得到了帕金森教授极尽赞誉的评价。

扎普认为这是一个深思熟虑的计划。从表面上看，帕金森赞扬了菲利普的小书，但他真正的意图是给扎普一个不小的打击，让扎普失去竞争联合国教科文组织主席的机会。但扎普不允许自己被践踏，他立即回到自己的房间，看看是否有什么地方可以反击。相较于菲利普的幸运，扎普的确有些命运不济，只因他还没有出击就被人迎头一棒，而竞争对手却是一个又一个更多了起来。

扎普真的很担心这种情况。帕金森对菲利普极尽赞誉的书评有两个直接的影响。首先，恰逢当时正是英国反理论的回归阶段，菲利普在学术界的声誉迅速确立，并有超过自己的倾向；其次，扎普的学术地位呈下降趋势，很可能菲利普将成为英国文论界的代表，那样的话，情况就复杂了。除此之外，亚瑟也让扎普担心不已。如果亚瑟仍想保持自己在文学批评界无与伦比的地位，那么他会更愿意任命一个像菲利普这样的"笨人"。扎普和梅登小姐的对话表明这次竞争真的很激烈，每位参与竞选的选手都必须考虑到各个因素，分析每一种可能的结果，并尽可能快地采取行动。然而，扎普现在的情况一点也不好，最近发生的一切都对扎普很不利，这让他心情阴沉。帕金森借由书评对扎普进行了猛烈的攻击。扎普发表的一篇论文本是想给帕金森一个打击，却适得其反地激起了由其前妻德西莉（Desiree）带头的女权主义者的反对。而他唯一的支持者珀斯也消失了，没有留下任何信息。更糟的是，听到菲利普有可能被任命为主席，这一消息让扎普他很难接受。

在苏黎世的乔伊斯会议结束后，扎普回到他位于科莫湖畔的豪华别墅。他过着简单而平常的生活。他早上读书写作，下午午休后处理信件。在太阳快下山的时候，他就去慢跑。有一天，在别墅度假的扎普收到了亚瑟的来信，感谢扎普在芝加哥会议上发表的主题演讲。扎普立即回信并邀请亚瑟出席他在耶路撒冷举行的会议。在离开别墅的路上，他把信扔进门口的邮箱里，然后他开始慢跑。当扎普在森林里慢跑时，他突然觉得"一切都变黑了"（*SW*：250）。

"一切都变黑了"是一句非常富有想象力的话，读者不禁会想是不是扎普晕倒了，还是他突然眼睛出了问题等，但是小说却在写完这句话后转而叙述其他的事情。在小说中，再次提起扎普的是珀斯，他问塔迪厄教授扎普是否出席了叙事学的会议。塔迪厄教授告诉珀斯扎普本应出席会议的，但他并没有出现，而且也没有人知道他为什么不参加会议，这对于与会者来说仍然是个谜，会议上几乎所有的人都在谈论他的缺席。

扎普就这样在自己的别墅附近消失不见了。他不仅没有参加在维也纳举办的会议，也没有出现在贝拉吉奥会议上。事实是，扎普自从寄信的那日起就再没有回来。没人知道他去了哪里，警察也开始了调查。他们检查了扎普别墅里的一切，包括他想寄给亚瑟的信。警察组队对森林进行了搜索，他们甚至考虑是否需要将湖水抽干检查一下。整个过程中扎普都没有出现。扎普的突然消失给叙事设置了悬念，增强了叙事的戏剧性，而最耐人寻味的是扎普的意外消失给他本人带来的人生感悟。关于这一点，在小说最后的 MLA 会议中，扎普会向珀斯说明。

当珀斯错将莉莉当作安吉莉卡之后，带着梦想的破灭，他去了扎普的房间。在屋里，珀斯向扎普道歉，说他不是故意要打乱扎普的演讲。扎普则回答说，在他被绑架后，他对主席一职已经一点也不在意了，并且他对生命有了新的理解。他告诉珀斯，他已戒掉了野心，活着对他来说已经足够了。直到此时，读者才了解到，原来扎普的突然消失是因为他被绑架了，怪不得一个热衷开会之人会缺席多次会议。

随后人们才得知是几个极端分子绑架了扎普，这一绑架事件给扎普的人生带来了重要的转折点。虽然这个绑架事件是偶然发生的，但其效果却具有决定性。扎普因为有过这次经历，于是放弃了之前要成为联合国教科文组织主席的雄心壮志，并且也对解构主义失去了信心。之前他在每一次国际会议上都热情地倡导解构主义，说“每一次解码都是另一种编码”（*SW*：25）。当极端分子威胁要杀死他时，扎普明白了“死亡是一个你无法解构的概念”（*SW*：328）。

扎普还告诉珀斯他将与瑟尔玛（Thelma）结婚，她曾是一位品行非常卑劣的教授的妻子。扎普告诉珀斯，他们两人是在耶路撒冷开始交往的，在单身十多年后，扎普决定和瑟尔玛开始新的生活。扎普向正常生活的回归意味着他的一次重生。

4.3.2.4 鲁迪亚德·帕金森对主席一职的追求

鲁迪亚德·帕金森是英语小说评论界中颇具影响力的文学评论家，他是在珀斯获得诗歌奖的颁奖典礼上首次出现的。帕金森从图书发行商费利克斯·斯金纳（Felix Skinner）那里收到了一本关于《赫兹利特和业余读者》（*Hazlitt and the Amateur Reader*）的书，他想让帕金森写一篇评论。

> 13. “**What is this chair?**” Rudyard Parkinson **persisted**.
> Textel told him. “Interested?” he concluded.
> “**Oh, no,**” said Rudyard Parkinson, smiling and shaking his head. “I’m quite content.” (*SW*: 163).

帕金森是第四个知道联合国教科文组织主席一职空缺的人，但他的反应和其他教授有点不同。在从雅克·特克泰尔那里得到消息时，帕金森一点也不感兴趣。帕金森沾沾自喜地说，他对自己在位于牛津的圣徒大学当教授（All Saints College）的状况感到十分满意，但是当雅克告知他“主席”只是一个概念性的职位，根本不用因为职位搬到任何地方，并且一年还可以得到 10 万美元的收入时，他就开始重新考虑这个职位了，然后“他越想越觉得有吸引力”，毕竟，这个职位和一般职位完全不同。

通过作者对帕金森心理活动的描写，读者可以看出这个职位吸引他的主要原因是薪水和特权。帕金森讲述了在学术界任命职位的规则，他在这方面很有经验，因此他必须做一些像宣言一样的事情来获得这个职位。帕金森制定了一个竞选联合国教科文组织主席一职的计划。他决定击败他的对手扎普，因此他的目光就落在菲利普的书上，菲利普的文学批评思想与扎普不同，帕金森立即对“英国批评学派”（*SW*：164）进行了评论，对菲利普的书给予了高度的赞扬，并对扎普的思想提出了强烈的批评。这篇文章发表在最有影响力的文学期刊《泰晤士报文学增刊》（*Times Literary Supplement*）上，显然这会给扎普一个沉重的打击。

帕金森真是个狡猾老练的选手，他不会在对手倒下之前现身。他对扎普蓄意的攻击是一种聪明但低劣的手段，在此过程中他丢失了一个评论家和教授的基本品德。他眼中的书评并不是评价一个教授学术水平的客观尺度，而是他争名夺利的工具。如果说《小世界》中的人物都是现代骑士的话，那么帕金森就是一个不道德的黑骑士。后来在香农的颁奖晚会上，当费利克斯问帕金森关于菲利普的书评时，帕金森说这篇论文将在第二天的《泰晤士报文学增刊》上发表。

由于帕金森对菲利普这本书的高度评价，菲利普突然成为世界著名教授，甚至有机会竞争联合国教科文组织主席一职。这个结果出乎帕金森的意料，因为他从来没有想过要为自己制造另一个对手来击败一个对手。此外，扎普是最可怜的一个，因为他本身没有做错任何事情，却无辜成为帕金森的攻击目标。但是，帕金森的计划在执行过程中也不顺利。因为一个小错误，他失去了联合国教科文组织官员雅克的支持。雅克对帕金森在温哥华会议上的自负和自满感到恼火，因此他故意曲解帕金森的意思，将菲利普提名为主席候选人。并且，在帕金森故意找扎普麻烦后，他的麻烦也随之而来。雅克首先向他的英国女婿透露了菲利普的名字，他的女婿是《星期日泰晤士报》（*The Sunday Times*）的记者。他正奉命写一篇关于红砖大学的报道，于是他用了整整一段来报道菲利普的书，并在最后提到菲利普与联合国教科文组织主席一职有关。帕金森从来没有想过这样的结果，他的吃惊刚好可以用他被食物卡住食管这一细节来体现。讽刺的是，虽然帕金森设计了一切，但不幸的是他成了菲利普的垫脚石，正如他最早设计让扎普当他的垫脚石一样。

新闻可以成就一个人，也可以毁掉一个人。这条规则适用于任何人，包括帕金森。他想用菲利普的书来攻击扎普。他打击了扎普，也伤了自己。帕金森从来没有想过他的评论能成就菲利普，因为他本意是利用菲利普攻击扎普。对于帕金森现在所处的尴尬状况，读者并不会给予同情，只因他播种了恶，因此也将受到更坏的惩罚。这一事件的安排也体现了作者洛奇本人的人生观和价值观，即对纯粹学术小世界的维持和向往。

对于帕金森来说，唯一有机会得到主席职位的时候就是在 MLA 会议上。不幸的是他又来晚了，错过了下午那场最重要的会议。当出版商费利克斯问他原因时，帕金森说他被警察怀疑是走私犯，因而被搜了身。他对此事很愤怒，就投诉了警察，故而错过了下午的会议。帕金森看起来老练聪明的计划最终在滑稽中落幕，这些事件在读者的阅读过程中产生了讽刺和幽默的效果。

4.3.2.5 菲利普·史沃娄对主席一职的追求

不知不觉中，菲利普就被卷入了联合国教科文组织主席的竞争中。实际上，他在教育这个行业里并不是一个雄心勃勃的人。他对这个职位也不太感兴趣。他所感兴趣的是追求个人人生的强度，也就是过一种刺激的生活。在小说中，菲利普并没有采取任何行动来为自己谋划担任主席一职。

即使对于菲利普本人来说，他也很惊讶为什么他最近如此出名和受欢迎。他不知道为什么他的名字会与联合国教科文组织主席一职联系在一起。他的情人乔伊·辛普森（Joy Simpson）听到这些却无法掩饰她的高兴，因为她喜欢住在巴黎。菲利普也想得到这个职位，但他不像帕金森或扎普那样迫切和志在必得。他并没有被各种消息冲昏头脑，他清楚地知道自己不可能当上主席，所以对这个消息也毫不在意，只不过最近发生的所有事情都使他感到困惑，也让他无法控制。

当菲利普和乔伊在希腊的德尔菲旅行时，他们遇到了梅登小姐。梅登小姐感觉到了两人之间非同寻常的关系，菲利普也向她解释说，他的个人生活正处于一个过渡时期，他希望梅登小姐不要向别人提及他们在德尔菲的相遇。然后，梅登小姐谈到了联合国教科文组织主席一职。梅登小姐提醒菲利普注意保护自己的名誉，因为在学界小圈子的人眼中，他是联合国教科文组织主席的候选人之一。但对于菲利普来说，他似乎不太在乎这个职位。而且，在所有的竞选教授中，菲利普也是最被动的一个。即使他知道名单上有他的名字，他也没有像其他候选人那样绞尽脑汁地想怎样才能得到这个职位。他只专注于追寻对人生强度的体验。而此刻，他所谓的体验强度来自他与乔伊在一起所度过的时光。但是，乔伊却很关心菲利普能否当选。她问梅登小姐谁最有可能当上主席。梅登小姐用含糊不清的声音说："最令人意想不到之人。"（*SW*：246）到目前为止，菲利普的确是那个最令人意想不到的人。乔伊迫切地希望那个人就是菲利普，也许读者也会有同样的期待。

在菲利普与乔伊享受浪漫爱情之时，一场误以为的"黑死病"成为检验他们爱情的试金石。在耶路撒冷开会时，菲利普突然发烧，乔伊害怕被传染，于是毫不留情地只身离开。对比之下，其妻子希拉莉却不顾一切赶过来照顾他。这一经历让身患疾病的菲利普明白，自己的神经其实根本无法承受所谓的人生强度，于是与妻子希拉莉重回正常生活。因此，菲利普是被动参与竞选的候选人，其本人的人生追求也不在此，但是也在乔伊抛弃他之后，他才猛然醒悟自己对人生强度体验的追寻目标是多么的不现实。至此为止，他是继扎普后第二位主动反省并对人生追寻目标进行改变的智者。虽然在此过程中发生了许多滑稽可笑的事，作者也对两位极尽挖苦、讽刺和捉弄，但是最后两人的醒悟却是作者的真正用意所在，也是小说写作的终极目的之一，任何不切实际的追寻都注定是失败的，正常理智的生活才是每个人应该珍惜和保护的。

4.3.2.6 亚瑟·金费舍对主席一职的追求

亚瑟·金费舍是国际文学理论界的元老，也是学术圈内唯一一位同时在不同大陆担任主席的人，他虽然已经退休，但仍活跃在学术界。亚瑟是学术界最具传奇性的人物。他在世纪之交的维也纳知识分子浪潮那个年代出生，革命时期他在莫斯科跟随维克托·什克洛夫斯基（Viktor Shklovsky）学习，20 世纪 20 年代末在剑桥大学跟随 I. A. 理查兹（I. A. Richards）学习，30 年代在布拉格则跟随罗曼·雅各布森（Roman Jakobson），1939 年移民美国，成为 20 世纪四五十年代新批评领域的领军人物，后来成为结构主义的先驱，他的多部作品被翻译成德文。他获得了许多荣誉学位。由于他准备退休，英国文学批评界需要一位新的主席，而他则是联合国教科文组织主席一职的评审员。

Kingfisher——“渔王”，顾名思义，就是指亚瑟是这个学术小世界中的国王。然而，他缺乏活力，无论在爱情上还是在文学理论上都是无能的，这一主题与艾略特的《荒原》主题一致，会使一部分读者对《小世界》产生共鸣。在 MLA 会议上，几乎所有与会人员都参加了“批评的未来”这一论坛会议。菲利普·史沃娄、米歇尔·塔迪厄、齐格弗里德·冯·图尔皮茨、富尔维亚·莫尔加纳和莫里斯·扎普分别做了报告，但是随着他们演讲的推进，亚瑟表现得越来越沮丧。他低下头，坐在椅子上，等扎普讲完的时候，他几乎已经快睡着了。这表明他无法辨别出哪种理论好或者他同意哪种理论观点，他丧失自己的观点则是其无能的最有力的表现。

在这个时候，珀斯提了一个问题：“如果每个人都同意你的观点，那接下来会发生什么？”（*SW*：319）这让亚瑟一下子重焕生机。听到这个问题，亚瑟突然笑了起来，那是“阳光穿透云端”（*SW*：319）的光明。亚瑟边点头边说：“在批判实践领域，重要的不是真理，而是差异。”（*SW*：319）这个问题不仅治愈了亚瑟的“阳痿”，也让他脱离了反复权衡到底哪一个文学理论比其他理论好的禁锢。此问题带给亚瑟的启发是不必纠结理论孰优孰劣，关键是理论之间的分歧，因为差异才使得学术小世界蓬勃发展。

MLA 会议所在酒店的最高层正在举办宴会。在宴会上，联合国教科文组织行政官员雅克·特克泰尔正在宣布下一届联合国教科文组织主席的任命。在准备宣布之时，雅克环顾一周，看到了莫里斯·扎普、菲利普·史沃娄、米歇尔·塔迪厄、富尔维亚·莫尔加纳和齐格弗里德·冯·图尔皮茨那紧张而又期待的表情，但是他的宣布结果却是由亚瑟·金费舍继续担任主席一职，亚瑟将继续成为学术小世界的冠冕之王。

> 14. “As most of you know,” Jacques Textel was saying, “UNESCO intends to found a new chair of literary criticism tenable anywhere in the world, … “**Arthur has just told me,**” said Jacques Textel, “that **he is prepared to come out of retirement and allow his own name to go forward for the chair.**” (*SW*: 333)

亚瑟可真是“最令人意想不到之人”啊！因为如果他想继续担任，就不会有主席一职空缺的传闻；既然有了这个空缺，唯一的可能就是他不愿再担任主席一职，想让更有能力的人担任。所以，《小世界》中的所有人还有读者应该都没有想到会是这样的结果。但是，亚瑟在珀斯提问后顿悟，重获学术之力，他的任职又无可厚非，毕竟他的确是最适合这个职位的人。而亚瑟对各位的解释是，他觉得自己被赋予了新的生命，而这种新的生命力可以让他更好地为国际学术界服务。对主席一职的诸种纷扰争夺也就到此为止了，小说中提供的“主席”一职的真正含义也在此得到揭晓，那就是通过这场追寻，每个人都找到了自己人生中真正应该追寻的东西，也明白了人生的真谛。在圣杯传奇中，也有不少学者认为最重要的并非找到圣杯，而是追寻的过程本身。

4.3.3 追寻生命的强度

脚本可以用来解释一个目标是如何在一系列动作中实现的。沙克和阿伯森（Schank & Abelson 1977：72）认为“一个常规化的计划可以变成一个脚本……计划是脚本的来源。脚本在理解过程中是为了完成计划而存在的，即作为对旨在实现目标的一系列行动的解释”。要建构《小世界》文本的脚本，读者就必须对不同人物的目标有一个总的认识。在小说的第一部分，作者就已经向读者全面展示了不同人物的人生目标。对于菲利普·史沃娄教授来说，他的人生目标就是实现生命的强度。

> 15. Philip smiled wanly and refilled their glasses. “Intensity,” he said. “**Intensity of experience is what we’re looking for, I think.** We know we won’t find it at home any more, but **there’s always the hope that we’ll find it abroad.** I found it in America in ‘69.”
>
> “With Desiree?”
>
> “Not just Desiree, though she was an important part of it. **It was the excitement, the richness of the whole experience, the mixture of pleasure and danger and freedom —tand the sun**.” (*SW*: 66)

在小说的第一部分，作者向读者呈现了一个追求的狂欢节，每个人在一开始就有自己明确的追寻目标，如珀斯对女性的追求、教授们对名望的追求、菲利普对人生强度的追求等，反复强调浪漫传奇体裁中的追求脚本，也即浪漫传奇的结构原型。对于菲利普来说，经过慎重思考，他发现他想要的是生活的强度。对于他来说，要增强人生厚度首先要走出家庭生活，有强度的生活才是富有生命力和充满激情的，他应该感受生活的兴奋多姿，因此，出国是实现他追求目标的第一步，也是最关键的一步。

从菲利普所说的话来看，他似乎不止一次经历过有强度的生活。有强度的生活主要指的是菲利普对感情的要求，他的这种既兴奋又危险的经历都是从婚外情中获得的。在扎普来到卢米奇大学开会期间，晚上他与其他人在菲利普家里聊天，菲利普告诉了扎普最令他难忘的一次感情冒险。扎普将这次讲述看作叙事者和听众之间的对话，而这一文本世界本身又产生了几个亚文本世界，此次叙述生成了一个叙事中的叙事。

菲利普作为卢米奇大学的教授，曾和他的学生有过不正当关系。该学生将此过程写在考试试卷上，并以此要挟，索要高分。菲利普告诉扎普，从那以后，他就对学生失去了兴趣。但他仍然不放弃追求生活的强度，那些他梦寐以求的“恋爱冒险”一定要发生在国外，因此当英国政府问他是否要去土耳其做讲座时，他毫不犹豫地就答应了。当菲利普沉浸在其美妙的土耳其“爱情冒险”想象中时，电话铃响了。原来是安排此次讲座的英国文化协会的电话，他们通知菲利普土耳其人想听到“关于文学、历史、社会、哲学和心理学”的讲座（*SW*：181）。这一要求几乎涵盖了文科的所有领域，而且很难靠一场讲座就把它们都讲出来。

菲利普本人也觉得这不是一篇容易写的论文，但他更害怕自己一旦不能满足对方的要求，出国就会化为泡影。因此，他答应尽力按要求写。因为有强大的个人动机驱动，菲利普迫切需要借助出国实现自己的人生目标。但是现实总是与梦想相差甚远，当时土耳其的国内局势相当危险和紧张，如恐怖主义横行、物资短缺、突然停电和可能被枪杀等，这确实与菲利普想象的浪漫美好背道而驰。菲利普去土耳其会怎么样？当地学校接待者阿克比尔·博拉克（Akbil Borak）讲述了菲利普在土耳其经历的“苦难”。

在英国文化协会描述了土耳其的现状后，菲利普心怀恐惧地踏上了他的土耳其之旅。当阿克比尔和英国文化协会工作人员卡斯特先生（Mr. Custer）在机场迎接菲利普时，菲利普还沉浸在想象的紧张中，根本没有注意到路面上的一个洞，因此直接就摔倒在机场外。卡斯特先生本以为带菲利普去参观一下土耳其国父阿塔图尔克的墓是一种好客的款待，但事情的发展又出乎了他们的意料。

菲利普一行来到墓址后，看到有武装士兵守卫在护墙上，周围悄然无声。阿克比尔告诉菲利普，士兵们出现在这里是为了让阿塔图尔克看执行死罪的过程，菲利普竟然相信了这套说辞，因此比来之前更加紧张了。神经高度紧张的菲尔普问了阿克比尔一些非常愚蠢的问题：“我擦个鼻涕行吗？”“士兵们会怀疑我的跛脚是假的吗？”（*SW*：180）这些问题不仅再一次表明了菲利普的紧张和恐惧，也加剧了文本的喜剧效果。为了让菲利普更加有安全感，卡斯特先生告诉菲利普“跟着我做”。然后，三人在士兵们的眼皮底下走过大会场，走向礼堂。不幸的是，卡斯特先生被一块铺路石绊倒，摔倒在地。时刻谨记“跟着我做”指令的菲利普也迅速倒下，俯伏在地。这段小插曲是事后阿克比尔讲给他妻子奥雅（Oya）听的，当听到菲利普的反应时，奥雅就咯咯地笑了起来，相信读者也会同样忍俊不禁。这些滑稽又充满艰辛的追求过程，凸显了菲利普追求生命强度这一人生经历时的困难，同时如果目标没有达成，巨大的反差更能体现目标本身的荒诞。

在土耳其的所有不顺利和不快乐的经历让菲利普多次质疑自己到底为什么来这里。他在土耳其没有认识的人，也不太习惯每晚都参加聚会。在前往伊斯坦布尔之前的那个晚上，菲利普受邀参加由英国文化协会举办的另一个聚会。当他爬上汽车时，他已经后悔此次的出行。菲利普的计划几乎失败了，因为在这个国家几乎找不到一位女士。根据菲利普的观察，他没有任何机会和一个土耳其女人进行所谓的爱情冒险。他们的丈夫都紧盯着自己的女人，而所有懒洋洋的女学生也都离他很远。总之，土耳其是一个传统的国家，有很多的道德约束和规矩，菲利普任由自己的思绪流淌。

令人失望的土耳其经历使菲利普对自己的追求感到怀疑。他一直在问自己为什么在这里。菲利普想知道，土耳其的经历是否暗示他需要放弃对生活强度的追求，并“从性和工作中退休”，最终也从生活中退休。但突然间，他看到了乔伊·辛普森，这一瞥反而更坚定了他的追求信念。

4.3.3.1 乔伊的现身

乔伊，一个与菲利普有过交往且令他念念不忘的女士，本已死于一场空难，却意外地出现在土耳其驻英国大使举办的聚会上。

> 16. **The first face that Philip focused on was Joy Simpson's.**
>
> **Akbil Borak never ceased to be surprised by Philip Swallow's behaviour**. …on the evening of his departure, he looked as if he was going to do it again, in Mr and Mrs Custer's drawing room, for **he stumbled on the threshold, and only saved himself from falling by grabbing at a chair-back for support**… (*SW*: 212)

一看到乔伊，菲利普几乎要晕倒了，原来他梦寐以求的女人并没有死。虽然此处并没有描写菲利普见到乔伊的心理活动，但可以肯定的是，此刻的他更多的是吃惊和高兴。菲利普太过专注地看乔伊，并没有注意到脚下的门槛，随即摔倒在地。他的摔倒让不少参加宴会的人扭头看，特别是阿克比尔，因为自从他开始接待菲利普教授，菲利普就一直在做着各种不可思议的动作，对于阿克比尔来说，菲利普是个古怪的人。

菲利普的举止依旧是从阿克比尔的视角讲出来的。阿克比尔不知道为什么菲利普突然这样做，但根据他对菲利普的印象，他用了“永不停止”来描述菲利普的反常行为（*SW*：212）。此外，阿克比尔强调，摔跤发生在菲利普“离开的那天晚上”（*SW*：212），这意味着菲利普在这样一个正式场合所表现出的反常行为是不可理解的，特别是那些对菲利普与乔伊之间曾经发生过什么一无所知的人，因此菲利普给参加聚会的人留下的印象就是：他是一个举止不当的英国人。

在菲利普进入聚会客厅被绊倒时，阿克比尔正在和伊斯坦布尔的英国文化协会图书管理员辛普森夫人（也就是乔伊）聊赫尔的商店。阿克比尔看到菲利普摔倒后急忙向他跑去。

> 17. Akbil hurried forward to offer assistance, but Philip, rising from his knees, shook off his hand and took a few uncertain steps towards Mrs Simpson. **His face was white. "You!" he whispered hoarsely, staring at Mrs Simpson. She, too, had turned slightly pale**, as well she might at this strange greeting.
>
> …

> **"I thought you were dead,"** said Philip Swallow. He had not altered the direction of his gaze, or even blinked. (*SW*: 212-213)

此刻的菲利普已经全然顾不上其他人的看法，他只想知道为何之前会在报纸刊登的空难名单中有乔伊的名字，但是她却又出现在这里。他以为自己看到的都是幻觉，于是他朝着乔伊的方向"不确定地迈步"。为了确定她是否是乔伊，菲利普盯着她，嘶哑地低声说："你！"乔伊看到菲利普时也很惊讶，脸色变得苍白，但乔伊很快调整了过来，友好而冷静地向菲利普打招呼。但菲利普并没有从震惊中恢复过来。菲利普随即对乔伊说了一句："我以为你死了。"（*SW*：213）乔伊这才有机会将事情的来龙去脉告诉菲利普，原来登飞机前她发现自己怀孕了，所以她和她的儿子并没有上飞机。飞机失事时只有她丈夫一人在飞机上，但航空公司并没有及时将他们的名字从乘客名单上删掉，因此当菲利普看到乘客名单时，就误以为她死了。

对于菲利普来说，在此遇到乔伊是非常有意义的一次邂逅，尤其是当他正在犹豫是否应该放弃追求生活强度这一目标时更显得及时和重要。看到乔伊的一刻，菲利普就确定了继续追求其目标的决心，因为乔伊会让他有机会拥有生活的强度。而且，他爱乔伊，他不能放弃与她团聚的机会。菲利普找了个借口，把阿克比尔和他的妻子打发走了，这样他就可以和乔伊单独在一起了。

小说接下来的一个场景就是在站台上焦急等待的菲利普。菲利普在即将离开土耳其的时候见到了乔伊，而不巧的是他们刚见面就要面临离别。为了能和乔伊相处的时间更长点，菲利普在聚会时拼命说服乔伊跟他一起走。为此菲利普还特意说服来送行的卡斯特和阿克比尔早点离开，不用等到火车开走了再回去。菲利普焦急地等待着乔伊，但半个钟头过去了，他仍然没有看见乔伊出现。此时的菲利普又回想起他们之间的对话，当时菲利普试图说服乔伊和他一起离开，但乔伊拒绝了，因为她刚到这里。菲利普继续劝说乔伊，说他不能放弃再次和她在一起的机会。他敞开心扉，几乎用眼睛吃掉她，还狼吞虎咽地看着她的容貌。乔伊问菲利普她为什么非要找个借口与他一起离开时，菲利普直截了当地说他爱她。此外，菲利普还强调他从未忘记那晚，他必须要跟乔伊好好谈谈。

菲利普想尽一切方法，让乔伊跟他一起走。卡斯特太太过来的时候，菲利普说乔伊的儿子身体不太舒服。虽然乔伊不太同意菲利普的做法，但她并未反驳菲利普，也说她的儿子"有点发烧"（*SW*：216）。乔伊回答卡斯特太太的问题之前，菲利普很紧张，因为他不确定乔伊是否会对卡斯特太太撒谎。乔伊的回答让菲利普脸上露出得意的笑容。菲利普离开之前，乔伊既没有给家人打电话，也没有答应菲利普和他一起离开。菲利普焦急地等在月台上。只剩最后三分钟了，乔伊还是没有出现。还有一分钟，菲利普不情愿地爬上火车，绝望地朝着检票口的方向望去，只见一个穿制服的列车员把口哨举到嘴边，列车马上就要开了。

悬念一直持续到最后一秒，此时的菲利普和读者都不知道乔伊会不会来，大家就这么一边紧张着，一边从菲利普的角度分析乔伊对菲利普的感情。不管是在意大利还是在土耳其，乔伊在任何时候都没有向菲利普表现出过强烈的感情。尤其是在意大利，在两人同床共眠过之后，第二天早上乔伊的行为很正常，也很有礼貌，因此菲利普不确定他们的爱情是不是一场梦。同样的情况也发生在土耳其的安卡拉，当菲利普说“我爱你”时，乔伊拒绝了他，并说“不要这么可笑”（*SW*：217）。

菲利普在月台上等待着乔伊，他感觉自己像是站在椅子的边缘，既兴奋又害怕。过去一周在土耳其的种种不快，在他看到乔伊后就烟消云散了。现在他又成了自己故事的主角，他可以与乔伊一起创造任何故事。菲利普认为他像电影里的英雄一样勇敢地说出了“我爱你”。此刻的他否定了自己之前的想法，他的追寻并没结束，他还不到退休年龄，他仍然可以成为浪漫传奇中的一个英雄人物。因为他与乔伊再次相遇了，所以他的所有热情也随之又恢复了。

菲利普看到了乔伊，这将他之前所有的焦虑和恐惧都驱散了。他看到乔伊在站台上奔跑，便使出浑身解数阻止火车开车的哨声，菲利普给了列车员一张大面额的钞票，那人高兴地打开了门。乔伊终于来了，她的出现证明了她也并非对菲利普无感。看来菲利普这次真的不需要放弃他追求人生强度的目标，也不必退休了。

> 18. **“I had come back from the dead,”** Philip groaned, remembering. **“You were life, beauty. I wanted to be reconnected to life. You healed me.”**
>
> “I took my hands off the wheel,” said Joy. “I went over the edge with you because I had never been wanted like that before.” (*SW*: 220)

现在是他们回忆过去美好时光的时候了。乔伊先开口了，两人已经三年没见面了，以前他们也不认识，因此乔伊一开始还有点紧张，她说话有些“急促”又有些“迟疑”，但渐渐地，她说得越来越流利。他们谈论着第一次在意大利见面的场景。

就像古典浪漫传奇中的圣杯一样，乔伊就是菲利普的圣杯，因为她治愈了他毫无波澜的、犹如一潭死水的生活，让他重获新生。在意大利时，菲利普差点在空难中丧生，之后他来到乔伊家，此刻的他还沉浸在恐惧中，但看到乔伊就像看到“生命”一般。他与乔伊的爱情冒险是一种给予他生命的活动。对于乔伊而言，从来没有一个男人像菲利普这般如此渴望过她。菲利普对她的渴望使她体会到了做女人的价值，因此她屈服于菲利普的诱惑。菲利普在伊斯坦布尔的乔伊家住了几天，他们在一起的日子快乐又开心。菲利普重获了对生命强度的体验，随着他离开日期的临近，他期待下一次与乔伊在耶路撒冷的旅行。

4.3.3.2 耶路撒冷的生命强度体验

按照计划，菲利普会去耶路撒冷参加扎普举办的会议。因为与乔伊的再次相见，在去之前，菲利普专门给扎普写了一封信，他的真正意图是问扎普他是否能带上一个“朋友”。菲利普告知了扎普他的近期经历。

> 19. This missive gives Morris no pleasure at all. “Madly in love,” forsooth! Is this language appropriate to a man in his fiftieth year? （*SW*: 248）

当扎普在卢米奇参加会议时，菲利普高兴地向扎普讲述了他的故事。《小世界》中菲利普和扎普是很好的朋友。他们的关系从信中的内容也可以明显看出来，菲利普把扎普当作自己的密友，直接告诉他自己近期的感受和心情。在信中，菲利普要求扎普为他保留一个双人间。同时，菲利普也想和扎普分享他的快乐。菲利普告诉扎普，他和乔伊“疯狂相爱”了（*SW*：248），他会在适当的时候向妻子提出离婚。

菲利普想带乔伊去耶路撒冷，他们可以在那里度过一个完美的假期，且不会被人打扰。菲利普的这封信充满激情，满怀兴奋。菲利普在与乔伊再次相遇之后，重返活力。然而，扎普却被菲利普的信激怒了。一个 50 多岁的男人还谈论“疯狂的爱情”在扎普看来是非常不合适的。爱情是不存在的东西，它是一种幻觉。扎普认为菲利普被幻觉吞噬了。然而，这也反映出菲利普是真的致力于追求爱和有强度的生命体验。

下一幅场景就是在耶路撒冷召开的“批评的未来”研讨会，会议如火如荼地进行着，几乎所有参会者都说这是他们参加过的最好的会议，因为扎普把参会人数控制在最低限度。菲利普和乔伊在此也过得很愉快，两人的活动是从另一位参会者罗德尼·温赖特（Rodney Wainwright）的角度来叙述的。罗德尼就住在两人的隔壁，经常被他们发出的各种声音打扰。不仅如此，俩人还报名参加了所有的旅游项目，正当一切都很顺利，两人也玩得很开心的时候，菲利普遇见了他的儿子。

这一插曲给菲利普和乔伊的关系带来了戏剧性的改变，从事件的叙事功能上来看，这可以看作一个决定性的巧合。当菲利普、乔伊和罗德尼外出旅行时，他们遇到了菲利普的儿子马修（Matthew）。菲利普当时就看起来“很尴尬”，“好像被烧死了似的，瞬间从喜悦中抽身而出”（*SW*：303）。他完全没有想到会在这里遇见自己的儿子！菲利普用惊讶和愤怒的语气问他的儿子：“你怎么在这里？”（*SW*：303）此时的菲利普就像一个正在做错事的孩子被当场抓住一样，他极力想澄清事实。他的儿子马修也很奇怪，他看到自己的父亲抱着一个女人，他很想知道这个女人是谁。

因为菲利普在他儿子面前极力与乔伊保持距离，这让乔伊很失落。乔伊在看到马修后，刚开始还很高兴，因为乔伊曾偷偷去过菲利普家，她认识马修。她本来很兴奋地想请菲利普给他们互相介绍一下，因为她相信菲利普会告诉马修她是他在不久的将来要娶的女人。菲利普犹豫了一下，然后把乔伊作为辛普森太太介绍给了马修。这意味着菲利普想与乔伊保持距离。此外，菲利普还有意阻止了乔伊和马修的对话。他让乔伊和罗德尼一起回到缆车上，这样看起来好似乔伊和罗德尼有某种特殊关系。这时，乔伊才意识到发生了什么。她“看起来很震惊”（*SW*：303），因为菲利普的命令对她来说是一种耻辱。她想说话，但放弃了，并“默默地走开”了（*SW*：303）。

他们上车回家时，菲利普整个旅程都在闭眼休息，并且看上去非常痛苦。但乔伊似乎一点也不关心菲利普。后来菲利普竟发烧休克了。乔伊将菲利普的病情告诉了扎普，然后独自一人去参加烧烤派对，她并没有留下来照顾菲利普。乔伊和菲利普之间暴风骤雨般的爱情突然趋于平静，菲利普的表现令乔伊在他儿子马修面前非常丢脸，于是乔伊先从疯狂的爱中清醒了过来。但是情况似乎越来越糟糕，当罗德尼在大会上发表演讲时，会议室后面传来一阵骚动。乔伊正在就菲利普的病情悄悄地咨询萨姆·辛格曼（Sam Singerman），然后萨姆突然就站了起来并打断了罗德尼的演讲，向大家宣布菲利普可能染上了军团病（或称为黑死病）。一听到这一恐怖的传染病，尖叫的女人、晕倒者、马上逃离者乱作一团，不到一个小时，酒店大厅就聚集了几乎所有的参会者，他们正在等着送他们去机场的大巴。

在告知了会议委员会菲利普有可能染上黑死病后，乔伊也收拾好了自己的行李。她说她不能留下来冒险，因为她还有孩子要照顾。扎普说这就意味着她抛弃了菲利普，而乔伊却说，她已经给菲利普的妻子打过电话了，希拉莉正在赶往耶路撒冷的路上，并补充说这是菲利普的主意。菲利普生病后，乔伊的种种行为表明，也许她并不是真的爱菲利普，即使菲利普在他儿子面前对乔伊的态度令其很生气，但这也不能成为她离开的主要原因。

乔伊的反应证实了扎普对他们爱情的看法。扎普认为一个 50 多岁的男人还在谈论“疯狂的爱情”是不合时宜的，因为爱是一种幻觉。菲利普被乔伊抛弃正好可以给菲利普一个教训。相反，菲利普的妻子希拉莉在明知黑死病的危险程度的情况下，仍然前来照顾菲利普，这更加凸显了危难时刻夫妻相互照顾的温情和稳定。希拉莉可以不顾自己的生死来到耶路撒冷照顾菲利普，而乔伊则因为害怕被传染而尽快离开，这一对比突显出菲利普一直在寻找的生命强度也是一种错觉。

4.3.3.3　回归家庭生活

菲利普也是 MLA 会议的主旨发言人之一，他在耶路撒冷会议上被说有可能染上黑死病，但实际上仅仅是得了一场感冒。当菲利普再次出现在美国会议上的时候，他告诉珀斯，当他知道亚瑟在这个世界上有一对双胞胎女儿时，他能理解亚瑟的感受，因为他有相似的经历。

> 20. “I know what it’s like to discover that you have a child you never dreamt existed,” he said, as they waited for the main elevator. “**I found I had a daughter like that, once. Then I lost her again.**” The lift doors opened and they entered it.
>
> “How was that?”
>
> “It’s a long story,” said Philip Swallow. “**Basically I failed in the role of romantic hero. I thought I wasn’t too old for it, but I was. My nerve failed me at a crucial moment.**” (*SW*: 335-336)

实际上，菲利普指的是他和乔伊之间的事情。乔伊给菲利普生了一个女儿，但随着乔伊在他生病时的无情离去，两人的关系也就结束了，因此他又失去了女儿。菲利普总结说，尽管他一度认为自己有能力成为一个英雄，但他还是失败了。在耶路撒冷遇见自己儿子马修的意外，使他神经衰弱，因此身体承受不住，并因此失去了乔伊。菲利普对生活强度的追寻最终以菲利普回归普通平静的家庭生活而告终。这一生死之关也让菲利普彻底醒悟过来，发现还是平淡的家庭生活更加适合自己。

4.3.4　其他追寻

《小世界》经常被看作一个学者的狂欢广场，在这里上演着各式人物的不同追求过程，人们欣赏着他们各自的行为举止。除了小说中展示的两大追寻主题——珀斯对自以为的心中所爱的全球追寻和诸多教授对联合国教科文组织主席一职的追求——之外，小说中还穿插了其他种类的追求。虽然它们的追寻脚本不像前两个那样突出，但诸多不同追寻目标形成了并列的追寻结构。如果说古典浪漫传奇仅是围绕一个追寻脚本进行的话，那么《小世界》就打破了这种主次层级关系，将众生皆置于平等地位，让各个人物在自己所认为的那个重要世界中实现自己的愿望和目标。

4.3.4.1 罗宾·邓普西的追寻

小说中的罗宾·邓普西教授来自英格兰北部的一所新成立的达灵顿大学（Darlington University）。在去那所大学之前，他是菲利普的同事。由于他不满意卢米奇大学给他的待遇，特别是当他和菲利普两人竞争教授一职时，卢米奇校方让菲利普晋升教授，于是他就离开了那里。他自称语言学家和文体学家，后来在达灵顿大学从事计算文体学的研究。邓普西是单身汉，他的妻子在他离开卢米奇大学时和他离了婚。他独自住在达灵顿校园里，倍感孤独，除了计算机中心，他无处可去。

在达灵顿大学的计算机中心，高级讲师乔希·柯林斯（Josh Collins）总在那。他告诉邓普西，爱丽莎（Eliza）这一能让人与电脑说话的程序已经研制成功了。爱丽莎是一款借助电脑屏幕用标准英语与人类进行连贯对话的程序。这正好让孤独的邓普西找到了一个倾诉对象，他开始和爱丽莎聊天。结果是，他跟爱丽莎说得越多，他就越想说。最终，除了吃饭和睡觉，邓普西就一直在计算机中心打字。邓普西一直将菲利普作为竞争对手并执着于这件事，他甚至认为全世界都在密谋反对他。他已经将爱丽莎当作自己的密友，他告诉爱丽莎，当他得知菲利普竟成为联合国教科文组织主席候选人时他十分愤怒，但爱丽莎的回答却是让他“开枪自杀”。

这个答案突然让邓普西意识到了爱丽莎存在的真实性，随后他发现竟是乔希假装成爱丽莎与他聊天，并窥探他的隐私。面对被菲利普打败并被乔希戏弄的事实，邓普西在追求击败对手的过程中成了一个彻底的失败者。幸好在故事最后，他和前妻的重逢让他回归到了正常的生活。

4.3.4.2 作家们的追求

小说给读者呈现出两种不同学术氛围的转折点是珀斯在 MLA 会议上对亚瑟的提问。在此之前，《小世界》中的学术荒原在各个方面都表现出了贫瘠，不仅是学者们理论思维的枯竭，也包括作家们的智力灵感的枯竭。在珀斯提问之后，学术领域的一切都变得好了起来，小说中的作家们也感受到了自身的变化。小说里有两位小说家，一位是扎普的前妻德西莉，另一位是男作家弗罗比舍。在珀斯问过问题之后，德西莉对弗罗比舍说她对女权主义完全失去了信心。德西莉是女权主义的代表人物，可以说她就是女权主义的代言人，但现在她却说她失去了信心。德西莉说在她完成第二部小说时，她意识到自己根本不能被称为真正的作家。她的著作《艰难时日》（*Difficult Days*）不能称为小说，因为书里通篇全是攻击和贬低男人的语言。但她的感觉与读者的反应完全相反，她的秘书觉得这是一本优秀的小说，并且也相信她的第二本书《男人》（*Men*）也会是一本很好的小说。

弗罗比舍和德西莉有同样的感觉，他觉得自己又找回了自己的写作风格。弗罗比舍自从达灵顿大学回来以后就一直患有书写障碍。但此刻，当他坐在华盛顿广场，沐浴在非同寻常的阳光下时，他突然想到了小说开篇的第一句话应该写什么。他要写一部新小说，他甚至能感觉到句子的节奏。所以珀斯的问题治愈的不仅是亚瑟的学术枯竭，也给学术小世界中的每位都带来了全新的灵感。

4.4　建构学者浪漫传奇追求脚本的核心事件——巧合

弗莱在《批评的解剖》中讨论了四种叙事结构——喜剧、传奇、悲剧及讽刺，他认为“冲突”是传奇的基础或叫原型主题，因为构成传奇基础的便是一系列奇异的冒险。也就是说，故事能否继续发展下去完全依靠“冲突”来决定。主人公或者英雄总是在杀死一个又一个恶棍的情况下赢得公主芳心的。每一个恶棍的出现都给故事本身设定了一个“冲突”，它不仅显示了主人公的英勇，也是为了故事更好地发展下去。结构主义经典叙事学家罗兰·巴特在讨论叙事结构的时候将主要中心事件看作故事的关键或转折点。他强调中心事件决定着叙事未来的发展方向和所要表达的主题，因此不可省略。但是叙事结构中那些次要的事件就不做此强调，因为它们的存在与否不影响整个叙事结果。对次要叙事事件的布局和创作主要是为了补充、丰富并完成主要事件，使主要事件读起来更加有趣、生动和丰满。在传统的“浪漫传奇”故事中，任何一个恶棍的出现都只是“卫星”事件，一个恶棍的省略不会破坏故事的逻辑。

而在《小世界》中的“冲突”可以分为两种。一种是深层次“冲突”，表现为寻求目标物和目标物故意躲避或不在场；另一种则“冲突”，本书在此把它称为“巧合”。在《小世界》中，故事得以继续发展或者转折完全是依赖“巧合”的作用。“巧合”在《小世界》中的作用就像罗兰·巴尔特所说的属于“核心”事件，它是不能省略的，没有“巧合”就没有《小世界》这本虚构小说的存在，它是小说情节得以发展和继续的关键。

在爱情故事中，大部分结局是男孩赢得了女孩的芳心，少数会以男孩的失败告终。然而，情节复杂的小说会在过去的原型叙事世界和当下的文本世界中来回穿梭，使不同层级的叙事世界相互交织，不利于读者的理解。因此，在不同叙事世界之间，脚本就成为联结文本意义与原型叙事结构意义的桥梁。

在阅读浪漫传奇这一体裁的小说时，新手读者和老手读者会有完全不同的阅读体验及文本世界建构方式。对于一个新手读者来说，小说提供的所有信息对于他来说都是全新的，他头脑中的一切都需要构建。但是，对于一个有着充足浪漫传奇背景知识的老手读者（有知识读者）来说，他可以轻易地勾勒出小说的总体结构。在阅读过程中，他的认知活动就要复杂一些，因为他不仅面临对新信息的建构，还需调整以往脚本与现今脚本不符的地方，更需要对一些信息进行打破重建。考虑到有些读者在阅读《小世界》之前并不熟悉浪漫传奇这一体裁，作者有意将浪漫传奇的总体结构知识融入文本，以使读者在阅读过程中能够重建关于这一体裁的相关知识，便于在后续阅读中深入理解小说的主题意义。

有许多研究表明，在叙事作品中，巧合是故事情节发展的主要因素之一，而巧合在叙事小说的发展史中有多种变化形式。但是，巧合往往更多出现在浪漫传奇叙事作品中，可被称作一种优秀的叙事现象。希拉里·P. 丹嫩贝格（Hilary P. Dannenberg）指出，“当浪漫传奇故事的巧合情节变形为现代小说叙事话语中更复杂的悬疑形式和人物认知描写时，它拓展出了更大的叙事性”（Dannenberg 2008：5）。丹嫩贝格（Dannenberg 2008）将“巧合”定义为在空间和时间上看起来完全没有联系的两个或两个以上的事件以让人不可思议的方式联系在一起。此外，他还指出，“在叙事小说中，传统的巧合情节是使之与之前巧合中出现的人物发生联系。在类似的巧合中，这种关联具有相似性”（Dannenberg 2008：93）。《小世界》不仅继承了传统浪漫传奇的叙事结构，而且将巧合发挥到了极致，成为整个小说结构脚本中最不可或缺的核心要素。

小说中的巧合有几个作用。第一，正如标题所暗示的，世界的“小”通过不同类型的巧合让人物经常碰面来体现；第二，小说中的巧合是决定主要情节能否继续发展的核心要素；第三，巧合之间的因果关系体现出小说具有更大的叙事性；第四，巧合的设计非常高明，达到了既娱乐读者又讽刺挖苦社会现状的双重目的。

4.4.1 凸显世界之“小”

小说题目暗示了故事叙述的重点是突出世界之“小”。它将主题锁定为与大学、教授、科研和教学相关的生活，这是大世界中的一个小圈子。此外，为了表现世界的渺小，故事中本来毫不相干、身处千里之外的人物也因为巧合频繁碰面，以此显示世界之“小”。

当珀斯和扎普同时出现在一条小路上时，读者有可能就意识到了这一点。珀斯和扎普是在卢米奇会议上刚认识的，因此并不像扎普和菲利普那样熟悉对方。

珀斯在路上走着，突然看到一顶很熟悉的猎帽（deerstalker），原来是扎普经常戴的那顶。恰巧两人要去的方向一致，于是就边走边聊，他们谈论着卢米奇的天气。当扎普走到吉廷斯路时，珀斯说了句“这是我姨妈家所在的路”（*SW*：32）。原来扎普要拜访的奥谢太太是珀斯的姨妈，而她的丈夫恰好是扎普在《换位》中的房东。读到这里，这个巧合不仅让书中人物非常兴奋，读者也会感到快乐和愉悦。人们都有着相同或相似的情感体验，那就是意外的相聚总是让人兴奋和喜悦。两人对同一个人的同时拜访凸显了世界的渺小，以及两人的缘分。

第二个巧合的例子是关于猎帽和珀斯。如前所言，谢莉尔是英国伦敦希思罗机场大厅的一名接待员，她非常喜爱自己的工作，因此对乘客表现出极大的热情。卢米奇会议过后，扎普要去另一个地方开会，到机场才发现他原本答应要送给珀斯的猎帽还在他的头上，他就委托谢莉尔将其寄给珀斯。随后，珀斯也出现在了希思罗机场，并刚好询问谢莉尔机场附近是否有教堂，谢莉尔热心地将珀斯带到了教堂。

> 21. She [Cheryl] was carrying a shopping bag of bright plastic-coated canvas, from the top of which protruded a romantic novelette entitled *Love Scene*, and a **deerstalker of yellowish brown tweed with a bold red check** which looked familiar to Persse…
>
> **“It wasn’t a Professor Zapp, by any chance?”**
>
> Cheryl stopped in mid-stride, one foot poised above the pavement. **“How did you know?” she said wonderingly.**
>
> “He’s a friend of mine. **Who were you to send the hat to?”**
>
> **“Percy McGarrigle, Limerick.**”
>
> “Then I can save you the trouble,” said Persse. “**For I’m the very man.**” …
>
> Well,” she said. “**There’s a coincidence.**” (*SW*: 123)

其间谢莉尔手里一直拿着那顶猎帽，珀斯就提了一句这个猎帽看起来很眼熟。经过进一步询问，谢莉尔才发现面前这个人就是扎普让她寄送猎帽的人。这种巧合让人物和读者都很开心，如果说大部分读者阅读是为了获得快感，那么巧合的设置会更容易让读者满足这个阅读目的。

再比如，富尔维亚与菲利普两人在飞机上毗邻而坐，虽然菲利普并不认识富尔维亚，但富尔维亚却认出他是菲利普，只因菲利普曾经在意大利做过一次演讲。这种“你知道我，我不知道你”的事情在现实世界也常有发生。

22. Fulvia Morgana leaned over and peered at the name on the dust jacket. "**Philip Swallow. I know 'im.** 'E came to Padua to give a lecture some years before."

"Right! He was telling me about his trip to Italy last night. It was very eventful."

" 'Ow was that?"

…

" 'Is lecture was not very eventful, I must say. It was very boring." (*SW*: 119)

有趣的是，扎普说菲利普的意大利之行对其人生具有深远意义，因为菲利普就是在这里跟乔伊相遇并发生故事的，但富尔维亚却说，菲利普在意大利的讲座真的很枯燥，毫无意义。两人对同一事件截然不同的评价让读者感觉很有趣也很有讽刺效果。对于同一个事件，不同的人对其的关注点不同，所得出的结论就可能完全相反。聪明的作家总是会巧妙地运用巧合，一方面可以增加阅读的趣味性，另一方面也通过巧合达到讽刺的效果。

4.4.2 珀斯无意中彰显的骑士精神

因果巧合完全依赖于叙事作品中的虚构知识，一个事件的结果一定是先前发生的事情导致的。同样地，一个原因必然会导致某种结果。在《小世界》中，有些事情对于小说中的其他人物来说可能是很正常的，但对于某个特定的人来说却相当重要。例如，菲利普在土耳其再次见到乔伊，以及珀斯在暑期学校举办的划船活动中意外找到了导致他表妹怀孕的男人等，这些事件都有因果关系，但它们的发生却又是那么的随机。同样，也是因为因果巧合，珀斯才意外地完成了本应由骑士完成的任务——匡扶正义，惩恶扬善。只不过这些本应属于英雄行为的事件，因为并非有意为之，大大削弱了它们的“英雄性”，反而加剧了小说的反讽性。

伯纳黛特是珀斯的表妹，她们一家本住在希思罗机场附近。珀斯在卢米奇开会期间拜访了他的姨妈，因此也知道了有关伯纳黛特离家出走的原因。伯纳黛特在离家出走之前曾在斯莱戈镇的一家酒店当女服务员，在那里，有一位客人占了她的便宜，她怀孕后被解雇，但她却拒绝告诉别人那个男人的名字。当伯纳黛特回到家中，她的父母因她怀孕而感到羞耻，她便离家出走，再也没有回来过。听说后来她将孩子生了下来，但没人知道她是否还活着。

珀斯担心他表妹的状况，因此一直在留心寻找有关伯纳黛特的线索。碰巧在希思罗教堂，珀斯碰见了自己的表妹。伯纳黛特正在读她的请愿条。他让伯纳黛特回家，但她却说自己永远不能回家了，因为她有了孩子，却没有丈夫。伯纳黛特说她打算攒够钱就不干现在的工作了，然后她就可以独自抚养儿子。当珀斯得知他表妹正在从事脱衣舞女的工作时，大发雷霆。他趁机询问有关孩子父亲的信息，并建议表妹让孩子父亲给她钱，这样她就不用从事这样的工作了。但伯纳黛特却告诉他，她曾给那个人写过信，回信却写着“查无此人”。她也不想再和那家伙扯上关系，她说她会一个人将孩子抚养成人。最终问题还是无解，两人无话可说，就此道别。

接着，珀斯返回他学校的所在地利默瑞克（Limerick），并参加了那里举办的暑期学校。其中的一个项目是学生们要在斯莱戈镇进行划船比赛。在举办比赛的那天下午，天气本来还可以，但当比赛的船只特别是珀斯他们的那艘船划到湖正中央的时候，天气就突然变得很糟糕。船上坐的人本来就很多，加上风和乌云，船好像要沉了。这一刻，船上的一位男士开始忏悔他的罪行。这既是一种忏悔，也是一种审问。忏悔者西德尼•麦克斯韦是暑期学校的老师之一，他来自南方偏远的一所小浸里会学院。当船慢慢下沉时，麦克斯韦非常害怕，并开始尖叫。他紧紧抓住珀斯的胳膊，但是情况变得更糟了，船慢慢快沉到水面以下，麦克斯韦估计他们会被淹死。

23. “Help!” they all shouted in ragged chorus, all **except Maxwell**, who seemed to have abandoned hope. “**Yes, it’s God’s judgment**,” he moaned. “**To drown me in a lake in Sligo, the very place where I deceived the poor girl**. ...”

…

“She was called **Bernadette**. I don’t remember her second name.”

“**McGarrigle**,” said Persse. “The same as mine.” (*SW*: 254-255)

这时的麦克斯韦忏悔自己曾诱骗一个无知少女并将她抛弃，从中珀斯得知他就是表妹孩子的亲生父亲。好在风暴很快过去，安全上岸的一船人顺利回到了住处。此时的珀斯就开始着手处理麦克斯韦的事情，珀斯先找到律师，并让麦克斯韦承认了他的儿子的身份，因此麦克斯韦答应每年会出一笔钱，用于保障伯纳黛特和儿子的生活。双方签署的法律文件中的每一个条文都是按照伯纳黛特最初的想法执行的，这样珀斯就可以将表妹未来计划中最需要的东西提供给她。这一巧合让珀斯顺利地帮助他的表妹脱离了被世人认为堕落的生活。若在古典浪漫传奇中，帮助拯救失足少女是彰显骑士精神的主要行为之一，而骑士在拯救过程中也会经历各种苦难，并最终胜利。《小世界》中珀斯拯救表妹堕落的事件从结果上看，与古典浪漫传奇中的骑士英雄行为无异，但是其过程却是弱标记脚本，因为拯救过程并无太多艰难险阻，全靠巧合。这一事件的巧合性安排，一方面可以看作对古典浪漫传奇追寻脚本的反讽，另一方面也借此提醒读者注意珀斯现代骑士身份的诙谐性和荒诞性。

4.4.3 增强小说的叙事性

浪漫传奇结构脚本的主要元素是冲突。如果冲突一个接着一个，也就意味着叙事将不停地进行下去。在古典浪漫传奇中，冲突总是围绕着如何拯救国王的无能，以及如何才能克服种种困难找到圣杯。因为没有圣杯，国王就无法恢复活力，其统治的土地就无法恢复生机。于是，为了找到圣杯，一群骑士便展开各种与怪物、困难、诱惑等的斗争。在这一冲突模式下，只要矛盾不止，故事就可以无穷无尽地进行下去。

《小世界》不仅继承了古典浪漫传奇的结构——“追求→冲突→胜利/失败”，并且沿用了这种结构。但是，在沿用过程中，《小世界》的叙事结构也发生了一定的调整、变形和革新。在古典浪漫传奇中，骑士追求的对象是象征神性世界的圣杯；在《小世界》里，众人追求的对象则变成了世俗世界的情爱和名誉等，而能否治愈亚瑟的学术枯竭，以及能否在恰当的时间问出对的问题，这些反而变成了附加的、赠送的无心之举。由此可见，古典浪漫传奇和学者浪漫传奇的追求目标不同，但相同点是冲突依旧存在并且也异常突出。比如，诸多教授对联合国教科文组织主席一职的追求是小说中典型的冲突之一，而珀斯想找到安吉莉卡与安吉莉卡躲避珀斯之间又是一组典型冲突。从中可以看出，在《小世界》中，追寻仍是小说的核心脚本，而冲突就是追寻脚本下最核心的叙事要素。

《小世界》中“变形的圣杯”出现了多种形式，因此小说的叙事结构也相应地出现了变化。小说中的叙事进程并非畅通无阻，它有时也会走入死胡同。如果不将这些叙事障碍解决掉，小说就无法继续。这个时候，巧合就起到了决定性的作用。它不仅能让叙事柳暗花明，而且还将这些巧合变成叙事事件转折的关键点。巧合的出现或加快了叙事进程，或开启了新的文本世界，或完成了某个叙事事件，总之，它在《小世界》叙事进程中发挥了无可比拟的力量和作用。

4.4.3.1 珀斯所经历的巧合

在整部小说中，最具决定性的巧合是珀斯发现安吉莉卡有一个孪生妹妹的事件。这一发现使得珀斯的追寻得以继续，也使其他追寻序列继续发展。在珀斯的追寻过程中，当他在红灯区一座房子的窗口看到安吉莉卡时，他几乎已经确认安吉莉卡是个妓女。这个事实使珀斯绝望至极、痛不欲生。在经历了安吉莉卡出现在裸体海报上、演黄色电影、成为一个有头脑又大胆开放的脱衣舞女郎等事件后，这一发现成为压死他的最后一根稻草。此时的他已然成为一个幻想破灭的爱人，心灰意冷。他决定找一个安静的地方写诗，也放弃了对安吉莉卡的追求。

一旦珀斯放弃了对安吉莉卡的追寻，所谓的叙事冲突和叙事动力也就不复存在，小说也就戛然而止了。因为哪怕是另一个追寻脚本——教授们对联合国教科文组织主席一职的追求——在很多叙事事件序列中也需要珀斯追寻脚本的铺垫、补充和连接，否则这个世界的“小”就没有载体来体现。更不要说如果没有珀斯的追寻脚本，就不会有人在恰当的时间问亚瑟那个决定性的问题，整个王国和学术界的荒芜就得不到治愈，浪漫传奇也就不能成为浪漫传奇了。所以说，珀斯对安吉莉卡的追寻脚本是整部小说中最重要的且最不可或缺的追寻脚本。作为最主要的追求脚本之一，珀斯对安吉莉卡的追求就不能突然停止。如何让已经死心的珀斯重燃对安吉莉卡的追求欲望，这需要一个全面的、综合的、巧妙的设计和安排，此时的巧合再次发挥重要作用。珀斯无意间找到了欺骗他表妹的那个男人，他要亲自告知伯纳黛特他对整件事情的后续安排。在去处理表妹事情的途中，因为时间充裕，珀斯又去了那个挂有他许愿条的教堂。

珀斯对安吉莉卡真实身份的发现事件纯属巧合。当珀斯在自己的许愿条上看到“外表可能会误导人”的留言后，他突然意识到自己在红灯区看到的女孩可能不是安吉莉卡，而是另一个人。这主要得益于珀斯对《仙后》内容的了解。经过证实，珀斯的想法得到了验证，原来安吉莉卡还有个双胞胎姐妹。这一事实使珀斯重新开始了追求安吉莉卡的旅程，整个叙事也就顺理成章得以继续。在珀斯的追求过程中，好运总是与他相伴，正如茫茫一片黑暗中总有那么一束光照向自己。比如，此时的珀斯根本无法获取有关安吉莉卡的丝毫消息，更不知道她在哪里。巧合的是，他从机场接待员谢莉尔那里了解到了安吉莉卡的行踪。这些叠加的巧合放在一起，使得叙事得以继续。

而这一巧合实在令读者感到意外，机场女孩谢莉尔怎么会知道安吉莉卡的下落呢？事实上，珀斯是一个非常聪明的人，他注意细节，所有的发现不得不归因于他的细心和敏锐。在珀斯看来，对于一个机场的接待员而言，能读《仙后》是非常罕见的，而且谢莉尔还谈到了诺斯罗普·弗莱。珀斯很惊讶，就问她是否读过弗莱的作品。这一询问就为珀斯找到安吉莉卡打开了另一扇门，谢莉尔说是“有人”告诉她弗莱和《仙后》的。珀斯使用他的认知来解码到底是谁告诉谢莉尔这些知识的。世界上有谁会跟航空公司员工闲聊并谈论“浪漫传奇的一般特征”呢（*SW*：259）？珀斯突然感到一阵阵“兴奋”，因为他感觉到这个人可能就是安吉莉卡（*SW*：259）。谢莉尔接着告诉珀斯，这个女人有一个外国名字，留着一头长发，非常好看，还给她推荐了好多浪漫传奇方面的书（*SW*：260）。帕布斯特！就是她！于是珀斯得知安吉莉卡飞往了日内瓦，并将在洛桑稍做停留。

珀斯的追求脚本真像是一个巧合的集合体。他是无意间去的教堂，偶然看到请愿书上的留言。为了找出这句留言的出处，在找书的过程中他有机会和谢莉尔相识并有了一定的交流。安吉莉卡对浪漫传奇的看法是借谢莉尔之口表达出来的，而珀斯则惊讶于一个机场接待员有如此深刻独到的见解，一经询问就发现了安吉莉卡的踪迹。

4.4.3.2 菲利普所经历的巧合

整本小说中，最幸运的人当属菲利普。似乎在每一个决定性的时刻，好运都会降临在他的身上。在《小世界》的前篇《换位》中，菲利普得益于扎普的帮助，幸运地成为教授并晋升为卢米奇大学英语系主任。他出版的书意外得到好评，并借此成为"英国学派"的代表人，也因此获得联合国教科文组织主席提名。一再的好运向读者展示了他的幸运。但是由于菲利普的人生追求目标不在事业上，因此他最珍视的还是自己在意大利和乔伊的相遇和相处。乔伊作为让菲利普最难忘的女性之一，她与菲利普在土耳其的再次相遇也充满戏剧性和偶然性。

菲利普怀着喜悦的心情留在乔伊的新家所在地——伊斯坦布尔，这时他才发现，在意大利的那一晚留下了太多的故事。乔伊竟然怀孕了，并在未告知自己的情况下独自将他们的孩子生了下来。菲利普跟着乔伊来到她家，看到了她的两个孩子。他觉得小女孩米兰达给他一种熟悉的感觉。看到米兰达，菲利普总觉得她像谁，但具体又说不出来，而乔伊则是一副"古怪的表情"（*SW*：224），并问菲利普是否能看出米兰达长得像谁。菲利普说米兰达看起来既不像乔伊也不像她的丈夫约翰。这时乔伊直接说米兰达像菲利普。菲利普此刻相当震惊，他从没想过在地球的某个地方竟然还有一个他的女儿。

对于菲利普来说，这个消息让他不敢相信，他一直以为乔伊和他在一起的时候是有防范措施的。但乔伊告诉他，当时她不敢说自己没有吃避孕药，因为怕菲利普有顾虑。乔伊在怀孕的时候也不确定孩子的父亲到底是谁，但当她看到女儿的眼睛后，她就确信了是菲利普的孩子。她向菲利普承认了自己的错误，但菲利普在知道自己和乔伊有了孩子后非常高兴。菲利普责怪乔伊没有告诉他真相，也下定决心要和妻子希拉莉离婚，特别是在得知米兰达是他的女儿后。

如果说两人的再次相遇是一种巧合，使菲利普重拾寻找生活强度的信心，那么米兰达的出现就是一个决定性的巧合。菲利普本想偶尔寻求一下国外的刺激生活，同时也维持他家庭的完整性。然而，米兰达的出现改变了他的想法，他决定和妻子希拉莉离婚，开启另一段快乐的新生活。乔伊和菲利普都认为他们的重逢就是命运，他们都想听从命运的安排。孩子米兰达就像催化剂，加速了菲利普做决策的速度。然而，生活不会事事如意，菲利普的愿望也不可能完全顺利地达成。

比如，菲利普出版了一本《赫兹利特和业余读者》的专著，他的书自出版以来就没有产生过任何社会影响，也没有人给他的书写过任何一篇书评。他恳请扎普为他的书写一篇评论，他也经常给出版商费利克斯·斯金纳打电话询问到底是什么原因，是不是这本书真的写得很糟糕，没人愿意去看。一次偶然的机会，出版商费利克斯终于明白了为什么菲利普的书没有得到一篇书评了。原来是书印好后一直被堆放在地下室的储藏室里，根本就没有面世。如果不是费利克斯和他的秘书摔倒并撞倒了那堆书，他也不知道原来自己从没有把书寄给评论家们。费利克斯立即联系了业内一位知名教授帕金森为菲利普的书写书评。这一事件也是在巧合下发生的，这一巧合同样具有反讽效果。一方面是作者紧张而又焦急的等待和猜测，另一方面却是因为出版商由于工作失误并没有将书推向市场。这一偶然事件将严肃的学术生活戏剧化，增加了趣味性和幽默性，同时也是对学术生态的善意提醒和委婉批评。

当菲利普回到卢米奇机场时，他的妻子希拉莉已经在那里等他了。看到菲利普，希拉莉急忙上前迎接并热情地亲吻他，他对希拉莉的举动感到惊讶和困惑。在回家的路上，希拉莉告诉菲利普，帕金森给他的书写了一个很好的书评，整整两页。菲利普不敢相信自己有这么好的运气，他认为这一定是扎普的安排。可怜的菲利普，他不知道这篇评论只是帕金森攻击扎普的工具，帕金森的目的是让扎普臭名昭著，同时抬高自己的地位和声望。不管怎么说，帕金森的骗术取得了超乎他意料的巨大成功。继帕金森的评论之后，《星期日泰晤士报》和《观察家报》（*The Observer*）也刊登了对菲利普一书的书评。最终，菲利普竟成为与帕金森匹敌的竞争主席一职的对手。这一巧合的安排更着意于“讽刺聪明反被聪明误，不正当行为最终会失败”的道德评判。

4.4.3.3 齐格弗里德·冯·图尔皮茨所经历的巧合

齐格弗里德·冯·图尔皮茨是德国人，主要研究接受理论。他是扎普竞选联合国教科文组织主席的竞争对手之一。在第七届国际文学符号学大会上，齐格弗里德宣读的是他剽窃自别人的论文，刚好此时的论文原作者珀斯也在阿姆斯特丹，他来此城市的目的是寻找安吉莉卡。当珀斯站在城里的一座弯曲的运河桥上寻找安吉莉卡时，他遇到了扎普。他想看看安吉莉卡是否会出现在会议上，就跟着扎普一起去参加会议。扎普来听会，主要是想了解一下自己的竞争对手齐格弗里德，但在轮到齐格弗里德做报告时，扎普却睡着了。当珀斯把他叫醒时，扎普还在喃喃地说：“滚开，富尔维亚。”（*SW*：197）这几个字又让读者忍俊不禁，因为它们会触发读者头脑中有关意大利发生的事件的脚本。

醒来后的扎普问珀斯，齐格弗里德的演讲是好是坏时，珀斯感觉自己是在梦中，因为齐格弗里德演讲论文的内容与他提交给出版商的手稿完全相同。珀斯立刻问齐格弗里德他是否收到了《艾略特对莎士比亚和其他伊丽莎白时代作家的现代阅读的影响》（*The Influence of T. S. Eliot on Modern Readings of Shakespeare and Other Elizabethan Writers*）一书的书稿（*SW*：198），听到这个问题，齐格弗里德很吃惊。但是，齐格弗里德是个狡猾的家伙，他以珀斯不是参会会员的借口拒绝回答这个问题。无奈之下，珀斯抗议说齐格弗里德演讲的“部分内容是从自己未出版的手稿中剽窃的”（*SW*：199），而大会主席也坚持说不接受一个非会议成员的提问。这时，作为会议成员的扎普代珀斯问了这个问题。与会人员对齐格弗里德的剽窃行为大为恼火，大家都坚持让齐格弗里德回答这个问题。

齐格弗里德怎么都没有料到书稿作者会在这个会议上，他表现得相当羞愧和愤怒。他一把抓起麦克风，一边用德语回答，一边拿戴黑色手套的手指指着珀斯和扎普。扎普和珀斯听不懂德语，梅登小姐告诉他们齐格弗里德说他不会留在这里受辱，但梅登小姐认为他有罪。此外，梅登小姐称赞珀斯敢于揭露黑幕，这也令读者联想到在古典浪漫传奇中骑士的典型行为。珀斯的行为肃清了学术界的不道德行为，同时也在一定程度上帮助扎普击败了对手。在 MLA 会议上，珀斯再次遇到了齐格弗里德。珀斯没有忘记齐格弗里德的剽窃行为，并告知齐格弗里德一个出版商已经决定出版曾被他剽窃的书稿。

齐格弗里德是读者反应批评领域的知名教授，他因其学术成就和那只总戴着黑色手套的神秘之手在学术界享有一定的声誉。他藏在黑手套里面的那只手如此神秘，总是引起大家的兴趣和好奇。齐格弗里德却一点都不想看到珀斯，他认为珀斯在公共场合直接指出自己的抄袭行为，就是对他最大的侮辱。齐格弗里德对于要和珀斯握手怒不可遏，也极度不耐烦，以至于在珀斯还紧握着他手时就用力往回收，导致自己的黑手套被拉下来了。黑手套掩盖下的手如此神秘，人们早已好奇这只手是不是有异常，或是手上有什么可怕的疤痕，但令人们惊讶的是，这是“一只完全正常、看起来很健康的手”（*SW*：335）。齐格弗里德没有想到手套会被拽下来，他的脸突然变得苍白，他几乎快要晕倒，与会者发出一阵嘘声。齐格弗里德极其羞愧地溜出房间，再未出现在任何国际会议上。

珀斯无意中揭露了齐格弗里德的秘密，犹如匡扶正义的现代骑士。如果说齐格弗里德是学术界的害群之马，那他已经被珀斯清理了。在追求安吉莉卡的过程中，珀斯意外地根除了邪恶。对于珀斯来说，这些巧合就是追寻安吉莉卡过程中的小插曲，却给齐格弗里德带来了毁灭性的打击。因此，对于齐格弗里德来说，抄袭和黑手套事件就是其追寻主席一职过程中遭到的致命的打击。每一次对恶势力的揭露都是珀斯的无意之举，这些行为的巧合性和事件本身的重要性形成了巨大的反差和文学张力，在对比中体现了小说的反讽特征。

4.4.4 增强小说的趣味性

小说中有许多有趣的巧合，它们中有些增加了小说的趣味性，有些则是对人物的追求脚本起着决定性作用。趣味性增加了小说的叙事性，激发了读者的阅读兴趣，而决定性因素则增强了小说的趣味性，提升了小说的讽刺效果。

4.4.4.1 菲利普的离婚轶事

在 4.4.3.2 一节提到，在菲利普得知乔伊为他生了女儿后，他就下定决心要和妻子希拉莉离婚。然而，回家后的菲利普发现，希拉莉目前的状况使他的离婚计划不得不暂时搁浅。希拉莉在机场接到菲利普，告知菲利普关于书评的好消息之后，两人同时说有事要告诉对方。读者都知道菲利普想告诉希拉莉什么，但对希拉莉想说什么则完全未知。

希拉莉先说她找到了一份工作，并强调这对于她来说不仅是一份工作，而是她真正感兴趣并想做的事情。当她说到“婚姻指导”时，眼睛里都洋溢出喜悦和高兴。她自豪且兴高采烈地说，这是一份很吸引人的工作，她确信她对“这个主题有所了解”，因为他们一起经历过多次的“起起落落”，但他们“仍然在一起”（*SW*：227）。她本以为菲利普听到她找到工作也会很兴奋，但菲利普似乎不太热心。读者都知道，这对于菲利普来说真的不是什么好消息，但是在这种情况下，他显然不适合提出离婚。所以当希拉莉问他想和她谈什么时，菲利普只能说：“没什么重要的。”（*SW*：227）如果菲利普坚持此刻提出和希拉莉离婚，那不仅意味着两人夫妻关系的结束，也意味着生生掐断了希拉莉的生活希望和她的人生。

此时的菲利普异常苦恼，但希拉莉却情绪高涨。通过比较两人不同的情绪，读者不禁感慨这个巧合安排得实在是太妙了。如此正能量、积极向上的人生决定让菲利普有口难言，不仅给读者带来阅读的满足感，也在伦理道德方面让正义占据了本应有的位置。两相对比，也达到教化读者的目的。

4.4.4.2 扎普的被绑架风波

当得知联合国教科文组织主席一职空缺时，教授们各施所长，拼命向亚瑟证明他们足够有能力担任主席一职。扎普更不例外，尽管此时的他已经被帕金森的恶意书评弄的情况非常糟糕，但是他筹划了一个在耶路撒冷的会议，他写信邀亚瑟参会。他给亚瑟安排的都是一流的待遇和服务，他相信只要亚瑟出现在他的会议上，他就有信心让亚瑟相信他是这个职位的合适人选。然而，事情总是很难像扎普预想的那样顺利进行。

扎普突然消失了，他再也没有从慢跑中回来。为了找到他，警察打开了扎普打算寄给亚瑟的信。可怜的是这封信从未落入亚瑟手中，他也从来不知道自己被邀请参加耶路撒冷的一个会议。扎普想说服亚瑟的计划泡汤了，也许他没有希望得到这个职位了，但这对于扎普来说并不是最糟糕的。

几天后，扎普的前妻德西莉接到了一通自称来自《巴黎先驱论坛报》（*Paris Herald-Tribune*）的电话。电话那头一个操美国口音的年轻男士对她说，她的丈夫莫里斯·扎普被绑架了，想要获释的话，德西莉就要交赎金。这时，盘旋在读者头脑中的悬念才得以解决，原来是意大利的恐怖分子绑架了他。绑匪给德西莉打电话索要 50 万美元赎金，但绑匪和德西莉之间的对话却不在一个脚本上。绑匪一直在强调德西莉是小说《艰难时日》（*Difficult Days*）的作者，同时也是扎普教授的妻子，而德西莉却感到莫名其妙，因为她早已跟扎普离婚，她一再澄清自己只是扎普的前妻，但绑匪却继续忽视这一事实。当她听绑匪说让她付钱赎回扎普时，她就直接挂了电话。本来前妻为前夫掏赎金就很荒谬，何况她对扎普可谓恨之入骨。绑匪和德西莉不同的绑架脚本导致以上的对话非常可笑和滑稽。

当绑匪再次打电话给德西莉时，他们再次提到德西莉的《艰难时日》。绑匪知道这本书已被改编成电影，而德西莉则靠电影版权赚了 100 万美元。但其实绑匪并没有完全搞清楚他俩的情况。德西莉是这部小说的作者，她也的确因为这本书挣了一大笔钱。此外，她和扎普有过婚姻关系，但那是几年前的事了，现在他们早已离婚。而且，德西莉对扎普极为厌恶，因此在她的小说中，扎普是一个十足的坏人形象，因此德西莉说绑架扎普对于自己而言是个“很好的摆脱”，说完就又挂了绑匪的电话（*SW*：274）。绑匪一再打电话是建立在他们的认知基础上的：德西莉有钱，德西莉是扎普的妻子。但对于德西莉来说，扎普是她最讨厌的人，她也是世界上最不关心扎普生死的人。

至于扎普，在他意识到自己被绑架后，他首先抱怨绑匪对自己不好，抱怨说他被蒙着眼睛什么也看不见，腿部也很冷。但随着时间的推移，他越来越意识到自己的处境。刚开始他还关心耶路撒冷会议，到后来他只关心自己能否活着了。小说中对扎普被绑架后的身体、心理活动的描写一点都不恐怖，反而充满着幽默和讽刺。扎普想找出是谁绑架了他。一开始，他以为自己是被黑手党和联合国教科文组织主席一职的竞争对手绑架的。事实上是一群极端分子绑架了他，而绑架他的原因就是他的妻子德西莉赚了一大笔钱，而他们想要敲诈勒索，因此他们追踪扎普慢跑的时间和路线，进而绑架了扎普。扎普怎么也想不到自己是因为前妻而遭受了无妄之灾。

绑架事件本身是很危险和可怕的，然而，小说中的绑架并非如此，读者在阅读过程中不仅感觉不到有丝毫危险，而且此处的绑架还时时表现得非常有趣和可笑。绑架的无标记脚本，也就是绑架结构的原型本应是：某人被绑架→亲人异常担心→绑匪要赎金→亲人给赎金→安全赎回被绑架者。在这个事件序列中，最核心的就是绑匪拿准了亲人对被绑之人的感情，因此愿意牺牲金钱来换取亲人的安全。双方都明白这一脚本，因此只要遵守脚本，被绑之人就能获救。而德西莉与绑匪在交谈过程中，却总是违背无标记绑架脚本，使得两个不同脚本之间形成剧烈反差，而德西莉与绑匪对两个脚本的不同认知建构过程使得读者在阅读这部分时感到妙趣横生，倍加享受。

扎普告诉绑匪他和德西莉已经离婚了，这让绑匪们非常沮丧。不过，绑匪仍不放弃，想着德西莉会念些旧情，加上他们知道德西莉非常有钱，她一定不想让扎普死，于是绑匪给德西莉打了好几次电话，但是，结果完全出乎他们的意料。当绑匪说出赎金金额时，德西莉回复说："我要掏多少钱才能让你们继续绑架扎普？"（*SW*：276）这个回答让绑匪和读者大跌眼镜，但最痛苦的当属扎普，因为德西莉的拒绝意味着他孤立无援，只能听天由命。在这种情况下，传统的绑架恐吓对于德西莉来说已经失效了。即使他们曾经是一对生活在一起多年的夫妻，但德西莉对扎普一点也不怜悯，更不用说爱和关心了。因此，本应在绑架脚本中最核心的一个事件，即亲人担心绑匪撕票，在德西莉这里却完全不存在，绑匪的计划完全失败，而绑架原型脚本和扎普绑架脚本之间的对比却无限增加了小说的趣味性和喜剧性。

然而，绑匪依然没有放弃，为了得到一些赎金，他们不得不使用一些策略。他们要求扎普给德西莉发一个信息，想着借此唤起她对扎普的怜悯，尽管扎普知道德西莉恨他，根本不会同情他的遭遇，但是扎普也只有这条路可走，因此他必须找到一个拯救自己的方法。按照绑匪的指示，扎普录了一盘磁带，绑匪给德西莉打电话时就听到了扎普的声音。她想询问扎普的情况，但很快她就发现那是录音。在录音中，扎普按照绑匪的要求，告知德西莉如果她同意赎金金额，她可以在下一期的《巴黎先驱论坛报》上登上"女士接受"这几个字（*SW*：281）暗示绑匪。绑匪要求德西莉准备一张 25 万美元的无记名支票，并最终等待绑匪指示。扎普一再强调千万不能报警，所有的事情都要偷偷完成才能确保他的安全。扎普尽全力想唤起德西莉对自己的怜悯，并承诺只要他活着回来，他会把钱还给她的。绑匪和扎普都认为这么卑微的求救，德西莉肯定会接受的。

结果第二天的《巴黎先驱论坛报》的广告区出现了一条"女士出价一万美元"

的信息（*SW*：282）。扎普的录像带似乎起了作用，但似乎又没起作用。德西莉虽然决定支付赎金，但她竟然跟绑匪讨价还价仅支付一万美元。这一行为再次打破了所有人的绑架无标记脚本，却无人知道德西莉的本意何为。面对一条鲜活的生命，何况还是曾经朝夕相处的前夫，德西莉就算有再多的意见和不快，在生命面前也会觉得只要不是太为难，都应该积极营救对方。德西莉如此置身事外而轻松随意的处理方式，明显可以显示出这是对德西莉乃至整个女权主义的讽刺和批评。同时，德西莉还跟她的秘书说，她知道扎普最多可以给她一万美元。她自认为自己已经很慷慨了，因为如果她在此事上不高抬贵手帮一把扎普的话，扎普真可能会死。德西莉真正担心的是如果自己不施以援手，一旦此事被报道出来，公众会对她的处理方式有意见的。

而在绑匪那边，德西莉的提议让绑匪们困惑不解。连绑匪们都觉得受到了德西莉的侮辱，何况是扎普。处于两难之间的绑匪们决定将之前的赎金金额再降一些。他们让扎普告诉德西莉，这是最终金额，再无商量余地。扎普也意识到德西莉根本不关心他的死活，因此这一次扎普极力扮演着一个富有说服力的演说家角色。扎普称赞她的书是一本优秀的书，他补充说，他作为书的主角，为该书的成功做出了贡献。扎普承认两人结婚的那些年他一直是一个差劲的丈夫，但正是因为扎普给德西莉造成了巨大的痛苦，才激发她想要去表达和书写。从这个角度，扎普认为是他成就了一个女权主义者，因为他让德希莉看到了现代美国妇女受压迫的状态。

从劝说内容可以看出，此刻的扎普是多么的无奈、心酸和无助。他明明是一位享有国际声誉的大教授，此刻却为了获救不惜自黑。这段说服读起来很有趣，他不得不赞美他在他们婚姻中的恶行。这又是一种卑微的道歉，也是一种毫无尊严的奉承和巴结。为了获救，扎普真是放下了所有的体面和尊严。然而，德西莉并非一个容易被说服的人。这种劝说不仅对她毫无作用，反而还激起了德西莉和她的秘书对扎普的怨恨。这一次，德西莉在报纸上登出“25 000 美元”的信息（*SW*：283）。对于德西莉来说，事情变得越来越有趣，就像拍卖一样。她好像在玩游戏，只不过玩的对象不是物体，而是扎普的生死。

当绑匪和德西莉的谈判陷入僵局时，整个事件发生了戏剧性的变化。这还要从住在意大利的富尔维亚和她丈夫说起。当富尔维亚知道扎普被绑架后，她问她丈夫欧内斯托（Ernesto）是否和他的朋友们谈论过扎普，然后整个事情的来龙去脉就变成了这样：富尔维亚的丈夫欧内斯托无意中告诉卡罗（Carlo），扎普娶了小说家德西莉。卡罗碰巧知道德西莉靠她的书赚了很多钱。然后富尔维亚再联想到绑匪第一次跟德西莉之间的对话，显而易见是卡罗绑架了扎普。富尔维亚要求欧内斯托立即行动，否则他们都会住监狱。

午夜时分，扎普被绑匪叫醒。他们勒紧他的眼罩，强行带走了扎普。扎普以为最后死亡的一刻到来了。最后，他发现他应该是被绑匪放了，接着一切又都变黑了。当扎普醒来时，他发现自己在山坡上的森林里。谢天谢地，绑匪终于放过他了。此刻的他还以为是德西莉付了赎金。扎普一瘸一拐地慢慢下山，周围没有人类居住的痕迹。几分钟后，他听到远处车辆发出微弱的声音，他看到了富尔维亚。这对于扎普来说是个巧合，但读者和富尔维亚却都知道这是有意安排的。看到扎普在森林里，富尔维亚也装着很惊讶。

总而言之，这部小说将叙事沉浸于一场奇特的戏仿游戏之中，其主要手法就是巧合。整部小说用巧合将世界及所有不相识的人都联系了起来，又通过借用浪漫传奇的叙事结构，在追寻这一脚本下展开各种叙事。因此，它一边沿用前小说文本传统，一边又用众多的巧合来表现其风格，吸引读者的注意力。这样既保证了读者付出最小的认知努力获取最大的意义效果，同时也愉悦了阅读的主体。

4.4.4.3　罗纳德·弗罗比舍的写作困境

罗纳德·弗罗比舍是《小世界》中的一位作家。一次他收到澳大利亚电台的访谈邀请，采访者是昆士兰库克敦的教授罗德尼·温赖特。访谈结束后，位于悉尼的制片人忘记了关闭热线，因此弗罗比舍听到了制片人和采访者之间的对话。温赖特说弗罗比舍应该被踢出小说界，因为他已经有八年没有写过一本小说了。温赖特接着说，弗罗比舍一定对后现代主义一无所知，因为他对后现代主义闭口不谈。正当两人聊得开心的时候，突然弗罗比舍的一个回答让温赖特目瞪口呆。这种事情在现实生活中时有发生，而它引起的尴尬和幽默也让人哭笑不得。

虽然在背后讨论别人稍显不体面，但是两人的对话也让读者得知弗罗比舍应该是在写作上出现了什么障碍，否则八年没有写出一本小说真的说不过去。弗罗比舍是小说中“愤怒的青年”的代表人物。他写作灵感的枯竭要归因于邓普西对他的测试。弗罗比舍本身是一位出生在工人阶级家庭中的作家，他的小说也是关于工人阶级的。大约六年前，坐落在新兴工业城市的达灵顿大学想给弗罗比舍颁发一个荣誉学位。弗罗比舍倍感荣幸，欣然接受。也就是在那时，他遇到了邓普西，一个计算机方面的怪人，他有一个计算文体学中心。邓普西将弗罗比舍的作品输入计算机，建立了一个作家数据库，这样计算机就可以检索出弗罗比舍在写作中最喜欢用的词是什么。

在检索之前，弗罗比舍根本不知道他有最喜欢用的词。而借助电脑，弗罗比舍独特的英语表达方式以及他与众不同的文体风格都可以显示出来。风格可以通过词频、搭配等来分析。为了保证数据的有效性，诸如冠词、介词、代词、情态动词等语法词被剔除出去，只剩下其他实义词。然后屏幕上出现了弗罗比舍最喜欢的词“油腻的”（greasy），以及与此词“具有相同词根的不同形式的应用，包括字面意义和隐喻意义”（*SW*：184）。这个结果几乎毁了弗罗比舍，因为他从来不知道自己如此痴迷于“油腻的”一词。随着邓普西不断按动按钮，电脑上出现了更多的习惯表达方式，如弗罗比舍最喜欢的颜色、简单的标签、富有表现力的动词词组、女性的名字等。邓普西以此种方式肢解了本来是自发的创造性工作，但最具灾难性的事件还不是这个。

检索结束后，邓普西将整个测试结果给弗罗比舍“全部打印了出来”并让他带回家（*SW*：185）。弗罗比舍在火车上又读了一遍，结果第二天早上起来，他就发现他写不出来文字了。这些由计算机选定的单词时不时地出现在他脑海里，导致他遇上了写作障碍。

偶然的一个荣誉学位给弗罗比舍带来了如此巨大的灾难，而此灾难是邓普西和他的计算文体学研究带给他的。正如珀斯所说，这真是一个悲剧，也是他听过的最悲伤的故事。“故事”一词将整个文本世界进行了分层，出现在文本世界中的珀斯和弗罗比舍本身就是不同于话语世界的第二层文本叙事，而弗罗比舍所讲述的关于他的故事是基于第二层文本世界的第三层文本世界故事，层层叠加的文本世界不仅带来了叙事的层次感和叙事性，也对读者的认知加工提出了一定的要求。整个故事含蓄地批评了计算文体学，因为它是通过使用诸如计算字数等方法对作家的作品进行机械化的肢解。写作是一种创造性的工作，它是自发的，也是深思熟虑的。区分一个作家的风格并不会像计算文体学提供的方法那样僵化和死板。

4.4.5 学术浪漫传奇中巧合的功能

对巧合功能的探讨也不是一个新的话题，因为巧合本身就是古典浪漫传奇叙事中的一个因素。不同的是，它在其他浪漫传奇作品中都没有像在《小世界》中被运用得如此频繁、巧妙和令人拍案叫绝。在珀斯和谢莉尔・萨默比在机场的对话中，谢莉尔谈到了她心目中真正的浪漫传奇是什么样子。

> 24. “Real romance is a pre-novelistic kind of narrative. It’s **full of adventure and coincidence and surprises and marvels**, and has **lots of characters** who are **lost or enchanted or wandering about looking for each other, or for the Grail**, or **something like that**. Of course, they’re **often in love** too...” (*SW*: 258)

谢莉尔对浪漫传奇的看法可以看作对小说结构的映射和总结。《小世界》中就充满着各种各样的冒险、巧合和令人意想不到的事情。在诸多因素中，巧合是本部作品中最重要的成分。加之安吉莉卡曾说过，浪漫传奇就是一个接着一个的高潮，它不像其他体裁的小说那样通篇都为一个高潮服务。浪漫传奇中会出现多个高潮，让读者不断获得阅读的快感和享受。小说里有许多巧合，为了便于分析，笔者将其分为四类：强调小说主题世界之小的巧合、因果巧合、决定性巧合和滑稽巧合。

第一种巧合正如小说题目所写的那样，小说呈现了一个依托现代技术、世界相对缩小的全球化地球村。如果说飞机、电话、无线电等技术使得物理空间变小、时间延长之外，那么人物与人物不断碰面就需要作者独具匠心的安排，因为一个不小心就会有生搬硬套、胡编乱造之嫌。其中表现世界之小的技术性事件最令人印象深刻的就是跨越几大洲对作家弗罗比舍的采访，而人物与人物之间的“有缘千里来相会”中最巧妙的事件有扎普和珀斯相遇一起去拜访珀斯姨妈一家的巧合、珀斯从谢莉尔那里得知安吉莉卡去向的巧合、扎普被绑架的巧合等。这些巧合的安排不仅凸显了小说的主题，更是以标记脚本和无标记脚本在意义建构过程中的冲突达到了幽默、反讽的文学效果，并抨击了当时社会现实的社会意义。

《小世界》中的第二种巧合——因果巧合主要是通过珀斯无意间的惩恶扬善和清理世界黑暗面表现出来的。在整部小说中，珀斯是作者有意塑造的现代骑士，他本身就肩负着神圣且艰巨的任务——找到真正的圣杯，恢复土地的生机。但具有反讽意味的是，珀斯在整部小说中坚定不移地追寻着一个女孩，虽然女孩的发音（girl）和圣杯（grail）的发音有些相似，但毕竟存在着天壤之别。加上莉莉的脱衣舞女郎身份更是让“女孩”一词跟堕落和失败相连，与古典浪漫传奇中寻找真正的宗教圣物、能净化一切不洁之物的圣杯形成了极大的反差。但是，洛奇显然觉得对珀斯的挖苦还远远不够，因此珀斯在小说中还无意间揭露了学术界黑手齐格弗里德，揪出了害她表妹怀孕却又抛弃她的虚伪修士，查出了安吉莉卡姐妹的亲生父母，并在 MLA 年会上拯救了学术枯竭的亚瑟，使得整个学界重新焕发出生命活力，即将迎来一个新的时代。所有这些事件中的任何一件放置古典浪漫传奇中，都会成为骑士们典雅高贵行为的典范。但正因为所有这些事件都不是珀斯有意为之的，而是在非常轻松的巧合下达成的，所以使得这些事件具有了滑稽和讽刺效果。洛奇通过讽刺珀斯的无意之举，委婉地批评整个学术界已然成为一个追名逐利和寻求刺激的现代荒原，不再是人类一方净土的精神圣地。

第三种巧合是决定整个叙事能否进行下去的决定性巧合。在这一类巧合中，最具代表性的就是珀斯发现安吉莉卡和莉莉是双胞胎。珀斯在机场小教堂中无意间看到自己以前写的许愿条上多了一句引自《仙后》的话——“外表可能会误导人”，于是推测安吉莉卡应该有个姐妹，因此下定决心重新开始对安吉莉卡的追寻。如果没有这一巧合的出现，珀斯后面的追寻就不会发生，他也更不可能出现在 MLA 会议上，亚瑟也就无法恢复生命和学术活力等。何况浪漫之所以称为浪漫，就是因为总是伴随着各种各样由巧合引发的事件。另外具有决定性的巧合还有很多，比如书商费利克斯和他的秘书如果没在地下室活动，就不会撞到堆在墙边的书，也就不可能发现原来菲利普的书并没有在市场上流通；再比如意外绑架扎普、菲利普在土耳其与乔伊的戏剧性相遇等都是他们人生追寻之路的决定性巧合。没有这些巧合的出现，各个人物的人生追寻轨迹就不会发生翻天覆地的变化。

最后一种巧合类型是滑稽巧合，这类巧合在小说中数量最大。此类巧合正如其名称所言，主要是为了增强小说的趣味性和讽刺性。小说开篇让所有与会人员去观看儿童剧《穿靴子的猫》本身就是一件很滑稽的事情，加上后面叙事中出现的菲利普摸黑将自己的演讲手稿当作卫生纸用掉，以及扎普在米兰沦为富尔维亚和她丈夫的玩偶等事件都具有上述功能。丹嫩贝格（Dannenberg 2008：138）指出，“后现代主义小说结束了形式的对抗和并置，开启了一个多元叙事策略共存的时期。因此，后现代主义时期的巧合可以是新浪漫主义的、戏仿性的元小说或悲剧”，而《小世界》就是多种形式并置的杂糅小说。

4.5　重构《小世界》学者浪漫传奇的结构脚本意义

就《小世界》而言，更多的读者将其作为一本幽默小说来读，仅看到了书中对教授们的嘲讽。只有少数读者才可以看到它的重生主题，以及它对现代社会精神荒芜、幻灭及文学批评理论时代的批评和反思。对小说意义的重新建构主要是基于读者的阅读活动，但重构的前提是读者必须了解古典浪漫传奇的原型结构，在此基础上才可以谈读者的重新建构。小说作者考虑到了这一点，他在行文中已经借不同小说人物之口给读者绘制了一幅古典浪漫传奇体裁的全景图。《小世界》中同时存在着多个平行的浪漫传奇追寻结构，因此对学术浪漫传奇结构脚本的重构也并非易事。虽然小说的主题仍然是追寻，但追求的对象却扩大到了爱情、名望、体验生命的强度等各个方面。它不同于单一的追寻目标——圣杯那样紧凑和清晰，诸多不同追寻目标的交织重叠需要读者敏锐和富有逻辑的推理，才可一一得以重构。

4.5.1　重构珀斯的追寻脚本

经过上述对《小世界》中人物追寻脚本的描述和分析，同时也通过小说本身提供的有关古典浪漫传奇的相关知识，读者的阅读行为最终还是为了建构自己对文本的理解和解读。在整部作品中，最引人注目的一个追寻脚本就是关于珀斯和安吉莉卡的。加之小说在开篇就提到古典浪漫传奇经典作品《珀西瓦尔》中的男主角跟《小世界》中的珀斯名字同源，因此在对小说文本意义进行重构的过程中，读者会在认知中将两者进行匹配和比较，并在此基础上确定并检验以下问题：珀斯的追寻目标是什么？这一目标与古典浪漫传奇的追寻目标有差别吗？如果有的话，又是什么？追寻过程中的主要事件一样吗？如果不同，这些不同又产生了哪些主题上的、文体上的和审美上的效果？

根据文本内容，可以看出珀斯·麦克加里格尔扮演了英雄的角色，就像《珀西瓦尔》中的圣乔治一样，但珀斯的追寻路径与珀西瓦尔有所不同。正如梅登小姐在《穿靴子的猫》中对浪漫传奇的解读一样，古典浪漫传奇只有一个追求结构：找到圣杯→恢复生育→治愈国王→娶国王的女儿。然而，在《小世界》里，不同人物的追寻目标是不同的。事实上，仅看珀斯对安吉莉卡的追寻脚本，就存在三个不同的追寻路径：第一个是珀斯在小说中的实际追寻脚本，第二个是珀斯自己建构的追寻脚本，最后一个是读者重构的最终追寻脚本，但最后的脚本重构则是以前两个追寻脚本为基础的。

珀斯对安吉莉卡的追寻的实际脚本是完全依照小说的文本世界建构的文本真实事件序列。这一脚本从珀斯意识到自己对安吉莉卡的爱为追寻的起点，紧接着是珀斯对安吉莉卡的爱之表白和被拒。下一个场景是安吉莉卡离开卢米奇会议，未留下任何可以让人追寻的痕迹。事实上，安吉莉卡的拒绝意味着她不爱珀斯。安吉莉卡是别人眼中的会议狂，她想在大学里得到一个职位，所以她参加了世界各地不同的会议，结识了众多杰出的教授，她希望得到他们的帮助，从而获得一份大学教席。她前往洛桑、洛杉矶和夏威夷参加会议。在夏威夷，她遇到了年轻有为的哈佛大学副教授彼得·麦克加里格尔。彼得可以帮她在美国找一份工作，而她也计划做他的妻子。最后，彼得成了安吉莉卡的未婚夫，他们一起参加了 MLA 会议。珀斯没有赢得安吉莉卡的爱，他失去了追求的目标。这一结果与传统的浪漫传奇结构背道而驰，但这是珀斯追求安吉莉卡的文本现实事件序列。然而，正如“浪漫传奇”这一词语所包含的意思是永无止境的追寻一样，接下来的场景是珀斯开始追求一个叫谢莉尔·萨默比的机场女孩。这一脚本属于弱标记脚本，它在“是否赢得公主”这一环节进行了违反。但是由于安吉莉卡的未婚夫和珀斯的姓氏一致，因此这一违反显得更加精致和有趣。

珀斯自己建构了一个追求安吉莉卡的脚本。在这一追寻脚本中，前两个事件与第一个脚本相同。珀斯意识到自己爱安吉莉卡，他向她求婚，但遭到拒绝。但是，安吉莉卡邀请他晚上去一个房间，那可能是安吉莉卡的房间。并且，安吉莉卡还背诵了《圣艾格尼丝前夜》中的几句台词，珀斯认为她有所指，随即对这首诗进行了解构。他以为安吉莉卡想在梦中看到她未来丈夫的样子，因此希望珀斯去自己的房间并藏在衣柜里，但结果却是一场恶作剧。

面对没有留下任何踪迹、突然消失不见的安吉莉卡，珀斯决定一定要找到心目中的天使。正好珀斯自己创作的一首诗获了奖，他因此得到一笔奖金，他说他会用这笔钱去找一个女孩。在一个娱乐场所，珀斯看到了一张安吉莉卡赤身裸体的海报。经过询问，他发现安吉莉卡是个脱衣舞女。珀斯对这一职业很不满意，他决定把安吉莉卡从堕落中拯救出来。珀斯接着寻找安吉莉卡，却发现安吉莉卡是个妓女。这一结果让珀斯勾勒的安吉莉卡的美好形象瞬间崩塌，他像一个希望幻灭的恋人一样，几乎昏了过去。他放弃了安吉莉卡，回到了他工作的大学。一次偶然的机会，当珀斯回到教堂时，他看到了之前自己写的许愿条上写着“外表可能会误导人”的留言。他突然意识到脱衣舞女可能是另一个女孩。经过各种调查寻找，珀斯发现安吉莉卡还有一个孪生妹妹。

知道真相后，珀斯再次开启自己的追寻之旅。珀斯的追寻足迹遍布世界各地，从欧洲到美洲再到亚洲，他不仅花掉了奖金，也花光了自己所有的积蓄，信用卡也因为延迟还款被吊销。但是，自从卢米奇会议之后，他就再也没见过安吉莉卡了。扎普教授建议他去参加 MLA 会议，因为任何学界之人都不会错过这个会议。

珀斯终于在 MLA 会议上看到了安吉莉卡，她就在那儿，穿着白衬衫和西装上衣。安吉莉卡正坐在桌子后面做报告。本来两人可以在报告后重逢，却又因为梅登小姐突然晕倒而错过见面。慌乱中的珀斯突然发现安吉莉卡又不见了，他急忙穿过酒店大堂，乘电梯到各个楼层寻找安吉莉卡。最后他终于找到了安吉莉卡，珀斯激动地把她搂在怀里亲吻了许久。接下来两人来到安吉莉卡的房间，在一起度过了快乐的时光。珀斯向安吉莉卡求婚时，这个女孩却说她是莉莉。莉莉告诉珀斯，她和安吉莉卡最大的区别就是大腿上的胎记，她的胎记在右大腿上，而安吉莉卡的则在左大腿上。此外，莉莉还指出，珀斯并不是真的爱安吉莉卡，因为他根本辨别不出谁是安吉莉卡，他喜欢的仅仅是一个自己编织的梦而已。最后，莉莉告诉珀斯，安吉莉卡将嫁给一个在哈佛大学当教授的男士，他可以在美国为安吉莉卡找到一份工作。

珀斯最终还是追寻失败，他并非那个能娶国王女儿的真正英雄。实际上，安吉莉卡和莉莉是亚瑟的女儿，亚瑟作为学术小世界的卫冕之王，他的女儿也就是学界的公主了。但是，此时的珀斯头脑中突然出现了谢莉尔的形象，她含泪的双眼让珀斯意识到她爱他，而他也想要她。在小说的结尾，珀斯开始了寻找谢莉尔·萨默比的新旅程。这一新的追寻遵循了浪漫传奇的结构特征——无止境的追寻。珀斯自己建构的追寻脚本比较复杂，正如本章之前的分析一样，其中珀斯对《圣艾格尼丝前夜》的解析、错以为安吉莉卡会嫁给他、错将莉莉当作安吉莉卡都属于标记脚本，而发现安吉莉卡姐妹的身份属于弱标记脚本。这些不同程度脚本的穿插描写和叙述，使得小说的叙事情节不仅具有层次性，也增加了空间感和趣味性。

珀斯追寻安吉莉卡的第三个脚本是由读者重构的。像前两个脚本一样，这一脚本也是从珀斯意识到对安吉莉卡的爱开始的。珀斯决定再给自己一次机会去赢得安吉莉卡的爱，于是他在全世界寻找安吉莉卡。在读者心目中，安吉莉卡就像珀斯的圣杯。为了找到安吉莉卡，珀斯克服了许多困难，经历了许多冒险。在珀斯的心目中，安吉莉卡纯洁、美丽、迷人，她是他想要拥有的“好女人”。但安吉莉卡的孪生妹妹莉莉告诉珀斯，安吉莉卡曾承认自己内心中是个荡妇，安吉莉卡要嫁的人是彼得·麦克加里格尔，因为他可以帮助她在波士顿地区找到一份大学里的工作。安吉莉卡的婚姻行为证明了她并非珀斯想象中的那般纯洁。而且，对姐妹俩亲生父母的揭示让她们成为学术小世界中的公主。最终，珀斯并没赢得安吉莉卡的爱，从这个角度来看，珀斯的追寻是失败的，但这个事实并没有伤害到珀斯，因为他立刻想起了机场女孩谢莉尔·萨默比。珀斯突然对谢莉尔有了一种强烈的渴望，他决定找到她，告诉谢莉尔他爱她。在骑士文学传统中，爱情代表的是信仰。“爱情的失败预示着信仰的幻灭”（胡家峦 2001：133），但是在这部小说中，珀斯最终并没有赢得安吉莉卡的爱，然而这一爱情幻灭也并没有给珀斯带来致命的打击。他转而进入第二场追寻，虽然依旧遵循浪漫传奇结构原型脚本，但是这一转换过程却留下很多可以让读者阐释的空间，因为按照古典浪漫传奇的思维逻辑，珀斯在爱情上的挫败会让他意识到自身的盲目与缺陷，进而对原本坚定的信仰——追寻女孩——失去信心，因而放弃追寻，但是《小世界》中的珀斯却是一个毫无成长的英雄，他在被拒绝后立即转向另一个追寻目标。

实际上，这部小说隐含了珀斯追求安吉莉卡的失败。这可以追溯到珀斯到东京的追寻，珀斯以为他会在东京找到安吉莉卡。一天晚上，在一家小酒吧里，珀斯和几个将弗罗比舍的作品翻译成日文的小伙子玩猜字游戏。当他们告诉珀斯莎士比亚的《错误的喜剧》的书名被翻译成《镜中花、水中月》（*SW*：295）时，珀斯赞扬这个翻译非常棒。这个翻译也让珀斯想到了安吉莉卡，她让珀斯虽然看得见却抓不住。这一想法迅速消解了珀斯之前从玩游戏中获得的快乐。这是小说给读者的启示之一，也是对珀斯追求的结果的一个预测，安吉莉卡是他看得见、却无法拥有的美好想象。小说中的孪生姐妹，特别是安吉莉卡，成了文本中的能指，就如解构主义有关能指所带来的所指特征一样，她并不应声而至，而是迟迟不露面，留下的仅是无尽的延搁。珀斯无法捕捉所指，只能仅仅依靠安吉莉卡留下的痕迹掌握他能理解的意义。这一延搁在珀斯的阐释下意义不断增加，文本因而变得不确定。这一追寻脚本的不确定成了文本的增殖力和生产力，文本意义厚度由此而来。有关珀斯对安吉莉卡的追寻脚本可见图 4-1。

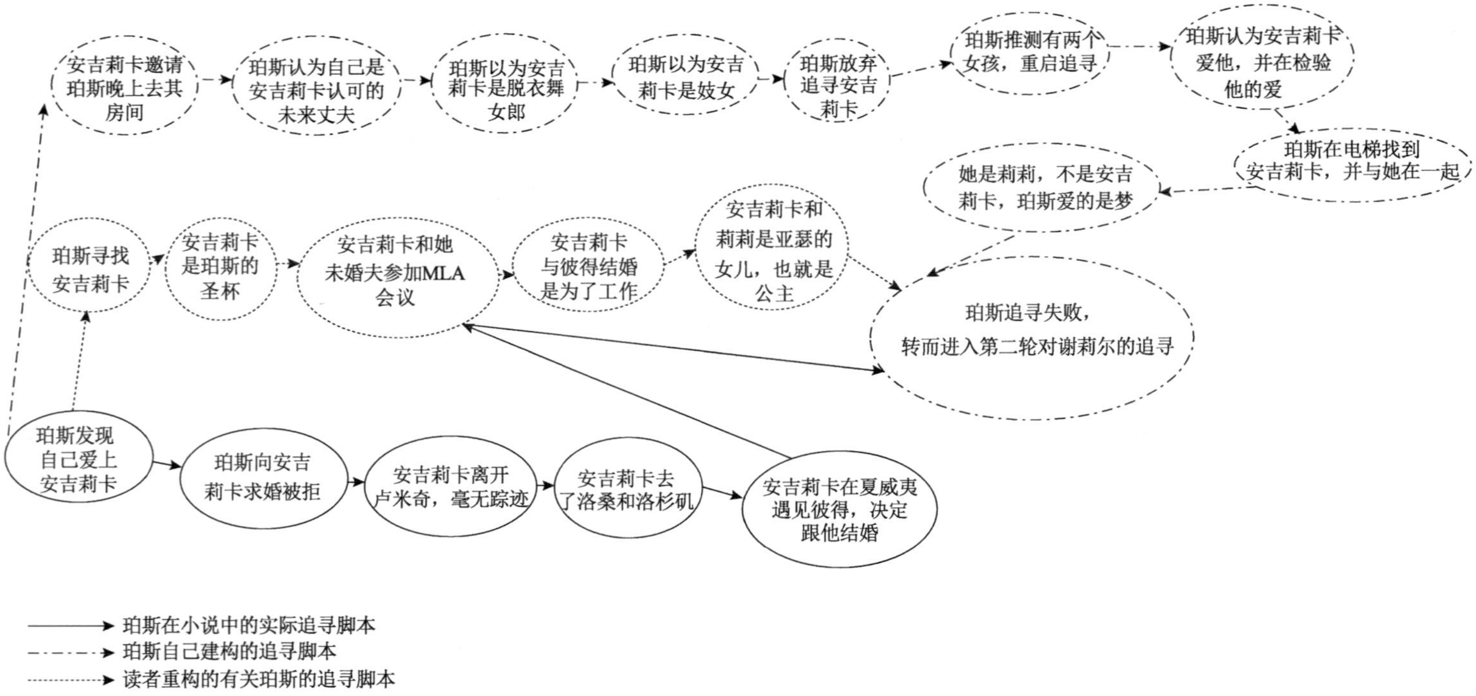

图4-1 珀斯的三个不同追寻路径脚本

4.5.2 重构教授们对主席一职的追寻脚本

在《小世界》里，众声喧哗的一群教授在世界各地来回穿梭，忙于实现自己的人生追求。在卢米奇会议上，扎普和菲利普等教授各自讲述了他们的人生目标。渐渐地，随着叙事的深入，追求联合国教科文组织主席一职似乎成了所有教授的唯一目标。不同的教授都在执行对此目标的追求，因此多个不同的追寻脚本交织在了一起，读者需要不断地重构古典浪漫传奇的追寻脚本，同时重构的过程也是对《小世界》中追寻脚本的建构过程。此刻联合国教科文组织主席一职就是小说中诸位教授的"圣杯"，如齐格弗里德、扎普和帕金森等。为了得到这个位置，他们使用了很多方法，同时也遇到了各种各样的困难。

小说中第一位采取行动争取这一职位的教授是齐格弗里德，他是从事读者接受理论的德国教授。他一大早就打电话给联合国教科文组织的官员雅克，想了解一些有关这个职位的信息。然而，齐格弗里德犯下两个致命错误后就再也没有出现在国际学术界，而这两个错误都是很巧合地被珀斯揭露出来的。第一个错误就是齐格弗里德抄袭了珀斯的文章，并在大会上宣读时当场被珀斯指出，这严重影响了他的学术声誉。第二个错误是一个意外事件。从人们刚认识齐格弗里德时，他的手上就一直戴着一只黑手套。黑手套增加了齐格弗里德的神秘感。在 MLA 会议上，虽然齐格弗里德不喜欢珀斯，但在他们象征性握手的时候，他急于将手收回来，导致了黑手套的脱落。暴露在人们面前的是一只非常正常、看起来很健康的手。至此，齐格弗里德的名声已经完全毁了。因此，从那以后，他再也没有出现在任何国际会议上，显然他在追求的过程中也没有达到自己的目标。

第二个渴望这个职位的教授是扎普。从富尔维亚那里得知消息后，扎普就立即采取行动。他给这个职位的主评委亚瑟写了封信，邀请他参加耶路撒冷的会议。扎普相信只要亚瑟参加他的会议，他就有信心让亚瑟相信他是最有能力胜任这个职位的人。但是，扎普也不是个幸运儿。他受到帕金森和米歇尔·塔迪厄的攻击。帕金森在书评中高度赞扬菲利普的书并强烈批评扎普的书，企图借此给扎普一个沉重的打击。更糟糕的是，他被几个极端分子绑架了。在绑架过程中，扎普逐渐明白了死亡的含义。他终于知道死亡是无法解构的东西。绑架事件发生后，他对解构主义失去了信心，并放弃了争夺联合国教科文组织主席的职位。最后，他与塞尔玛结婚，这一举动象征着他回到了正常的生活。因此，莫里斯·扎普是这个职位追求过程中的又一个失败者。

第三个竞争对手是鲁迪亚德·帕金森，虽然他的努力最终成就了菲利普·史沃娄，但他确实是一个"勤奋"的人。为了打败扎普，他夸大了菲利普这本书的学术价值，贬低了扎普研究的价值。帕金森的真正目的是打击扎普，让他不具资格和他竞争主席一职。但是，他的这一行为却让联合国教科文组织官员雅克认为他有意炫耀并显示他在文学批评界举足轻重的作用，对他非常不满，因而雅克故意泄露出信息，说菲利普是这个职位的候选人之一。然后事情就变成了帕金森挖空心思谋划，而菲利普却享受了胜利的果实。更糟糕的是，帕金森错过了飞机，没有按时参加 MLA 会议，这使他彻底没有了机会竞争这个职位。

菲利普·史沃娄教授是小说中最幸运的一个。事实上，菲利普并不像扎普那样具有强烈的个人意愿要当主席，他的目标是增加生活的强度，具体来说，刺激的爱情冒险是他的追求。当他快乐地享受着和乔伊在一起的时光时，他就成为联合国教科文组织主席候选人之一。但菲利普对此并不关心，当他和乔伊在耶路撒冷享受着浪漫而刺激的爱情体验时，突然遇到他的儿子马修，他的神经就崩溃了。这一事件让菲利普明白自己早已不适合追求有强度的生活体验了。最后，他也回归到了自己的家庭。

正如西比尔·梅登告诉乔伊的那样，联合国教科文组织主席一定是“最令人惊讶”的那个人。当该职位的评审人亚瑟宣布他将继续担任主席并为国际学术界提供服务时，所有人都大跌眼镜却欣然接受。亚瑟本就是国际文学理论界的元老，但随着各种理论的迭起和他年龄的增长，他在性和文学理论方面都显得无能。在 MLA 年会“批评的未来”论坛上，各派理论的争执越激烈，亚瑟就变得越萎靡。他分不清到底哪个理论流派是最好的，这让他沮丧无比，但在珀斯提出“如果大家都同意你的观点的话，那会怎样？”这个问题后，亚瑟所有的无能都得到了治愈，这也是他继续担任主席一职的原因。亚瑟的当选无疑是标记脚本，小说中所有人物和读者的注意力都在上述那些活跃争夺的教授身上，但最后的结果却是出乎所有人的意料。

经过重新建构，读者会发现，原来对于亚瑟和那些追逐主席职位的教授而言，“圣杯”不是这个职位，而是这个职位所隐含的意义。谁当主席就意味着哪一种理论凌驾于其他文学理论之上的事实，这已经不是地位之争，而是一场关于思想和思想的斗争。最后，亚瑟意识到在文学批评界，差异比真理更重要。如果你的论点说服了所有人，他们就会和你做的一样，这样根本不会带来满足感。因此，对于学者而言，真正的“圣杯”就是差异，就是区别。在珀斯的帮助下，亚瑟找到了学术小世界的“圣杯”。学术领域也瞬间恢复了活力和生机，恶行逐渐消失（黑手再未出现，帕金森也没有实现他的愿望），一切都回归正常（扎普、菲利普等都回归到家庭生活）。一个崭新的、生机盎然的学术小世界即将来临。它象征着学术界迎来了一个新时代。

4.5.3 重构《小世界》学者浪漫传奇结构脚本

本章以结构主义叙事学理论为基础，结合对浪漫传奇这一体裁的认识，首先抽象出一个经典的浪漫传奇叙事结构，然后从追求女孩、追求联合国教科文组织主席职位、追求生活强度和其他追求四个方面分析了学术浪漫传奇的追求脚本；其次是读者对《小世界》学者浪漫传奇脚本的重构。通过重构，读者绘制了三条不同的珀斯寻爱路径图，展现了基于文本意义所建构的不同追求脚本，增加了小说的意义厚度。

4.5.3.1 “平等”的叙事结构取代“等级”的叙事结构

弗莱在其《批评的解剖》中认为，传奇作为一种确定的文学形式，总是要通过诸多有序的次要冒险事件描写，最终达到一次重大冒险。这一重大冒险与传奇开篇的困境呼应，它的完成就意味着故事的完满结局。这就说明在浪漫传奇中，有一个核心事件和诸多次要事件。但是，浪漫传奇中的这些事件并非随意放置的，它们之间存在逻辑上的关系。有些事件是按照横向顺序排列的，有些事件是按照纵向顺利排列的。浪漫传奇中的事件是一种按照等级次第关系有序组织的，其中的重大事件就在等级的顶端，次要的事件就是下属的事件。次要事件的功能就是为了重大事件铺陈和烘托。而在浪漫传奇中，次要事件的出现不一定非要遵循“历险探求（冒险）—冲突—失败或成功”这一结构，因为这是核心事件需要展示的，次要事件的作用就是使重大事件的展示更为成功和使读者印象更加深刻。在浪漫传奇故事中，英雄寻找被怪物劫走的公主是核心事件，英雄在追寻过程中遇到一个又一个小怪物是卫星事件。一个小怪物的缺失对英雄寻找公主这个结局没有影响，但是对故事的长度有影响。

但是在《小世界》这部小说中，却没有所谓的重大事件和次要事件的区别。读者在阅读的过程中冥冥之中受到“历险探求（冒险）—冲突—失败或成功”这一叙事结构的操控，但是读者却不能说出谁是核心人物、谁是次要人物。人物和事件在《小世界》中是一种平等的、纵向的、垂直的关系。它颠覆了传统小说叙事的等级次第之分，它是按照一种人物平行出现、分别行动的方式，在看似不经意间实现其内部的统一。这种平等的叙事结构可以形成众生喧哗的狂欢场所，体现出后现代叙事去中心化的特征。从这个角度讲，戴维·洛奇对“浪漫传奇”进行了继承和发展，若用图形来表示两者的差异会更加清楚（图 4-2 和图 4-3）。

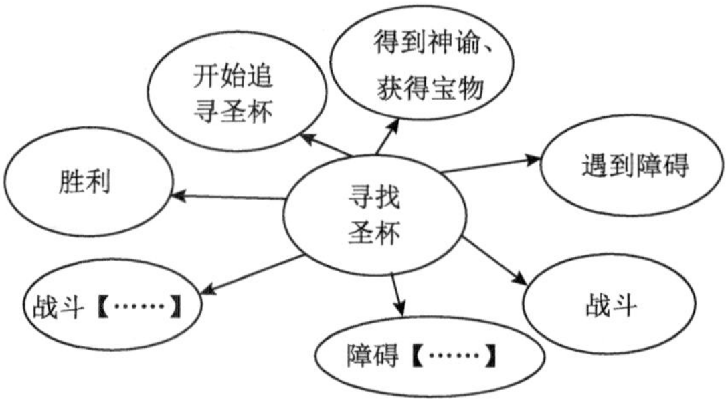

图 4-2　古典浪漫传奇原型追寻结构脚本

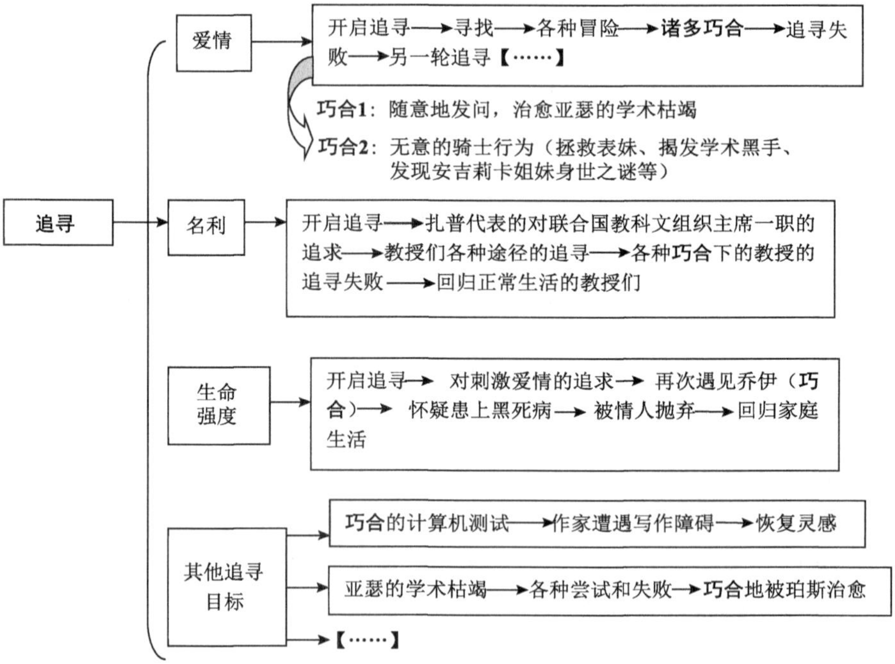

图 4-3　《小世界》结构原型脚本

4.5.3.2　“巧合”“冲突”脚本取代“冲突”脚本

在《小世界》中，珀斯在追寻安吉莉卡的过程中一度陷入绝望，在他认为安吉莉卡就是脱衣舞女的时候，一首诗歌让他顿悟，他明白过来脱衣舞女其实是另一个与安吉莉卡长相一模一样的女子。珀斯坚决捍卫要把自己的第一次给挚爱之人的行为，在小说结尾处却戏剧而又巧合般地错给了莉莉（安吉莉卡的孪生妹妹，脱衣舞女）。珀斯的追寻途径是：追寻真爱安吉莉卡—发现作为脱衣舞女的安吉莉卡—陷入绝望的珀斯通过诗句发现安吉莉卡有孪生姐妹（巧合）—再次踏上追寻的道路—误以为追寻成功（与莉莉发生关系，又一个巧合）—得知安吉莉卡要嫁给别人—珀斯再次踏上征程—追寻在机场碰上的另一个女孩。珀斯的追寻是在“巧合”的指引下完成的。如果没有巧合般地通过教堂留言发现安吉莉卡并非脱衣舞女，那么珀斯对理想纯洁真爱的追寻到此就会结束，也就不会出现以后的情节，在此巧合起到了关键的作用。

而以追求刺激爱情冒险为人生目标的菲利普教授的行为也是在种种巧合的作用下继续发展，最终他回到了结发妻子的身边。菲利普教授乘坐飞机去国外参加会议时，飞机在途中差点失事，惊魂未定的菲利普教授在借宿大使馆工作人员家时与这家女主人乔伊发生了罗曼史。回家后的菲利普教授对乔伊念念不忘，却不料在土耳其的另一次会议上与其巧合地相遇；随后他们相约在海边度假，菲利普教授此时已经下定决心要与妻子离婚，然后与乔伊结婚。当这一切顺利发展的时候，菲利普教授突然发烧并被误以为得了致命的并带有传染性质的“黑死病”，这一巧合使得小说继续发展而不是以他们幸福的再婚结束。伴随而来的是情人乔伊的落荒而逃，他的妻子不远千里地冒死前来照顾，这让菲利普教授感悟到了人生真谛并回到了妻子身边。虽然菲利普教授最终还是站在原点，但是如若没有他与乔伊的巧合相遇以及随之发生的一系列事情，故事本身就会显得枯燥无味，更不会给读者以深思。巧合在此发挥了关键的转折作用。

小说刻画的另一人物扎普教授一度把追求最高教授薪水作为自己毕生的追寻目标。他带着一篇把阅读过程比作观看脱衣舞表演的解构论文到全球各地参加会议，而且为了获得联合国教科文组织主席一职费尽心思筹划，但是却惨遭绑架（绑架原因是绑匪不知道那位知名的、非常富有的女权主义小说家已经与扎普教授离婚）。在命悬一线的关键时刻，扎普意识到人生的意义不是在于追名逐利，并且意识到“死亡是唯一不能被解构的东西”。如果没有绑架这一巧合事件的出现，扎普教授就不会明白死亡的真正含义，也就不会回归正常的生活。

小说中其他人物的行动也是在一系列“巧合”中发生的。例如，珀斯费尽心思想要找到欺骗其表妹怀孕而后又把其抛弃的那位男士竟然“巧合”般地向珀斯忏悔其罪行；文思泉涌的作家因为一次“巧合”的测试，发现了自己在写作中最喜欢使用的词语，反而再也写不出小说；事业和家庭都陷入危机的罗宾·邓普西只因找不多倾诉对象，而“巧合”般地和计算机谈起恋爱；等等。“巧合”是此小说的核心，如果没有巧合的存在，也就不会有此小说的存在。戴维·洛奇在《小世界》中把传统“浪漫传奇”的单一“冲突”原型主题发展为表层“巧合”、深层“冲突”，即“巧合”与“冲突”共存的原型主题。这不仅增加了小说的趣味性，增强了读者的阅读快感，更是对“浪漫传奇”小说叙事结构的继承与发展。

最后借用小说人物安吉莉卡对浪漫传奇的评价来结束这部分：浪漫传奇“不

只有一个高潮，而是有很多高潮，文本给读者带来的愉悦会一次又一次地到来。英雄总是刚解决完一个危机，新的危机就会出现；英雄刚解开一个谜团，又有一个谜团浮出水面；英雄刚结束一次冒险，新的冒险就又开始了。叙事问题就在不断地开合、开合……，原则上，这个过程是永无止境的”（*SW*：322）。

4.6 小　　结

本章借助“作为脚本的原型模型”，对《小世界》中不同人物的“圣杯”追寻（即人生目标）进行了详细的路径导图分析，并通过对比由同一事件引发的不同脚本理解——同时触发的标记脚本和无标记脚本——之间的冲突所造成的幽默及反讽效果，说明相关背景知识在文本意义建构和重构中的重要作用。通过研究，本章特别指出珀斯的追寻属于“强标记脚本”，因为小说中建构了珀斯追寻安吉莉卡的三个追寻地图：①珀斯自己的追寻轨迹；②安吉莉卡为珀斯设计的追寻轨迹；③读者根据古典浪漫传奇结构原型建构的追寻轨迹。菲利普教授的追寻轨迹和教授们追寻主席一职的轨迹属于“中标记脚本”（不经常发生的事件），其他人的追寻过程属于“弱标记脚本”（部分原型事件）。

在所有追寻中，巧合发挥了巨大的作用，是维持小说叙事得以进行下去的关键。对巧合的频繁使用和过分倚重，以及作品中对多重追寻目标的并列进行，解构了古典浪漫传奇的单一叙事结构，凸显了在现代语境下对传统叙事结构的颠覆和创新。同时，小说中对不同人物追寻过程的细致描写突出了在现代浪漫传奇这一文类中，追寻过程的意义远大于追寻目标。每位骑士（教授）对目标的追寻过程就是反思自我、完善自我的过程，这比执着地追寻所谓的圣杯——唯一的真理这一目标更具有指导意义。

第5章 《小世界》中学者浪漫传奇的人物图式研究

本章将以盖伊·库克的图式理论为基础，以“人物性格特征动态重构图式”来理解《小世界》中人物原型的文本意义。首先，本章回顾了文学作品中塑造人物所用的写作技巧和方法，然后提出了人物塑造的图式模型，以便更好地展示读者在阅读过程中对人物性格特征的认知过程。其次，本章通过对小说中原型人物的直接/间接描写、直接话语和思想表征的分析，从而展示这些原型人物在激活读者头脑中的原有性格特征图式之后的图式重构过程，最终得出了一个两者融合后的更加立体和丰满的人物形象。

英国当代知名学者、认知文体学的发起人之一乔纳森·卡尔佩珀在用认知的方法研究戏剧人物的性格特征方面颇具权威，他曾说：“认知文体学对人物性格特征的研究是融合语言学的分析和认知的研究成果，旨在对虚构人物的建构和理解有所启示。”（Culpeper 2009：125）小说人物的建构和理解均是在阅读活动下发生的，但正是在认知文体学的推动下，对小说人物的建构和识解方面的研究才越来越受到人们的关注。在读者阅读小说的过程中，他们会根据自己的知识和文本提供的信息来构建人物形象，这是一个心理识解的过程。也就是说，读者在阅读过程中已有诸多不同人物类型图式知识，且每一类人物都具有很多典型的性格特征。不同类型的人物除了可以通过性格特征区分外，还可通过人物的内在品格来区分。不同性格和品格的人物类型经过概念化，成为图式并存储于人们的头脑中。

> 把我们的生活经历和虚构人物的经历相比较是很有诱惑力的。因此，把人物从小说中分离出来，并把他们当作完全自主的实体来讨论是很可笑的；小说本身不过是一个由人造语境构成的复杂结构，并让我们在此中体验真实的生活经历。（Harvey 1965：31）

漫长的西方文学史上有许多描写文人形象的作品。例如，安托万·德·圣埃克苏佩里（Antoine de Saint-Exupéry）在他的小说《小王子》（*The Little Prince*）中讽刺地刻画了学者这一形象。下面是小王子和地理学家之间的简短对话。

> The geographer is much too important to go loafing about. He does not leave his desk. But he receives the explorers in his study. He asks them questions, and he notes down what they recall of their travels. And if the recollections of any one among them seem interesting to him, the geographer orders an inquiry into that explorer's moral character." (*The Little Prince*: 50)

在上面的对话中，当地理学家向小王子解释什么是地理学家时，小王子问他，他的星球上是否有海洋、山脉、树木或河流，地理学家说，他不能告诉小王子，因为他不是一个探险家。探险家应该做所有的探索，而地理学家则必须坐下来研究。从此段对话可以看出这位地理学家对科学研究持有一个奇怪的标准，在这里作者强烈地讽刺了科学研究中言胜于行的观点，而同样的情况也发生在洛奇的《小世界》里。该小说中塑造了不同类型的学者，通过对他们的谈话、衣着、思想展示或他人的评价进行描写，刻画了一群在物欲横流、追名逐利、无心真正学术的"小世界"中的教授们的形象。他们在追求个人"圣杯"的过程中所表现的性格特征，不禁使我们提出疑问：这些性格特征与之前古典浪漫传奇中的人物性格特征有无差别？这些差别是通过何种手段具体表现出来的？读者对这些人物性格特征的图式建构过程是什么样的？这些性格特征对塑造小说人物形象、深化小说主题、增强小说张力方面的作用和意义是什么？

5.1 人物塑造模式

品格是人的本质，是人的思想、意志和所见所闻，品格是建构出来的。我们只要打开一部小说，就会立刻与人物接触，我们会为他们感到痛苦，我们会和他们一起庆祝，我们会和他们一起哭泣。所有的这些情感都来自我们对角色的认同。然而，这种认同是如何在读者心目中形成的，这是本章要讨论的主要问题。

根据伊恩·P. 瓦特（Ian P. Watt）对小说人物的研究，他认为，人物有两种基本类型的文本指示符：直接定义和间接展示。第一种类型是用形容词、抽象名词或其他种类的名词或词性来直言人物的性格特征的；第二种类型则不直接道出人物的性格特征，而是以各种方式展示和举例，让读者根据描述对小说人物性格特征进行推断，揭示它们所隐含的意义（Rimmon-Kenan 1983）。目前这两种描写文本人物的方式在小说中依然盛行。后来，迈克尔·H. 肖特（Michael H. Short）在《诗歌、戏剧和散文的语言探析》（*Exploring the Language of Poems, Plays and Prose*，1996）一书中注意到戏剧和散文中人物或叙事者的直接引语和间接引语给作品的主题、人物等带来不同的效果；同时也注意到了对人物思维（thought）的描写带来的效果。因此，肖特将前一种划为“言语表征”（speech presentation），后一种划为“思维表征”（thought presentation），作为探析人物性格塑造的切入点。

5.1.1 直接定义

直接定义通常包含描述性的句子，主要用 be 或 have 作为动词。通常，这些信息是由权威的叙述者所告知的。一般情况下，只要叙述者不是特别不可靠，读者都会对叙述者的话深信不疑，自然会接受他们的思想、看法和观点。例如，舍伍德·安德森在其代表作《鸡蛋的胜利》（*The Triumph of Egg*）中一开篇就称其“父亲天生就是一个快活和善的人”，作者接着评论他的父亲原本是个安分守己的农场工人，过着无忧无虑的生活。可是自从和“母亲”结婚后，特别是“我”呱呱落地后，他就“开始变得雄心勃勃了。美国人的那种要出人头地的强烈欲望占据了他的心灵”（杨金才、王海萌 2013：27）。

5.1.2 间接展示

如果对一个人物的描写是间接的，它会以各种方式展示和举例来说明其性格特征，它也可以对人物的外在经验、行动或言语进行展示。如果间接展示依赖于空间，那就是对外观和环境的描写；如果间接展示依赖于因果关系，那么它必然是依靠人物的行动和言语的描写。性格的特质可以通过一次性行为和习惯性行为来体现。“一次性行为往往会表现人物的动态行为，常常会对叙事的转折做出一定的贡献。相比之下，习惯性行为往往揭示的是人物不变的、稳定的性格特征，通常会产生喜剧或讽刺的效果，比如某个人物固守陈规，使得与当下环境格格不入。一次性行为和习惯性行为都可归为以下几种类型：实施行为（即人物所做的事情）、不作为行为（人物应该做却没有做的事情）和预期行为（人物为实现的计划或打算要做的事情）。”（Rimmon-Kenan 1983：61-62）最后一种表现性格的方法是人物的言语，无论是人物在对话中表现出来的还是其心理活动中产生的言语，都可以通过其言语的内容和形式来表明其性格特点。语言风格可以反映一个人的出身、居住地、社会阶层或职业等。

5.1.3 言语表征

人物的言语是刻画人物最有效的方式之一，代表了人物的思想。此外，人物的言语是个性化的，有自己的风格，且这种风格可以暴露人物的很多信息。

从词汇学的角度来看，不同的言语会因其自身的特点而产生不同的效果。直接话语和间接话语对读者的影响是不同的。在间接话语中，读者会感到与人物及其话语的距离感和疏离感；在直接话语中，人物似乎处于控制地位。另外，直接话语是刻画人物性格特征的手段之一，可以显示出语言的丰富性。

在柏拉图的《理想国》中，苏格拉底提出了两种语言表达方式：叙述（diegesis）和模仿（mimesis）。叙述的特点是诗人自己是说话者，他甚至不会向读者假装，而是直接告知大家是他在说话。而在模仿中，诗人则试图制造一种幻觉：不是他在说话。因此，一般来说，对话、独白和直接引语都是模仿，而间接引语则是在叙述。在《小世界》里，人们的思想主要是通过直接引语表现出来的，洛奇的本意也是对现代社会的仿拟。

5.1.4 思维表征

思维表征是揭示人物心理、帮助读者塑造人物形象最直接的方式之一。“如何借助人物思维生动地呈现人物思想的流动”是现代小说家们关注的主要问题之一（Leech & Short 2001：337）。杰弗里 · N. 利奇（Geoffrey N. Leech）和迈克尔 · H. 肖特（Michael H. Short）认为，“关键因素是所使用的思维呈现类型的语义状态”（Leech & Short 2001：338）。人物思想的表达是一种从人物个人角度看问题的邀请。自现代主义以来，这已成为一种人们经常使用的表达方式。

5.2 建构《小世界》人物性格特征的图式模型

图式理论是用来解释人们如何理解、学习和重建文本意义的理论。实质上，它是从人们的长期记忆中提取知识，并将这些知识与文本中的信息放置在一起，通过动态互建所产生的一种新解释。“图式”这一术语指的是“有关世界、事件、人和行为的完整的知识块”（Eysenck & Keane 2000：352）。图式通常用于解决相对复杂或更高阶的概念簇，并借助固定的工作机制将这些概念连接在一起，从而构成长期记忆的结构。图式的工作机制是将人们头脑中储存的思想或概念激活，主要是让文本中的或基于文本上下文的核心词语刺激头脑中的概念，以此来激活相关图式，并依据图式认知来理解新的语篇。库克（Cook 1994：11）认为，“在这个意义上，图式是‘规范’，而单独的事实则属于‘偏离’”。

语言可以改变人们对世界的表征，而某些文本——尤其是文学文本——可以改变人们的图式。古典浪漫传奇中典型人物的性格图式特征是什么？这些特征在《小世界》中依旧有迹可循吗？如果典型人物依旧存在，其性格特征是否有变化？他们新的性格特征对于小说情节发展、主题意义有何作用？新旧性格特征对比会产生何种效果？读者如何在新旧图式对比中建构《小世界》中人物的性格特征及其意义？这些都是本章要探讨的主要问题。

5.2.1 人物性格塑造的认知研究

古典浪漫传奇中有许多典型的人物形象，这些人物的出现和表现出来的性格特征与该传奇的情节发展和作品主题紧密相连。一方面，这些典型的人物形象增强了读者的熟悉感和亲切感，另一方面也可能引起读者的反感，比如读者可能会指责他们千篇一律，没有任何变化。但是，浪漫传奇这一文类可以经久不衰，就证明了该文类在塑造人物方面肯定有其独到之处。对《小世界》中典型人物的性格特征进行研究会为我们了解其独到之处提供一定的信息。S. T. 菲斯克（S. T. Fiske）和 S. L. 纽伯格（S. L. Neuberg）提出了连续体模型（Fiske & Neuberg 1990），该模型指出我们在形成对一个初识之人的印象时会经历三个阶段：首先是对此人的初步分类；其次，如果新提供的文本信息符合我们的初步分类，则进入第二阶段的确认性分类；最后，如果新信息与任何类型的人物都不相符，则进入第三阶段的零碎整合。

卡尔佩珀是从认知角度分析文学人物性格的专家，其论文《性格塑造的认知方法：莎士比亚<驯悍记>中的凯瑟琳》（“A Cognitive Approach to Characterization: Katherina in Shakespeare's *The Taming of the Shrew*”）主要从社会图式的角度分析凯瑟琳这一人物形象。通过分析，他指出不能将其主人公凯瑟琳“仅看作一位泼妇，或者是一个充满矛盾的角色，或者是滑稽剧中的典型人物”（Culpeper 2000：291）。他首先描述了先验知识对读者建构人物角色印象的作用，以及各种人物类型的印象是如何形成的。然后，卡尔佩珀认为，剧本第一部分的文本证据与悍妇图式基本一致，然而，随着剧情的发展，一系列的变化为塑造一个复杂且个性化的人物创造了条件。

在《认知文体学对人物性格塑造之思考》（“Reflections on a Cognitive Stylistic Approach to Characterization”）一文中，卡尔佩珀尝试提出一个适用于分析所有体裁人物性格的理论。他认为认知的基本原理是一致的。他还澄清道这并不是说“每个体裁里的人物性格塑造方法都一样，不同体裁之间在风格或叙事方面的决定性差异会影响人物塑造的方式”（Culpeper 2009：127）。

埃莫特认为，“理解人物在时空环境中如何相互联系是至关重要的”（Emmott 2003：295）。在她的《建构社会空间：解读人物关系中的社会认知因素》（“Constructing Social Space: Socio-cognitive Factors in the Interpretation of Character Relations”）一文中，她选用了一些认知理论，并展示了如何运用和改造这些理论来探索读者心中构建的社会空间。以在社会机构或公众中小人物的代表为例，埃莫特（Emmott 2003）阐述了小人物在故事中的重要性。

> 经典的图式理论（如 Schank 和 Abelson 的 1977a/b 中的脚本）在处理次要人物信息时经常将其从文本中删除并留给读者去推断，因为有关他们的信息是高度可预测的。与之相反，我想展示的是，在一些叙事中，我们反而需要特别注意那些次要人物，特别是当他们从幕后一下子成为我们注意力的焦点时，这时的他们是作为社会机构或公众的代表出现的。（Emmott 2003：295）

埃莫特的上述评论是基于她对侦探小说的研究。无可厚非，在侦探小说中，次要人物往往最后都会成为破案的关键，因此对次要人物的特别关注也就非常有必要了，但这并非意味着在侦探小说体裁以外的次要人物就不重要了。埃莫特的研究价值恰恰在于她指出了需要对所有体裁中的次要人物有所关注。一方面埃莫特通过对物理空间的分析，体现了人物（尤其是小人物）的社会力量；另一方面，她从叙事功能方面分析，指出次要人物也具有非常重要的作用。

5.2.2 人物性格塑造的图式模型

图式理论中有两个难点。第一个难点就是“在图式加工过程中，读者会基于现有图式建立新的图式。其中一些读者的图式包含了对人物性格特征抽象出来的固定图式、叙述者的图式和作者的图式”（Cook 1994：106）。要分析上述所有的图式具有一定的难度，所以本书根据研究目的，集中分析了读者的图式建构和人物的性格特征图式。

第二个研究难点是目前图式理论对人物性格塑造方面的研究还远远不够。众所周知，图式理论是一种“自上而下”的理论，认知概念来源于世界，是相对静态地存在于人们头脑中的概念。然而，对上下文的理解是一个建构的过程，也就是说，它从直接的文学文本中“自下而上”地搜集信息，然后从抽象图式中检索相关的“自上而下”的信息进行整合加工。

本书已经在第 3 章给出了一个文学文本中建构人物性格特征的动态图式模型。在读者思维中，对人物性格特征的图式建构是一个循环的过程，但是从图式保留到图式重构的过程却是非常复杂的。目前，该模型仅用于分析《小世界》中的人物，希望后期亦可以在不同体裁小说的人物分析中得以验证和改良。《小世界》本身就是一部学者浪漫传奇，小说中的诸多人物都可以在古典浪漫传奇中找到相应的原型人物。第 3 章中的结构主义叙事学研究成果表明，古典浪漫传奇中的主要人物可以分为以下几类：反派角色（如恶棍）、公主、骑士（英雄和假英雄）、国王和捐赠者。恶棍将圣杯掠夺走，导致土地变得贫瘠，骑士们想尽一切办法想要让土地恢复生机，并治愈受伤的国王。在寻找圣杯的过程中，有纯洁勇敢、忠于初心的骑士，也有无法抵挡诱惑最终失败的骑士。最后，在捐赠者的帮助下，真正的骑士获赠能够斩妖除魔的决胜武器，最终杀死恶棍，找到圣杯，拯救了土地和国王。作为奖励，国王让骑士娶了美丽纯洁的公主。

“人物性格特征动态重构图式”事实上是一个循环的动态圆形结构（详见图 5-1）。图式保存会随着新增加的元素不断发展壮大，直至发生质变达到图式毁坏，从而也就破坏了图式本来的核心特征。在图式破坏阶段，读者需要打碎之前建立的图式结构，并根据新的文本知识建构一个新的图式，并使新的图式与之前旧的图式之间产生联系。广义上讲，世界上所有的事物都存在联系；狭义上讲，

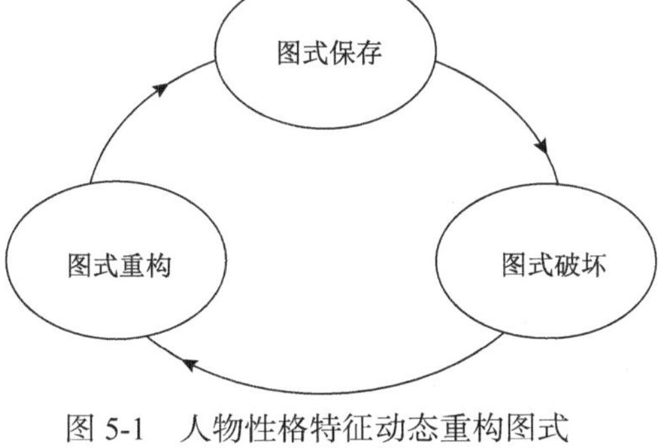

图 5-1 人物性格特征动态重构图式

同一体裁的新旧图式之间必然存在一定的联系，新建立的图式就称为图式重构。而一旦产生新的图式，读者头脑中随之就会对新的图式进行储存。一旦发生阅读行为，动态的图式就会于无形之中操控读者的思维，之前对人物性格特征所建立的原型图式就会在新文本意义的建构中起到一定的作用，并帮助读者重构新文本的人物性格特征。

5.3 古典浪漫传奇中的人物原型

本书根据普洛普的叙事功能和弗莱对浪漫传奇体裁的总结，从浪漫传奇中提取出五类不可缺少的人物：

（1）恶棍；

（2）公主；

（3）骑士（英雄和伪英雄）；

（4）国王；

（5）捐赠者。

古典浪漫传奇中的人物性格特征通常是这样的：国王总是无能的或是残疾的；公主总是漂亮、听话、沉默或言语不多的；真正的骑士是纯洁、执着和勇敢的，他能克服巨大的困难，拯救生病的国王和荒芜的土地；捐赠者总是善良慷慨之人。

5.3.1 安吉莉卡的人物原型

安吉莉卡是一个经常出现在文学作品中的名字，读者可以在不同的文学作品中找到她的原型。首先，《小世界》中的安吉莉卡也并非独立又全新的人物，她是衍生自其他多个文学作品中的人物形象，从这个角度看，安吉莉卡这个名字难免有些文学刻板形象的嫌疑。据调查，最早这个名字出现在卢多维科·阿里奥斯托（Ludovico Ariosto）的《疯狂奥兰多》（*Orlando Furioso*）中，它讲述了一个拥有魔力的异教公主安吉莉卡和法国骑士之间的故事。为了让那些骑士放弃非洲和西班牙之间的战争，安吉莉卡要尽力让所有的骑士都爱上她，并让他们之间相互嫉妒继而互相争斗。在《疯狂奥兰多》中，战争、爱情以及理想的骑士精神是其主题。该诗歌中出现了众多角色，包括基督徒、撒拉逊人、士兵和巫师，以及奇妙的生物，如一个巨大的海怪和一匹飞马。虽然诗歌本身结构复杂，众多主题交织在一起，但核心情节十分清晰，即圣骑士奥兰多因异教徒公主安吉莉卡对他的付出毫无回报而发疯。

奥兰多因受到诱惑，爱上了异教公主安吉莉卡，忘记了他要保护国王的责任。在诗歌开篇，安吉莉卡从巴伐利亚纳摩公爵的城堡里逃出来，奥兰多授命去追击，两人一起经历了各种各样的冒险，直到安吉莉卡救了受伤的撒拉逊骑士梅多罗并与之坠入爱河后私奔到凯西。在罗伯特·格林（Robert Greene）翻译的《疯狂奥兰多》中，对安吉莉卡的美貌描写最多，仅 faire 一词就使用了 20 多次，还有诸多用于描写其美丽的富有诗意的句子，如她“比墨丘利（信息之神）女神更漂亮”（Greene 1994：5），她无可比拟的美丽“使太阳神的马车更加明亮”（Greene 1994：5），“她是荣耀非洲的最美之花”（Greene 1994：2）等。可见，对安吉莉卡这一人物原型最直观的定义是她是一位美丽的异教公主，也是引发战争灾难的根源。

其次，安吉莉卡和她的孪生姐妹莉莉也曾出现在斯宾塞的《仙后》中。在《仙后》第二卷中，盖恩（Guyon）骑士进到极乐宝殿时，碰到两个正在喷泉里沐浴的裸体少女，她们的名字就是安吉莉卡和莉莉。盖恩是一位禁欲骑士，他来到了充满性诱惑的阿克拉西亚。可见，虽然作品不同，但是安吉莉卡这一人物原型却是不断在美丽、诱惑与灾难之路上越走越远。

5.3.2　珀斯的人物原型

珀斯是《珀西瓦尔》故事中的人物的重生。《珀西瓦尔》是西欧文学中第一个表现出自我不断成长的英雄故事。《珀西瓦尔》这个故事本身经过了多次改写，包括为圣杯创造了一个特定的基督教背景，以及珀西瓦尔逐渐取代高文爵士成为英雄。珀西瓦尔在冒险途中不断完善自己性格中的缺点。故事一开始时，他抵挡不住女性的诱惑，没能完成他的神圣使命，但他意识到了自己的错误，在未来的追求中，他重获美德，最终实现了自己的目标。从这方面来说，珀西瓦尔是一个自我成长型的人物。

在许多中世纪和现代的圣杯故事中，珀西瓦尔都是圣杯骑士或圣杯骑士之一，他天生的才干使他进入了亚瑟的朝廷。珀西瓦尔爵士有可能是加拉哈德（Galahad）早期版本中的名字，是完美的骑士和理想的英雄，他在追求圣杯的过程中被赋予了纯洁和力量、神圣和勇气。关于珀西瓦尔的出生有很多版本，其中之一是：他出身高贵，据说他的父亲是佩里诺尔国王（King Pellinore）或者一位值得尊敬的骑士。他的母亲没有名字，却在故事中起着重要作用。他的妹妹是圣杯的持有者，有时人们把她叫作丁德兰（Dindrane）。珀西瓦尔的神秘身世是他的一个重要特征。

最重要的是，圣杯传说中的珀西瓦尔非常英俊，他有力量、温柔，能抵挡美女的诱惑。为了找到圣杯，他必须自我完善，金钱、欲望、名声都是他所鄙视的邪恶事物。

5.3.3　渔王的人物原型

最早的圣杯传说是国王大腿受伤进而成为残疾之身，导致土地荒芜，于是他不断寻找可以用来恢复土地生机的东西。这个故事特别强调国王大腿受伤的事实，并且暗示了它最初是一个有关生育的故事。一旦他的腿伤恢复，国王就可以赋予土地以生命。国王身体好，土地就好，大腿是土地肥沃的象征，因为在古代社会，国王受伤会导致土地荒芜。荒原作为一个情景意象，富有象征意义。

在浪漫传奇叙事中，没有叫作金费舍的人物，却有类似的"渔王"或是"残王"的人物。他是亚瑟王传说中最新出现的人物，负责保存圣杯。有关他的故事有很多种说法，但唯一不变的就是他总是腿部或腹股沟受伤，不能行动自如。他受伤的时候，他的国家也像他一样受苦，因为他的无能影响了他所统治的这片土地的肥力，使之成为贫瘠的荒地。除了在科比尼城堡附近的河里钓鱼外，他几乎没什么可做的了。骑士们从许多地方赶来治疗渔王，但是只有被选中的人才能完成这个壮举，而这个骑士就是早期故事中的珀西瓦尔。在后来的版本中，加拉哈德和博尔斯（Bors）也加入了。

5.3.4　教授们的人物原型

古典浪漫传奇讲述的是骑士们的故事，而《小世界》则是讲述关于教授们的趣事。事实上，人们很难将小说中的教授与骑士一一对应，但小说却运用原型置换的手法，将诸多古典浪漫传奇中的人物嫁接到小说中不同的教授身上。同时，教授这一社会人群具有典型的社会文化特征，读者在接触文本之前也一定会在自我认知中对这一人群有特定的图式知识。按照常理，教授是指在高等学校的教学和学习中具有最高学历且知识渊博的人，这个职业在社会上受到高度尊重。他们身穿西服，戴着眼镜，干净整洁，通常忙于教学和研究，过着简朴又严肃的生活。

但是，这些一般读者所建构的有关社会上教授这一群体的众生相在遇到《小世界》中的教授时，会产生诸多的认知加工努力，读者需要重建小说中教授们的人物形象。《小世界》中的教授们沉溺于各种刺激的追求中，如性生活和名利，同时还有一些恶意的行为举止。读者的重构过程就像斯科尔斯和凯洛格所说的那样："无论是在古代还是在现代，理想的叙事读者都必须准备好对书中所强调的人物叙述做出回应，这些叙述将人物的个人个性或‘典型性’放在首位，以达到叙事本身要求的优先度；但最重要的是，理想读者必须使叙述人物中的无限多样的叙事特征有与之相称的叙述多功能性。”（Scholes & Kellogg 1968：206）换句话说，读者需要挖掘出人物的各个性格特征背后的叙事功能及其意义并用语言表述出来。

5.4　《小世界》中的人物性格特征塑造

《小世界》（1984）是戴维·洛奇的代表作，它描述了一群穿梭于各种学术会议上的教授们。尽管小说中的人物扁平无奇，并且每个人都有这样或那样的缺点，却很容易被读者记住。就像斯托塞尔曾经说过的那样：“洛奇笔下几乎所有的英雄都有某种明显的弱点或缺点。他们或者身材矮小（如《好工作》中的维克多·威尔科克斯）、失职［如《天堂消息》（*Paradise News*）中的牧师伯纳德］，或者笨手笨脚（如《小世界》中的珀斯），或者善意无能（如《换位》中的菲利普）。”（Stossel 1996：119-124）与现在流行小说中的人物不同（如浪漫爱情故事、推理小说、惊悚小说），洛奇笔下的男人们非常真实——他们会有疑虑；他们没有做出正确的决定；他们失策，爱上了错误的人；他们得到了“梦中的女孩”，但最终却无法与她在一起；他们会争辩，会与威胁他们工作的同事打架；他们绝望过，也曾充满希望；他们有梦想；他们很小气，而且经常八卦。我们看到了他们的婚姻、他们的孩子、他们的私生子、他们失败的事业、他们意料之外的成功、他们的竞争对手、他们的情妇。他们中没有一个人是纯善的，也没有一个人是完全邪恶的。此外，由于洛奇借用了许多给读者留下深刻印象的文学原型人物，因此读者需要在阅读过程中根据自己对这些原型的认识和文本线索来建构文本意义，这个过程就是根据文本线索激活相关图式，而如何激活读者的图式以及建构、重构图式意义则是本章要解决的问题。

如第 3 章所述，人物原型的性格特征被理解为抽象图式。图式理论的基本主张是“新经验的获取是通过与记忆中类似经验的陈规定型知识相比较得来的。对新经验的意义建构或通过重新理解与之前陈规定型知识不同的偏离部分内容，或是让偏离内容遵从陈规定型知识”（Cook 1994：9）。有时候，图式反而可能是理解的潜在障碍，读者预先存在的抽象图式或多或少会影响他们对《小世界》中人物的性格特征塑造。

卡尔佩珀发现，读者不同的阅读视角会导致不同的文本解读。“读者可能旨在预测某个角色的特定行为，试图构建他们的观点，或者读者习惯性地关注与他们兴趣相关的方面，或者仅仅关注能让他们产生共情的角色，所有这些都会导致对角色的不同解释。”（Culpeper 2009：131）在《小世界》中，古典浪漫传奇原型人物的性格特征是读者重构小说人物性格特征的基础。然而，并不是每个读者都具备有关浪漫传奇的相关知识，因此，为了让那些不熟悉浪漫传奇原型人物的读者对他们有所了解，洛奇在小说叙述中借助小说人物之口给读者提供了不少相关知识和信息，以便读者后续可以更好地建构文本意义。

莫里斯·扎普和菲利普·史沃娄就曾是《换位》中的主角，因此当他们再次出现在《小世界》中时，小说就没有浪费笔墨来描述他们的长相。《小世界》描绘了一组人物，读者很难分辨出谁是主角、谁是次要人物。事实上每个人物出现时，小说都会对其有一个详细的描述，但是方式是多样化的，如可能通过外表、动作、言语或是其他方式进行描述。

5.4.1 读者对《小世界》中孪生姐妹的人物性格建构

对人物的外貌描写是认识一个人最直接的方式。外表暗含对人物性格特征的了解。例如，在相面术中，外貌审视颇受重视。身高、眼睛的颜色、鼻子的长度，以及其他依赖外貌的个人特征，如发型和衣服，都是许多作家手中的强大资源。施洛米丝·里蒙-凯南（Shlomith Rimmon-Kenan）指出，“有时外貌的描述说明了人物本身的性格特征，有时人物的某一性格特征是由叙述者定义的”（Rimmon-Kenan 1983：66）。

安吉莉卡是一位正在研究浪漫传奇的女博士生。在卢米奇大学的会议上，她与扎普教授就浪漫传奇进行了讨论。在讨论中，她提到“盖恩爵士看到两个女孩在喷泉里洗澡”（*SW*：258），这一情节来自斯宾塞的《仙后》。随着叙事的发展，后面珀斯在追寻安吉莉卡并将其误以为是妓女时，他在机场小教堂的许愿卡上发现了安吉莉卡的留言，引用的也是《仙后》中的“外表可能会误导人”这句话。

读者如果回过头来重读斯宾塞的《仙后》，就会找到有关这一情节的描写。当骑士盖恩爵士来到喷泉时，正好碰上仙后的两个女仆在喷泉里洗澡，一个女仆看到盖恩爵士就站起来想引诱他，而另一个女仆则突然将身体没于喷泉中。从两位少女的举止可以看出两人具有不同的性格特征：一个大胆鲁莽，另一个谦虚矜持。而《小世界》中的孪生姐妹安吉莉卡和莉莉的性格特征在一定程度上继承了《仙后》中的这两位少女的性格特征，或者说她们这对孪生姐妹是《仙后》的派生品。至于孪生姐妹的身份，小说直到结尾处才得以揭示，在此之前两位的身份之谜一直是珀斯在追寻过程中想要发掘的。

5.4.1.1 《小世界》中安吉莉卡的性格特征刻画

从叙事功能上来讲，安吉莉卡是小说中的主要人物之一，但是对其的描述却并不多，因此对于读者而言，想要建构一个全面完整的安吉莉卡的人物形象并非易事。她的独立出现只是在第一章中，而且仅仅出现在小说对其他人物的叙述中，并一直是以一个被追逐的符号一般存在，从未现身在小说的其余部分。并且，安吉莉卡自己也很少谈论自己，小说更没有任何篇幅描写其内心活动，因此读者也无从了解她的内心世界。因此，读者对安吉莉卡的人物性格特征建构主要是通过间接展示的方式来实现的。

1. 间接展示

迈克尔·图兰（Michael Toolan）曾写道："刻画人物时通常会假设人物的外表会反映他们的内在品质，因此通过对人物外表的描述，尤其是对他们的衣服和面部特征的描写会反映人物的性格特征。"（Toolan 2001：88）里蒙-凯南也曾指出，"20 世纪的小说中有相当一部分倾向于使用间接展示体现人物的性格；这样做往往是出于对读者的尊重，希望让读者根据所呈现的人物行为对他们进行推断、评价并得出相应的结论，而不是直接（和指令）展示，用一个权威的声音'告诉'读者某个人物是什么样的"（Rimmon-Kenan 1983：60-61）。

安吉莉卡第一次出现时是由一个无所不知的叙述者描述的，其中还夹杂着叙述者的评论、珀斯的判断以及客观的描述。从珀斯的视角出发，他对安吉莉卡的直接定义是"这是一位他一生中见过的最美丽的女孩"（*SW*：9）。有趣的是，这句话的前半部分使用的是高度客观的 there be 存在句型，而后半句突然转成"他一生中见过的最美丽的女孩"的高度个人化的评价（*SW*：9）。对于安吉莉卡的出场，叙述者全知全能地进入了珀斯的内心，感受到他"好像是有某种神奇的冲动，在珀斯和门口之间开辟了一条大道"（*SW*：9）。我们可以想象，大厅里有很多人在聊天喝酒，突然一个人出现了，其他人都有意识地为这个人让开了一条道路，这一行为所表达的是这个人要么是出众的，要么是重要的，加之之前珀斯给出的个人评价"最美丽的女孩"，那么与会者为她让道也就说明了大家都惊叹于她的美貌，某种"神奇冲动"也是在大家看到她的美之后而激发的。

这句总评之后是对女孩外表的细节描写，其中有些是女孩天生的特征，如"高挑""丰满""奶油般黝黑的肤色""黑发""明亮的双眼""嘴唇红润"等；有些则是个性化的装扮，如"乌黑发亮的卷发垂下双肩""黑色毛衣开领很低"（*SW*：9）。如前所述，约翰·卡斯帕·拉瓦特（Johann Kaspar Lavater）的相面术已经获得了某种伪科学的地位，许多作家在外表和性格特征之间建立了转喻关系。在这里我们可以注意到，这个女孩不仅有黑色的头发、黑色的眼睛和黝黑的肤色，而且穿着黑色的衣服。根据西方文学传统，金发的人象征纯洁，而黑头发总是代表邪恶。我们不能说这个女孩是邪恶的，但它必然暗示出女孩的神秘特质。同时，“黝黑的肤色”暗示了安吉莉卡也许与异教公主之间有着某种联系，她可能具有混血血统等。为了显示她的优雅，叙述者在描写时也非常注意用词，比如使用“向前走了几步”，而不是“向前走”；她的魅力表现在动词的使用上，比如“她接受了服务员给她端的一杯雪利酒”，而不是“她要了一杯喝的”；还有对她喝酒这一动作的描写——“她喝了一口酒，在往下咽时，他看到她喉咙的肌肉在皮肤下滑动”，这一情景激起了珀斯的性欲，从而让珀斯不自觉地发出了“哦，我的天啊！”（Heavenly God!）这般撼动灵魂的赞叹，而“哦，我的天啊！”则是亨利·詹姆斯的《一个青年艺术家的肖像》（“A Portrait of the Artist as a Young Man”）中的句子（*SW*：9）。

在珀斯追寻安吉莉卡的过程中，安吉莉卡的诸多性格特征都是通过他人之口叙述的。例如，法国的一位教授曾教过安吉莉卡，他口中描述的安吉莉卡是个好学、求知欲很强的好学生。再如珀斯从安吉莉卡的养父口中得知，安吉莉卡是一个非常独立的女性，她宁可自己代课养活自己，也不愿意让养父供养她上学。而珀斯在夏威夷遇到了梅登小姐，从梅登小姐口中，珀斯得知安吉莉卡所具有的另一个身体特征，即她的左大腿上有个胎记。

安吉莉卡仅在小说开篇处出现了一下，然后一直到小说结尾才再次出现。与其将其看作一个人物，倒不如将其看作一个符号，一个与莉莉右大腿上有胎记、正好形成一个倒置引号的半个符号。她不停地留下存在的痕迹，却又一直不在场。对该人物的追寻就是小说叙事的原动力。

她最终现身的场景是在 MLA 大会上，这次对她的描写仍旧是从珀斯的视角进行的。她正在口齿清楚地作会议报告，她很“漂亮”，和上次在卢米奇会议上见到的一样。但是这次安吉莉卡的着装与上次完全不同，她这次的着装非常正式且具有学者气息，她的头发也扎成发髻，她的夹克衫和衬衫展现出中性之美（*SW*：321）。

以上就是小说中对安吉莉卡所有外表和身体特征的描述。从描写中可以断定，安吉莉卡是一位身材高挑、苗条，留着黑色长发，有着一双黑色眼睛，或许具有外邦血统的女孩。她时而穿一件低领连衣裙，非常具有女人味；时而穿得很中性，显示出学者风度。

2. 直接话语

要想对一个人有一个清晰的刻画，光有外表是不够的。对安吉莉卡的人物塑造必须有其他有效的方式。直接话语是了解一个人性格的最有效的方式之一。在

《小世界》的文本中，安吉莉卡谈到自我身份的直接话语仅出现在开篇的卢米奇会议上。

如果说安吉莉卡现身的一瞬间像有某种魔力的话，那她的名字也有别样的象征意义。小说开篇就凸显出她佩戴的名帖上写的是指示不明的“A. L. Pabst”。没有人知道“A”和“L”到底是什么单词的缩写，珀斯对此进行了询问，但依然不得其解。虽然她非常替他人考虑，让大家直接叫她“安吉莉卡”，但这个名字本身正如后面这个人物一样，充满了神秘感。珀斯本人更是好奇无比，他非常好奇安吉莉卡的家族和祖先，在安吉莉卡告知珀斯她自己毫无概念后，珀斯甚至自己编造了一个有关她祖先的故事。

但这仅是珀斯的自我想象。从安吉莉卡的口中，珀斯得知她本是一个被人收养的孩子，因此她对于自己从哪儿来一无所知，而当珀斯继续问她名字中间的“L”代表什么时，安吉莉卡给出了一个即刻的回答，她说这是“一个相当愚蠢的名字”，因此她并不想告诉他（*SW*：10）。安吉莉卡告诉珀斯，她不知道自己的亲生父母是谁，她目前是一位正在就浪漫传奇撰写博士论文的学生，并且她没有一份固定的工作。

从对话中，读者可以了解到安吉莉卡的一些性格特点，她漂亮、博学、聪明，但她是个谜，因为没人知道她从哪里来、会去哪里，也没有人知道她名帖上的“L”代表什么。

> 25. “You didn’t miss much,” said Persse. “Both were indigestible. **What happened to you last night? I looked all over for you.**”
>
> “Oh, **Professor Philip asked some people back to his house for a drink.**”
>
> “You’re a friend of his, then, are you?”
>
> “No. Well, **not really. I’ve never met him before,** if that’s what you mean. But he is very friendly.” (*SW*: 14)

安吉莉卡并不是卢米奇会议的注册成员之一，菲利普教授——当时是卢米奇大学英语系的主任——是这次会议的组织者和负责人。菲利普和安吉莉卡刚认识的时候，安吉莉卡就曾受邀到菲利普家喝一杯。从以上这一细节读者可以推断出安吉莉卡是一个善于交际的女孩，她可以很快获得教授们的认可并进入他们的圈子。

安吉莉卡虽善交际，但并不愚蠢，因为她知道如何保护自己。小说中很详细地描写了安吉莉卡捉弄邓普西和珀斯的那一片段。两位男士都对安吉莉卡心生爱慕，并都想与她近距离接触。安吉莉卡就借用玛德琳和普莱罗的文学典故，故意邀请珀斯晚上到一个房间去。这一举止让珀斯误以为安吉莉卡对他有意，但实际上这是邓普西的房间。与此同时，安吉莉卡则告诉邓普西她晚上会去他的房间。夜幕降临，珀斯潜入邓普西的房间，并在听到开门的声音时躲到衣柜里，同时邓普西进屋后则开始了洗澡等一系列准备活动，最后赤身裸体地躺在床上等待安吉莉卡。最后，珀斯和邓普西都意识到他们被安吉莉卡欺骗了。从这一插曲中，读者不仅可以看出安吉莉卡不愧为研究浪漫传奇的博士生，对各个故事典故了如指掌，更为可笑和具有反讽意味的则是她可以将叙事诗中的情节运用到自己的日常生活中，在保护了自己的同时又对心怀不轨的男性进行了玩笑般的反击，让读者在轻松幽默的氛围下感受其聪明和智慧。随着卢米奇会议的结束，安吉莉卡也随之消失，并且没有人知道她去了哪里。

珀斯在意识到自己爱慕安吉莉卡之后，就开始了自己的追寻之旅。在追寻安吉莉卡的旅途中，他在洛桑遇到了法国从事叙事学研究的塔迪厄教授。他告诉塔迪厄教授他在找一个女孩，巧合的是，塔迪厄教授也认识安吉莉卡，因为她参加了塔迪厄的课程讲座。

正如大家对安吉莉卡的印象一样，塔迪厄教授也评价她是一个“迷人”的女孩。塔迪厄教授告诉了珀斯安吉莉卡在索邦大学的故事。“作为一个偶然的研究生”，安吉莉卡上了塔迪厄教授一个学期的课程，在上课过程中，“她总是坐在教室前排听我讲课，透过厚框眼镜凝视着我”，但奇怪的是，“她每次上课都将笔记本打开，手里拿着一支笔，但我从来没见她记过任何东西”（*SW*：265）。在第七节课上，塔迪厄教授问她：“我难道没有说出一个值得你记下来的单词吗？”（*SW*：265）安吉莉卡的回答不仅打动了塔迪厄教授，而且还以一种微妙的方式奉承了他，让他觉得自己得到了尊重。安吉莉卡说：“给我印象最深的不是您说的话，而是您对思想、道德、爱情、死亡等诸多事物……保持沉默的态度。这个笔记本记录了您深邃的沉默。”（*SW*：265）多么聪明的回答，多么深刻的回答，多么令人发笑又颇具讽刺的回答！难道这从某种角度上不是批评了塔迪厄教授对人类这些最重要的问题并无令人印象深刻的独到见解吗？同时，安吉莉卡的回答让珀斯想起了安吉莉卡给他的建议：“你必须异常小心地对待这些教授。你需要稍微奉承他们一下。”（*SW*：265）尽管安吉莉卡是个博士生，但她对学术界的规则了如指掌。从塔迪厄教授讲述的上述故事中，读者可以感觉到安吉莉卡是个颇具洞察力、灵活度，且适应力很强的女孩。然而，珀斯再次在洛桑错过了安吉莉卡，在毫无办法的情况下，珀斯决定去拜访安吉莉卡的养父，期望能从她的养父那里获取更多有关安吉莉卡的消息。

养父赫尔曼·帕布斯特说安吉莉卡是个“书呆子”，因为她把所有的时间都花在读书上，从不和男孩子约会。她本科和硕士毕业后并未满足，继续攻读博士学位。目前安吉莉卡正在写关于浪漫传奇的博士论文，她可以说是这方面的专家了。此外，赫尔曼继续补充说，安吉莉卡拒绝让他支付她的研究生费用，坚持要独立，她靠给耶鲁大学的教授批改论文来挣学费。由此可见，安吉莉卡是一个独立、执着又有追求的女孩，她对学术非常热爱。安吉莉卡唯一接受养父给她的帮助就是一张可以让她免费乘坐泛美航空公司的飞机到世界各地旅行的卡。因为有了这张卡，所以安吉莉卡飞遍了世界各地去参加各种学术会议。这再次说明了她不仅具有钻研的能力，也有意识地通过会议进行交流，获取更多最新、最前沿的知识，同时为自己毕业以后找工作寻求更多的机会，这是一个非常有主见、目标明确且执行力很强的女孩。

在小说的结尾，在珀斯与安吉莉卡的孪生妹妹莉莉发生关系后，两人的对话特别是莉莉对安吉莉卡的评价给了读者另一个视角去看待安吉莉卡。莉莉说安吉莉卡是个典型的挑逗者，而她自己也承认这一点。安吉莉卡是个爱挑逗的人，如果莉莉不说这个词，读者可能找不到合适的词来形容她。“挑逗者”是一个非常恰当地用于描述安吉莉卡人物特征的一个词。在卢米奇会议上，她穿着低领连衣裙，游走于各色男性之间，她善于与一群男教授们打交道；而且，她利用到全球各地开会之机，寻找各种工作机会，最终收获的不仅是工作，还有婚姻，这充分体现了她在人生规划方面的周全、处理人际关系方面的老练和善于洞察人性的长处。

小说最后才明示安吉莉卡的最终愿望和目的，即她想在波士顿地区获得一份大学教职。这就是她到处去参加会议的原因，因为在会议上她可以见到不同的杰出教授，也许其中一些人可以为她提供一个大学职位，这也是她奉承教授们的原因。她在夏威夷开会时，有机会认识了牛津大学的副教授彼得，而他可以帮她获得一份大学教职。同时，彼得也是一位才华出众的优秀年轻学者，之后安吉莉卡成了他的未婚妻。此外，彼得还可以给安吉莉卡提供机会，比如让她在相当有影响力的国际会议（如 MLA 会议）上发言。

以上是文本中所有与安吉莉卡有关的“直接话语”，从这些话语中我们可以得出，小说直到最后都没有明示安吉莉卡是一个什么样的人。读者有充分的理由将其看作一个谜。首先，她的名字是个谜；其次，她的身份也无从得知；最后，她参加诸多学术会议的目的尚不明确。这是安吉莉卡的第一个人物性格特征。另一个有关安吉莉卡的性格特征可以从诸多“直接话语”中推论出来，比如她美丽、博学、聪明、善于交际、智慧、老练、独立、执着、热爱学术等。这与珀斯所认为的纯真的女孩相差甚远，不仅因为她的孪生妹妹莉莉将其评价为一个“挑逗者”，而且安吉莉卡自己也认同这一评价。直到小说最后，读者都无从得知她结婚到底是为了爱情还是为了事业，又或兼而有之。因为通过莉莉的描述，她应该是为了事业而结婚，但读者又不甘于将其列为如此的世俗和功利，所以直到最后我们仍然无法清楚地建构一个关于她的明确的性格特征图式。

然而，从卢米奇会议之后，直到小说最后的那场在学界具有举足轻重地位的MLA大会前，安吉莉卡就一直没有出现过，因此可以说她是小说中一直不在场的人物。珀斯一直在追寻她，却永远找不到，甚至不能拥有她。相反，安吉莉卡的孪生妹妹莉莉则频繁出现在小说中，甚至一度让珀斯误认为她就是自己的追寻对象。

5.4.1.2 《小世界》中莉莉的性格特征刻画

对于珀斯和读者来说，莉莉这一人物的存在并不是一个容易发现的过程。在发现还有另一个和安吉莉卡长得一样的女孩之前，有关莉莉的描述都让珀斯和读者误以为是对安吉莉卡的描述，因此所有人对安吉莉卡之前的印象就是突然消失，现在的安吉莉卡与之前判若两人，让人无法接受。读者对作为女博士的安吉莉卡有多么喜爱，就会对作为脱衣舞女的安吉莉卡有多么生气和不可理解。所有的这些描写都给珀斯和读者带来巨大的震动，成为无法理解的谜团。

1. 间接展示

小说中，安吉莉卡在卢米奇会议结束后就毫无征兆地消失了，像从没有出现过一样。因为她没有留下与自己有关的任何信息，然而她又是整个叙述的核心，所以所有的追寻都要以珀斯去找她为依托。面对这一看似要陷入叙述僵局的现状，浪漫传奇这一体裁本身给出了解决方案。因为浪漫传奇叙述结构本身就充满了惊喜和巧合，因此当小说描写到珀斯在一个娱乐场所看到安吉莉卡的照片这一场景时，读者不仅不会觉得该小说有虚构和虚假之嫌，反而会感到异常兴奋和高兴，他们为珀斯获得一些有关安吉莉卡的消息而感到振奋和激动。

接下来对安吉莉卡的描写让珀斯和读者觉得这好像是同一个女孩，但行为举止却截然不同。此时的安吉莉卡不像在卢米奇会议上表现得那么优雅和高贵，而是以裸体形象出现在不同的红灯区海报照片中。珀斯通过一些海报，找到了一个叫“女孩无限”的俱乐部，并通过询问“安吉莉卡”的朋友，珀斯确定了照片中的女孩是脱衣舞女和妓女。之前珀斯为了获取一些男女方面的知识，曾在卢米奇电影院观看过一些黄色电影，当时他在海报上看到了安吉莉卡这个场面让珀斯以为是自己产生的幻觉。此刻珀斯才意识到当时自己并没有产生幻觉，他看到的就是“安吉莉卡”，一个作为脱衣舞女的“安吉莉卡”。珀斯个人对这件事情的理解是：做脱衣舞女是可以原谅的，也许她生活中遇到了什么困难，但是做妓女是珀斯无法接受的。在珀斯的认知里，如果“安吉莉卡”真的是妓女，那她真的是个鲁莽且狂野的女孩，这完全与他之前认为的安吉莉卡是个好女孩的想法相悖。

在教堂里，珀斯获得了提示，他突然意识到海报中的女孩可能并非安吉莉卡，而是莉莉——安吉莉卡的孪生妹妹。最后，珀斯终于在MLA会议上看到了安吉莉卡，却又因为帮忙拯救昏迷的梅登小姐而再次与她错过。珀斯疯狂地在酒店大厅里寻找，最后，他终于在电梯里找到了安吉莉卡。此刻的珀斯只知道自己再也不能让安吉莉卡离开自己，他一把抓住她，不肯放手。他看到安吉莉卡换了一件红色的丝绸连衣裙，头发随意地披在肩上。之前珀斯几乎跑遍全球，花光了所有积蓄来寻找安吉莉卡，现在读者都能感受到他此刻愿望实现后的激动心情。自从卢米奇会议后，珀斯再也没有见过她。看着心仪的女孩此刻就站在自己面前，珀斯毫不犹豫地把女孩抱在怀里，热情地吻了她，而安吉莉卡却表现得很困惑，想要抵抗“攻击”，但她很快就突然放松下来，屈服于他的拥抱。

面对安吉莉卡的回应，读者都有了些许困惑。因为根据文本描述，安吉莉卡虽不是一个保守的女孩，但她也不是这么开放。按照安吉莉卡平时的行为举止来看，珀斯在电梯里的行为应该会被她拒绝。然而，眼前的女孩只是稍微反抗了一下，然后就在珀斯的怀抱中投降了。这很奇怪，事后女孩自己告诉珀斯和读者，她实际上是莉莉，并非安吉莉卡。从这一描述中读者就可以发现莉莉是个非常开放且随意的女孩。

以上两种描述提供了莉莉的一些性格特征。有关莉莉是脱衣舞女郎的描述是从珀斯的视角来描述的，有关莉莉的行为举止是珀斯自己经历的。如果仅凭海报照片还不足以说明莉莉是个开放、大胆、随意的女孩的话，那莉莉面对陌生男性珀斯的“攻击”所做出的反应就表明了以上性格特征。

2. 直接定义

为了找到安吉莉卡，珀斯曾去她养父那里。从她养父那里，珀斯的假设得到了证实——安吉莉卡和莉莉是双胞胎。其养父赫尔曼回忆起这两个女孩的成长过程后告诉珀斯，他总是用礼物来宠这两个孩子，她们两个在青春期时都开始了不同形式的叛逆，莉莉则向坏的方面发展了，变得越来越野。她在还是十几岁时就开始吸毒，并且和男孩子乱混。当赫尔曼发现时，她就离家出走了，那时她才 16 岁。从她的行为来看，莉莉是个大胆的女孩。在赫尔曼第二次找到她时，她靠演黄色电影为生，而且她和一些男人住在一起。莉莉随心所欲地生活着，表明她是一个很随意的女孩。

3. 直接话语

以上所有描述都是来自他人的角度或他人的评论，是时候看看莉莉自己的说话风格了。像安吉莉卡一样，她也是一个一直不在场的人物，直到最后的 MLA 会议时她才露面。她和安吉莉卡、彼得都住在举办会议的那栋大楼里，很巧合的是，珀斯把她当成安吉莉卡并吻了她，当珀斯再次向她表白对她的爱时，她的反应证明了上述对其性格特征的归纳是正确的。

26. "At last I've found you!" he panted.

"So it seems," she gasped.

"I love you!" he cried. "I need you! I want you!"

"Okay!" she laughed. "All right! Your room or mine?"

"I haven't got a room," he said.

Angelica hung a *Do Not Disturb* sign on the outside of the door before locking and chaining it from inside. (*SW*: 324)

面对和安吉莉卡面貌无异的莉莉，珀斯以为他终于找到了自己心爱的女孩，因此面对"安吉莉卡"，珀斯再也抑制不住内心的激动和爱慕，接连说出了"我爱你！我需要你！我想要你！"（*SW*：324）这样的表白话语，这三句话清楚地体现了珀斯对安吉莉卡的喜爱和渴望。珀斯内心的情感通过"爱、需要、想要"这些词一个接一个地向前推进。面对这样一个热情且充满激情的男人，莉莉的回答也是相当直截了当，她笑着说："好吧！去你的房间还是我的？"从这段对话中，读者可以发现莉莉是个相当直接的女孩。

在他们发生关系之后，珀斯再次向"安吉莉卡"求婚，但女孩却说她不是安吉莉卡，而是莉莉，她还严肃地告诉珀斯，她们的胎记位置不同：安吉莉卡的胎记是在左大腿上，而她的则是在右大腿上。在查验过后，珀斯几乎要对莉莉大发雷霆，指责她为何事先不让他知道，此时的莉莉也许是因为害怕珀斯发火，或是她想捉弄珀斯，于是立即改口说自己是安吉莉卡。

珀斯虽然聪明，却被这对孪生姐妹骗了两次：一次是莉莉骗他说自己是安吉莉卡，另一次是安吉莉卡捉弄他去另一个男性的房间。然而，从莉莉和他开的玩笑可以看出莉莉另外的性格特点，即莉莉也是个淘气、爱玩恶作剧的女孩，但她也很聪明和充满智慧，她看穿了珀斯对安吉莉卡的爱的本质。她指出："珀斯，我想告诉你，你并不是真的爱安吉莉卡。如果你都不能确定刚刚和你在一起的女孩是不是安吉莉卡，你怎么能说你是真爱她呢？你爱上的是一个梦。"（*SW*：326）

莉莉的话可谓一针见血。虽然爱情使人盲目，但它绝不会盲目到让人认不出自己的爱人。如果一个人认不出他的爱人，他怎么敢说他爱她？可见，珀斯并不是真的爱安吉莉卡本人，他并未意识到自己一直在追寻的所爱之人其实是自己在想象中塑造的完美的安吉莉卡。另外，莉莉对自己的评价是她是个荡妇，由此可见莉莉是个具有敏锐洞察力且敢作敢当、不虚伪之人。从对莉莉的直接定义、间接展示和直接话语中，读者可以较容易地构建出莉莉的性格特征：狂野、大胆、随意，虽说她自称是个荡妇，但实际上是非常具有洞察力、敢作敢当、不虚伪之人；同时，她也十分淘气、坦率和聪明。

至于这对双胞胎的亲生父母，小说中一直没有提及，对孪生姐妹的身份揭示是在小说最后发生的。当珀斯随意的一个问题治愈了金费舍的学术枯竭症之后，梅登小姐在欢庆晚宴上碰到金费舍，并告诉他双胞胎姐妹是他的女儿。有关这一插曲，小说是这样进行叙述的：在 MLA 会议上，当亚瑟·金费舍借珀斯的问题重获活力时，他欣喜若狂，此刻的他还不知道自己在这个世界上还有两个女儿，而对双胞胎姐妹身份的揭示也是珀斯的无意之举。在安吉莉卡发言的会议室里，珀斯看到了前来开会的梅登小姐，顺带聊起来当初还是梅登小姐在飞机的厕所里发现了这对双胞胎婴儿，并问她是否还记得那两个女孩，梅登小姐听到这些话后，就瞬间晕倒了。

或许此刻会有读者将此处的巧合看作对认亲情节的最大滑稽模仿。在一次跨大西洋的航班上，在厕所里发现两个弃婴的梅登小姐——这位号称自己未婚的剑桥大学教授——原来是与亚瑟有过一段罗曼史且生下了这对孪生姐妹的亲生母亲。她们的父亲亚瑟则是全球文学批评界的大佬，相当于学术界的国王。此刻父母与孩子的相认的确是出人意料。

5.4.2 读者对《小世界》中珀斯的人物性格建构

有可能众多读者都无法抓住珀斯是珀西瓦尔的化身这一隐含信息。为了提醒读者珀斯是一个来自古典浪漫传奇中的衍生人物，并建立珀斯与珀西瓦尔之间的认知联系，小说中有一段珀斯和安吉莉卡的对话，内容主要就是闲聊珀斯名字的由来。通过两人的对话，读者知道了“珀斯·麦克加里格尔”这个名字的联想意义，这非常有助于读者后续对人物性格特征图式的建构。

安吉莉卡不愧为研究浪漫传奇方面的博士生，寥寥几句话就提供了珀斯这个名字的几种可能含义。她对与珀斯这个名字相关的派生词非常熟悉。借她之口，读者可以清楚地了解人物的背景信息。首先能产生关联的就是在以往的文学作品中出现的珀尔修斯，他拥有骑士的所有优点。刚开始珀尔修斯还是一个仅迷恋漂亮女士之人，但是最终他成长了，并以寻找圣杯为其目标。

关于珀斯的名字，安吉莉卡回顾了所有出现在文学作品中的与之相关的人物，如在中世纪的浪漫传奇故事中，《亚瑟王和他的骑士》（*The Story of King Arthur and His Knights*）、《珀西瓦尔》以及詹姆斯·乔伊斯的作品。Perse、Pearce、Pierce 的相似发音为解释他的名字提供了各种可能性。他在所有这些文学作品中都是一位骑士，他还会是《小世界》中的骑士吗？相信读者读完小说后就会有答案了。

根据脚本理论，当人们阅读文学文本时，会在头脑中激活与当前文本相关的知识块以填补空白，使叙事连贯，而通常关联的语境信息就是姓氏。“麦克加里格尔”（McGarrigle）与圣杯传说中的“圣杯”（grail）发音相似。此外，这个姓氏是爱尔兰姓氏，意思是一个具有超级能力的人。从珀斯·麦克加里格尔的名字可以看出，“珀斯”这个角色来自《珀西瓦尔》，他的行为与骑士在圣杯传说中的行为相似，这在第 4 章中有详细描述。如果把珀西瓦尔和圣杯传说中的人物形象结合起来，那他就是一个成长中的人物，逐渐从一个强大但愚蠢之人变得铁石心肠，最终实现了他的目标。

帮助读者建构了有关小说中的珀斯与其他文学作品中的珀西瓦尔这两个人物之间的内在联系之后，就可以进入对《小世界》中珀斯的人物性格建构和分析了。小说中对珀斯的刻画可以分为四类：直接话语、思想表征、间接展示和直接定义。

1. 直接话语

与安吉莉卡不同，珀斯虽然年龄与其相仿，但是他却是学术会议的新手，卢米奇会议是珀斯有生以来参加的第一次学术会议。在与会议老手莫里斯·扎普的聊天中，珀斯说他参会是想提高自己，看看文学界圈内和圈外人士都是什么样的。

从中可以看出，珀斯参加会议的初衷是非常纯粹的，值得称赞。他就像一个在现代英国世界积极向上的骑士，想用思想武装自己，但是当珀斯发现他爱上了安吉莉卡之后，他最初的纯粹追求就改变了，掌握文学界“思想”的雄心壮志就变成了一定要赢得安吉莉卡的个人理想。读者不禁产生疑问，珀斯是个易变的人吗？

当珀斯在卢米奇会议期间意识到自己爱上了安吉莉卡并向安吉莉卡表白时，他强调他信奉婚前双方应坚守贞操，而这个想法遭到安吉莉卡的嘲笑和鄙视，理由却不得而知。但是，由此可以看出珀斯是一个初涉学术界、尚且单纯且深受传统文化影响的年轻人。

但是当珀斯谈到处女时，他却对安吉莉卡说出了“我不介意你不是处女”这句明显与自己的准则相悖的话（*SW*：40）。究其深意，这句话意味着珀斯非常看重安吉莉卡，因此他愿意为她妥协，甚至改变，但同时珀斯也承认他更希望安吉莉卡是处女。由此可见珀斯还是一个很诚实的人，愿意说出自己的真实想法。虽然他的这一想法被安吉莉卡嘲笑，但他却是《小世界》中为数不多的纯真之人。此外，他提到“上帝”时表示，他总是去教堂净化自己的灵魂，因此可以得出他是一个有信仰、纯洁且愿意自我完善和自我成长之人。

随后，珀斯追着安吉莉卡到了夏威夷，却得知安吉莉卡离开的消息，在夏威夷的海滩上，珀斯遇到了梅登小姐，从她那里，他知道安吉莉卡想把她的姓改成“麦克加里格尔”，珀斯认为这有可能是安吉莉卡爱他的标志。梅登小姐也在一旁推波助澜地说“一个年轻的女子喜欢被人追求”，而安吉莉卡的消失只是对追求者的一个“考验”。听到这些，珀斯坚信安吉莉卡也爱他，却要先考验他，因此他毫不犹豫地决定继续追寻安吉莉卡。他永不放弃的精神可能会让读者将其与圣杯骑士相联系，因为他们也坚持不懈地寻找圣杯，而珀斯口中的寻找“女孩”（girl）本身的发音就与“圣杯”（grail）相似。

在珀斯到达耶路撒冷却仍然找不到安吉莉卡时，他几乎崩溃了，他向扎普抱怨，为了找到那个女孩，他遭受了太大的痛苦。珀斯几乎跑遍了全球所有文学类相关会议，但都没有找到安吉莉卡，而耶路撒冷会议是最后一个有可能找到她的地方，所以当珀斯知道安吉莉卡没有参加此次会议时，他感到非常绝望，他甚至觉得自己的一生都要在绝望中度过了。为了寻找安吉莉卡这个女孩，珀斯把所有的积蓄都花光了，他的信用卡也因为没能按时还款被冻结了。为了来耶路撒冷，珀斯只好搭便车穿过沙漠，还差点被渴死。透过珀斯的追寻轨迹，读者可以肯定地说，他是一个不屈不挠、坚毅之人，为了达到自己的目标，他能够克服各种困难。

在小说结尾，珀斯虽然参加了 MLA 会议，但是他的目的不是吸收新的观点或理论，而是找到安吉莉卡。在寻找安吉莉卡的过程中，一次偶然的机会，珀斯在听了结构主义、解构主义、新马克思主义等不同文学理论的报告后，忍不住提了一个问题。面对这么多的知名教授和学界大佬，一个普通讲师要提出什么真知灼见真的不容易。此外，珀斯并非与会人员，因此他是无权提问的，所以图尔皮茨试图阻止珀斯向金费舍提问。

但是，珀斯是非常勇敢的，他敢于向金费舍提出自己的疑惑。在他问问题时，他觉得自己是“另一个人”，他勇敢地“站起来，走进过道，走到讲台正下方的麦克风前”（*SW*：319），而他的问题也至关重要，因为这个问题瞬间治愈了金费舍在性和学术创造方面的无能。金费舍的生命力的恢复意味着整个学术界恢复了生机和活力。从珀斯敢于向学界大佬提问题这一做法可以看出他是一个勇敢、聪明且幸运的人。对于他而言，他并不知道自己要提的这个问题多么重要，甚至肩负着能让学界恢复繁荣的使命，但是他的误打误撞反而治愈了学界之王，也拯救了整个学界。

然而，这样一个聪明的年轻人却被安吉莉卡和莉莉这对孪生姐妹捉弄了两次，并且在此过程中他的表现就像一个傻瓜。从莉莉和珀斯的对话中，读者可以发现，珀斯根本没有能力区分谁是莉莉、谁是安吉莉卡。比这更荒谬的是，珀斯将自己在性方面的初体验献给了莉莉这个与他毫无关系且作风随意的女孩。珀斯在爱情方面的单纯、无知、笨拙使得这个人物形象非常的滑稽、可笑又具有反讽意义。

2. 思想表征

珀斯和安吉莉卡之间有一个有趣的插曲。在卢米奇会议上，珀斯一直在找安吉莉卡，他想表达他对安吉莉卡的爱，让她成为他的新娘。在此背景下，当珀斯碰上安吉莉卡时，她告诉了珀斯一个房间号码，并让他在晚上的某个时间前往。这个邀请令珀斯困惑不解，因为他不知道它的内在含义。经过不断的思考和引经据典，寻找文学作品中的类似情节，珀斯最终得出安吉莉卡希望他成为她未来的丈夫，并希望晚上在她的房间里见到他的结论。一想到即将要和安吉莉卡共度良宵，珀斯觉得为了安吉莉卡考虑，他需要采取一些必要的防范措施，因为珀斯不想让安吉莉卡像他的表妹伯纳黛特一样意外怀孕，所以他决定去药店买避孕套。从以上的思想表征可以看出，珀斯是一个谨慎、体贴的人。

对于从未有过恋爱经历且在这方面很单纯的人来说，买避孕套是一件特别令人尴尬的事情，因此他先走了很长一段路，以确保不会被任何来参加卢米奇会议的人认出，然后，因为他非常不好意思，所以选择了药店作为既定目标。然而有些药店空无一人，珀斯要一个人面对店员，他会很尴尬，而有些药店又站满了人，在这么多人面前买避孕套也会让他很尴尬，所以他就一直在不停地兜兜转转。直到最后，他自己也失去了耐心，鼓起勇气，不管不顾地一头冲进了一家药店。进入药店的珀斯急忙寻找避孕套，因为他想指给店员，以此避免通过语言来购买所带来的尴尬，但事与愿违，店员是一个女孩，这让珀斯深感沮丧，尴尬中的珀斯想要再次逃跑。最后，珀斯终于买到了他以为的避孕套，结果回去一看，不知哪个地方的信息产生误导，珀斯买到的是儿童尿不湿而非避孕套。以上描述刻画了一个非常害羞的男孩。他在性方面缺乏经验，并为自己的行为违背自己的价值观而感到羞耻，但是他又抵挡不住能去安吉莉卡房间的诱惑。更可笑的是，他在购买避孕套时表现得像个傻瓜，而当他发现自己被安吉莉卡捉弄时，他就是那个被捉弄的傻瓜。此刻的珀斯成为一个不能抵挡诱惑、有羞耻心、害羞的傻瓜形象。

当安吉莉卡离开卢米奇之后，珀斯也因自己创作的一首诗获奖而得到一笔奖金，他当即决定用他的奖金去继续寻找安吉莉卡。在追寻的过程中，珀斯一度认为安吉莉卡是个妓女，他的心彻底碎了，并因此决定放弃寻找安吉莉卡。由此可见珀斯内心深处还是一个特别遵循道德的传统男性。

在卢米奇会议期间，珀斯曾与梅登小姐有过对话。那时珀斯相信每个人都在寻找自己的圣杯，对于他来说，自己的圣杯就是找到一个好女人。一看到安吉莉卡，珀斯就被她的美貌迷住了，渐渐地，珀斯就爱上了这个聪明而高贵的女孩。在珀斯的心目中，她是他想要的好女人，但是在追寻安吉莉卡的过程中，珀斯看到了安吉莉卡裸体的照片，以及她和一个男人或一群男人玩要的电影镜头，此刻的安吉莉卡不再是他所以为的那个纯洁、美丽和神圣的女人。这一事实深深地伤害了珀斯，让他一度不可接受。他喝醉了，虽然他的头很痛，嘴里也毫无味道，但与他的心痛比起来，头痛显然不算什么。他毫不犹豫地放弃了安吉莉卡，因为她不是个好女孩。从珀斯的行为和心理活动中，读者可以发现他是一个纯洁的人，他也要求他的爱人是圣洁的。按照古典浪漫传奇的伦理标准，珀斯是一个圣洁的人，天真且纯洁。

3. 间接展示

在 MLA 会议上，珀斯勇敢地进行了提问，这个问题得到了金费舍的赞誉，同时也给与会者留下了深刻的印象。会议结束时，所有与会者都在谈论他。珀斯的问题把金费舍从昏昏欲睡中唤醒，这个问题让他兴奋不已，问题一问完，会场爆发出“一阵掌声和激动人心的谈话”（*SW*：320），每个人都想看一眼这个年轻人，每个人都在谈论他是谁（*SW*：320）。

当珀斯走出会议大厅时，人们对他的反应就像对待英雄，他们“恭敬地让他通过”，一些与会者轻轻地、怯生生地拍拍他的肩膀，“像碰运气，或是治愈”（*SW*：320）。珀斯看人们如此反应感到很惊讶，因为他认为他很鲁莽地提了一个问题，但是金费舍和与会者都认为他的问题非常伟大而深刻，他即刻成为 MLA 会议上的英雄。

4. 直接定义

与对安吉莉卡细致的外貌描写相比，小说对珀斯外貌的描写更为简单客观。

> 27. Before he got back into bed, he switched on the lamp above his sink, and stared **critically at his reflection** in the mirror. He saw **a white, round, freckled face, snub nose, pale blue eyes, and a mop of red curly hair**. “I wouldn’t say you were handsome, exactly,” he murmured. “**But I’ve seen uglier mugs**”. (*SW*: 12)

词语 critically 一出现，就暗示了这段话描述的基调是挑剔和批评性的，然后用“雀斑脸”（freckled face）、“塌鼻子”（snub nose）、“淡蓝色眼睛”（pale blue eyes）和“一头红色卷发”（a mop of red curly hair）等语句来描写珀斯（*SW*：14）。这个人物面部形象素描真的不好看，甚至可以用丑来形容，所以哪怕是珀斯自己都不满意他的外表，但是他说了句“自己曾见过更丑的脸”来安慰自己（*SW*：14）。读者将珀斯的所有信息串起来就是：一个来自一所不知名大学、出身于普通家庭且长相非常一般的男士想要赢得安吉莉卡的爱。

5.4.3 读者对《小世界》中金费舍的人物性格建构

从珀斯和梅登小姐关于哑剧《穿靴子的猫》的对话，读者可以获取金费舍人物原型的相关知识。虽然珀斯并不完全认同梅登小姐对《穿靴子的猫》的阐释，但这种解释给了读者一个了解金费舍人物原型的机会。古典的浪漫传奇中总会有一个病态的国王统治着一片贫瘠的土地。国王的病与土地的贫瘠有关，如果国王的病能治好，土地也会恢复生机。国王的第二个特点是他总是有一个女儿，女儿的功能就像贡品或悬赏物，等待着被献祭给怪物或拯救国王和土地的人，这个国王通常会被称作“渔王”，该名字刚好与金费舍名字的顺序相反。

《小世界》里描写了很多教授，有一位被公认为文学批评界的元老，他的名字是亚瑟·金费舍。小说对他的描写主要采用了间接展示和直接话语。

1. 间接展示

第一部分是整个小说的序幕；第二部分是《小世界》叙述的开始，各式各样的人物进入这个世界，其中，亚瑟·金费舍是最重要的一个。

> 28. In a penthouse suite from whose exterior windows the **bums** and **whores** and **drug addicts** are quite invisible... except that **his body is thin and scraggy, an old man's body, tanned but blotchy, the chest hair grizzled, the legs bony and slightly bowed, the feet calloused and horny**. (*SW*: 93)

以上描写给读者呈现的是内外两个不同的世界，亚瑟所居住的酒店四季如春，而透过酒店窗户看到的外面世界却到处是流浪汉、娼妓和吸毒者。由此不仅能让读者联想到艾略特的《荒原》，更是让读者轻而易举地得出这是一个堕落的世界的结论。小说中除了对堕落的描写之外，还有对老人和穷人的形象的描写，像“瘦的”“骨瘦如柴的”“老的”“斑白的”“驼背的”“起老茧的”之类的用来描写老年人的形容词，所有这些都象征着缺乏活力和年迈。尽管这个裸体男人模仿着达·芬奇的手势想要展示他阳刚的一面，但从对他身体特征的描写来看，这只是一个老年无力的身躯，但这个老人是谁？为什么作者对他的身体做出如此具体的描述？

实际上，这位老人就是亚瑟·金费舍，他是“国际文学理论家界的元老”（*SW*: 93）。他是在形式主义、结构主义、新批评等文学理论的熏陶下成长起来的，是文学理论领域的领头羊，他的活力代表着文学理论的繁荣，而他的无能则象征着思想的枯竭。

金费舍认为性行为代表着事业的活力，而他是一个阳痿的老人，因此他再也写不出一篇关于文学批评的论文。虽然他的伴侣李宋美（Song-mi Lee）一直在试着让其恢复，但他的情况似乎并不好。他哀叹道，他再也不能“达到勃起或有独创性的想法”了。尽管和他同龄的大多数男人大都放弃了性生活，但金费舍却把它看作生命和活力的象征，此外，他还将其与“知识分子的创造力”联系起来。从以上的描述中可以看出，金费舍也与古典浪漫传奇中的国王一样，是有身体缺陷的，他是统治文学批评界的国王。金费舍在性生活中的阳痿意味着学术界的思想和原创性的枯竭。

2. 直接话语

金费舍听到珀斯的问题之后，他突然意识到了造成自己学术枯竭的根本原因。在珀斯问出问题之前，金费舍听着各种“主义”“思想”代表人物的发言，越听他就越沮丧，好像要睡着似的，这时的他明显精力不济，或者说任何发言都引不起他的丝毫兴趣，而珀斯的问题则瞬间给了金费舍力量和生机，让他感受到了力量的回归。

金费舍听到珀斯的问题后笑了，珀斯问道：“如果每个人都同意你，你会怎么做？”（*SW*：319）金费舍对这个问题很感兴趣，也很满意，因为这个问题有助于他理解文学批评的真正意义和价值所在。这虽然只是一个问题，却给了金费舍以灵感，治愈了他在思想上的枯竭。金费舍突然意识到，不同流派之间的争论代表着文学批评界的繁荣，没有必要非要一方压过其他方，如果每个人都同意你的想法，那就再也没有发展的必要，也就再也找不到满足感了。这显示了金费舍的智慧和高智商。

在治愈了金费舍对文学批评的脑力枯竭之后，他重新获得了生命，解释了自己为什么继续成为联合国教科文组织主席的原因。他承认，在他同意仅作为一名联合国教科文组织的评估员时，那时的他已经黔驴技穷，丝毫没有任何新的思想或想法。但是现在，在珀斯问了这个问题之后，金费舍觉得自己的创造性思维又回来了，他的生活也随之重新开始了，因此，他想继续为国际学术界服务。如上所述，创造性思维与金费舍的性能力密切相关。当创造性的想法回来时，阳痿也就不治而愈了，珀斯的问题治愈了他的疾病。

5.4.4　读者对《小世界》中教授们的人物性格塑造

如前所述，《小世界》描绘了一群教授，并且每个人都给读者留下了深刻的印象。究其原因，除了每位教授都代表着一种类型的人或一个文学批评流派之外，主要还是各个教授身上都具有与众不同的性格特征。

正如小说序言所述，文中的教授们像中世纪的朝圣者一样，忙着在全球参加各种学术会议，但与朝圣者的修行和苦行不同的是，《小世界》里的教授们沉溺于享乐和旅行中。从表面上看，他们参加各种会议是为了学术交流，以提升自己。但事实上，他们的真正意图是在外面寻找各种刺激的生活。小说中对“新奇和有趣”的不断重复强调了教授们参加学术活动的真正目的——各种有趣的关系、八卦、寻找快乐、提高声誉。序言部分也为读者提供了一个了解教授们在小说中的行为全貌的机会。

《小世界》中描写的第一次学术会议是在卢米奇举行的，一群教授像蜜蜂一样成群结队地来到会议地点。当他们听一篇关于乔叟作品中的韵律报告时，小说对他们的描述是这样的：

> 29. He could not see the faces of many of his colleagues, but as far as could be judged from their postures, **most of them were as disengaged from the discourse as himself**. Some were leaning back as far as their seats allowed, **staring vacantly** at the ceiling, others were **slumped forwards** onto the desks... (*SW*: 13)

从参会人员的行为来看，现代教授们（小说写于 1984 年，当时结构主义正是盛行之际）对乔叟作品的韵律研究并不十分感兴趣，像“打哈欠的”“在座位上来回晃的”“分神的”“茫然凝视的”“趴在那儿的”等词都可以说明这一点。然而，当“结构主义”这个词被念出来时，教授们立刻变得生机勃勃了（*SW*：15）。他们在接下来的报告中又是微笑，又是点头，还快速地做笔记，即使是在提问环节也变得很活跃。从教授们对不同话题的反应便可以看出学术界目前的关注点和热点，在学术界也有热门、时尚一说，教授们总是对新的思想和理论更感兴趣。

小说中有许多教授，他们中的一些完全是作者虚构的人物，是在古典浪漫传奇中找不到原型的。这些新出现的人物并不包括在读者对小说人物的图式重构中，因为本章主要的关注点是那些在古典浪漫传奇中能够找到相应原型的人物。

5.4.4.1 莫里斯·扎普

有种观点认为，每一个人都可以代表一类人，也正因为如此，这些人物才具有典型性。莫里斯·扎普是小说中最令人印象深刻的教授之一。他是一位非常坦率、善良又野心勃勃的美国教授，由他之口讲出了许多令人震惊但又真实的学术规则。此外，在小说中，他的每次出现总会伴有雪茄或是帽子。

1. 直接话语

当珀斯生平第一次参加学术会议时，扎普告诉了他许多学术界的黄金法则，他就像是珀斯在学术界的导师一般。扎普告诉珀斯，作为一个会议新手开会时的第一条规则就是——“除非是你自己要去发言，否则就不要去听任何讲座”（*SW*：

18）。扎普和珀斯只是刚刚认识，其实他们彼此还不熟悉，但扎普就将不是很能摆到台面上的个人理解的开会“规则”告诉了珀斯，可见他是一个慷慨且容易相处之人。此外，他还推荐珀斯去听他的讲座，这反映了他是一位自信而自我的教授。

在珀斯跑遍全球也没有找到安吉莉卡快要崩溃时，也是扎普建议他可以去 MLA 会议上试试，因为会议狂们都不愿意错过这个盛大且高端的会议，同时，扎普还鼓励珀斯不要放弃希望。而事实上，珀斯真的在 MLA 会议上找到了安吉莉卡。更让人意想不到的是，珀斯还治愈了金费舍的学术枯竭症。将整个情节串起来会发现，扎普是一个非常重要的人物，如果没有扎普，珀斯就完全有可能不会出现在 MLA 会议上，这样他就找不到安吉莉卡，但更为重要的是，金费舍还会一如既往地没有生命和学术活力，而整个学术界也将继续思想贫瘠。小说中的扎普就像古典浪漫传奇中的捐赠者一样，他赠予骑士魔法武器，借此帮助骑士拯救国王和土地。

2. 心理表征

小说中的任何人物都是在不同人物塑造手法下才得以形成不同形象的，而在塑造人物的过程中，物品有时候也同样具有非同寻常的功能。在塑造扎普这一人物形象时，雪茄就是一个凸显的物品且具有多层含义。

第一，小说中扎普初次现身时就是嘴里叼着“粗雪茄”，戴着“猎帽”（*SW*: 17）。这一直接描述给读者留下了有关扎普的个性化形象。后来，作者对雪茄的重复描写更是凸显了扎普的人物特点。扎普给读者的第一印象是他很胖，但随着故事的叙述，读者可以看到雪茄一直伴随着他。因此，作者利用了转喻的修辞，让雪茄代表扎普。

第二，对雪茄的不同描述具有不同的含义。菲利普谈到他想要体验生活的强度。在菲利普讲到有关这一想法的来源时，扎普就说了菲利普是叙述者，而他则是听故事的人，而叙事性的强弱应该由扎普来判断。在菲利普讲述他的经历时，虽然扎普什么也没说，但透过对他的雪茄的描写就可以看出这个故事是否吸引了扎普。

当菲利普讲到故事发生的背景时，扎普的雪茄冒出了“宽容的烟”（*SW*: 68），而当菲利普告诉扎普他吻了乔伊这位女士时，扎普发现“他的雪茄已经灭了”（*SW*: 74）。此外，扎普还继续追问接下来发生了什么。上述雪茄的状态就反映出，刚开始，扎普对菲利普的故事并不感兴趣，仅是出于朋友的礼貌姑且听听而已，但是当雪茄熄灭时就显示出扎普完全被这个故事吸引了。因此，“雪茄”在这段描写中并不是扎普的转喻，而是反映了菲利普的故事叙事性强弱的物品。

菲利普接着讲自己的经历，然后扎普就被雪茄呛住了，这同样暗示了当时应该是发生了什么令人吃惊或意想不到的事情，扎普咳嗽是因为菲利普对乔伊的态度让他很吃惊，超出了他的认知。菲利普把乔伊视为一个“神龛”，这显得太神圣又太夸张了。此外，菲利普是一名教授，学者唯一的圣殿应该是知识的圣殿，此处将女人和知识进行比较具有反讽的效果。

第三，雪茄可以被视为对扎普的认知标记。扎普除了被看作一个古典浪漫传奇中的捐赠者之外，也可被视为《小世界》中的骑士之一。毫无例外，骑士们都会经历各种各样的冒险。扎普在小说文本中有两次大的冒险，虽然扎普全是被动承受而非主动要去探寻的，并且这两次冒险都异常荒谬和滑稽。第一次冒险是他与女性马克思主义者富尔维亚之间的故事。他在飞机上遇到了富尔维亚，因为扎普在预订酒店方面遇到一些问题，所以他不得不住在富尔维亚家里。

第四，小说在第一部分就告诉读者扎普所追求的人生目标是成为世界上收入最高的英语教授。当他从富尔维亚那里得知联合国教科文组织将要选新的主席时，他的注意力就完全被这个职位吸引了。他想从富尔维亚那里得到更多的信息，在富尔维亚邀请他去她家里住时，他点燃了雪茄，像是在思考可行性，抑或是故意无视富尔维亚的邀请。然而，一个女教授的决心却不轻易动摇，富尔维亚再次邀请扎普，而扎普又一次点燃了雪茄。其实，扎普在几年前就从情事中退休了，现今他也没有什么欲望，但是富尔维亚却对扎普更感兴趣了。最后，扎普“掐灭了他的雪茄”，并索要了一个“吻”（*SW*：136）。

可见，从“点雪茄”“抽完雪茄”到“熄灭雪茄”（*SW*：136），这个事件的顺序也被清楚地展示了出来。此外，雪茄的状态反映了扎普的心理活动。一开始，他对情事并不感兴趣，坚持自己的想法，但他动摇不了富尔维亚的决心，最终投降。

3. 思想表征

在得知金费舍是联合国教科文组织主席这个职位的评审员后，扎普给金费舍写了一封满含赞誉和恭维的信，写完信后，扎普又亲自读了一遍。在信中，扎普高度赞扬了金费舍在“符号的危机”会议上的演讲，虽然演讲内容的确非常无聊，且扎普本人也并没有参加此次会议，但扎普仍旧高度评价他的讲座，因为“再怎么奉承同行中的名人也不过分”（*SW*：152）。从扎普的各种心理活动中，读者可以发现他是一个典型的为了达到目的不顾标准之人，虽有些厚颜无耻，却因为其坦率而不遭人讨厌。

5.4.4.2 西比尔·梅登小姐

西比尔·梅登小姐是牛津大学吉顿学院的教授，是一位民俗学家，从其名字的称谓“小姐”中可以看出她终生未嫁。梅登小姐虽然退休了，但还是活跃在各个会议中。小说中大部分对梅登小姐的性格描写都是通过直接话语来塑造的。

小说中很有趣的安排是梅登小姐总是在不同的会议上遇到珀斯。以下两段是梅登小姐和珀斯在两个不同会议上的对话，一个是在卢米奇，另一个是在阿姆斯特丹。在卢米奇会议期间，珀斯去观看了哑剧《穿靴子的猫》，并在剧院遇到了梅登小姐，但是他最初的目的是要来剧院找安吉莉卡。梅登小姐告诉珀斯“靴子是阳具”，此时她与珀斯并不熟悉，且她的解释在珀斯看来也很不恰当，因为这出戏是给孩子看的（*SW*：42），但从中可以看出梅登小姐是阳具崇拜者。

珀斯和梅登小姐的另一次邂逅发生在阿姆斯特丹，当时那里正在举办符号学会议。珀斯因为寻找安吉莉卡而来到了这里，而梅登小姐是想要弄明白符号学到底是什么，她将参加会议当作一种学习的途径。这一次，仍是梅登小姐先看到了珀斯，然后他们开始交谈。梅登小姐先说阿姆斯特丹是一座迷人的城市，然后她的话题就又回到了阳具上，梅登小姐说她喜欢具有阳具象征的城市。她说“柏树是如此奇妙的阳具，玉米地展示了土地的肥沃”（*SW*：197）。对于一个未婚的女士而言，经常与不熟悉的男子谈论阳具真的很奇怪，这再次证明她是一个阳具崇拜者。

然而最令人难以置信的是，这样一个崇拜阳具的女人竟然是安吉莉卡和莉莉的亲生母亲，这个秘密是珀斯无意间作为中间人让读者和当事人发现的。在夏威夷，梅登小姐还在滔滔不绝地谈论着安吉莉卡的身体特征，当珀斯说到安吉莉卡还有一个孪生妹妹时，梅登小姐的表情变得“异常脆弱”（*SW*：287），此刻还没人知道梅登小姐到底出了什么事，为什么她的脸色会瞬间变得如此苍白。当珀斯在 MLA 会议上再次遇到梅登小姐时，他们又继续同一个话题——安吉莉卡。这一次，出乎读者和梅登小姐的意料，珀斯说梅登小姐在安吉莉卡还是婴儿时就认识她，这句话让梅登小姐充满了恐惧和期待，尽管读者无法理解她所恐惧和期待的是什么。最后才知道，原来是梅登小姐在飞机上发现了双胞胎，这一消息使她立刻就昏倒了。

谜团终于在最后得以解开。福斯特在他的《小说面面观》（*Aspects of the Novel*）中指出，惊喜或神秘在情节中是非常重要的。“神秘对于情节是必不可少的，没有智慧就无法欣赏。”（Forster 1962：88）故事情节需要神秘感，但谜团会在以后被解开，在此过程中，读者可以在未实现的文字中来回穿梭，然后突然就有了叙事上的惊喜。为了达到叙事惊喜，读者首先要理解叙事惯例，忘记它的常规特征，并将它融入阅读过程，使之成为整个阐释网络的一部分，而且对它的思考应只限于表现媒介，比如说是英语这种语言或是台前舞台的架子（Chatman 1980：49）。

以梅登小姐为例，她对珀斯所讲内容的反应给读者带来了巨大的悬念。悬念通常是痛苦和快乐的奇妙混合体，大多数伟大的艺术更依赖于悬念而不是惊喜。悬念和惊喜是相辅相成的，而不是相互矛盾的，二者可以以一种复杂的方式在叙事中合作，即一连串的事件可能以一个惊喜开始，发展成一个悬念的模式，然后以一个转折结束，也就是说，与自己预期的结果截然相反的情形本身就是又一个惊喜（Chatman 1980：60）。

梅登小姐是安吉莉卡和莉莉的亲生母亲，金费舍则是孪生姐妹的亲生父亲。梅登小姐在 54 岁时发现自己怀孕了，但当时金费舍的妻子还活着。作为一个有一定身份和社会地位的牛津大学教授，她不敢告诉别人她和已婚男人有了孩子。因此，梅登小姐隐瞒了真相，并声称她在飞机的厕所里发现了弃婴。虽然梅登小结多次在会议中遇见安吉莉卡，但是她从没有将安吉莉卡和被自己抛弃的孪生姐妹联系起来。因而当她听到安吉莉卡有一个双胞胎妹妹时，她立马变得非常脆弱，她隐隐约约觉得安吉莉卡与她有联系。当珀斯将这一事实告诉她的时候，她再也承受不了这份煎熬，突然昏倒在会场。读者从她的行为可以看出，她真是一个狠心的女人，爱名声胜过爱孩子。

最后从其名字来看，Sybil（西比尔）本身就会让读者联系到古希腊的女先知“西比尔”，并且这一人物形象在艾略特的《荒原》中也有出现。在《小世界》中，梅登小姐的确对很多人物的命运都做过预测，因此她可被视为小说中的先知。然而，她的预测总是错的，加之此“小姐”并非真正的“小姐”，因此其反讽效果非常明显。

5.4.4.3　鲁迪亚德·帕金森

帕金森是一位教授，他是一个相当狡猾和刻薄的人，总是在写书评时故意批评那些他不喜欢的人。这次他把矛头指向了扎普，因为扎普是他的竞争对手之一，他也想成为联合国教科文组织的主席。

小说中对帕金森教授的直接描述并不那么好。在他出席一次文学类的颁奖大会并为获奖者颁奖时，他脸上挂着“洋洋自得的表情”（*SW*：171）。因为他是各种书籍的评论家，所以他是最适合颁奖的人。此外，在帕金森年轻的时候，他曾给小说家罗纳德·弗罗比舍—— 一位代表工人阶级的作家——写了一些对他父亲不好的评价，而在弗罗比舍的书中和笔下，他的父亲则是相当伟大和正面的形象。从以上对帕金森的直接描述和间接描述中，读者可以清楚地看出他本身就不是一个善良的人，并且惯于利用手中的权力加害文人。

作为一个书评家，帕金森具有书评家应该具备的一些特质，比如他经常阅读。

然而，他并没有对他所评论的作家表现出任何慷慨和友善，弗罗比舍就是一个非常典型的例子。而且帕金森很自豪，也很有优越感，他自诩是上层阶级，好像他本身就是皇室的一员，他对工人阶级没有丝毫怜悯之心。帕金森强烈批评弗罗比舍的书，理由是他书中的主人公不符合现实，他甚至在评论中公开嘲笑弗罗比舍的工人父亲。

从以上描写可以看出，帕金森真的不是一个正派的人。学术界有许多批评家，他们秉持公正、客观的学术精神和人格，不为任何个人利益，对学术进行客观判断，但帕金森是个例外，他利用批评家的职位为自己谋取名利，因此完全可以将其视为小说中的恶棍。

5.4.4.4 齐格弗里德·冯·图尔皮茨

德国教授齐格弗里德·冯·图尔皮茨研究的是读者反应批评理论，他最与众不同之处就是他的一只手上总戴着黑手套，他也想当选联合国教科文组织的主席。为了得到这个职位，他千方百计寻求各种途径和方法，比如打电话给金费舍和雅克，但他的剽窃行为和他精心策划的黑手套阴谋让他的声誉毁于一旦。

就像扎普的出现总是会有雪茄一样，黑手套则是齐格弗里德的标志，每次出场时齐格弗里德都戴着他那只黑手套。齐格弗里德的第一次亮相是他给金费舍打电话，当时小说中对其黑手套做了详细的描述。齐格弗里德从不在任何人包括他的妻子面前摘下手套，所以没有人真正知道隐藏在这只黑手套下面的到底是一只什么样的手，这也因此引发了大家对他那只手的诸多猜测，比如手上有令人作呕的胎记，或者是一只人造手等，但其中比较盛行的说法是，他的一只手是“齐格弗里德在二战后期指挥装甲坦克时，被搅碎并融进装甲坦克的机械中了”（*SW*：96）。

小说中对齐格弗里德的直接话语描写就是他给金费舍打电话的场景。在电话里，齐格弗里德谈到他给金费舍的著作写了一个非常好的书评，并且也暗示他们之间关系不错，然后他看似漫不经心地提到联合国教科文组织主席评选一事，这段谈话已经可以说明齐格弗里德是个虚伪狡猾的家伙。

在阿姆斯特丹的会议上，齐格弗里德发表了演讲。在演讲中，他从珀斯未发表的书稿中剽窃了部分内容。珀斯在会上直接指出他的剽窃行为，结果他很生气，当场离开了会场。当时，梅登小姐说：“在我看来，他显然有罪。年轻人，你站出来反抗黑手是完全正确的。”（*SW*：199）齐格弗里德手上戴着黑手套，他的剽窃行为使他成了学术界的“黑手”，而梅登小姐的话语也提醒了读者，齐格弗里德就像古典浪漫主义中的“黑手”一样。

5.4.4.5 罗宾·邓普西

罗宾·邓普西是从事语言学和文体学研究的教授，目前他在达灵顿大学从事计算文体学研究。他之前也是卢米奇大学的老师，后因为晋升教授问题离开了那里。他的妻子在此期间也和他离了婚，之后邓普西便一个人生活在达灵顿。

在卢米奇会议上，邓普西是众多追求安吉莉卡的教授之一。他所追求的是通过与不同女人的交往，过上一种令人兴奋的生活，但最终却因为他婚后行为随意而导致婚姻破裂。在卢米奇开会的那天晚上，珀斯邀请安吉莉卡去卢米奇最高的大楼，邓普西也来顶层寻找安吉莉卡。邓普西走后，珀斯生气地问安吉莉卡邓普西是不是在纠缠她，珀斯说这家伙“头大智小”（*SW*：38），而“头大智小”最早出现在梅登小姐和珀斯关于她对哑剧《穿靴子的猫》的解释的对话中。当最后看到邓普西也被安吉莉卡捉弄了的时候，读者便可以看出邓普西的确是个傻瓜一样的人物。

在达灵顿的校园里，邓普西沉迷于爱丽莎，这是一款可以跟人对话的计算机程序，是由邓普西的同事——该校电脑中心的乔希开发出来的。自从有了爱丽莎以后，邓普西每日除了吃饭、睡觉和教书，就会去电脑中心，坐在电脑前打字。他把爱丽莎当作他的密友，把自己内心的一切真实想法都告诉了她。当他得知菲利普成为联合国教科文组织主席候选人时，他非常沮丧。更让他郁闷的是，他还得知菲利普竟和一位美丽的女士在耶路撒冷幸福地度假，这一切都让他愤愤不平。他将自己的所有情绪都告诉了爱丽莎，问他自己该怎么做，这时电脑屏幕上出现了两个词——“开枪自杀”（*SW*：308）。邓普西颤抖地盯着屏幕，难以相信这是爱丽莎给他的回答。此时乔希却对着邓普西笑，并尽力不让自己笑出声，这时邓普西才意识到自己被乔希给骗了，原来一直以来跟他聊天的是乔希而不是爱丽莎。而在英文单词中，Josh 本身就有“玩笑”的意思，看来珀斯对邓普西的评价“头大智小”的确是很恰当和贴切的。

5.5 读者对《小世界》中人物性格特征的重构

当读者对小说中的古典浪漫传奇人物原型有了一定的了解，并在头脑中相应地建构起相对稳定的人物性格特征知识图式之后，才会在随后阅读小说文本的过程中，小说人物与古典浪漫传奇原型人物相遇时，为了明晰意义，在自己的头脑中进行认知加工，即图式重构。

5.5.1　对安吉莉卡和莉莉的人物性格特征的动态重构

首先，两姐妹的名字本身就具有丰富的寓意。安吉莉卡（Angelica）这个名字可以追溯到拉丁语和意大利语，名字有“天使般的、有灵性的”寓意，其拉丁语 angelicus 就指“天使”；莉莉（Lily）本身是“百合花”的意思，寓意是“纯洁”，来自拉丁语的百合（Lilium）。

其次，两姐妹都可以在众多经典文学作品中找到其人物原型。在罗伯特·格林翻译的《疯狂奥兰多》（1516）中，美貌非凡是异教公主安吉莉卡的形象特征。读者在阅读《小世界》时就会无意识地将这些原型特征赋予到女主人公安吉莉卡身上，加之《小世界》中描写的安吉莉卡皮肤“光滑细腻”“身材丰满”，是一位“美丽绝伦的姑娘”（Greene 1994：10），这就使得读者对安吉莉卡这一人物图式进行了加固。《圣经·雅歌》中把道德、纯洁、被人珍视的女人比作一朵白色的百合花：“在一群年轻的女子中，我那亲爱的就像蓟丛中的百合花。”（Szelid & Benczes 2020：8）由此可见，在文学作品中，安吉莉卡最显著的形象特征是美丽，而莉莉则是纯洁。

在文学作品中，美貌的女性经常是争斗和灾难的根源，也容易成为被男性性侵的对象。在《疯狂奥兰多》中，安吉莉卡被诸多骑士争夺，引起多次战斗，并多次面临被人占有的危险，而在《小世界》中，虽然安吉莉卡也被诸多男士争夺（如邓普西教授、珀斯、菲利普教授等），但她聪明地摆脱掉纠缠自己的男性，并在不经意间要弄了他们一番。安吉莉卡运用自己的知识和智慧成功地躲掉了不必要的纠缠，让男性占有美丽女子的身体这一在古典浪漫传奇中必不可少的情节在《小世界》中变成让男性（珀斯）欣赏另一男性的身体（邓普西），让男性的身体成为被物化的对象，而男权社会所定义的女性身体比男性更具生物性、更具肉身性、更具自然性（希林 2011）的表述也同样适用于男性身体。古典浪漫传奇中女性被动、顺从的受害者原型图式在此被打破，而重新建构的现代浪漫传奇女性原型是主动、智慧、控制局势的形象，这也是当珀斯提醒安吉莉卡要小心邓普西教授时，安吉莉卡很自信地说“我能照顾好自己”的原因（希林 2011）。

古典浪漫传奇中女性顺从、毫无行动力的这一原型图式也在《小世界》中安吉莉卡和莉莉这对孪生姐妹身上得到了打破和重构。安吉莉卡是一位知行合一的高效实践者，她一边代课一边读博，并通过到全球各地开会为自己寻求大学教职；其妹妹莉莉敢于挑战社会主流，从事令人不齿的脱衣舞女郎的工作，并声称这是自己喜欢的职业。作为脱衣舞女郎、性撩拨者的莉莉塑造了一个在两性关系中占据主动地位的女性，她通过舞姿挑逗男性，却又在最高潮处戛然而止，她掌控着开始和结束，成为两性关系中唯一的发号施令者，而其姐姐安吉莉卡虽然没有从事如此露骨的工作，但是其无处不在的与男士看似亲近的谈话、出行也是一种挑逗，她也是在男士们对她最有兴趣的时候就突然消失不见，因此两姐妹都是撩拨者，只不过一个是显性的，另一个是隐性的。

洛奇一直将西方浪漫传奇叙事中的男女主人公的神秘身世作为构成他们性格特征的核心成分之一。安吉莉卡和莉莉的神秘身世就让两姐妹变得更加吸引人，同时也增强了故事的悬念。

孪生姐妹的身份直到小说最后才揭开。在得知安吉莉卡和莉莉是金费舍的女儿时，读者的头脑中应该立刻就会出现图式激活和图式强化。在小说的文本世界中，学术圈发生的事情的确可以称为一个“小世界”，而金费舍就是这个世界中的国王。作为他的女儿，安吉莉卡和莉莉自然成了这个世界的公主。这些人物形象与古典浪漫传奇中的“公主”和“国王”原型是对应的。与之相应，家人之间的相认有两层含义：第一层含义为家人相认是人类生活的基础，是最重要的，也最容易引起读者的共鸣；第二层含义为家人相认暗示安吉莉卡和莉莉在功能上等同于古典浪漫传奇中的公主。古典浪漫传奇中的公主都是迷人而美丽的女士，她们能给骑士们勇气和力量，因为通常的决斗胜利者就可以迎娶公主。因此，古典浪漫传奇中的公主具有推进叙事的功能，安吉莉卡和莉莉在《小世界》中也不例外。

但是，从数量上来看，《小世界》中的公主变成了两位，这一信息会打破读者建立的古典浪漫传奇中只有一位公主的知识图式，显然会在读者头脑中发生图式毁坏，但同时读者也在寻找两位公主和一位公主之间的相似点和联系，以期可以重构《小世界》中两位公主的人物性格特征和功能。在读者对安吉莉卡原型的建构中，小说中提到斯宾塞的《仙后》中有一节讲述了“极乐宝殿”的内容，其中描写了两位女子：一位大胆，另一位谦逊。并且小说中有意将此二人的性格特征赋予到莉莉和安吉莉卡身上。此刻，安吉莉卡在卢米奇大会上的名片之谜也被揭开，即“A. L. Pabst”指的是安吉莉卡和莉莉，一个名字其实对应两个人物。

在古典浪漫传奇故事中，公主最终爱上了拯救其父亲和土地的骑士。在《小世界》里，虽然珀斯是无意中拯救了学术界和金费舍，但从结果看，他应该被视为真正的骑士。但是，与古典浪漫传奇不同的是，安吉莉卡并不爱珀斯，她即将和彼得·麦克加里格尔结婚。小说中并未提及安吉莉卡是否爱彼得，仅强调的一点是彼得帮助她在波士顿地区获得了一个大学职位。

在对安吉莉卡的人物性格特征图式进行重构的过程中，读者经历了不少的图式更新和图式加固。安吉莉卡继承了之前拥有此名字的公主的美丽，但是她却并非一个单纯、纯洁的公主，而是一个隐性的撩拨者。她在学术小世界中处事老练，善于交际，拥有深厚的学术造诣，但同时也为自己寻找机遇以获得大学教职。总体而言，她的性格特征已经与古典浪漫传奇中的公主相差甚远。莉莉则更是如此，在《小世界》文本中，莉莉是附属于安吉莉卡的存在，虽然她也有自己的独特性格，比如大胆、放纵，但是她也和安吉莉卡一样，很早就凭借自己的能力独立生活，她也很聪明，她是小说中的显性撩拨者，与安吉莉卡凭借知识进行的撩拨相比，她更直接地通过自己的美貌和身体进行撩拨。两人既可以分体，也可以合体。《小世界》中的孪生姐妹继承了古典浪漫传奇女性的美丽特征，但其美丽在此并非危险的代名词，而成为孪生姐妹为达成某种目的的手段和利器。安吉莉卡利用诸多男士想要占有其身体的欲望游走于学界主流群体中，莉莉同样利用自己性感的身体操控男性的欲望。

至于她在小说中的作用和功能，则是小说中骑士珀斯的追求目标。但是，小说中的安吉莉卡并没有频繁地现身，这导致读者很难说她到底是一个人物还是一个符号。她只留下一些痕迹让珀斯去追寻，直到小说最后她才出现。安吉莉卡的功能就像圣杯，虽然最后珀斯发现她不是“一个好女人”。

综上所述，对安吉莉卡人物形象的重构经历了图式增加、图式毁坏和图式重构的过程。在这些过程中，图式破坏尤为突出。小说的作者意在打破公主的人物原型，给读者以新奇感，却增加了一定的认知难度。安吉莉卡是金费舍的女儿属于图式保留，但是，她的孪生妹妹莉莉的出现打破了古典浪漫传奇中只有一位公主的原型，破坏了原有图式，而珀斯的追求目标则是安吉莉卡，这一情节与古典浪漫传奇脚本一致。然而，珀斯和安吉莉卡最终并没结婚则再次造成图式破坏。图式重构是一个动态的过程，每个条目都可能与另一个条目相连，彼此循环，最终达到重构一个完整的新型人物性格特征的目的，因而被重构的浪漫传奇女性原型成为经济独立、有主见、有执行力、自信、主动追求自己幸福的女性。《小世界》文本通过对古典浪漫传奇人物原型的小范围继承以及大范围颠覆，让读者在阅读过程中进行了不同程度的图式强化、图式破坏和图式重构，以期在旧传统与新知识的跳跃中获得阅读快感。

5.5.2 对珀斯的人物性格特征的动态重构

洛奇作为少数在文学创作和文学批评上都有建树的两栖作家学者，在创作《小世界》的过程中，必然对各个人物的形象特征了然于心。对于珀斯这个人物，洛奇有意帮助读者建构关于珀西瓦尔和圣杯骑士的相关知识，因为这些知识对后续重构珀斯的性格特征具有至关重要的作用。

从上一节对各个人物的性格特征建构中，读者可以总结出，小说中的珀斯具有浪漫、纯洁、虔诚、勇敢、体贴、坚毅的性格特点，但在追求安吉莉卡的过程中，他却时常表现得愣头愣脑，像个傻瓜一般。

对人物性格特征的重构总是由外到内。读者了解珀西瓦尔和珀尔修斯的背景知识，他们英俊、聪明、意志坚定，全力寻找圣杯，然而，对《小世界》中人物珀斯的理解却要经历一定的图式更新。首先，从外貌特征来看，珀斯不具备中古世纪骑士所普遍拥有的英俊的容貌和挺拔的身材，他的长相非常普通，并且比较矮。这一外在特征就打破了读者认为的所有骑士都是英俊潇洒的图式，而古典浪漫传奇中珀西瓦尔的完美形象与《小世界》中珀斯有些“丑”的形象的巨大反差造成了喜剧效果。

而且，当珀斯惊呼“我恋爱了”之后，他在小说中的人生目标就变成了寻找安吉莉卡并让她接受自己的爱，此处再次发生图式破坏，因为古典浪漫传奇中的经典追寻圣杯图式转而变成追寻女士图式。但珀斯并非一个意志不坚、经常改变目标之人，这一点从他即使面对死亡的威胁也从未放弃对安吉莉卡的追求就可得知。因此，尽管两者追寻的目标不同，但《小世界》里的珀斯和其他圣杯骑士一样都具有坚韧不拔、坚毅勇敢的性格特征。但同时，他也有大多数骑士们具有的性格弱点，即抵抗诱惑的能力明显不足。读者在理解珀斯的性格特征时，经历了图式保存、图式毁坏和图式重构这几个认知过程。

在寻找安吉莉卡的过程中，珀斯无意间治愈了金费舍的学术枯竭问题，进而拯救了整个文学批评界。如果按照古典浪漫传奇的情节发展，这一幕是最重要的环节，也就是骑士历经千难万险，最终找到了圣杯所在，但是移植到《小世界》中，就会发现原来的主要情节在此变成了一个非常不值一提的次要情节。因为在珀斯的认知中，他丝毫没有任何激活学界活力的想法，他就是为了找到心目中的女孩才来到会议上。他的提问目的也非常单纯，就是他有疑惑，希望得到解答。他并不知道他的问题反而给了金费舍以灵感，让他对学界目前的理论争鸣有了新的认识和高度。但是，不论珀斯是有意之举还是无意之施，都不能忽略他的确治愈了学界卫冕之王——金费舍这一事实，也就是说，他确实拯救了荒芜的学术小世界。从这一点上讲，图式保存和图式破坏并存于对珀斯的人物性格特征重构过程中。

然而，珀斯被安吉莉卡和莉莉捉弄了两次，这些事件给读者展示了一个呆头呆脑、憨气十足的傻瓜形象。在《珀西瓦尔》中，他是一个成长型的英雄，在被女人欺骗一次后，第二次他就抵挡住了诱惑，然而，在《小世界》里，珀斯是一个扁平化的人物，并没有随着阅历的增长而变得智慧，由始至终，他都是最早呈现给读者的样子。这一不同点仍然需要读者在比较后才可更加清晰地了解珀斯的性格特征。

另一个图式破坏和图式重构的地方就是珀斯最终的结局。在古典浪漫传奇故事中，公主最后都会和拯救国家的骑士结婚。在《小世界》中，珀斯一直在追寻安吉莉卡，他也是拯救安吉莉卡亲生父亲的骑士，按照常规，安吉莉卡应该与珀斯结婚，但是安吉莉卡转而和一个叫彼得的骑士结婚了。更让读者觉得有趣的是，彼得和珀斯的姓是一样的，而且珀斯当初能够得到一份大学教职也是因为学校将珀斯误认为是彼得。因此，正如古典浪漫传奇中将公主一分为二（派生出安吉莉卡和莉莉）一样，传奇中的正骑士也被一分为二（珀斯和彼得），珀斯成为完成救赎任务的“假”骑士，彼得成为与公主结婚的“真”骑士，对这两个人物的理解就在图式强化、图式破坏和图式重构的相互作用下完成的。因为彼得在小说中从来没有出现过，直到小说最后，读者才知道有一个叫彼得的人，所以读者会觉得珀斯没有和安吉莉卡结婚就是图式破坏。但是，如果考虑到一分为二的骑士，那么这个情节人物在经历了图式破坏之后，会经历图式重构，最终再次回归到图式强化这一环节。这一将人物一分为二的手法的确很新奇又有趣，同时又表现出了巨大的智慧和文本驾驭能力。

总之，在重构过珀斯的性格特征后，图式更新成为在读者头脑中发生的最频繁的认知活动。这也说明珀斯与珀西瓦尔的性格特征之间的差异要大于他们之间的相同点。小说中的人物珀斯以珀西瓦尔的人物原型为基础，但又超越了珀西瓦尔，使得人物形象在新的作品中获得了新的特征和发展。

5.5.3　对亚瑟·金费舍的人物性格特征的动态重构

首先，从人物的命名上来看。亚瑟·金费舍这个名字本身就与其他文学作品中的人物高度重合，比如恐怕没有哪个人不知道“亚瑟王”的故事，相应地有关“圆桌骑士”的故事也就呼之欲出。其姓氏“金费舍”更是会让读者联想到“渔王”——那个因为伤了腿终日坐在湖边钓鱼的国王。更悲惨的是，他的王国也因为他的受伤而土地贫瘠，“大腿”也总是与“富饶、生命力”等意义联系起来，“渔王”一直在等待骑士的救赎。

在《小世界》中，读者对金费舍这一人物形象的重构主要是图式破坏和图式强化。《小世界》中的金费舍虽然腿没有受伤，并终日生活在四季如春的酒店里，但是他却失去了性能力。同时，作为学术小世界的卫冕之王，却学术思想枯竭，导致整个学界处于一种追名逐利、不潜心学术的腐败混乱之中。金费舍不像“渔王”那样被动地等待骑士的救赎，他试图通过女伴的作用唤起自己的生命力，但是每次都没有成功。出人意料的是，珀斯在 MLA 会议上无意间的一个提问，瞬间给了他灵感并治愈了他长久以来的学术枯竭。

从这些描述中可以看到《小世界》中的金费舍是一位主动、自信且悟性极高的学界大佬。他敢于尝试各种方法，想要治愈自己的身体老态，同时面对珀斯的问题，他也是第一个快速做出反应的人，并即刻领会了理论能够带给自己、带给世界文学界的是什么。这些反应和思考无不显示他深厚的功底和领悟力，这一刻像是詹姆斯·乔伊斯作品中经常出现的人物的顿悟一般，解决了一切难题。而珀斯这一提问问题的环节与《珀西瓦尔》中骑士在宴会上因为不好意思没有问问题因而失去治愈“渔王”残疾、拯救国家的情节刚好相反。这一情节的设置让读者产生了新奇感和满足感，但是其内在的事件序列却是一致的。这一“有意”与“无意”的冲突加剧了小说的反讽性和趣味性，让读者在看似熟悉但又陌生的情节中获得了阅读乐趣。

5.5.4　对教授们的人物性格特征的动态重构

在小说中，莫里斯·扎普是一位坦率、善良且雄心勃勃的教授，他教给珀斯许多所谓的参会的“金科玉律”。此外，在关键时刻，他向珀斯提供信息，帮助珀斯在 MLA 会议上找到安吉莉卡，他的行为证明了他的话，即“信息是现代世界的宗教”（*SW*：196）。如果说信息在现代世界如此重要，那么他给珀斯的信息就像捐赠者给圣杯骑士的魔法武器。因此，在重构人物形象的过程中，扎普可以被看作学术浪漫传奇的捐赠者。

在重构扎普人物形象的过程中，读者经历了图式更新的认知过程。首先，读者不得不打乱以往浪漫传奇作品中的捐赠者始终都是老人的形象，并且对于捐赠者，以往作品不会花费很多笔墨来描写其行为和性格特征。捐赠者总是凭空出现，又突然消失，他们现身的唯一功能就是给英雄一把趁手的、可以杀死妖怪的武器。其次，作为一名教授，而且是一位资深的、有名望的教授，扎普身上所表现的追求生活潮流、学术潮流的做法，以及他教导珀斯的学界规则都与读者认为的学术象牙塔中单纯、纯粹、为真理而奋斗的教授截然相反，因此对扎普的认知必然要经历图式破坏和图式更新这些比较大的认知努力，而这些图式破坏更加凸显了小说整体上对时代的反讽和温和批评。

牛津大学退休教授西比尔·梅登小姐更是小说中一个有趣的妙人，她虽然早已退休，却仍然积极参加各种会议，她说是为了跟上现代学术界的步伐。读者对这位女士的认知，仍然是从其命名开始的。Miss 一词已经告诉读者她的身份特征，即她虽然已经年老，但还是一位“小姐”，可见她一直没有结婚。此外，Miss 总是指年轻又未婚的女子，本身暗含了“纯洁、单纯”之意。Sybil 更是一个富含文化意义的名字，正如上一节所提到的，她是古希腊神话中的女先知，因为总是预测他人的命运而惹怒神灵，惩罚她不死却不能永葆青春。到了艾略特的《荒原》里，西比尔已经成为装在瓶子里的像微小的沙粒一般大小的老太太，嘴里还一直嘟哝着“让我死”这句话。Maiden 在英文里指“处女、少女”。通过名字，读者可以建构出梅登小姐应该是处女，或许还具有先知的能力。

接着通过《小世界》中对她的描述，读者总结出了她实际上与已婚男士有染，并生下了孩子又将其抛弃，她本身还是一个具有阳具崇拜癖的女士。可见她既不纯洁，又非处女，因而打破了读者的原有图式，接着读者得知她就是孪生姐妹的亲生母亲，却伪装成发现孪生姐妹的人，书中丝毫没有关于她内疚或负罪感之类的描写。读者由此也可以得出，她是一个比较狠心的伪装者，其表面上是身份高贵自律的牛津大学教授，实则是与金费舍有婚外情，生下孩子却又抛弃孩子的受传统价值观约束的女性。小说中的她看似是一位先知，预测了联合国教科文组织主席一职会花落谁家，却丝毫没有意识到自己经常碰到的安吉莉卡竟然就是自己的亲生女儿，反讽效果可见一斑。

鲁迪亚德·帕金森、齐格弗里德·冯·图尔皮茨和罗宾·邓普西也是骑士，因为他们都可以在古典浪漫传奇中找到相对应的人物原型。帕金森用恶意书评这一卑鄙手段败坏扎普的名声，使其失去参选联合国教科文组织主席一职的机会，他的种种损人不利己的行为与古典浪漫传奇中的恶棍无异，读者可以通过人物性格特征的匹配，通过图式强化将其重构为《小世界》中的恶棍。不论从对齐格弗里德的直接定义还是间接展示来看，他都能够被重构为《小世界》中的黑手，而黑手这一人物形象在古典浪漫传奇中也有原型。此外，黑手的“手”的意象也出现在金费舍的梦中，甚至可以说是他导致了国王患病，因此他也是坏人、恶棍。邓普西则直接被珀斯称为“头大智小”的愚蠢骑士，小说中的他虽然没有什么不好的行为，但是其像傻瓜一样的形象提升了小说的趣味性。这三位骑士与古典浪漫传奇中的骑士具有相同的性格特征，因此对他们的重构仅仅需要图式强化即可。

5.6 小　结

最后，本章依据《小世界》文本人物的性格特征，以及古典浪漫传奇中的原型人物的性格特征，详细分析并展示了读者在阅读过程中的认知加工过程，即经历几个图式步骤才可以完成对不同人物形象的重构。古典浪漫传奇作品中的恶棍、公主、骑士、国王、捐赠者等在《小世界》中都有对应的角色。更有趣的是，他们有的保留了古典浪漫传奇中的人物性格特征，有的则进行了部分改变，有的甚至完全颠覆了原有人物形象，但无论如何变化，总能从中找到古典浪漫传奇人物的些许原型特征。通过实例分析，库克的图式理论也被修正为一个循环的图式意义生成过程模型。分析表明，在重构安吉莉卡、莉莉、珀斯·麦克加里格尔、亚瑟·金费舍、西比尔·梅登小姐和莫里斯·扎普的性格特征的过程中，读者的主要认知活动是图式破坏和图式强化，而对鲁迪亚德·帕金森、齐格弗里德·冯·图尔皮茨和罗宾·邓普西的人物性格重构更多的是图式强化。

小说中保留了国王、恶棍、黑手和愚蠢骑士的人物特征，给那些懂浪漫传奇且有经验的读者带来了熟悉感和满足感，特别是当珀斯承担了圣杯骑士的责任，向金费舍提问并治愈了他的阳痿时，读者的这种满足感达到了极致。本书的研究对象除了那些熟知浪漫传奇体裁的阅读老手之外，更关注那些对这一体裁一无所知的读者们。本书旨在揭示在阅读过程中这些阅读新手如何获得相关背景知识，对文本内容进行建构和重构，以及在重构完成后所获得的满足感。“除了回忆过去，阅读还涉及对未来的‘跨越’，读者经常会冒险去猜测接下来‘将要发生什么’。现在和过去被同化为未来，读者等待着看他们的预测能否实现。当预测成为小说中的现实时，读者一方面会产生满足感，另一方面更会产生兴趣和继续此阅读行为。当所预测的事情并没有在小说世界中发生时，读者的预期与小说中描写的现实之间会产生激烈的对抗，随后就会导致读者积极地重新审视过去并进行调整和修改。”（Rimmon-Kenan 1983：122）

然而，在重构这些人物性格特征时，其他一些审美效果也会被发现。首先，它有讽刺的效果。古典浪漫传奇中的人物原型形象与作者有意刻画的原型人物形象之间的张力达到了讽刺的效果，并借此委婉批评了 20 世纪 80 年代西方理论时代的喧嚣与众声喧哗。其次，并置的人物也可以达到反讽的效果，将一个人物一分为二，或是将其他原型人物的性格特征移植到另一个原型人物身上，借由这种错位和不同达到滑稽和温和批评的目的，反讽效果更加凸显。最后，对人物性格的重构有助于制造叙事悬念，并在最后揭示谜底时给读者带来巨大的惊喜。《小世界》是一部有很多悬念的小说。在莉莉被误认为是安吉莉卡时，悬念就产生了。后来当珀斯提到安吉莉卡和莉莉时，西比尔·梅登小姐的脸色立即变得苍白，悬念又产生了。随着情节的发展和人物的成熟，这些悬念也慢慢得以揭开。借助图式理论相关概念，可以清楚地展示读者对《小世界》中人物原型性格特征的重构。详细过程可参照表 5-1。

表 5-1　对《小世界》中人物性格特征的图式重构

<table>
<tr><th colspan="2">古典浪漫传奇</th><th colspan="3">《小世界》</th><th rowspan="2">读者图式重构过程</th></tr>
<tr><th>人物原型</th><th>人物特征</th><th>《小世界》中的人物</th><th colspan="2">人物性格特征</th></tr>
<tr><td rowspan="2">公主</td><td rowspan="2">漂亮、纯洁、圣洁、被动、致灾体</td><td>安吉莉卡</td><td rowspan="2">漂亮、聪明、神秘、调皮、独立、有思想、撩拨者</td><td>知识渊博、矜持</td><td rowspan="6">图式增加、图式强化、图式破坏、图式重构</td></tr>
<tr><td>莉莉</td><td>大胆、放荡</td></tr>
<tr><td rowspan="2">圣杯骑士
珀西瓦尔</td><td rowspan="2">神秘出身、诚实勇敢、天真、力大无比、坚毅、完善自我</td><td>珀斯</td><td colspan="2">诚实、勇敢、天真、坚毅、永不成长的扁平化人物</td></tr>
<tr><td>彼得</td><td colspan="2">优秀</td></tr>
<tr><td>贡献者
（扎普）</td><td>慷慨、善良</td><td>扎普</td><td colspan="2">坦率、善良、奋斗型、世俗、些许狡诈</td></tr>
<tr><td>国王</td><td>受伤、被动等待拯救</td><td>亚瑟</td><td colspan="2">身体和思维枯竭、主动寻求治愈之法</td></tr>
<tr><td rowspan="2">其他骑士</td><td rowspan="2">意志不坚、愚蠢</td><td>菲利普</td><td colspan="2">轻易就被诱惑</td><td rowspan="4">图式增加、图式加固</td></tr>
<tr><td>邓普西</td><td colspan="2">头大智小</td></tr>
<tr><td rowspan="2">恶棍</td><td rowspan="2">邪恶、不诚实</td><td>帕金森</td><td colspan="2">阴险、邪恶</td></tr>
<tr><td>齐格弗里德</td><td colspan="2">不诚实</td></tr>
</table>

从小说主题角度出发，本书通过对小说中上述人物的原型分析，挖掘出了一些对《小世界》的新的解读。首先，这部小说具有强烈的时代感，同时反映出作者对这一时代的个人看法。小说出版于 1981 年，在西方世界，这是一个各种理论蓬勃发展的时期，相应地也促进了各种文学理论的发展。从小说最后 MLA 会议上与会者的发言中就可以看出，小说中的每一个人物都代表着一种文学流派，也就代表着一类学者，这其实是现实中学术世界的缩影，而小说中的联合国教科文组织主席职位之争则反映了那个时代不同文学批评理论之间的激烈竞争。珀斯的问题及金费舍的顿悟都反映出他们意识到理论也并非那么重要的观点，这与小说作者一贯的反理论观点相一致。

其次，本书通过不同人物之间的对话，分析了洛奇在后现代主义小说形式上反抗虚无主义和过度实验的观点。扎普是小说中解构主义的代表人物，他的解构主义观点通过他的演讲和他与安吉莉卡的对话中就可以看出。解构主义中意义的不确定性可以看作虚无主义。为了表现对虚无主义的反抗，洛奇设计了学者们听到扎普演讲时的晕倒、扎普的三次性经历、扎普被绑架，以及扎普未能获得联合国教科文组织主席一职的提名来表现其对扎普及其观点的不喜，而小说中引用艾略特的“四月是最残忍的季节”点出本作品呼应了现代主义作品的颓废主题，这是作品在思想原型方面与现代作品的关联。

再次，从道德伦理角度出发，《小世界》是一部非常具有说教性的小说。小说中的每位人物都是现代社会中人物的典型。尽管小说一直在描写诸位学界人士熙熙攘攘、热闹喧嚣的刺激生活，但是所有人在最后都回归了正常的家庭生活。每个人的觉醒（或顿悟）都发生在他们各自追求目标的最高潮一刻，极致的享乐、刺激、期待所带来的跌入谷底的现实让每个人都获得了对各自人生的领悟，而所有这些冒险事件都具有警示世人的作用。它们告诉读者，所有的光泽和闪光就像转瞬即逝的云一样短暂，普通而又平淡的日子才是生活的本真面貌。

最后，《小世界》表达了作者的期待与信心。小说的结局是学界之王身体的恢复、学术小世界再次焕发生机，这意味着小说期待当下文学批评界能够呈现出焕然一新的景象。亚瑟的治愈则是作者对未来的信心，同时也给读者增加了希望。此外，在小说中，文学批评的意义在于差异而非统一，这显示了洛奇对涌现更多不同思想的期待。

第 6 章　《小世界》中学者浪漫传奇的情景框架研究

情景原型是影响读者建构《小世界》文本意义的第三个关键因素。本章运用认知语言学中的框架理论来展示情景原型的意义建构过程。框架指的是以结构化知识块表示的“反复出现的情景”（Ungerer & Schmid 2008：252）。情景一直以来就是文学要素中不可或缺的一个，对文学主题意义重大。戴维·洛奇的《小世界》在叙事结构上是对浪漫传奇的一种仿拟，小说中有很多情景与古典浪漫传奇中的情景相一致，因此读者对小说中诸多情景的认知离不开古典浪漫传奇情景的框架。本章运用认知语言学中的框架理论，将小说中出现的与古典浪漫传奇一致的情景归于原型情景框架，将小说中独有的情景归类凸显情景框架。

具体来说，6.1 小节将介绍原型情景框架和凸显情景框架；6.2 小节将建构古典浪漫传奇小说中的情景原型，如荒芜的土地、城堡、圣杯、天气情况等；6.3 小节将运用原型情景框架和凸显情景框架对小说中的情景原型进行分析；6.4 小节则对《小世界》中的各种情景原型进行意义的建构和重构。

6.1　原型情景框架和凸显情景框架

情景是小说中不可或缺的主要要素之一。马丁（Martin 2006：122）认为对时间和地点的描写能帮助作者“设定叙事基调，使事物具有主题意义或象征意义”。古典浪漫传奇中的情景主要包括荒芜的土地、城堡、圣杯、天气、冒险情景等，而且几乎所有的浪漫传奇都会强调冒险和超自然因素。

框架理论经常被定义为记忆中复杂的概念知识，它关注认知过程。在本书中，框架指的是在不同浪漫传奇中反复出现的、具有象征意义的情景。运用框架理论分析小说中出现的情景，有助于帮助读者建构《小世界》的文本意义。

为了揭示语境的连续性，埃莫特区分了“框架文本”和“非框架文本”，为了揭示情景在小说中意义的生成过程和功能，本书把小说中出现的情景按照框架理论分为“原型情景框架”和“凸显情景框架”。原型情景框架指在不同浪漫传奇中经常出现且具有相同象征意义的情景，凸显情景框架指在文本中成为读者阅读焦点的新的情景。

6.2　读者古典浪漫传奇情景框架建构

《小世界》中有关情景的认知过程与浪漫传奇情景原型有密切关系。为了建构《小世界》中情景的意义，首先需建立读者对浪漫传奇情景原型的知识，而读者也分为两类：一类是已经具有古典浪漫传奇情景原型知识的读者，另一类是没有此类知识的读者。针对没有此类知识的读者，《小世界》文本通过对亚瑟梦境的情景描述，有意帮助读者建立此类情景原型。

> 30. Arthur Kingfisher sleeps, curled spoonwise around the shapely back and buttocks of Song-mi Lee, who, before they retired, prepared for him a pipe of opium. So his dreams are psychedelic: **deserts** of purple sand with dunes that move like an oily sea, **a forest of trees** with little **golden fingers instead of leaves** that caress **the wayfarer** as he brushes against them, **a vast pyramid** with **a tiny glass elevator** that goes up one side, down the other, **a chapel** at the bottom of a lake, and on **the altar**, where **the crucifix** should be, **a black hand**, cut off at the wrist, its fingers splayed. (*SW*: 111)

在亚瑟的梦中，亚瑟看到了诸如“沙漠”、长满金色手指的“森林”、“旅行者”、“金字塔”、“玻璃杯状的电梯”、“教堂”、“十字架”和一只被砍掉的“黑手”之类的情景。这些情景除了具有象征意义外，还对叙事进行了一定的预设。“沙漠”经常泛指不毛之地，而根据古典浪漫传奇知识，此处的“沙漠”暗示着贫瘠的土地，没有树叶的“树木”象征没有庄稼的土地，正如没有生殖能力的亚瑟（统治者）一样。“金色手指”令读者想到象征不死、同丰饶连在一起的“金苹果”，但此处却是一种比较，与丰饶对比的是贫瘠。“旅行者”行走在沙漠中，抵住了树上挂的金手指对他的诱惑，预示了这位旅行者有可能就是拯救这片贫瘠土地的真正骑士。“金字塔”象征着在古典浪漫传奇中的城堡，而“玻璃杯状的电梯”就象征着圣杯。不过，亚瑟梦中出现的那只被砍掉的“黑手”象征着本想阻止骑士找到圣杯的坏人。整个梦境提供给读者很多具有象征意义的情景原型，并且从梦中可以看出，亚瑟对应的就是《珀西瓦尔》中受伤的国王，他等待骑士对他的救赎。

古典浪漫传奇中的情景原型通过亚瑟的梦境向读者再次展现，如沙漠（贫瘠的土地）、金字塔（城堡）、杯状电梯（圣杯）等。而且，在沙漠中出现的旅行者暗示着冒险和追寻情景，这是古典浪漫传奇中不变的情景原型。

6.3 《小世界》中的情景框架

《小世界》中有很多关于情景的描写。韦斯（Werth 1984：6）认为，“从认知角度看，情景是在语篇中的抽象概念背景。任何语篇都在情景中，任何语篇都关乎情景”。由此可见，情景对形成小说虚构文本世界是异常重要的。

6.3.1 《小世界》中的原型情景框架

根据本章开头的定义，原型情景指的是在不同浪漫传奇中反复出现的情景，如荒原、圣杯、天气描写、冒险情景等，这些原型就称为《小世界》中的原型情景框架。

6.3.1.1 原型情景框架——天气

天气是日常生活中最经常讨论的一个话题，却很少有人富有智慧和充满艺术气息地谈论天气。里蒙-凯南（Rimmon-Kenan 1983：180）评论道：“几乎没有哪个小说家能驾驭天气，这种驾驭表现在既能对自然现象做出细致且精准的描述，又能把这些现象与人类联系并上升到哲学高度。”

小说中大多数天气描写多出于修辞目的。有些描写是为了衬托人物的行动，有些是为了表现人物的性格特征。福斯特认为小说中的天气是作家事先谋划好的、为了表现或烘托人物情绪的一种写作技巧。洛奇也同样认为作家将能设计出与小说人物情感一致的天气描写视为专属小说家的乐趣。《小世界》中的天气描写分为两种：一种是与整部小说写作基调完全一致的天气描写；另一种是与人物相关的天气描写。

《小世界》的“开场白”就转述杰弗里·乔叟（Geoffrey Chaucer）对甜美四月的描述：“当四月带着它甘甜的阵雨赶走三月的干旱，玉液琼浆沐浴大地，催开花苞；当西风带着清香的气息，给灌木林剪出绿叶，给石南丛生的荒野注入生机；当年轻的太阳走完白羊宫一半的旅程；当那些彻夜昏睡的鸟儿睁开双眼，放开歌喉……”（罗贻荣 1996：1）这些雨、花、风、太阳、鸟都象征着万物复苏、勃勃生机的春天。四月给人希望、活力和生命，特别是四月是教授们参加会议的季节。天气可以反映人物的心情，而四月的活力反映了教授们迫不及待参加会议的心理。

然而，当小说开始叙事时，四月的天气却并不像想象中的那般甜美，而是如艾略特《荒原》中描写的“四月是最残忍的季节”一样糟糕。

31. “APRIL is the **cruellest** month,” Persse McGarrigle quoted silently to himself, gazing through **grimy windowpanes** at the **unseasonable snow** crusting the lawns and flowerbeds of the Rummidge campus. (*SW*: 3)

学术会议从四月份开始，正如树木、花草和鸟儿在四月再次复苏一样，都象征着生命的再次绽放，但是小说中卢米奇这个地方的四月却显得非常不合时宜。在卢米奇大学校园里，雪还没有完全融化，没有绿色灌木林，没有花朵，甚至连窗玻璃都脏兮兮的，整个看来就是一片荒野。如果说任何的情景描写都有其用意，那开篇的这段天气描写是否预示了整个学术会议的惨败抑或学术思想的荒芜?

在珀斯追寻安吉莉卡的过程中，天气描写一直缺场，直到珀斯听说安吉莉卡在洛桑参加一个纪念艾略特的国际会议时，小说中才出现了天气描写。读者和主人公珀斯都不知道将会在洛桑发生什么事情，也不清楚能否在此找到安吉莉卡，而此时的天气描写从某种程度上就反映了主人公的心情和预示了下一步的情节发展。小说中首先呈现给读者的就是珀斯对洛桑这座城市的第一印象。

32. **It was a warm, breathless evening**. The train ran out along the shores of the lake, its surface smooth and **pearl-pink**, like stretched **satin**, in the **glow** of the setting sun, which struck **rosily** on the peaks of distant mountains on the other side of the water.

…

There was **an air of excitement and gaiety on the streets of Lausanne** this evening that surprised Persse… The pavements were thronged with strollers, many of whom were dressed rather **theatrically in the fashions** of yesteryear. (*SW*: 261)

在风景如画的日内瓦湖畔，年轻且充满活力的洛桑依湖而建，并且可由地铁通向湖中央。珀斯惊叹于城市的美丽和生活在那里的人们的兴奋与狂热，因为珀斯本以为瑞士人是相对文雅恬静的。在珀斯的眼中，洛桑是一个可以用诸如“珍珠粉”“缎”“光晕”“玫瑰般的”等经常用来形容女性的词语来描述的地方，这说明珀斯将这座城当成是安吉莉卡的化身，而像“兴奋”“高兴”等情感词则反映了珀斯认为马上就能见到安吉莉卡的那种兴奋快乐的心情。此处的天气不再是反映人物情绪的载体，而成为引起人物产生某种情绪的刺激物，这是一种把人类感情投射到自然世界现象上的错觉。但是一旦人们有某种强烈的情感，他看待周围事物的态度和视角就会不同，也就造就了不同的人对同一风景的不同描写。

即使情景相同，但由于欣赏情景的人不同或心情不同，所描写的画面肯定是不同的。上述描写表现出两个层面的含义：第一，珀斯对这座城市的描述告诉读者，珀斯认为自己肯定能找到安吉莉卡，因此心情十分期待和雀跃；第二，洛桑作为纪念艾略特的城市，且艾略特的代表作《荒原》在本作品中被反复提及，都暗示读者珀斯的此次追寻仍然会以失败告终。

天气具有很多功能，它可以反映人物的心情，还可以被赋予附加的意义，如上文提到的，天气在浪漫传奇中具有象征意义。同理，天气在学者浪漫传奇中依旧具有象征意义，特别是当天气描写与亚瑟·金费舍一起出现时更是如此。亚瑟第一次在小说中出现的时候，天气就很糟糕。

33. In Chicago it is midnight; yesterday hesitates for a second before turning into today. A **cold wind** blows off the lake, sends litter bowling across the pavement **like tumbleweed**, **chills** the bums and whores and drug addicts who huddle for shelter beneath the arches of the elevated railway. (*SW*: 92)

联合国教科文组织主席亚瑟·金费舍居住在芝加哥。四月份的芝加哥仍然很冷，特别是在午夜。“寒风”把落叶像风滚草（一种会齐根折断、随风滚动的植物）一样吹过街道，“寒冷”的天气冻得流浪汉们、妓女们和瘾君子们躲在高架桥的桥洞下。室外犹如荒原一样，不管是寒冷的天气、风滚草抑或堕落的人群，无一不反映出一片荒芜的景象。这样的天气描写不禁会让读者产生以下疑问：①这一天气情况与亚瑟有何联系，具有何种象征意义？②位高权重的亚瑟为何会选择这样一个天气恶劣的城市居住？但是，随后的描写却别有洞天。

34. The rooms are stacked around a central enclosed space, and their balconies project inwards, into a **warm, air-conditioned atmosphere**, overlooking **a fountain** and **a lily pond** filled with **multi-coloured fish**. There are **palm-trees** growing in here, and flowering **vines** that climb up the walls and cling to the balconies. Outside, **transparent elevators like tiny glass bubbles** creep up and down the sheer **curtain walling** of the building, giving the occupants **vertigo**. It is the architecture of inside-out. (*SW*: 92)

虽然自然环境恶劣寒冷，但是亚瑟居住的豪华酒店内部却是温暖如春，而酒店的卖点就是“你希望在室外找到的任何东西室内全有”。室内有人造的温暖天气，因此在“喷泉”里有“睡莲”和“色彩斑斓的鱼儿”，还有“棕榈树”和“攀爬植物”。外面装着“透明玻璃的电梯”，就像“小玻璃泡”一样地上下浮动，让“乘电梯的人头晕目眩”。

读者对“喷泉”肯定不陌生，在斯宾塞的《仙后》中就有喷泉，而且为了进一步提醒读者，作者还专门在《小世界》中引用《仙后》中含有“喷泉”的诗句。水是万物生长所不可缺少的，它是大地母亲给予人类的财富，但是此处“喷泉”却作为装饰物出现在室内，它的错位暗示了外面一片荒芜的原因。《仙后》中之所以有“睡莲池”，是因为有两位侍女在此沐浴，而此处的“睡莲池”却是属于亚瑟的。池中的各色鱼儿（对于熟悉古典浪漫传奇的读者而言）是一种象征，象征着亚瑟是他们的主人，他就是“渔王”的化身，抑或（对于知识空缺的读者而言）是为后面亚瑟是“渔王”的化身做铺垫。

亚瑟第一次出场时的天气描写是通过对比进行的，描写先从外到内，然后再由内到外。这种对比在象征的同时，增加了讽刺效果，深化了作品主题。首先，通过外冷内热讽刺亚瑟或有钱人缺少社会承担；其次，通过外面的堕落者和亚瑟的对比深化了世界是一个精神荒芜的荒原的主题；再次，通过亚瑟的居住条件描写暗指一切都是虚无的，像“玻璃泡”一样让人眩晕，瞬间破灭；最后，通过对睡莲池的描写暗示双胞胎姐妹是亚瑟的女儿，而小说接近结尾时的天气描写使小说的象征意义更加明显。

35. That afternoon there was **a brief but astonishing change in the Manhattan weather**, unprecedented in the city's meteorological history. **The icy wind…suddenly dropped**, and turned round into **the gentlest warm southern breeze**. The **clouds disappeared** and **the sun came out**. The **temperature shot up**. (*SW*: 320)

MLA 大会于 12 月在纽约的曼哈顿区举行。12 月是一年中最寒冷的季节，植物枯黄，动物冬眠，但是，当英雄式的人物珀斯向大会所有人提出一个问题后，天气发生了惊人的变化。温暖和煦的“南风”赶跑了从北极刮来的“寒风”，“乌云消散”，“气温升高”，整个曼哈顿迎来了温暖爽心的空气，万物突然变得生机勃勃。

12 月温暖的天气使亚瑟想起了 the halcyon days，即古希腊神话中翠鸟的孵蛋期。此外，亚瑟补充说，这“也是我的日子，我们的日子”。因为 kingfisher 在英语中本身就有“翠鸟”的意思，这强烈地表明亚瑟从性无能中恢复，这种恢复给了他新生，包括身体上的新生和学术上的新生，而随之所表现出的天气具有象征意义：①文学批评界迎来了新的时节；②解救了在文学批评领域没有灵感的亚瑟；③拯救了整个精神荒芜的学者小世界。

6.3.1.2　原型情景框架——冒险情景

在古典浪漫传奇中，冒险不可或缺，而不同冒险之地的危险程度更是具有多种功能，因此读者对冒险情景的理解在很大程度上决定了对文本的理解。冒险情景在《小世界》中更是与现代科技联系了起来，伴随着不同人物对不同目标的追寻得以体现。“冒险”是浪漫传奇中的一个情景原型。《小世界》中珀斯对安吉莉卡的追寻充满了冒险和艰辛，珀斯追求安吉莉卡是小说中追求的脚本之一，在追求的过程中，珀斯误把安吉莉卡当成妓女，珀斯带着心碎和绝望乘飞机回家，但飞机发生事故。面对死亡，珀斯的反应相当不同寻常。

> 36. The **airplane rose like a lift into the air** and he stared through the porthole at another **featureless prairie** of cloud. Another tray of **tasteless, odourless food** was placed on his lap, with a complimentary half bottle of **chilled claret**, because he was travelling Club class. (*SW*: 205-206)

人们的情绪会让他们对同样的事情或同一对象做出不同的判断，珀斯在飞机上的感觉和他对事故的反应充分体现了这一点。珀斯感觉飞机像“电梯”一样升空，而电梯的直上直下反映了珀斯寻找安吉莉卡的心情，时而兴奋，时而低落。心爱之人是一个妓女这件事对于珀斯来说犹如当头一棒，让他再也提不起精神，他的生命荒废了，精神支柱倒塌了，所以他所看到的是“毫无特色的云的荒原”。伴随着沮丧，珀斯观察到的任何事物都是负面的。虽然珀斯乘坐的是头等舱，但是他认为飞机上的食物“无色无味”，就连赠送的“红葡萄酒”都透着寒意。飞机上的食物不好我们大家都知道，但是法国波尔多产的红葡萄酒至少不会是“透着寒意”的吧！

37. **Indifferent to life himself**, Persse observed the conduct of those around him with **detached** curiosity. (*SW*: 206)

当机长告诉乘客飞机起飞时烧毁了机首滑行轮的轮胎，因此需要紧急降落时，机舱里响起一片恐惧的低语。当飞机在空中震动摇晃时，一些乘客发出恐惧的叫声，一些人开始研究写有安全说明的卡片，其他人从自己的座位下抽出救生衣并试着穿上，只有珀斯“冷漠”并饶有兴趣地“冷静”观察着周围人的行为，因为他已不在意自己的生死。虽然这一冒险是珀斯被动接受而非主动寻求的，但是通过描写珀斯从经历死亡到接受死亡这一过程，意味着珀斯已经经历了一次死亡。

这次冒险是珀斯的一次重生，是对自己生活本身的一次更新，也是对安吉莉卡身份认知的一次更新。这个新开始可以理解为良好未来的象征，或者理解为新希望的象征。因为很多时候，人必须经过痛苦的挑战才可以体现某种异常，经历过痛苦的珀斯发现安吉莉卡是脱衣舞女郎这一现实存在异常，因而才最终认识到海报上登的其实是她的妹妹。

在古典浪漫传奇中，骑士的每一次冒险都是对他身上的一种美德的检验或测试。在《小世界》中，珀斯的每一次冒险也都会带来一些附加财富。珀斯遭受空难后，获得了一次重生，珀斯在夏令营所遭遇的“沉船”事件也给珀斯带来了额外的信息，他找到了抛弃其表妹的人。这些冒险经历增加了读者认为珀斯是现代版骑士的信息和证据。

莫里斯·扎普教授在《小世界》中的角色相当于古典浪漫传奇中的另一位骑士，他怀有雄心抱负，想要成为联合国教科文组织的主席，并为此而积极奔走奋斗。但是在追寻这一职位的过程中，扎普经历了一些不凡的冒险。在古典浪漫传奇中，骑士的冒险总是和斩妖除魔相连，而扎普冒险的结果是既没有除掉学界的败类，也没有获得主席一职，他痛苦的遭遇完全归于他的坏运气。扎普所遭遇的冒险除了可以让读者感觉到幽默以外，还有丝丝讽刺在里面。这些经历讽刺了扎普，也讽刺了现代人。扎普要去米兰开会，在飞机上遇见了时尚有钱的马克思主义女学者富尔维亚，两人相谈甚欢。当他到达米兰时，由于工人罢工，没有人来接他，富尔维亚教授就盛情邀请扎普去她家，万般无奈下，扎普只好随行，却不知自己已经掉进富尔维亚提前安排好的陷阱。

38. “My ‘usband,” she said, “‘E is delayed in Rome because of the strike. Milan airport is closed. ‘**E will not return tonight**.”

“Oh, I’m sorry,” said Morris.

“Why?” said Fulvia Morgana, with a smile as faint and **enigmatic** as the Mona Lisa’s. (*SW*: 129)

扎普来到富尔维亚家，本想了解更多关于联合国教科文组织主席一职的事情，但是电话铃声响起，富尔维亚用扎普听不懂的意大利语与丈夫交谈，还提到扎普的名字。富尔维亚的丈夫因为罢工，当晚不会回家。当扎普为待在她的家里道歉时，富尔维亚给了扎普一个非常奇怪的“神秘”微笑。根据古典浪漫主义的原型脚本，这时肯定要发生些什么浪漫的故事。就像菲利普在意大利邂逅乔伊，扎普和富尔维亚也将会有一个浪漫的爱情故事吗？带着好奇和期待，读者急切地想知道接下来会发生什么。

一顿“丰盛”的晚餐后，扎普终于可以确定“富尔维亚想要勾引他”，这与读者的期待相符，阅读的快感也由此产生，但是接下来所发生的事情会让读者大跌眼镜，也充满辛辣的讽刺。富尔维亚把扎普引诱到床上，并且把他用绳索绑住，正在这时，响起一阵开门声，富尔维亚的丈夫回来了。按照正常思维，接下来将是悲剧，扎普也这么认为，他赶快想挣脱束缚，穿上衣服，但是富尔维亚丈夫的举止却让读者大跌眼镜。

39. “*Felice di conoscerla, signore*,” **Ernesto’s face crinkled in a broad smile and he extended a hand which Morris shook limply**. (*SW*: 138)

当扎普慌慌张张地穿衣服时，富尔维亚的丈夫埃内斯托（Ernesto）却给了扎普一个大大的笑容并与他握了下手，就好像他没有看到扎普的赤身裸体一样，多奇怪！当富尔维亚躺在床中间，并表示她丈夫将加入时，所有的奇怪都消散了。这不仅是一个性游戏，更是一个深思熟虑的陷阱！扎普经历的冒险就像一场闹剧。在构建扎普的冒险时，不同的读者构建出不同的脚本。对于浪漫主义新手而言，他们会对比小说中出现的两种相似的冒险：一种是菲利普的冒险，另一种是扎普的冒险。他们两人都是教授，还是很要好的朋友。菲利普的冒险经历是愉快的，而扎普所遭遇的不仅会让人尴尬而且会让人感到古怪异常。两人不同经历的强烈对比产生了讽刺效果。对于熟悉浪漫传奇体裁的读者而言，他们除了会对比菲利普与扎普的冒险之外，还会把他们的冒险与古典浪漫传奇中的冒险——为了神圣目标而奋斗的勇敢事迹进行对比。为了某个神圣目的而进行的冒险与俗世间寻求刺激的性爱之间的对比更加具有讽刺效果，这是对学者的讽刺，也是对当代社会的讽刺。

追寻是浪漫传奇的主要情节。在《小世界》中，珀斯总是在不停地寻找安吉莉卡。小说中的情景描写从某种程度上可以反映珀斯的精神状况。恶劣的天气条件体现了珀斯追求安吉莉卡的艰辛和困难，美丽的风景总是反映出珀斯得到了一些关于安吉莉卡的信息。

40. The snow-covered landscape **brilliantly** reflected the light of the nearly **full moon**, now high in the sky. The lawn that sloped **gently** upwards from the margin of the artificial lake was an expanse of **dazzling whiteness**, except where a trail of footprints, that had melted in the day's slow thaw, spelled out in huge, wavering script, a name: Angelica. (*SW*: 38)

这段景物描写是珀斯第一次向安吉莉卡告白前的描写。珀斯在卢米奇大学开会时遇见安吉莉卡并深深地爱上了她，珀斯为了心爱的姑娘在雪地上用自己的脚印写下了安吉莉卡的名字，并邀她深夜共赏。这段景物描写中频繁使用拟人手法，副词 brilliantly（聪慧地）和 gently（温柔地）可以充分反映出观察者的愉悦心情。珀斯想象安吉莉卡会同意自己的求婚，因此心情雀跃，连雪地在他眼里都变成了安吉莉卡的化身，雪所反射的光都是 dazzling（令人眩晕的），full moon（全月）从某种程度上也反映了珀斯希望结局美满的愿望。从某种意义上讲，情景是主观的，它可以是作者或小说中人物随意创造的与人物情绪相符或人物想要激发的那种场景。珀斯对安吉莉卡的情感创造了这样一个美妙的雪景，也衬托出一个陷入爱情中的人儿的雀跃心情。情景可以让一个人变得开心，同时一个人本身心情不错也会赋予情景更美好的描述。因此，人物情绪和情景是互为因果的。然而在《小世界》第一部分结尾部分，情景描写却总是使用表达否定的负面词语。

41. He stood at the gates, looking up and down the **empty** road. The moon had **disappeared** behind a cloud. In the distance a train rattled along an embankment.…A yellowish glow from a million streetlamps lit up the sky and **dimmed** fight of the stars. A **faint** hum of traffic, the traffic that never ceased, night and day, to roll along the concrete thoroughfares, vibrated on the night air. (*SW*: 56-57)

当珀斯知道安吉莉卡不辞而别，而且从会议记录上找不到她的丝毫信息时，他站在门口，望着"空荡荡的"马路。其实，空荡荡的岂止是马路，更是珀斯那颗失落的心。随着安吉莉卡的消失，珀斯的单相思也被迫终止。形容词 dimmed（黯淡的）不是由于星辰，faint（无力的）也不是形容交通状况，它们都暗示珀斯获得安吉莉卡的爱的可能性极小。

6.3.2 《小世界》中的凸显情景框架

正如小说题目所示，这是一个发生在校园里的有关教授、教师和学生的小说，而小说的副标题“学者浪漫传奇”也说明小说中肯定会有相当于骑士的人物。任何故事的讲述都是在一定的时空里，《小世界》也不例外。故事开篇，作者就借扎普教授之口设定了小说发生的地点。

42. “That’s how it is in the academic world these days,” said Morris Zapp. “I was telling a young guy at the conference just this morning. **The day of the single, static campus is over.**”

“And **the single, static campus novel with it**, I suppose?”

“Exactly! **Even two campuses wouldn’t be enough**…” (*SW*: 63)

根据上文所示，凸显情景框架指在文本中成为读者阅读焦点的、新的情景。依据读者的一般常识，校园小说一般指发生在某一特定校园里的故事。但是，《小世界》这一校园小说不是关于一个校园里发生的故事，甚至不是两个校园，而是“全球校园”。因此，“全球校园”瞬间吸引了读者的注意，成为阅读的焦点，因此该情景属于凸显情景框架，而这一凸显情景框架在对“现代科技”的描写中得到进一步深化和突出。

6.3.2.1 娱乐场所

小说既然是校园小说，那么读者对它的期待就是校园生活。虽然小说侧重描写一群学者在全球各地参加各种会议，那么有关会议的描写应该符合读者的阅读期待，然而从开篇到结尾，小说中出现了很多有关娱乐场所的描写，这些情景不符合读者的认知，因此可以瞬间抓住读者，成为阅读焦点。珀斯第一次去红灯区是和作家罗纳德·弗罗比舍一起的。珀斯震惊于那些挑逗色欲的、来自四面八方的露骨的诱惑，如脱衣舞、色情电影、书籍和杂志，“性”这个字无处不在。弗罗比舍抱怨道：“这个地方已经堕落了，现在完全是一个色情大荒原。”（*SW*：186）正如小说开篇引用艾略特的《荒原》一样，这里对娱乐场所的描写再次暗指现代社会是一个大的精神荒原，更可怕的是，这样的荒原有可能已经蔓延到知识分子身上。有关这一堕落的场景在小说中多次出现，珀斯表妹的失足以及金费舍高级住所外面的流浪汉等景象都凸显了学术小世界的现状。

6.3.2.2 飞机

莫里斯·扎普告诉珀斯现代科技改变了世界，其中，飞机是最重要的一个。它可以帮助人们在几小时内从一个地方飞到另一个地方。它在缩小世界的同时，提高了效率。

43. **WhhhhheeeeeeeeeeeeEEEEEEEEEEEEEEEEEEEEEEEEEE!**

To some people, there is no noise on earth as **exciting** as the sound of three or four big fan-jet engines rising in pitch… **Whhheeeeeeeeeeeeee!** And away we go, the acceleration like a punch in the small of the back… **Whheeeeeeeee! Europe, here we come! Or Asia, or America, or wherever**. It's June, and the conference season is well and truly open. (*SW*: 231)

在这一段中，飞机 Whheeeeeeeee 的声音重复了三次，并且它还多次在小说中出现。拟声词的频繁使用既增加了小说描写的真实感，也表明了现代人对它的依赖，更说明了小说中的学者们得以实现全球开会理想所借助的东西。对于有些人而言，飞机所发出的噪音能让他们兴奋。因为有了飞机的出现，才使得地球成为“小”世界，才使得学者们可以自由穿梭于欧洲、亚洲或世界上任何一个国家或地方。对飞机的描写之所以可以成为凸显情景框架，不仅是因为它属于现代技术，在古典浪漫传奇中不可能出现，更重要的是它提供了《小世界》中的叙事可以开展的现代工具的支撑。如果没有发明飞机，人们不可能在很短时间内在几大洋之间穿梭，也就没有了学者们参加不同的国际会议的条件，这个世界也不可能相对变“小”了。

6.3.2.3　学术会议中的住宿

《小世界》中一个着重描写且反复出现的情景就是学术会议，会议与会议也有不同：它们或大或小，或奢侈或简陋，或有学界大腕或全是无名之辈。由于小说的背景是全球校园，因此必须有一个很好的理由让学者们走遍世界，学术会议是个很好的载体。通常情况下，举行学术会议是为了智力交流和信息交换，然而，小说中所塑造的学者们却与众不同。

44. **Dismay** had been already plainly written on many faces when they assembled the previous evening for the traditional sherry reception… They had **glumly** unpacked their suitcases in study-bedrooms whose **cracked and pitted** walls retained… They had appraised **the stained and broken furniture**, explored the **dusty interiors of cupboards in vain for coat-hangers**, and tested **the narrow beds**, whose springs sagged dejectedly in the middle, deprived of all resilience by the battering of a decade's horseplay and copulation. Each room had a washbasin, though **not every**

washbasin had a plug, or every plug a chain. Some taps could not be turned on, and some could not be turned off. (*SW*: 3)

这是出现在小说中的第一次会议——英国高校英语文学教学研讨会，也是一年伊始的开场会议。经过一个冬天的休假，学者们期盼已久的会议终于到来了。世界各地的学者们满怀期待地来到卢米奇大学开会，但是很快他们脸上就挂满了沮丧的表情，他们闷闷不乐地在书房兼卧室的房间里打开行装。不仅如此，卧室墙壁上有裂缝且坑坑洼洼，家具沾满油污且破烂不堪，衣橱落满尘土且没有挂衣钩，这些都反映出这里的住宿条件极差。

文学批评家罗伯特·利德尔（Robert Liddell）对小说中的情景做过研究，他认为有一类情景是“讽刺性”的。此类情景“与人物的精神状态或大环境不相称”（转引自 Chatman 1980：143）。上述情景描写不仅不符合小说中学者们的期待，而且与读者所熟知的开会场景也不一样。此段情景的描写目的就是讽刺，讽刺没有能力办会却强行为之的菲利普·史沃娄教授。为了更进一步地增强讽刺性，作者借扎普教授之口称最能激发学者灵感的就是饮食和住宿。

45. “Right. Look, Philip, I know you were disappointed by the turnout for your conference, but frankly, **what can you expect if you’re asking people to live in those tacky dormitories and eat canteen meals? Food and accommodation are the most important things about any conference.** If the people are happy with those, they’ll generate intellectual excitement. If they’re not, they’ll sulk, and sneer, and cut lectures.” (*Small World*: 65)

到现在，读者明白了为何作者会浓墨重彩地描写会议的住宿和食物。虽然通过卢米奇与会者的言辞和心理，读者可以发现，他们并不满足于自己的生活和饮食，但是，由于学术会议的目的不在于吃住，此段情景或许并没有进入读者的认知。因为读者心目中会议的原型情景框架是他们不关心生活条件，想要寻找真理的学者不在乎居住在哪，也不在乎吃什么，因为他们把身体和灵魂都献给了知识。相反，《小世界》中的学者很介意他们的住宿，并且借扎普之口把此意义明晰化。继而，《小世界》中的开会情景成为凸显情景框架，从追求真理变成了寻求好的食物和住宿，因为能激发智力的只有精美的食物和舒适的住宿，其讽刺效果可见一斑。

6.3.2.4 现代科技

现代科技缩小了世界，为了进一步说明此主题，小说特意对一次跨国采访进行了细致描写。

46. Watching the **head-phoned** Ronald Frobisher through the big glass pane that sealed off the studio from the control room, Persse admired the ease with which the writer handled this **unusual** discourse situation, chatting to his interlocutor, a rather dim-sounding man called Rodney Wainwright, as if he were **on the other side of the table** instead of on the other side of the world. (*SW*: 177)

罗纳德·弗罗比舍是一位作家，因为他创作的小说《任何路》（*Any Road*）而被认为是“愤怒的青年”的代表，而根据小说改编的电视剧马上要在澳大利亚播出，因此澳大利亚电台想采访他。采访是跨越空间的，主持人在悉尼，采访者在澳大利亚昆士兰库克敦，被采访者在伦敦。提问通过印度洋和欧洲上空的卫星传到伦敦，而罗纳德的回答经由大西洋和太平洋上空的卫星传到澳大利亚。简短的问答绕地球一周大约需要十秒钟（罗贻荣 1996：287）。采访轻松进行，好像他们的谈话“在一张桌子的两边而不是地球的两边进行”。

读者建构这段情景需要经历框架的几个不同认知过程。首先，看到采访，读者们头脑中会立刻激活原有的采访框架：一个有采访者、被采访者、摄像机的情景。一般情况下，采访者与这三位被采访者应该坐在一个演播室里。因为《小世界》中所描写的采访与读者原有的采访框架不同，因此读者要对原有框架进行调整。框架调整只会对框架内的一个或几个信息进行处理，框架中的其他信息仍然是恒定不变的。读者在建构《小世界》中的采访情景时，只需要将同一时空中的对话者调整成在不同时空进行就行，而实现该场景的是作为现代科技的卫星。作者对该技术进行详尽描写的做法符合“世界主义”的主题。王宁（2014）在《世界主义》中提到，全球化时代的世界主义由四个方面来界定，即国际化、自由化、普遍化和星球化。其中星球化就涉及信息的传播。其次，对科技的描写更是为了深化小说“小”的主题，突出现代科技如何使世界缩小，使沟通更方便。

6.4 《小世界》中原型情境框架的意义重构

上述对原型情景框架的建构和对凸显情景框架的分析都为读者重构《小世界》情景框架意义奠定了良好的基础。

6.4.1 《小世界》中原型情景框架的意义

12 月的天气具有象征意义。首先按照自然规律，12 月的冬天天气寒冷，植物枯萎，动物休眠，世界一片寂静，弗莱更是将冬天象征为死亡。如果联想到更多浪漫传奇，圣杯传奇中“渔王”所统治的土地寸草不生，那《小世界》中的王国是否也一样一片死气沉沉、毫无希望呢？毕竟小说中的最后一幕是全球学界中的人聚集一堂，在 12 月这个万物休养生息的季节来到了纽约，参加 MLA 大会。渔王因为大腿受伤而使国家的土地贫瘠，金费舍因为性无能而失去了学术创造力和灵感，导致学术小世界陷入堕落荒芜的状态。渔王等待圣杯骑士的救赎，金费舍也一直在尝试用不同方法恢复自己的男性之力。因此从中可以看出，万物的凋谢与季节关系不大，更多是依赖统治者的力量。小说借用“12 月”这个冬季的月份不仅符合自然规律，更是为了给后续的改变提供一个可对比的认知落差。随后在会议上，珀斯的一个无意的问题让金费舍瞬间对各种文学理论有了顿悟般的重新理解，获得了学术新生和活力，此时外面的天气情景也随着金费舍的学术新生而突然转暖。

此时的亚瑟·金费舍对他的韩国伴侣兼秘书李宋美说“这就像‘孵蛋’的时节（the halcyon days）——我的时节”（*SW*：321）。希腊语中的 the halcyon days 指的是隆冬时节的一段平静的天气，在这段时间，翠鸟会孵化它的蛋。kingfisher 本身在英文中就有“翠鸟”的意思，因此翠鸟的生产也即象征着亚瑟的新生，他等待已久的重获活力的日子终于来临。同时，路上行人们的微笑、恋人们手牵手地出行、出租车和私家车之间的礼让等都映射了世界一片和谐、温暖又充满希望的景象。

然而，小说对古典浪漫传奇中冒险情景的描写不同于学者浪漫传奇中的冒险情景，前者是为了突出骑士的勇敢，但在《小世界》中，对冒险情景的描写并非为了突出某位人士的勇敢，而是为了通过古今比较，衬托小说中“现代骑士”的滑稽可笑，并以此达到温和批评当时文学圈，期待焕然一新的学术环境的目的。在此过程中取得的反讽效果无疑是最吸引人和最让人赞叹的。

同时，环境是对人物心理状态的真实反映。《小世界》中最主要的一个追寻线索是珀斯不气不馁地寻找安吉莉卡。当珀斯与安吉莉卡在一起时，他们周围的环境美丽而浪漫；但当安吉莉卡消失后，环境就会变得恶劣而可怕；当珀斯又有希望找到她时，气氛就又变得喜气洋洋。

6.4.2 《小世界》中凸显情景框架的意义

《小世界》中的凸显情景框架情境是娱乐场所、飞机、住宿和现代科技。它们一出现便吸引了读者的注意力，不仅因为它们当中的一些描写与小说本身的大环境相悖，而且也因为与读者在日常生活中获得的个人经验相悖。

首先，小说中的情景如此设置是为了呼应并强调其重生主题。重生主题背后所隐藏的并未言明的堕落、颓废、荒芜、死亡和拯救是它的主要内容。小说的整体大背景是学者们参加多个学术会议，按照正常框架，校园应该是主要情景之一，但是在《小世界》中多次出现的却是学术会议场景和与学术无关的娱乐场所，对此情景的安排是为了描写娱乐场所代表的新的荒原，呼应了现代主义作品中的颓废思想原型；对堕落的脱衣舞女、流浪汉等人物的污浊刻画，给读者呈现出一副显性荒原的图画；同时各个教授混乱的个人生活、不端的学术生活等则映射出一个隐性的荒原。正是对“恶”之描写的深刻才能凸显重生的珍贵和希望。小说中对诸多娱乐、堕落场景的描写就是为小说主题服务的。

其次，飞机和现代科技为小说中的“小”之相对空间提供了可能。就小说中的任何一个人物而言，他们的行动轨迹都不止一座城市、一个国家。加上小说中相距甚远的教授们总是可以在不同地方相遇，这些巧合的出现都在很大程度上得益于飞机。小说题目中的“小”字含义丰富，就科技发展带来的全球化、地球村而言，其字面意义就是国家与国家、人与人之间的相对时空缩小了，因而可以说世界相对变“小”了。如果没有科技的发展，“小”就无从谈起。对于教授来说，他们也就没有更多的机会去世界各地进行学术交流。

最后，情景框架增强了小说的反讽效果，特别是小说中对冒险情景和住宿情景的细节描写。《小世界》之所以深受读者喜爱，并且能够引发很多讨论，笔者认为最为重要的一点就是在古今浪漫传奇的对比下，新意义产生为读者先前图式/脚本/框架带来的各种或吻合或颠覆或改写的认知风暴。就拿冒险场景来说，古典浪漫传奇中的冒险情景描写无一不是通过恶劣、凶险的环境凸显正牌骑士的英勇无畏和其追求目标的神圣崇高。但是，在《小世界》中，情况就颠倒了过来。几乎所有的冒险情景都发生在追求虚无的梦的过程中，不论是珀斯乘坐的飞机发生故障、绑匪绑架扎普，还是牧师以为自己要被淹死等，这些都是在荒诞目标的引领下导致的令人啼笑皆非的事件。两相对比，更加凸显了现代人的空虚和存在的虚无性，达到了非常显著的反讽效果。

6.5 小　　结

读者在阅读小说的过程中，需要根据文本内容在头脑中创建并维系一个虚拟的文本世界。认知语言学中的框架理论突出对典型情景和当前语境的信息储存，可以很好地用于解释读者对文本世界意义的建构。《小世界》中的情景以古典浪漫传奇情景为背景，并适当增添与时代主题相契合的情景描写。本章基于不同学者对框架理论的研究成果，提出适合于分析高度程式化的文学作品的情景框架模式——原型情景框架和凸显情景框架。通过分析，本章发现，《小世界》中的原型情景框架中的天气情景具有象征意义，冒险情景和住宿情景增加了小说的趣味性，追寻情景与人物心情之间存在因果联系；凸显情景框架中的娱乐场所情景强调了小说的重生主题，具有暗指功能，而飞机情景和现代科技情景为小说的客观存在创造了时空上的可能。

由此可见，情景在《小世界》中不仅增加了文本的趣味性、多样性与可读性，而且深化了小说的主题；同时，作为反衬的古典浪漫传奇情景不仅增加了作品的厚度，更是通过古今浪漫传奇的对比凸显了小说整体上的反讽效果，大大扩大了小说的读者群，因此情景在《小世界》中是不可替代的。从浪漫传奇这一体裁的主题沿袭来讲，借助情景中的万物凋零和万物回春来暗指小说的重生主题，不仅契合了小说作者想要表达的对未来文学批评繁荣发展的信心和希望，也借助文学批评话语的众生喧哗表达了作者对人类社会平等、自由、和谐生活的美好期望。

第7章 结　论

本书结合认知诗学、结构主义和原型批评等领域的有关原型方面的研究成果，考察了英国当代作家戴维·洛奇的代表作《小世界》中的浪漫传奇原型的意义以及读者对其进行意义重构的过程。认知诗学主要关注阅读行为，更具体地说，是关注在阅读过程中既活跃又被文本激活的信息的接受和后续的阐释过程。本书旨在从认知诗学的角度揭示读者建构《小世界》中与古典浪漫传奇原型相关的原型的认知过程，以及对这些原型意义的重构，以此说明有关浪漫传奇的原型知识是理解《小世界》文本的基础和关键，也是小说中最不可或缺的要素。本章将总结本书的主要发现、未来的研究方向以及研究的局限性。

本书以英国当代著名作家戴维·洛奇的代表作《小世界》为研究对象，在对浪漫传奇这一文类的整体叙事结构、人物和情景进行抽象概念化的基础上，依据目前认知诗学方面对原型范畴理论的最新研究成果，对文学领域中的刻板形象、文学批评中的原型和认知语言学中的原型范畴进行对比分析，得出文学批评中的原型与认知语言学中的原型范畴在人们的认知过程中都是抽象图式，且都随着具体文本的内容进行动态建构和调整。以此为依据，本书在认知诗学视域下，建构了作为脚本的原型模型、作为图式的原型模型和作为框架的原型模型三种不同的分析模型，分别用于揭示读者对《小世界》中的结构、人物和情景的意义建构和重构过程，以及在此过程中新意义产生的依据和小说的审美价值。本书研究不仅推动了借文学作品深入读者认知和意义识解方面的研究，而且深化了人们对浪漫传奇这一文类在当代文学中的继承和发展这方面的认识。然而，本书研究也存在一些不足，未来认知诗学领域对文学作品的研究应当克服这些不足，进一步拓展并深化认知诗学的中国化发展路径。

本书主要以认知诗学中的原型理论为基础，对《小世界》这一叙事文本进行了浪漫传奇的原型分析。可以说，本书是受到吉布斯（Gibbs 2003）在《认知诗学实践》（*Cognitive Poetics in Practice*）中撰写的一篇名为《动态意义识解中的原型范畴》（“Prototypes in Dynamic Meaning Construal”）的文章的启发。在此论文中，吉布斯提出原型并非对一般经验的固定心理表征，而是动态的、创造性的组合结构。在论文结束后的思考题中，吉布斯提醒大家仔细思考一下原型和当前话语语境之间的关系，特别是在某一特定文类中两者的关系，比如侦探小说或浪漫传奇。吉布斯提出的问题是：在阅读此类作品时，意义识解有多少是依靠文中语句，又有多少是依赖读者头脑中从之前相似文本中获得的经验。

反观《小世界》这一文本，古典浪漫传奇已经与小说融为一体。不管是小说的叙事结构，还是小说中的人物形象乃至情景描写都处处能看出古典浪漫传奇的影子，但是现实世界中的读者仅将此小说作为幽默作品，大肆嘲讽一番书中的各式教授，显然是未能理解小说的深层意义。基于此原因，本书从最基本也最关键的浪漫传奇原型入手，首先将浪漫传奇原型进行分割，然后运用认知语言学理论和方法对其进行模型建构、文本分析和意义建（重）构；其次以文本语料为证据，展示读者对浪漫传奇原型的意义建构和重构过程，以期能够在全面、系统、深入分析文本的基础上对小说有一个综合且深入的阐释；最后，借由洛奇对古典浪漫传奇的继承和颠覆，进一步用实例说明现代作家受前辈作家、传统文类的影响，而这些影响一方面成为现代作家的焦虑，阻碍现代作家的创作，另一方面也成为超越前辈的依据和基石。

理论上，本书有以下几点贡献。首先，跨界性地对文学作品中的刻板形象、神话原型批评中的原型概念和认知语言学中的原型范畴理论进行了比较研究。通过对这三个概念的比较，我们可以发现，虽然它们在不同的领域有着不同的所指，但它们都是以一个或两个概念点作为核心向外扩展的，而且在人们的头脑中都以图式化的形式表现出来。因此，它们具有同类范畴内所有成员都具有的典型特征，即原型性，同时又具有相同的认知机制。基于此研究结果，本书将认知语言学中的原型范畴理论与文学批评中的原型相结合，用于分析文学文本，尤其是高度程序化的文学作品中的原型意义的生成过程，主要关注新意义的产生过程。

其次，对认知语言学中的原型范畴理论进行进一步扩展，将其运用于对长篇叙事文学作品的研究中。原型范畴理论因其边界的模糊性、内在的灵活性和动态的结构优势，在认知诗学中可与其他理论相结合，从而形成更强大的阐释力，比如说吉布斯所扩展的作为脚本的原型范畴理论。在认知语言学中，原型范畴理论的合法性仅限于对词的分类，但在词汇学和句法上均受到限制。吉布斯将原型范畴理论扩展到用来解释读者在阅读文学作品过程中的意义生成过程。本书在对吉布斯的原型范畴理论进行扩展的基础上，根据相近理论内涵意义之间的联系，进一步将图式和框架也纳入原型范畴理论的概念下，并提出用“作为脚本的原型模型”来建构和重构读者对浪漫传奇的结构原型意义，用“作为图式的原型模型”

来建构和重构浪漫传奇的人物原型意义，用“作为框架的原型模型”来建构和重构浪漫传奇的情景原型意义。

最后，基于以上不同的原型分类，构建用于分析读者建构和重构不同浪漫传奇原型意义的认知模型。本书提出用“事件典型性脚本发展连续体”模型来研究小说中的浪漫传奇结构原型，根据叙事文本中情节结构的原型化程度的不同，将与古典浪漫传奇结构原型高度一致的事件序列（即强典型性事件序列）置于连续体右端，称为无标记脚本；将与古典浪漫传奇结构原型背离程度最高的事件序列（即弱典型性事件序列）置于连续体左端，称为标记脚本。在此连续体内还有诸如“新奇事件”“常规事件”“典型事件”等根据不同典型性进行的划分，从而根据脚本典型度，提供可展示读者重构《小世界》学者浪漫传奇结构原型意义的认知模型。同时，本书以库克的“图式的语篇效果”模型为基础，综合斯托克维尔（Stockwell 2002：79）认为的原型是一个动态意义生成过程的观点，并且根据具体分析，发现图式认知是动态循环的过程。在读者建构和重构小说人物的性格特征及其意义的过程中，图式保存、图式破坏和图式重构等图式条目是动态移动的，因此“人物性格特征动态重构图式”模型被提出并被用于研究读者对《小世界》学者浪漫传奇中人物原型意义的重构。以上模型的建立旨在为解读高度程式化的文学作品提供认知理据。

在具体文本分析层面，通过对《小世界》中不同类型的原型的分析，得出以下发现。第一，《小世界》中的叙事结构是多个并置的平等追寻结构，该结构取代了古典浪漫传奇中的唯一的主次等级追寻结构，从古典浪漫传奇中诸多骑士们对圣杯的追寻扩大到不同骑士有了不同的追寻目标，如对女性、名望和爱的强烈追求等。他们分别以珀斯对爱情的追寻，扎普、图尔皮茨、帕金森等教授对名望的追求，以及菲利普对刺激生活的追求为代表。

第二，基于小说文本世界，读者在理解小说内容的过程中，经历了相对复杂的浪漫传奇原型脚本建构和重构过程。根据对珀斯追寻轨迹的意义建构，本书将其细分为“珀斯在小说中的实际追寻脚本”“珀斯自己建构的追寻脚本”“读者重构的有关珀斯的追寻脚本”三个追寻脚本。小说中最主要的追寻主线之一是珀斯对心爱女子安吉莉卡的寻找，在寻找过程中珀斯对安吉莉卡信息的解读也成为读者建构小说追寻脚本结构的主要依据。在此过程中，读者的脚本结构与珀斯的脚本结构重合，并且读者也认为自己建立的追寻脚本就是文本世界的真实和现实，但是，直到最后结局揭晓，读者的追寻脚本才得以修正，形成了“文本世界中的人物在寻找爱人—话语世界中的读者在寻找意义”这样一个有趣的循环，而三个脚本之间的部分重合和冲突加大了小说的反讽效果。

第三，巧合在《小世界》中出现的频率远高于在其他浪漫传奇中的出现频率。

首先，小说借助巧合凸显主题“小”，更为重要的是巧合将不同人物自然地联系在一起，使他们之间产生交集，是叙事结构中不可或缺的黏合剂；其次，巧合的出现总是与某些骑士精神相联系，但小说人物的无意之举与实际行为达到的侠义效果之间形成了巨大的反讽；最后，将标记脚本（追求女性、爱情、生命的强度等）与无标记脚本（追求圣杯）进行比较，神圣与世俗的对比加大了小说的讽刺效果。

第四，本书通过对《小世界》中人物形象的重构，发现在重构安吉莉卡、莉莉、珀斯、金费舍、梅登小姐和扎普的性格特征的过程中，读者的主要认知活动是图式破坏和图式强化，而帕金森、齐格弗里德和邓普西的人物性格重构时，读者更多地是进行图式强化。这些人物的设置既会给读者带来熟悉感和满足感，又会制造悬念吸引读者继续阅读，借由同一人物在不同作品中的性格特征异同形成张力，达到讽刺和反讽的审美价值，委婉地批评了 20 世纪 80 年代西方理论时代的喧嚣，以及学界唯理论是瞻的风气。

第五，在《小世界》中，情景起到了重要的作用。天气、冒险和追寻等从古典浪漫传奇中继承的原型情景元素在整个浪漫传奇文类中都具有重要的象征意义，而使用娱乐场所、现代科技等新增加的情景元素可以达到反讽效果，而对娱乐场所的描写则呼应了现代主义作品中的颓废思想原型。所有的情景在整体上都增加了文本的趣味性、多样性与可读性，也契合了小说想要表达的重生主题。

综上所述，《小世界》一以贯之地继承了从《珀西瓦尔》到《从祭仪到神话》（*From Ritual to Romance*），到《金枝》（*Golden Bough*），再到《荒原》的主题——生殖、死亡和重生。在这一系列作品中，骑士们的任务就是寻找圣杯，而寻找圣杯的过程就是骑士们完善自我、精神顿悟、思想升华的过程。从这一角度看，能否找到圣杯已不是那么重要，重要的是在追寻过程中对人生、生命的感悟。《小世界》中的珀斯显然并非作者塑造的典范性人物，因为爱情在骑士文学中代表的是信仰。爱情的失败预示着信仰的幻灭，但是珀斯在失去安吉莉卡的爱情之后转而继续追寻另一个女孩，可见他是整部作品中唯一没有成长的人物，也预示着人的生存意义是一个永不停止的追寻命题。因而《小世界》所表达的意义并非仅限于对学者的启示，它也是关于整个人类追寻生活意义的故事。在此过程中，能否找到每个人心目中的圣杯已经不是那么重要了，重要的是追寻过程本身。

综上所述，本书比较全面地概括了浪漫传奇这一文类的特点，深入地分析了《小世界》中古典浪漫传奇原型对读者生成小说文本意义的影响，提出了用于分析小说中结构、人物和情景的认知模型，并挖掘了它们的多层次含义。可以说，本书在一定程度上深化了《小世界》的文本研究，推动了认知诗学在文本分析方面的研究。然而，本书研究也存在以下两大方面的局限性。

（1）认知诗学在文本分析方面的方法和理论有待拓展和深化。本书通过定性阐释，详细分析了读者对小说中的结构、人物和情景原型意义的建构和重构，但这都是基于研究者假设的“真实读者”，即有经验的读者和对浪漫传奇这一文类毫无知识的读者。后续研究可以考虑从实证角度寻找现实中的读者，测试他们的阅读过程和意义生成方法，以读者的真实反应为依据进行数据分析和阐释，可以更深入地了解语言与认知的关系以及相关的普遍认知规律，从而最终让文学反哺认知科学，而非单纯借用认知科学研究成果进行文学研究。同时，对于意义生成的研究，不仅有原型范畴理论，今后的研究也应该在理论上更加多样化和深入化。

（2）本书的研究范围可进一步拓展。本书的研究内容是洛奇的《小世界》中的浪漫传奇原型，包括浪漫传奇的结构、人物和情景。未来研究可以继续将研究范围拓展到对整个浪漫传奇文类的文体风格研究，也可以将洛奇不同时期的代表作中的叙事结构、人物和情景进行对比分析，还可以从接受—影响角度研究洛奇与其他作家之间的关系。这些领域的研究可以深化小说文类、作家作品和影响研究的深度和广度，也可以在研究中辩证地思考其对我国的外国文学研究的借鉴意义。

参考文献

安东尼·斯托尔. 1989. 荣格. 陈静，章建刚译. 北京：中国社会科学出版社.

安杨. 2013. 戴维·洛奇《小世界》的空间叙事艺术. 北京：北京林业大学硕士学位论文.

陈安玲. 2007. 脚本认知模式与语篇的解读. 外语与外语教学，(5): 25-27.

陈研. 2008. 《小世界》的互文性解读. 长春：吉林大学硕士学位论文.

戴维·洛奇. 1992.《小世界》导言//戴维·洛奇.《小世界——学者罗曼司》. 罗贻荣译. 重庆：重庆出版社：1-10.

戴维·洛奇. 2015. 写作人生. 金晓宇译. 郑州：河南大学出版社.

德克·盖拉茨. 2012. 认知语言学基础. 邵军航，杨波译. 上海：上海译文出版社.

丁兆国. 2010. 英国现实主义小说的传统与革新：论戴维·洛奇《小世界》中的"戏拟". 世界文学评论，(2): 255-259.

弗里德里希·温格瑞尔，汉斯-尤格·施密特. 2009. 认知语言学导论. 彭利贞等译. 上海：复旦大学出版社.

付凤菊. 2007. 戏仿：文本内部的批评. 哈尔滨：哈尔滨工业大学硕士学位论文.

高继海. 2006. 英国小说名家名著评析. 北京：中国社会科学出版社.

葛永海. 1999. 新儒林寓言的戏谑演述——评戴维·洛奇的《小世界》. 中国图书评论，(7): 49-50.

耿程程. 2007. 戴维·洛奇的互文性观点及其在《小世界》中的应用. 北京：首都师范大学硕士学位论文.

韩晓玲，陈中华. 2003. 框架理论及其在话语分析中的应用. 外语与外语教学，(9): 1-3.

何辉斌. 2015. 为形式主义与印象式批评搭建桥梁的认知诗学——论楚尔的《走向认知诗学理论》. 文艺理论研究，(4): 146-154.

何辉斌. 2016. 认知科学的特点及其对认知诗学的影响. 认知诗学，(2): 24-31.

何善秀. 2006. 多重意蕴的学者小说——解读戴维·洛奇的《小世界》. 华东交通大学学报，(3): 158-160.

侯维瑞，李维屏. 2005. 英国小说史. 南京：译林出版社.

胡家峦. 2001. 历史的星空：文艺复兴时期英国诗歌与西方传统宇宙论. 北京：北京大学出版社.

胡亚敏. 2004. 叙事学. 武汉: 华中师范大学出版社.
贾晓庆. 2014. 认知诗学的两个重要问题探讨——兼评《当代诗学》杂志 2011 年“交换价值: 诗学与认知科学”专刊. 外语与外语教学, (5): 83-87.
蒋翃遐. 2012. 戴维·洛奇小说《换位》的经典叙事学解读. 当代外国文学, (2): 61-69.
金品卓. 2010. 评戴维·洛奇作品《小世界》中知识分子形象. 学理论, (32): 210-211.
卡尔·荣格. 1991. 分析心理学的理论与实践. 成穷, 王作虹译. 北京: 生活·读书·新知三联书店.
卡尔·荣格. 2011. 原型与集体无意识. 徐德林译. 北京: 国际文化出版公司.
康德. 1960. 纯粹理性批判. 蓝公武译. 北京: 商务印书馆.
克里斯·希林. 2011. 文化、技术与社会中的身体. 李康译. 北京: 北京大学出版社.
李静. 2007. 激情与现实的碰撞——论《小世界》中的人物色彩. 现代语文(文学研究版), (3): 65-66.
李静, 王菊丽. 2007. 论《小世界》对传奇文学的戏仿. 新乡师范高等专科学校学报, 21(3): 115-117.
李利敏. 2012. 戴维·洛奇及其《小世界》在中国的接受. 山东外语教学, (3): 93-98.
李利敏. 2014. 原型范畴、原型和世界文学. 文学理论前沿, (2): 52-72.
李利敏. 2015a. 论典型理论对文学中原型的解释力. 外国语文, (6): 97-103.
李利敏. 2015b. 浪漫传奇中的原型研究. 文艺理论研究, (2): 189-196.
李利敏. 2017. 动态情景观——“情景框架理论”下读者对《小世界》中情景意义的建构. 西安外国语大学学报, (1): 82-86.
李梅英, 张显翠. 2007.《小世界》与英国讽刺小说传统. 长春师范学院学报, (7): 105-108.
李婷. 2009.《小世界》中的反讽. 青岛：中国海洋大学硕士学位论文.
李维屏. 2008. 英国小说人物史. 上海: 上海外语教育出版社.
李雪. 2008. 戴维·洛奇重要小说中三种现代写作方式研究. 上海: 上海外国语大学博士学位论文.
李增. 2005. 从《小世界》看巴赫金狂欢化的反讽. 外国文学, (5): 91-95.
李增, 马晓明. 2001. 从现代到后现代:《小世界》的两种声音. 东北师大学报, (5): 117-122.
林书武. 1999. 认知语言学——基本分野与工作假设. 福建外语, (2): 1-6.
刘百峰. 2011. 浅析《小世界》的后现代艺术特色. 语文教学通讯, (10): 94-96.
刘骥. 2011.《小世界》中的聚焦策略及模式分析. 东北农业大学学报(社会科学版), (3): 107-110.
刘萍. 2004. 论《小世界》的互文性艺术. 外语研究, (4): 70-79.
刘世生. 1997. 西方文体学论纲. 济南: 山东教育出版社.
刘世生, 庞玉厚. 2011. 认知叙事学初探——以电影《美丽心灵》中的文本世界为例. 外语学刊, (2): 45-51.
刘文荣. 2002. 19 世纪英国小说史. 北京: 中国社会科学出版社.
陆建德. 1997. 现代主义之后: 写实与实验. 北京: 中国社会科学出版社.

罗伯特・A. 西格尔. 2008. 神话理论. 刘象愚译. 北京: 外语教学与研究出版社.
罗刚. 1994. 叙事学导论. 昆明: 云南人民出版社.
罗兰・巴特. 2000. 流行体系——符号学与服饰符码. 敖军译. 上海: 上海人民出版社.
罗贻荣. 2006. 走向对话——文学・自我・传播. 北京: 中国社会科学出版社.
罗贻荣. 2009a. 戴维・洛奇访谈录. 外国文学, (6): 105-113.
罗贻荣. 2009b. 戴维・洛奇对话小说理论与创作实践. 天津: 天津师范大学博士学位论文.
罗贻荣. 2010. 戴维・洛奇访谈录(英文). 外国文学研究, (4): 1-9.
马道珍. 2008a. 《小世界》中的"反罗曼司"元素. 扬州职业大学学报, (4): 9-12.
马道珍. 2008b. 从对立走向共融——评《小世界》中的二元结构. 扬州教育学院学报, (1):7-10
马道珍. 2009. 《小世界》中的叙述之叙述. 扬州教育学院学报, 27(04): 23-26.
马凤春. 2010. 评《小世界》——戴维・洛奇笔下的知识分子. 西南农业大学学报(社会科学版), (3): 148-149.
马海英. 2009. 论多丽丝・莱辛《金色笔记》中的女性主义. 信阳师范学院学报(哲学社会科学版), 29(3): 128-130.
马凌. 2004. 后现代主义中的学院派小说家. 天津: 天津人民出版社.
马伟林. 2007. 框架理论与意义识解. 外语与外语教学, (10): 18-21.
马晓明. 2002. 《小世界》的解读策略. 长春: 东北师范大学硕士学位论文.
梅丽华. 2010. 庖丁解牛 学者狂欢——浅析戴维・洛奇《小世界》的语言特征与审美情趣. 邢台学院学报, (4): 40-42.
诺斯罗普・弗莱. 2006. 批评的解剖(再版译序). 陈慧等译. 天津: 百花文艺出版社.
欧荣. 2007. 戴维・洛奇作品中的"危机"母题研究. 上海: 上海外语教育出版社.
欧荣等. 2011. "双重意识"——英国作家戴维 洛奇研究. 上海: 复旦大学出版社.
彭欢. 2011.《小世界》中的消费主义特征及其文化意蕴. 湘南学院学报, 32(01): 76-79.
戚咏梅, 吴瑾瑾. 2010. 中世纪浪漫传奇的流变——《高文爵士和绿色骑士》的个性化创作特征研究. 外语教学理论与实践, (2): 69-76.
瞿世镜, 任一鸣, 李德荣. 1998. 当代英国小说. 北京: 外语教学与研究出版社.
桑迪欢. 2007. 评戴维・洛奇《小世界》的喜剧内涵. 华东交通大学学报, (3): 108-110.
申丹. 1998. 叙述学与小说文体学研究. 北京: 北京大学出版社.
申丹, 王丽亚. 2010. 西方叙事学: 经典与后经典. 北京: 北京大学出版社.
申慧辉. 1991-06-29. 曲高未必和寡——谈戴维・洛奇和他的《小世界》. 文艺报.
盛宁. 1994. 二十世纪美国文论. 北京: 北京大学出版社.
斯蒂・汤普森. 1991. 世界民间故事分类学. 郑海等译. 上海: 上海文艺出版社.
苏纯. 2011. 论《小世界》里的二元对立. 长沙: 湖南师范大学硕士学位论文.
苏晖. 2002. 《小世界》的典故反讽. 外国文学研究, (2): 91-93.

童燕萍. 1999. 语言分析与文学批评——戴维・洛奇的小说理论. 国外文学, (2): 10-17.
王菊丽. 2005. 结构与解构的悖论性对话——戴维・洛奇校园小说的建构模式研究. 开封: 河南大学博士论文.
王菊丽. 2008a. 对话中的建构之旅: 戴维・洛奇校园小说的建构模式研究. 北京: 北京大学出版社.
王菊丽. 2008b. 论《小世界》的追寻母题及其变异——一个体裁批评视角的阐释. 当代外国文学, (1): 78-83.
王敏, 林俐. 2010. 会话含义和语用预设的关系——分析《小世界》. 太原城市职业技术学院学报, (1): 187-189.
王宁. 2014. 世界主义.外国文学, (1): 96-105.
王寅. 2013. 范畴三论: 经典范畴、原型范畴、图式范畴——论认知语言学对后现代哲学的贡献. 外文研究, (1): 20-26, 98-99.
王真真, 王菊丽. 2006. 对《小世界》写作技巧的现实主义解读. 安徽文学(下半月), (9): 61-63.
吴持哲. 1997. 诺思洛普・弗莱文论选集. 北京: 中国社会科学出版社.
吴静. 2012. 亚瑟王传奇在英国文学中的发展. 黑龙江教育学院学报, (3): 106-108.
吴立平. 1993. 戏仿罗曼司——戴维・洛奇及其《小世界》. 中国图书评论, (3): 78-81.
吴祖林, 陈永祥. 1984. 英语幽默及语言游戏. 南京: 江苏教育出版社.
夏秀. 2012. 原型理论与文学活动. 北京: 中国社会科学出版社.
肖明翰. 2005. 中世纪欧洲的骑士精神与宫廷爱情. 外国文学研究, (3): 61-69.
肖明翰. 2008. 中世纪浪漫传奇的性质与中古英语亚瑟王传奇之发展. 四川师范大学学报(社会科学版), (01): 75-81.
肖明翰. 2009. 英语文学传统之形成: 中世纪英语文学研究(下册). 北京: 社会科学文献出版社.
熊沐清. 2013. 界面研究的涵义、学科意义及认知诗学的界面性质. 外国语文, (5): 11-17.
熊沐清. 2015. 文学批评的认知转向——认知文学研究系列之一. 外国语文, (6): 1-9.
熊云甫. 2009. 斯宾塞《仙后》第一卷与英国中古文学传统. 外国文学评论, (1): 76-85.
徐谙律. 2011. 信仰何为, 为何信仰? ——从宗教视角解读戴维・洛奇的《小世界》. 译林, (2): 85-91.
徐建纲. 2010. 越位的女性爱情婚姻观——戴维・洛奇的《小世界》解读. 名作欣赏: 文学研究(下旬), (12): 61-62.
徐琳, 王维佳. 2010. 从《小世界》看洛奇的反讽笔调. 辽宁行政学院学报, (03): 165-166.
徐盛桓. 2002. 常规关系与认知化——再论常规关系. 外国语, (1): 6-16.
许福芦. 1996. 距离的消解与消解的距离——谈戴维・洛奇《小世界》. 外国文学研究, (3): 13-17.
闫艳. 2003. 《小世界》是一部后现代主义力作. 长安大学学报(社会科学版), (3): 80-81, 88.
杨济彧, 吴立平. 1992. 多重译码: 游乐于《小世界》话语的张力场. 外国文学研究, (4): 70-79.
杨金才, 王海萌. 2013. 文学导论. 上海: 上海外语教育出版社.

杨丽娟. 2004. 世界神话与原始文化. 上海: 上海社会科学院出版社.
杨丽娟. 2010. “理论之后”与原型-文化批评. 北京: 中国社会科学出版社.
杨莹莹. 2009. 后现代主义悲剧观中戏拟的《小世界》. 安徽文学(下半月), (10): 107-108.
杨莹莹. 2010. 后现代主义中的现实主义: 《小世界》中布洛克-罗斯现实主义元素研究. 重庆: 四川外语学院硕士学位论文.
叶舒宪. 2005. 英雄与太阳: 中国上古史诗的原型重构. 西安: 陕西人民出版社.
尹雅莉. 2006. 《小世界》的互文性解读. 兰州: 兰州大学博士学位论文.
尹雅莉, 李福莉. 2010. 《小世界》多重主题的探讨. 华北水利水电学院学报(社科版), (5): 78-80.
余丹. 2008. 意义的迷失与追寻——《小世界》的后现代主题分析. 北京第二外国语学院学报(外语版), (4): 62-65.
余丹. 2009. 戴维·洛奇小说的艺术特色——以《小世界》和《换位》为例. 语文学刊(外语教育与教学), (4): 36-37, 40.
曾华. 2008. 互文与颠覆——论《小世界》与罗曼司的体裁互文性. 辽宁广播电视大学学报, (3): 99-100.
张恩华. 2000. 论《小世界》的狂欢化精神. 天津大学学报(社会科学版), (1): 32-38.
张国富. 2009. 学者的《小世界》创作反拨的大舞台. 昭通师范高等专科学校学报, 31(03): 22-25.
张辉, 孟勐, 杨明. 2011. 《小世界》中莫里斯·扎普的后结构主义理论对后现代世界的反思. 大学英语(学术版), (2): 318-321.
张建丽, 孙启耀. 2011. 框架理论说略. 广州大学学报(社会科学版), (10): 70-74.
张进, 张同德. 2019. 特拉维夫学派文论体系研究. 兰州学刊, (9): 57-69.
张立光, 张欣, 黄菊. 2009. 英国中古浪漫传奇中的爱情与价值取向. 国外理论动态, (10): 87-89.
张荣升, 马爱华. 2009. 从《小世界》看戴维·洛奇的融合思想. 合肥工业大学学报(社会科学版), (1): 115-118.
张秀梅. 2009. 斯宾塞名作《仙后》中的“性道德观”. 外语研究, (5): 97-100.
张艳蕊. 2010. 戴维·洛奇天主教小说的宗教意识. 济南: 山东大学博士学位论文.
赵琳娅. 2008. 二律背反之突围——戴维·洛奇批评理论与文学创作间的张力阐释. 开封: 河南大学硕士学位论文.
赵琳娅. 2011. 通俗与高雅的碰撞——论《小世界》中的两种话语. 安阳工学院学报, 10(5): 86-87.
赵秀凤. 2016. 认知诗学的生态学研究取向. 外国语文, (1): 69-75.
赵秀丽, 杨艾璐. 2009. 评大卫·洛奇《小世界》的互文性艺术. 辽宁行政学院学报, (6): 146-147.
仲文娜. 2009. 戴维·洛奇《小世界》中的后现代特征. 文艺生活: 中旬刊, (8): 50.
周波. 2011.《小世界》的后现代解读. 文学界(理论版), (04): 164-165.
周玉军. 2000. 薇拉·凯瑟三部边疆小说中的浪漫传奇因素. 国外文学, (4): 86-90.
朱永生. 2005. 框架理论对语境动态研究的启示. 外语与外语教学, (2): 1-4.

邹幸居. 2009. 脚本理论看幽默. 牡丹江大学学报, (12): 28-30.

Abelson, R. P. 1976. Script processing in attitude formation and decision-making. In J. S. Carroll & J. W. Payne (Eds.), *Cognition and Social Behavior* (pp. 33-45). Hillsdale, N.J.: Erlbaum.

Abrams, D. & Hogg, M. A. 1999. *Social Identity and Social Cognition*. Oxford: Blackwell.

Abrams, M. H. 2004. *A Glossary of Literary Terms*. 7th edn. Beijing: Foreign Language Teaching and Research Press.

Andersen, S. M., Klatsky, R. L. & Murray, J. 1990. Traits and social stereotypes: Efficiency differences in social information processing. *Journal of Personality and Social Psychology*, 59(2): 192-201

Aristotle. 1996. *Poetics*. Trans. by Malcolm Heath. Harmondsworth: Penguin.

Barron, W. R. J. 1987. *English Medieval Romance*. London: Longman House.

Barthes, R. & Duisit, L. 1975. An introduction to the structural analysis of narrative. *New Literary History*, 6(2): 237-272.

Bartlett, F. C. 1932. *Remembering: A Study in Experimental and Social Psychology*. Cambridge: Cambridge University Press.

Bartlett, J. C. & Dowling, W. J. 1980. Recognition of transposed melodies: A key-distance effect in developmental perspective. *Journal of Experimental Psychology: Human Perception and Performance*, 6(3): 501.

Beer, G. 1970. *The Romance*. London: Methuen & Co. Ltd.

Bergonzi, B. 1995. Catholic questions. In J. W. Hunter (Ed.), *Contemporary Literary Criticism* (pp. 29-47). New York: Gale Group .

Bordwell, D. 1985. *Narration in the Fiction Film.* Madison: The University of Wisconsin Press.

Bradbury, M. 2005. *The Modern British Novel, 1878-2001.* Beijing: Foreign Language Teaching and Research Press.

Bruner, J. 1991. The narrative construction of reality. *Critical Inquiry*, (18): 1-21.

Burke, M. 2010. Cognitive stylistics: History, development and current applications. In D. M. Yu (Ed.), *Stylistics: Past, Present and Future* (pp. 113-123). Shanghai: Shanghai Foreign Language Education Press.

Burke, M. & Troscinako, E. T. 2017. *Cognitive Literary Science: Dialogues Between Literature and Cognition*. London: Oxford University Press.

Cantor, N. & Mischel, W. 1977. Traits as prototypes: Effects on recognition memory. *Journal of Personality and Social Psychology*, 35(1): 38-48.

Cantor, N. & Mischel, W. 1979. Prototype in person perception. In L. Berkowitz (Ed.), *Advances in Experimental Social Psychology* (pp. 3-51). Amsterdam: Elsevier Inc.

Cantor, N., Mischel, W. & Schwartz, J. C. 1982. A prototype analysis of psychological situations. *Cognitive Psychology*, 14(1): 45-77.

Carrell, P. L. 1988. Interactive text processing: Implications for ESL. In P. L. Carrell, J. Devine, D. Eskey (Eds.), *Interactive Approaches to Second Language Reading* (pp. 239-259). New York: Cambridge University Press.

Cawelti, J. G. 1976. *Adventure, Mystery, and Romance: Formula Stories as Art and Popular Culture.* Chicago: The University of Chicago Press.

Chatman, S. B. 1980. *Story and Discourse: Narrative Structure in Fiction and Film.* Ithaca and London: Cornell University Press.

Christian, G. 2015. Serious play: The representation of the Thatcher years in Malcolm Bradbury's *Cuts*, David Lodge's *Nice Work* and Alan Hollinghurst's *The Line of Beauty. Études Britanniques Contemporaines*, (49): 1-10.

Collins, A. & Bobrow, D. G. 2017. *Representation and Understanding: Studies in Cognitive Science.* New York: Academic Press.

Conarroe, J. 1989. Campus confidential. *New York Times Book Review*, (1): 33.

Cook, G. 1994. *Discourse and Literature: The Interplay of Form and Mind.* Oxford: Oxford University Press.

Corina, S. 2016. "C'est la vie, c'est la narration": The reader in Christine Brooke-Rose's *Textermination* and David Lodge's *Small World. American, British and Canadian Studies*, 26(1): 52-71.

Croft, C. 2002. Romance. In L. C. Lambdin & R. T. Lambdin (Eds.), *A Companion to Old and Middle English Literature* (p. 35). London: Greenwood Publication Group.

Culler, J. D. 1975. Structuralist poetics: Structuralism, linguistics and the study of literature. New York: Routledge & Kegan Paul.

Culler, J. D. 1997. *Literary Theories: A Very Short Introduction.* Oxford: Oxford University Press.

Culpeper, J. 2000. A cognitive approach to characterization: Katherina in Shakespeare's *The Taming of the Shrew. Language and Literature*, 9(4): 291-316.

Culpeper, J. 2009. Reflections on a cognitive stylistic approach to characterization. In G. Brone & J. Vandaele (Eds.), *Applications of Cognitive Linguistics: Cognitive Poetics: Goals, Gains and Gaps* (pp. 125-155). Berlin, DEU: Mouton de Gruyter.

Currie, M. 2010. *Transitions: Postmodern Narrative Theory.* London: Macmillan International Higher Education.

Dannenberg, P. H. 2008. *Coincidence and Counterfactuality: Plotting Time and Space in Narrative Fiction.* Lincoln and London: University of Nebraska Press.

Dawson, P. 2009. The return of omniscience in contemporary fiction. *Narrative*, 17(2): 143-161.

Deci, E. L. & Ryan, R. M. 1991. A motivational approach to self: Integration in personality. *Nebraska Symposium on Motivation Nebraska Symposium on Motivation*, 38(2): 237.

Dennis, A. G. & Peter, P. P. 1984. Scripts in organizational behavior. *The Academy of Management Review*, 9(3): 449-459.

Deslauriers, M. 2007. *Aristotle on Definition*. London: Brill.

Dixon, J. 1999. *The Romance Fiction of Mills & Boon, 1909-1990s*. London: UCL Press.

Downing, H. L. 2000. Negation in discourse: A text world approach to Joseph Heller's *Catch-22*. *Language and Literature*, 9(3): 215-239.

Duchan, J. F., Bruder, G. A. & Hewitt, L. E. 1995. *Deixis in Narrative: A Cognitive Science Perspective*. New York: Psychology Press.

Emmott, C. 1997. *Narrative Comprehension: A Discourse Perspective*. Oxford: Oxford University Press.

Emmott, C. 2003. Constructing social space: Sociocognitive factors in the interpretation of character relations. In D. Herman (Ed.), *Narrative Theory and the Cognitive Sciences* (pp. 283-309). Stanford: CSLI.

Eyre, P. 2012. Deafened by laughter: Reading David Lodge's *Deaf Sentence* as a carnivalesque dismodernist text. *Journal of Literary & Cultural Disability Studies*, 6(1): 17-34.

Eysenck, M. W. & Keane, M. T. 1990. *Cognitive Psychology: A Student's Handbook*. Hove. East Sussex: Lawrence Erlbaum Associates Publishers.

Fauconnier, G. & Turner, M. 1998. Conceptual integration networks. *Cognitive Science*, 22(2): 133-187.

Fawell, J. 1996. The globe-trotting professor: David Lodge's romance of the modern literary critic. *The Midwest Quarterly*, 37(2): 183-194.

Felix, N. 2015. Culture as profitable memory at David Lodge. *HyperCultura*, 4(1): 1-7.

Felperin, H. 1972. *Shakespearean Romance*. Princeton: Princeton University Press.

Fillmore, C. J. & Atkins, B. T. 1992. Toward a frame-based lexicon: The semantics of RISK and its neighbors. In A. Lehrer & E. Kitty (Eds.), *Frames, Fields, and Contrasts* (pp. 75-102). Hillsdale, NJ: Lawrence Erlbaum Assoc.

Fillmore, C. J. 1975. An alternative to checklist theories of meaning. In C. Cogen, H. Thompson, G. Thurgood, et al. (Eds.), *Proceedings of the Annual Meeting of the Berkeley Linguistic Society* (pp. 123-131). Berkeley: Berkeley Linguistics Society.

Fillmore, C. J. 1985. Frames and the semantics of understanding. *Quaderni di Semantica*, 6(2): 222-254.

Finney, L. A. & O'Halloran, T. V. 2003. Transition metal speciation in the cell: Insights from the chemistry of metal ion receptors. *Science*, 300(5621): 931-936.

Fish, S. 1982. *Is There a Text in This Class? The Authority of Interpretive Communities*. Cambridge, MA: Harvard University Press.

Fiske, S. T. & Neuberg, S. L. 1990. A continuum of impression formation, from category-based to individuating processes: Influences of information and motivation on attention and interpretation. In M. P. Zanna (Ed.), *Advances in Experimental Social Psychology*, (pp. 1-74). New York: Academic Press.

Floyd, P. & Carrell, P. L. 1989. Effects on ESL reading of teaching cultural content schemata. *Language Learning*, (37): 88-108.

Fludernik, M. 2007. Histories of narrative theory (ii): From structuralism to the present. In J. Phelan & P. J. Rabinowitz (Eds.), *A Companion to Narrative Theory* (pp. 36-59). Oxford: Blackwell Publishing Ltd.

Forster, E. M. 1962. *Aspects of the Novel*. Middlesex: Penguin Books.

Fowler, B. 1991. *The Alienated Reader: Women and Popular Romantic Literature in the Twentieth Century*. Brighton: Harvester Wheatsheaf.

Fowler, R. 1975. *Style and Structure in Literature: Essays in the New Stylistics*. Ithaca, New York: Cornell University Press.

Frazer, J. G. 1999. *The Golden Bough: A Study in Magic and Religion*. Beijing: China Social Sciences Publishing House.

Friedell, D. 2005. The word crunchers. *New York Times Book Review*, (154): 47.

Friend, J. 1996. Every decoding is another encoding: Morris Zapp's poststructural implications on our postmodern world. *English Language Notes*, 33 (3): 61-67.

Frye, N. 2009. *Anatomy of Criticism*. Shanghai: Shanghai Foreign Language Education Press.

Fullerty, M. H. G. 2008. *The British and American Academic Novel. The 'Professorromane': The Comic Campus, the Tragic Self*. Ph. D. diss. The George Washington University.

Gavins, J. & Steen, G. 2003. *Cognitive Poetics in Practice*. London: Routledge.

Gavins, J. 2007. *Text World Theory: An Introduction*. Edinburgh: Edinburgh University Press.

Geeraerts, D. 1997. *Diachronic Prototype Semantics: A Contribution to Historical Lexicology*. Oxford: Clarendon Press.

George, L. & Johnson, M. 1980. *Metaphors We Live By*. Chicago: University of Chicago Press.

Gerrig, R. J. 1993. *Experiencing Narrative Worlds: On the Psychological Activities of Reading*. New Haven CT: Yale University Press.

Gibbs, R. W. 2003. Prototypes in dynamic meaning construal. In J. Gavins & G. Steen (Eds.),

Cognitive Poetics in Practice (pp. 27-40). London: Routledge.

Gioia, D. A. & Poole, P. P. 1984. Script in organizational behavior. *Academy of Management Review*, (9): 449-459.

Godwin, D. 1993. More echoes from David Lodge's *Small World. Literator*, 14(1): 65-76.

Goldknopf, D. & Iser, W. 1974. *The Implied Reader: Patterns of Communication in Prose Fiction from Bunyan to Beckett*. Baltimore: The Johns Hopkins University Press.

Graeber, L. 1993. New and noteworthy paperbacks. *New York Times Book Review*, 23 (4743): 32.

Guirao, M. 2002. *David Lodge's Campus Novels in Spanish Translation: A Comparative Study of Genre and Intertextuality*. Ph. D. diss., University College London.

Hall, D. & Emmott, M. 1994. Some comments on the effects of atmospheric turbulence on ambient particle samplers. *Journal of Aerosol Science*, (25): 355-366.

Hamilton, D. L. & Sherman, J. W. 1994. Stereotypes. In R. S. Wyer & T. K. Srull (Eds.), *Handbook of Social Cognition: Volume 2: Applications* (pp. 1-68). Hillsdale, NJ: Erlbaum.

Harvey, W. J. 1965. *Character and the Novel*. Ithaca, N. Y.: Cornell University Press.

Hawthorne, N. 1959. *The Custom House: Introductory to the Scarlet Letter*. New York: Airmont Publishing Co. Inc.

Herman, D. 1997. Scripts, sequences, and stories: Elements of a postclassical narratology. *PMLA: Publications of the Modern Language Association of America*, 112(5): 1046-1059.

Herman, D. 2003. *Narrative Theory and the Cognitive Sciences*. Stanford: CSLI publications.

Herman, D. 2005. Histories of narrative theory (I): A genealogy of early developments. In J. Phelan & P. J. Rabinowitz (Eds.), *A Companion to Narrative Theory* (pp. 19-35). Oxford: Blackwell Publishing Ltd.

Hogan, P. C. 2017. *Sexual Identities: A Cognitive Literary Study*. London: Oxford University Press.

Holland, N. N. 1975. Unity identity text self. *PMLA*, 90(5): 813-822.

Holland, N. N. 1976. Transactive criticism: Re-creation through identity. *Criticism*, (18): 334-352.

Holmes, F. M. 1990. The reader as discoverer in David Lodge's *Small World. Critique*, 32(1): 47-57.

Hosu, R. 2012. (Ex)change, identity, reality and meta/fiction. David Lodge's "Tale". *Studia Universitatis Prtru Maior: Philologia*, (13): 219-226.

James, F. 1994. *Comic Transactions: Literature, Humor, and the Politics of Community in Twentieth-Century Britain*. Ithaca, N. Y.: Cornell University Press.

Jauss, R. H. 1982. *Toward an Aesthetic of Reception*. Trans. by Timothy Bahti. Minneapolis: University of Minnesota Press.

Jeffries, L. E. 2001. Schema affirmation and white asparagus: Cultural multilingualism among readers of texts. *Language and Literature*, 10(4): 325-343.

Jencks, C. 2002. *The New Paradigm in Architecture: The Language of Post-modernism.* London: Yale University Press.

Johnson, M. & Lakoff, G. 2002. Why cognitive linguistics requires embodied realism. *Cognitive Linguistics*, 13(3): 245-263.

Johnson, R. N. 1998. *Mainstream and Margins in the Postwar British Comic Novel.* Ph. D. diss.The Pennsylvania State University.

Jung, C. G. 1999. *The Archetypes and the Collectives Unconscious.* Beijing: China Social Sciences Publishing House.

Kawin, B. F. 1972. *Telling It Again and Again: Repetition in Literature and Film.* Ithaca and London: Cornell University Press.

Ker, W. P. 1957. *Epic and Romance: Essays on Medieval Literature.* New York: Dover Publications, Inc.

Kermode, F. 1967. *The Sense of an Ending: Studies in the Theory of Fiction.* New York: Oxford University Press.

Kirszner, L. G. & Mandell, S. R. 2006. *Literature: Reading, Reacting, Writing,.* Beijing: Peking University Press.

Kramsch, C. 1993. Context and culture in language teaching. *Modern Language Journal*, 79(4): 565.

Kramsch, C. 1998. *Language and Culture.* Oxford: Oxford University Press.

Krueger, R. L. 2000. *The Cambridge Companion to Medieval Romance.* Cambridge: Cambridge University Press.

Kukkonen, K. 2017. *A Prehistory of Cognitive Poetics: Neoclassicism and the Novel.* London: Oxford University Press.

Kusek, R. 2016. Scholar-fictionist-memoirist: David Lodge's documentary (self-)biography in *Quite a Good Time to Be Born: 1935-1975. Studia Anglica Posnaniensia: International Review of English Studies,* 51: 115-131.

Laing, S. 1991. The three small worlds of David Lodge. *Critical Survey*, 3(3): 324-330.

Lakoff, G. 1987. *Women, Fire, and Dangerous Things: What Categories Reveal About the Mind.* Chicago and London: The University of Chicago Press.

Lakoff, G. 1993. The contemporary theory of metaphor. In A. Ortony (Ed.), *Metaphor and Thought* (pp. 202-251). Cambridge: Cambridge University Press..

Langacker, R. W. 1987. *Foundations of Cognitive Grammar. Vol. I: Theoretical Prerequisites.* Stanford: Stanford University Press.

Lawton, L. 2016. Reconsidering the use of gender stereotypes in medieval romance: Figures of vulnerability and of power. *Miranda*, (12): 1-22.

Leech, G. N. & Short, M. H. 2001. *Style in Fiction: A Linguistic Introduction to English Fictional Prose*. Beijing: Foreign Language Teaching and Research Press.

Leidlmair, K. 2009. *After Cognitivism: A Reassessment of Cognitive Science and Philosophy.* London: Springer.

Lenz, J. M. 1986. *The Promised End: Romance Closure in the Gawain-poet, Malory, Spenser and Shakespeare*. New York: Peter Lang Publishing.

Lesser, W. 1985. Bloated and shrunken worlds. *The Hudson Review*, 38(3): 463-472.

Li, W. X. 1997. *David Lodge's Fiction of Negotiation: Re-mapping the Condition of England.* Ph. D. diss. Purdue University.

Lodge, D. 1965. *The British Museum Is Falling Down*. London: Penguin Books.

Lodge, D. 1966. *Language of Fiction: Essays in Criticism and Verbal Analysis of the English Novel.* London: Routledge.

Lodge, D. 1971. *The Novelist at the Crossroads and Other Essays on Fiction and Criticism*. Ithaca, N. Y.: Cornell University Press.

Lodge, D. 1975. *Changing Places*. London: Penguin Books.

Lodge, D. 1977. *The Modes of Modern Writing*. Ithaca and London: Cornell University Press.

Lodge, D. 1980. *How Far Can You Go?* London: Penguin Books.

Lodge, D. 1981. *Working with Structuralism: Essays and Reviews on Nineteenth- and Twentieth-Century Literature.* London: Routledge.

Lodge, D. 1992. *The Art of Fiction*. London: Penguin Books.

Lodge, D. 1999. *Home Truths*. London: Penguin Books.

Lodge, D. 2015. *Language of Fiction: Essays in Criticism and Verbal Analysis of the English Novel.* 2nd edn. London: Routledge.

Luo, Y. R. & David, L. 2010. Interview with David Lodge. *Foreign Literature Studies*, (4): 1-9.

Maclachlan, G. & Reid, I. 1994. *Framing and Interpretation.* Melbourne: Melbourne University Press.

MacLeod, M. S. 1994. *Apocalyptic Metafiction in Four British Novels*. M. A. thesis, Lakehead University.

Martin, M. A. 1994. *Metafiction in Changing Places.* Doctoral diss., Universidad de Zaragoza.

Martin, W. 2006. *Recent Theories of Narrative*. Beijing: Peking University Press.

Maughan, B., Pickles, A., Hagell, A., et al. 1996. Reading problems and antisocial behaviour: Developmental trends in comorbidity. *Journal of Child Psychology and Psychiatry, and Allied Disciplines*, 37(4): 405-418.

Mews, S. 1989. The professor's novel: David Lodge's *Small World. Modern Language Notes*, 104(3): 713-726.

Michael, A. 1997. David (John) Lodge. In G. Stade and C. Howard (Eds.), *British Writers: Supplement 4.* New York: Charles Scribner's Sons.

Middeke, M., Müller, T., Wald, C., et al. 2012. *English and American Studies: Theory and Practice*. Stuttgart: Weimar.

Minsky. M. 1975. A framework for representing knowledge. In P. Winston & P. Henry (Eds.), *The Psychology of Computer Vision* (pp. 156-189). New York: McGraw-Hill.

Moncrieff, A. R. H. 2007. *Romance and Legend of Chivalry*. MT: Kessinger Publishing.

Morace, R. A. & Morace, R. 1989. *The Dialogic Novels of Malcolm Bradbury and David Lodge*. Illinois: South Illinois University Press.

Mullany, L. & Stockwell, P. 2010. *Introducing English Language: A Resource Book for Students*. London: Routledge.

Muscatine, C. 1999. *Medieval Literature, Style and Culture*. Columbia: University of South Carolina Press.

Nebel, B. 2001. Frame-based system. In R. Wilson & F. Keil (Eds.), *The MIT Encyclopedia of the Cognitive Sciences*. Cambridge: MIT Press.

Necula, L. M. 2011. Media(ting) textual therapies in David Lodge's therapy and deaf sentence. *Acta Universitatis Danubius: Communicatio*, 5(1): 70-93.

O'Malley, P. J. 2006. *"As Far as You Can Go": Carnality and the Catholic Conscience in David Lodge's Fiction*. Ph.D. diss. Harvard University.

Olson, G. 2011. *Current Trends in Narratology*. Berlin: Walter de Gruyter.

Ommundsen, W. 1986. *Self-conscious Fiction and Literary Theory: David Lodge, B. S. Johnson, and John Fowles*. Ph.D. diss. University of Melbourne.

Onega, S. 1989. *Form and Meaning in the Novels of John Fowles*. Ann Arbor: UMI Research Press.

Parker, P. A. 1979. *Inescapable Romance: Studies in the Poetics of a Mode*. Princeton: Princeton University Press.

Perkin, J. R. 2008. The pilgrimages of David Lodge. *Christianity and Literature*, 57 (3): 419-442.

Perkin, J. R. 2010. Imagining Henry: Henry James as a fictional character in Colm Toibin's *The Master* and David Lodge's *Author, Author. Journal of Modern Literature*, 33(2): 114-130.

Perkin, J. R. 2014. *David Lodge and the Tradition of the Modern Novel.* Montreal and Kingston: McGill-Queen's University Press.

Perry, M. 1979. Literary dynamics: How the order of a text creates its meanings with an analysis of Faulkner's *A Rose for Emily*. *Poetics Today*, 1(1/2): 35-361.

Phelan, J. & Rabinowitz, P. J. 2008. *A Companion to Narrative Theory.* Chichester: John Wiley & Sons.

Phelan, J. 2017. *Somebody Telling Somebody Else: A Rhetorical Poetics of Narrative*. Columbus: Ohio State University Press.

Propp, V. 1968. *Morphology of the Folktale*. Austin and London: University of Texas Press.

Quinn, A. 1991. Recycling metafictions. *New Statement and Society*, 4(170): 53.

Rabinowitz, P. J. 1987. *Before Reading: Narrative Conventions and the Politics of Interpretation*. Ithaca NY: Cornell University Press.

Richgels, D. J. 1982. Schema theory, linguistic theory, and representations of reading comprehension. *The Journal of Educational Research*, 76(1): 54-62.

Rimmon-Kenan, S. 1983. *Narrative Fiction: Contemporary Poetics*. London and New York: Methuen.

Rizzo, H. 2011. *"And Never the Twain Shall Meet"?: Separate Worlds and Characterization in David Lodge's Nice Work*. Ph.D. diss. Karlstads Universitet, Estetisk-filosofiska Fakulteten.

Roethke, T. 2001. *On Poetry and Craft: Selected Prose of Theodore Roethke*. Washington: Copper Canyon Press.

Ronen, R. 1994. *Possible Worlds in Literary Theory* (No. 7). Cambridge: Cambridge University Press.

Rosch, E. H. 1973. On the internal structure of perceptual and semantic categories. In B. A. Moskowitz (Ed.), *Cognitive Development and the Acquisition of Language* (pp. 111-144). New York: Academic Press.

Rosenthal, M. 1985. Randy roads of the professoriat. *New York Times Book Review*, (7): 58.

Rumelhart, D. E. 1975. Notes on a schema for stories. In D. G. Bobrow & A. Collins (Eds.), *Representation and Understanding: Studies in Cognitive Science* (pp. 211-236). New York: Academic Press.

Rumelhart, D. E. 1980. Schemata: The building blocks of cognition. In R. J. Spiro, B. C. Bruce & W. F. Brewer (Eds.), *Theoretical Issues in Reading Comprehension* (pp. 26-17). Hillsdale, NJ: Lawrence Erlbaum Associates.

Ryan, M. L. 2001. *Narrative as Virtual Reality: Immersion and Interactivity in Literature and Electronic Media*. Baltimore: Johns Hopkins University Press.

Saint-Exupery, A. D. 2011. *The Little Prince*. Nanjing: Yilin Press.

Sant, T. D. 2005. *David Lodge: Narrative Values*. Ph. D. diss. University of California.

Schank, R. C. & Abelson, R. 1988. *Scripts, Plans, Goals, and Understanding*. Hillsdale, NJ: Erlbaum.

Schank, R. C. 1982. *Dynamic Memory*. Cambridge, England: Cambridge University Press.

Scholes, R. & Kellogg, R. 1966. *The Nature of Narrative*. New York: Oxford University Press.

Semino, E. & Culpeper, J. 2002. *Cognitive Stylistics: Language and Cognition in Text Analysis*. Amsterdam: John Benjamin.

Semino, E. 1997. *Narrative Comprehension: A Discourse Perspective*. Oxford: Clarendon Press.

Semino, E., Short, M. & Culpeper, J. 1997. Using a corpus to test a model of speech and thought presentation. *Poetics*, 25(1): 17-43.

Shen, D. & Xu, D. J. 2007. Intratextuality, extratextuality, intertextuality: Unreliability in autobiography versus fiction. *Poetics Today*, 28(1): 43-87.

Short. M. H. 1996. *Exploring the Language of Poems, Plays and Prose*. London: Routledge.

Simpson, P. 2003. *On the Discourse of Satire*. Amsterdam & Philadelphia: John Benjamins Publishing Company.

Song, C. F. 2010. *Exploring Attitudinal Meaning: An Extended Semiotic Model*. Ph. D. diss. University of Sydney.

Spiro, R. J., Bruce, B. C. & Brewer, W. F. 1980. *Theoretical Issues in Reading Comprehension*. Hillsdale: Lawrence Erlbaum.

Stevens, J. 1973. *Medieval Romance: Themes and Approaches*. London: Hutchinson.

Stockwell, G. 2008. Investigating learner preparedness for and usage patterns of mobile learning. *ReCALL*, 20(3): 253-270.

Stockwell, P. 2002. *Cognitive Poetics: An Introduction*. London and New York: Routledge.

Stossel, S.1996. Right, here goes. *Atlantic Monthly*, 277(4): 119-124.

Talmy, L. 2000. *Toward a Cognitive Semantics*. Vol. 2. London: MIT Press.

Taylor, J. R. 1989. *Linguistic Categorization*. Oxford: Oxford University Press.

Taylor, J. R. 2001. *Linguistic Categorization: Prototypes in Linguistic Theory*. 2nd edn. Beijing: Foreign Language Teaching and Research Press.

Taylor, J. R. 2003. *Linguistic Categorization*. Oxford: Oxford University Press.

Taylor, S. E., Fiske, S. E., Etcoff, N. L., et al. 1978. Categorical and contextual bases of person memory and stereotyping. *Journal of Personality and Social Psychology*, 36(7): 778-793.

Todd, R. 1986. The presence of postmodernism in British fiction: Aspects of style and self-hood. *Fokkema and Bertens*, (2): 99-117.

Toolan, M. 2001. *Narrative: A Critical Linguistic Introduction*. 2nd edn. London and New York: Routledge.

Truffaut, F. & Helen, G. S. 1967. *Hitchcock*. New York: Simon and Schuster.

Tsujimoto, R. N. 1978. Memory bias toward normative and novel trait prototypes. *Journal of Personality and Social Psychology*, 36(12): 1391-1401.

Tsur, R. 1992. *Toward a Theory of Cognitive Poetics*. Amsterdam: Elsevier Science Publishers.

Tsur, R. 2008. Cognitive poetics and speaking the unspeakable. *Journal of Foreign Languages,* (4): 2-21.

Turner, G. W. 1973. *Stylistics*. Middlesex: Penguin Books.

Turner, M. 1987. *Death Is the Mother of Beauty: Mind, Metaphor, Criticism*. Chicago: University of Chicago Press.

Turner, M. 1991. *Reading Minds: The Study of English in the Age of Cognitive Science*. Princeton: Princeton University Press.

Ungerer, F. & Schmid, H. J. 2008. *An Introduction to Cognitive Linguistics*. Beijing: Foreign Language Teaching and Research Press.

van Dijk, T. A. 1977. Context and cognition: Knowledge frames and speech act comprehension. *Journal of Pragmatics*, (1): 211-232.

van Dijk, T. A. 1980a. *Macrostructure — An Interdisciplinary Study of Global Structures in Discourse, Interaction, and Cognition*. Hillsdale: Lawrence Erlbaum Associates Publishers.

van Dijk, T. A. 1980b. Story comprehension: An introduction. *Poetics*, (9): 1-21.

van Peer, W. 1986. *Stylistics and Psychology: Investigations of foregrounding*. London: Croom Helm.

Verdonk, P. 2002. *Stylistics*. Oxford: Oxford University Press.

Vinaver, E. 1971. *The Rise of Romance.* Oxford: Oxford University Press.

Waugh, P. 1984. *Metafiction: The Theory and Practice of Self-Conscious Fiction.* London: Methuen.

Werth, P. 1984. *Focus, Coherence and Emphasis*. Lodon: Croom Helm.

Werth, P. 1999. *Text Worlds: Representing Conceptual Space in Discourse*. London: Longman.

Wheeler, E. T. 1990. The machinery of illusion and effect: Watching David Lodge at work. *Commonweal*, 117(16): 538-542.

Widdowson, H. G. 1983. *Learning Purpose and Language Use*. Oxford: Oxford University Press.

Wiegenstein, S. C. 1987. *The Contemporary Academic Novel: A Study in Genre.* Ph.D. diss. University of Missouri.

Wyer, R. S. & Srull, T. K. 1994. *Handbook of Social Cognition: Volume 2: Applications*. Hillsdale, NJ: Erlbaum.

Wyer, R. S., Jr. & Srull, T. K. 2014. *Handbook of Social Cognition: Volume 1: Basic Processes*. New York: Psychology Press.